Laura

et le secret d'Aventerra

PETER FREUND

Traduit de l'allemand
par Brigitte Déchin

City
ROMAN

© **City Editions 2009 pour la traduction française.**
© **2002 by Peter Freund**
Publié en Allemagne par Verlagsgruppe Lübbe & Co.
sous le titre *Laura und das Geheimnis von Aventerra*
Illustrations de Tina Dreher, Alfeld/Leine

ISBN : 978-2-35288-258-9
Code Hachette : 50 6449 8

Rayon : Roman Jeunesse
Collection dirigée par Christian English & Frédéric Thibaud

Catalogue et manuscrits : www.city-editions.com

Dépôt légal : premier semestre 2009
Imprimé en France par CPI France Quercy - Mercuès - N° 90690/

SOMMAIRE

Pour Gabi,
Finn et Florian

Un rêve étrange

aura gémissait dans son sommeil. Le clair de lune baignait sa chambre d'une lumière argentée. La fillette ne cessait de tourner et de retourner sa tête sur son oreiller. Ses cheveux blonds étaient trempés de sueur. Son joli minois se tordait de douleur.

— Non ! s'écria Laura. Non, non, non ! Noooooooooon !

Laura s'éveilla en sursaut. Assise toute droite dans son lit, elle regarda autour d'elle : elle était bien dans sa chambre.

Soudain, la lumière s'alluma. Son frère Lucas, les yeux encore bouffis de sommeil, fit irruption dans la pièce.

— Mais, Laura, qu'est-ce qui t'arrive ? Pourquoi as-tu crié comme ça ?

Lucas avait douze ans, et Laura, treize, enfin, presque treize ; dans deux jours, ce serait son anniversaire. Lucas avait les cheveux blonds comme sa sœur, les mêmes yeux, et exactement la même fossette sur le menton. Ils se ressemblaient beaucoup, à une différence près : Lucas portait de grosses lunettes qui lui donnaient un petit air de professeur.

La fillette fixait son frère, sans comprendre.

— J'ai crié ?

— Exacto-préciso ! répondit Lucas qui adorait employer cette expression de son cru.

— Tu as crié si fort que je t'ai même entendue de ma chambre. Que s'est-il passé ?

Laura était incapable de se souvenir. Elle inspecta les lieux en espérant trouver une réponse dans cette chambre qui ressemblait à celle des filles de son âge. Les murs étaient couverts de posters de chevaux et de son groupe préféré. Ses livres, *L'Histoire sans fin*, *La Boussole d'or*, ainsi que d'autres gros pavés du même genre, étaient rangés sur une grande étagère près de son armoire. Son bureau, le long du mur en face de son lit, était surmonté d'une affiche de cinéma sur laquelle Frodon la regardait de ses grands yeux bruns.

Livres, cahiers et revues s'étalaient pêle-mêle sur le bureau dans un désordre inextricable auquel s'ajoutaient encore des CD, des disquettes et toute une collection de stylos à bille, de feutres, de taille-crayons et de gommes, des cadres dont les photos avaient glissé. Le regard de Laura tomba sur une photo d'elle en tenue d'escrime, le fleuret à la main ; et là, son rêve lui revint tout à coup.

— J'ai rêvé de chevaliers, dit-elle, pensive.

— De chevaliers ? De quels chevaliers ?

Une petite ride se dessina sur le front de son frère, signe tangible chez lui de son incrédulité.

— De chevaliers blancs et de chevaliers noirs.

Elle se souvenait maintenant.

— Et ils se battaient férocement avec de grandes épées, des haches et des massues !

— Vraiment ? demanda Lucas dont la petite ride se creusa.

— Oui, répondit Laura avec assurance en hochant la tête.

Son rêve lui revenait de plus en plus clairement.

— Et il y avait un énorme château fort, et le paysage tout autour ressemblait un peu à la Terre du Milieu, comme dans le film. Elle fit un signe en direction de l'affiche accrochée au-dessus de son bureau.

— Pas étonnant, dit Lucas d'un ton un peu docte. Tu as vu *Le Seigneur des anneaux* au moins une bonne douzaine de fois !

— Treize fois ! rectifia Laura. Mais alors, il s'est passé quelque chose de bizarre. Juste au moment où les chevaliers redoublaient de rage, je me suis retrouvée au beau milieu d'eux, et un vieil homme aux cheveux blancs et à la longue barbe tout aussi blanche …

— Gandalf ou Albus Dumbledore ? l'interrompit Lucas avec un petit sourire entendu.

Laura secoua la tête.

— Non, ni l'un ni l'autre. Quoique… Il leur ressemblait quand même un peu. Bref, le vieil homme s'est dirigé vers moi avec un sourire bienveillant. Mais soudain son visage s'est assombri, et il m'a dit d'un air grave que je devais me mettre en quête de la Coupe !

— La Coupe ? Mais quelle coupe ?

— Je n'en sais fichtre rien ! (Laura haussa les épaules.) Je ne me souviens plus. La seule chose que je sache encore, c'est qu'un des chevaliers noirs aux yeux injectés de sang s'est alors précipité sur le vieillard. Il a levé son épée, il allait tuer le vieil homme. Qu'est-il arrivé alors…

Laura s'interrompit un moment. Elle jouait avec une mèche de cheveux.

— Je n'en ai pas le moindre souvenir. Mais qu'à cela ne tienne, j'ai l'impression qu'il s'agissait d'une chose terriblement importante. Je devais trouver cette coupe, c'était même une question de vie ou de mort. Si seulement je savais pourquoi !

Pensif, Lucas dévisagea sa sœur. Elle semblait vraiment ennuyée. Alors, voulant la rassurer, il lui dit :

— Qu'est-ce que ça peut bien te faire ? Laura, ce n'était qu'un rêve !

Les yeux écarquillés, Laura regarda son frère en secouant violemment la tête.

— Je sais que cela peut te paraître fou, mais toutes ces choses me semblent si réelles. Et j'ai…

Elle releva brusquement la tête pour lancer à son frère un regard désemparé.

— J'ai peur, Lucas ! Très peur, vraiment peur, murmura-t-elle.

Le lendemain était un dimanche, le deuxième dimanche de l'avent. Le timide soleil perçait à peine le ciel bleu pâle au-dessus de la petite ville de Hohenstadt. Son quartier moyenâgeux presque intact attirait de nombreux touristes qui arpentaient, surtout en été, les ruelles tortueuses et les charmantes venelles bordées de bâtisses historiques rénovées avec amour. Ce va-et-vient durait du petit matin jusque tard la nuit. En hiver, ce n'était guère plus calme, d'autant que le traditionnel marché de Noël installé autour du grand sapin sur la place de la Mairie attirait une foule de visiteurs, particulièrement nombreux en fin de semaine.

Cependant, Hohenstadt avait bien plus à offrir que son seul centre pittoresque. On y trouvait aussi quelques quartiers modernes avec des boutiques, des commerces, des restaurants et des bâtiments administratifs. Deux discothèques, un bowling et un multiplexe flambant neuf venaient de s'installer dans le centre commercial récemment inauguré. En bordure de la ville, de grandes barres d'immeubles grignotaient de plus en plus les collines avoisinantes, figées maintenant dans le froid hivernal.

La famille Leander résidait à la périphérie de Hohenstadt dans une maison entourée d'un petit jardin. Le chauffage donnait au maximum et la fumée de la cheminée s'élevait en volutes dans le ciel au-dessus de ce coquet pavillon. Un corbeau plana lentement avant de se poser dans la cime d'un des grands arbres du jardin. De là, il tourna la tête vers l'une des fenêtres du toit.

C'était un oiseau d'une taille peu commune, vraiment surprenante même.

La gelée de la nuit avait recouvert de givre les branches des arbres et des arbustes. Les prairies et les champs environnants semblaient saupoudrés de sucre glace.

Une fois habillée, Laura regarda le jardin par la fenêtre ; elle crut un bref instant qu'il avait enfin neigé, mais elle se rendit vite compte de son erreur. La joie fit place à la déception. Elle avait tant espéré qu'il y aurait, comme l'an passé, de la neige pour son anniversaire. À l'époque, il avait commencé à neiger le 4 décembre, et le 5, le jour de l'anniversaire de Laura, le paysage entier était recouvert d'un épais manteau de neige immaculée. Toute la journée, Laura et Lucas s'en étaient donné à cœur joie avec leurs copains, faisant de la luge et du snowboard et, bien sûr, une joyeuse bataille de boules de neige. La fin de l'après-midi avait été encore plus belle : leur père, Marius, avait déniché quelque part un vieux traîneau auquel il avait attelé Tempête, le cheval de Laura. Et toute la troupe était partie glisser à travers champs et forêts. Le tintement des clochettes, que Marius avait fixées au collier de Tempête, résonnait encore dans les oreilles de Laura. Bercée par le bruit sourd des sabots dans la neige et le chuintement des patins du traîneau, Laura s'était crue dans un conte de fées. Seuls manquaient à l'appel le géant de glace, qui surgirait au prochain détour de la route, ou la princesse des neiges, qui l'inviterait dans son palais de cristal. Bien sûr, rien de tout cela n'était arrivé ; et pourtant, ce jour resterait à jamais gravé dans la mémoire de Laura. En effet, deux semaines plus tard, trois jours avant Noël, son père avait brutalement disparu.

Marius Leander était professeur d'histoire et d'allemand à l'internat de Ravenstein, l'école que fréquentaient Laura et Lucas. Le matin de sa disparition, leur père avait fait cours, normalement. Il avait déjeuné avec les professeurs et les élèves, assuré quelques heures de surveillance et donné quelques cours particuliers dans l'après-midi avant de se retirer dans son bureau pour y poursuivre ses recherches. Depuis quelque temps, Marius travaillait sur l'histoire du château fort de Ravenstein.

Des collègues l'avaient vu quitter l'internat quelques minutes après le dîner. Depuis lors, plus aucune trace ni signe de vie. Certes, sa famille avait alerté la police, entamé elle-même des recherches, mais en vain. Jusqu'à aujourd'hui, rien ne permettait de savoir ce qui s'était passé ce jour-là. Personne ne savait où Marius pouvait bien être. Il s'était évaporé, laissant la police, ses collègues, ses amis et bien sûr, au premier chef, sa famille, devant une énigme.

Laura se demandait comment il allait et où il pouvait bien se trouver. Elle était persuadée que son père n'avait pas disparu de son plein gré : quelqu'un ou quelque chose l'y avait contraint. Marius devait être encore en vie, il le fallait ! Elle n'osait pas imaginer que…

– Laura, petit-déjeuner ! Que fabriques-tu, Laura ?

La voix stridente de sa belle-mère l'arracha à ses pensées. Elle fit une grimace.

– Oui, j'arrive ! hurla-t-elle en se dirigeant vers la porte de sa chambre.

C'est à cet instant-là qu'elle vit le corbeau. Elle s'immobilisa pour observer l'oiseau perché dans l'arbre devant sa fenêtre. L'oiseau avait gonflé ses plumes noires pour se protéger du froid. Il n'en paraissait que plus gros encore. Jamais auparavant Laura n'avait vu un corbeau de cette taille. Immobile tel un fantôme noir, il fixait Laura de ses yeux noirs et ronds. La jeune fille tressaillit. N'avait-elle pas justement lu récemment que certains peuples anciens voyaient dans les corbeaux des messagers du malheur ? À cette idée, elle frissonna et sentit la chair de poule parcourir ses bras.

Des effluves de café, de chocolat chaud et de petits pains frais accueillirent Laura à son entrée dans la cuisine. Lucas, déjà à table, portait son bol de cacao fumant à ses lèvres.

Laura s'assit sans dire un mot, et saisit le paquet de céréales.

– Mademoiselle est de mauvaise humeur ? demanda sa belle-mère d'une voix acerbe. Ou bien n'ai-je pas entendu ton bonjour ?

Sayelle Leander-Rüchlin accueillit sa belle-fille d'un air réprobateur, sans remarquer le regard compatissant de Lucas pour sa sœur.

Maman était complètement différente de Sayelle, pensa Laura en versant des céréales dans son bol avant d'y ajouter du lait. *Le matin, elle me laissait toujours tranquille.*

Anna Leander, la mère de Laura et de Lucas, avait trouvé la mort lors d'un tragique accident de voiture. Elle avait péri noyée alors que Laura, âgée de cinq ans, avait été sauvée de justesse. Dans les mois qui suivirent, Sayelle Rüchlin, une amie de ses parents, s'était occupée avec beaucoup de dévouement de Lucas et de Laura. Elle les avait aidés à surmonter, aussi bien que possible, la perte de leur mère. Marius était évidemment d'une infinie reconnaissance pour la jeune femme qui veillait avec tant d'amour sur ses enfants. Ils s'étaient rapprochés l'un de l'autre et avaient fini par se marier.

Marius était heureux avec sa deuxième femme, journaliste de profession. Depuis leur mariage, elle n'avait cessé de gravir les échelons. Certes, son travail lui laissait peu de temps pour la famille, mais Laura et Lucas s'étaient sentis bien avec elle. La disparition mystérieuse de Marius l'avait changée du tout au tout. Non qu'elle ne s'occupât plus des enfants ; au contraire, Sayelle les surveillait maintenant avec une sévérité redoublée. Elle contrôlait tout et les espionnait même, surtout Laura. En même temps, elle restait distante. Au début, les enfants avaient pensé qu'elle s'inquiétait peut-être pour eux. Il lui fallait sans doute aussi s'habituer à l'absence de l'homme qu'elle aimait. La sœur et le frère prirent donc beaucoup sur eux. Mais plus le temps passait, et plus leur belle-mère devenait odieuse. Laura aurait pu se disputer avec elle tous les jours. Cependant, aujourd'hui, n'ayant pas envie d'une nouvelle prise de bec, elle se contenta de mâchonner :

— Désolée ! Bonjour.

— Tu vois, c'est facile ! dit Sayelle en esquissant un sourire.

Elle prit la cafetière, se servit une tasse de café et s'assit à table avec les enfants. En congé aujourd'hui, elle n'avait pas besoin d'aller à la rédaction de son journal. Pourtant, elle avait coiffé avec soin ses cheveux bruns, s'était maquillée à la perfection, un peu trop peut-être. Elle portait un tailleur-pantalon vieux rose très à la mode, bien coupé, qui soulignait sa taille fine et contrastait avec les jeans délavés et les sweat-shirts confortables qu'affectionnaient Laura et Lucas. Elle jeta un regard aux deux enfants tandis qu'elle étalait une très fine couche de margarine allégée sur une mince tranche de pain suédois. Elle ajouta une minuscule demi-cuillerée de fromage frais, également allégé, pour parfaire le tout.

— Je me suis dit que nous pourrions aller tous ensemble à l'église de la Passion cet après-midi. On y donne un concert de l'avent ; il y aura des chants de Noël. Max m'a dit que la chorale est magnifique, expliqua Sayelle en affichant un grand sourire.

Max ? se demanda Laura. *Bon sang, c'est qui ce Max, déjà ?*

Mais oui ! Max Longolius, le propriétaire d'un très grand groupe de médias auquel appartenaient entre autres une chaîne de télévision et plusieurs journaux, dont *Le Journal* pour lequel Sayelle Leander-Rüchlin travaillait comme directrice de la rédaction économique. La première rencontre de Laura et de Max Longolius remontait au jour où il les avait invités, Sayelle, elle et Lucas, dans un restaurant chic. C'était un homme d'un certain âge, tiré à quatre épingles, aux cheveux noirs – teints, Laura l'avait tout de suite remarqué – peignés en arrière, le costume classe et les lunettes aux montures « design ». Laura frissonna en se rappelant sa poignée de main aussi molle qu'un pet de lapin. Mais le pire était qu'il n'avait pas arrêté de draguer Sayelle Ses petits yeux de cochon étaient restés toute la soirée rivés sur leur belle-mère qui affichait un sourire radieux

Répugnant ! Alors, si ce type trouvait une chose magnifique, c'est qu'elle était archi-nulle !

– Ben non, pas le temps, j'ai rendez-vous urgent avec mon ordi, répondit Lucas en premier.

– Et toi, Laura ?

– En fait, je voulais monter Tempête. Il a besoin d'exercice. Je n'aurai pas d'autres occasions de le monter avant Noël, fit Laura lentement.

– Comme vous voulez, répondit Sayelle sèchement.

Elle était vexée. Cela se remarquait à sa voix qui devenait alors – et Laura le savait bien – un peu plus fluette. Il fallait s'attendre à subir sa mauvaise humeur comme chaque fois que ses projets étaient contrariés. Il valait mieux ne pas croiser son chemin si l'on voulait éviter ses remarques désagréables.

L'horreur !

Pourtant, Laura comprenait parfois Sayelle : Laura et Lucas passaient la semaine à l'internat. Ils se retrouvaient tous ensemble pour le week-end dans la maison de Hohenstadt. Ces deux jours étaient donc les seuls moments où leur belle-mère pouvait leur proposer des activités. On aurait même dit qu'elle se sentait obligée de remplir presque complètement ce court laps de temps. Les enfants se retrouvaient toujours confrontés à un programme monstre concocté par Sayelle. Ou bien était-ce seulement une sorte d'obligation qu'elle s'imposait à elle-même ? Elle aurait pourtant dû comprendre depuis longtemps que Laura et Lucas n'avaient pas la moindre envie de courir les musées ou les concerts !

Sayelle, enfermée dans son monde qui était tellement étranger au leur, ne semblait pas avoir la moindre idée de ce que faisaient des adolescents de leur âge. D'ailleurs, ces derniers temps, Laura avait de plus en plus l'impression qu'elle ne voulait même pas savoir ce qui les préoccupait. Sayelle semblait uniquement vouloir plier les deux enfants à ses caprices et à ses lubies, que cela leur plaise ou non.

Tiens, tiens ! se dit Laura. Elle n'a même pas pensé, cette année, à nous offrir un calendrier de l'avent. Rien d'étonnant ! D'ailleurs, elle oubliera aussi sûrement mon anniversaire !

Pourquoi sa belle-mère avait-elle tant changé, pourquoi devenait-elle de jour en jour plus étrange ? Laura avait souvent retourné ces questions dans sa tête, sans jamais trouver une réponse satisfaisante. Mais peut-être se trompait-elle ? Peut-être était-elle injuste envers Sayelle ? Une chose cependant était sûre : en présence de son père, tout était différent. Totalement différent !

Laura continuait à se creuser la tête. *Si seulement je pouvais enfin savoir ce qui s'est passé l'année dernière en ce 21 décembre de malheur. Quelqu'un ne peut tout de même pas disparaître ainsi sans laisser de traces, comme s'il s'était transformé en courant d'air. Ce n'est pas possible !*

Laura remarqua soudain que Sayelle la fixait en plissant les yeux. Sa bouche s'ouvrait et se refermait comme celle d'un poisson dans un aquarium. Et puis elle entendit les paroles que sa belle-mère lui adressait :

— Tu rêves ? Ne te crois surtout pas obligée de me répondre ! lança-t-elle d'une voix où pointait l'agacement.

Nous y voilà !

— Désolée ! J'avais la tête ailleurs, se hâta de répondre Laura.

— Je t'ai demandé s'il ne serait pas plus raisonnable de rester à la maison pour travailler au lieu d'aller t'amuser, répéta Sayelle d'un ton sévère.

Laura ne répondit rien.

Sayelle revint à la charge :

– Moi, si j'étais à ta place, avec tes notes en dessous de la moyenne en maths et en physique, c'est ce que je ferais.

– Mais j'ai travaillé hier toute la journée, murmura Laura à voix basse.

– Encore heureux ! À moins que tu ne préfères redoubler, comme l'année dernière ? Tu sais pertinemment ce que cela signifierait : on ne peut pas tripler une classe. Alors, tu devrais quitter Ravenstein. Cela ne te plairait pas vraiment, n'est-ce pas ?

Laura se mordit les lèvres, ravalant la réponse cinglante qu'elle avait sur le bout de la langue. Bien sûr, elle avait une peur bleue de ne pas passer dans la classe supérieure et de devoir quitter l'internat. Tellement peur qu'elle en avait la nausée. Mais de quoi Sayelle se mêlait-elle ? Non seulement elle ne comprenait pas, mais elle ne pouvait pas l'aider non plus. *Sûrement pas !* Laura se contenta donc de braver le regard réprobateur de Sayelle.

– Enfin, Laura, il est temps que tu deviennes raisonnable !

Le ton de sa belle-mère se fit presque suppliant.

– Tu ne comprends donc pas que je ne veux que ton bien ? Je sais que tu aimes la vie à l'internat. Rien n'est encore perdu, tu peux encore rattraper tes mauvaises notes d'ici la fin de l'année scolaire. Mais.... – Sayelle poussa un gros soupir en secouant légèrement la tête – si tu ne veux pas entendre raison et te mettre à travailler sérieusement, alors là, tu vas avoir des problèmes, de très gros problèmes, même !

Laura avala sa salive. Elle baissa les paupières et lança, avec une lueur de défi dans les yeux :

– Je ne redoublerai pas encore une fois, ça, tu peux en être certaine ! murmura-t-elle.

Une bise glaciale picotait les joues de Laura. La cavalière sentait le froid très vif, en dépit de son gros anorak rouge matelassé, de ses gants de laine et son bonnet enfoncé jusqu'aux oreilles. Mais y avait-il au monde quelque chose de mieux que de monter un cheval ?

Arrivée sur une petite hauteur, Laura s'arrêta pour regarder autour d'elle. Les collines s'étendaient à perte de vue, et le givre matinal avait depuis longtemps disparu pour laisser place à des champs et des prairies vides et grises. Il n'y avait pas âme qui vive. Elle n'entendait que le vent hurler et son cheval s'ébrouer.

Tempête était un magnifique étalon, tout blanc, hormis la crinière et la queue noires. Il se tenait là, presque immobile, comme un cheval sauvage. De petits nuages s'exhalaient de ses naseaux, le poil trempé de ses flancs dégageait une fine vapeur.

Rien d'étonnant à cela : Tempête avait pu galoper à sa guise puisque Laura, après avoir quitté la ferme de la famille Dietrich et atteint les champs, avait lâché les rênes. Le cheval était alors parti au galop comme une flèche. On aurait dit qu'il voulait se défouler après tous ces jours passés dans l'écurie. Jamais auparavant Laura n'avait galopé avec une fougue aussi farouche. Le monde défilait littéralement au rythme des sabots martelant le sol. Laura avait perdu toute sensation de réalité. Elle était seule au monde avec son cheval et se laissait gagner par la force indomptable qui se dégageait de Tempête. Elle oublia du même coup toute peur, de tomber, de se blesser ou de ne pas réussir à l'école. Laura se sentait légère et insouciante, elle avait l'impression de planer.

Elle aurait pu ainsi galoper sans jamais s'arrêter, mais elle savait qu'il fallait ménager Tempête, même s'il ne donnait aucun signe de faiblesse ou de fatigue. Une fois immobile, elle se rendit compte qu'elle était hors d'haleine et que son cœur battait à tout rompre.

Pendant qu'elle reprenait son souffle, Laura sentit comme un léger goût de sel sur ses lèvres. L'odeur se dégageant de la robe trempée de son cheval et du cuir humide de la selle chatouilla ses narines. Elle jeta encore un dernier regard vers la colline derrière laquelle se trouvait l'internat de Ravenstein. Puis elle ordonna avec un claquement de langue à Tempête de retourner à l'écurie. C'est à ce moment-là qu'elle remarqua une silhouette, un cavalier qui, l'instant d'avant, n'était pas là.

Un cavalier juché sur un cheval noir de jais.

L'éloignement ne permettait que de distinguer une forme sombre qui se détachait, menaçante sur le ciel pâle. En dépit de la distance, il émanait de l'homme quelque chose de si étrange et de si angoissant que Laura comprit qu'il était préférable de l'éviter. Un souffle glacial cingla son visage et pénétra sous son anorak. Elle se mit à trembler. Au même moment, un nuage lourd masquait le pâle soleil, provoquant une obscurité subite, comme si quelqu'un avait soudain éteint la lumière. Laura entendit alors au-dessus d'elle un bruit étrange.

Elle leva les yeux et vit les corbeaux. Des centaines, non, des milliers d'oiseaux, tout un nuage de formes noires se rapprochant rapidement, tourbillonnant dans un croassement rauque. Quels cris étranges... Ce n'étaient pas des cris de corbeaux. Ces cris-là étaient aigus, singuliers, presque irréels, comme s'ils venaient d'un autre monde.

Tempête souffla bruyamment et se mit à piaffer sur place.

Les corbeaux approchaient à tire-d'aile, tournoyant juste au-dessus de Laura, comme un énorme tourbillon qui aurait empli le ciel. Tout à coup, l'un des oiseaux de malheur fondit directement sur Laura en poussant un cri aigu. Elle se baissa et échappa de justesse au bec jaune et pointu qui passa à deux doigts de son visage.

Tempête hennit de peur et se cabra brutalement.

– Ho ! Ho !

Laura essaya de ne pas céder à la panique et de calmer sa monture.

Mais l'étalon blanc se cabra de nouveau, et Laura eut toutes les peines du monde à rester en selle. Et voilà que les corbeaux attaquaient de nouveau : un des oiseaux passa si près de sa tête qu'elle sentit le battement de son aile. Son cri suraigu lui déchira les tympans.

Tempête fit un écart, puis partit au galop, et il s'en fallut de peu que sa cavalière ne soit désarçonnée. Laura parvint péniblement à retrouver son équilibre et à rester en selle. Tempête ne lui obéissait plus : bien qu'elle tirât de toutes ses forces sur les rênes, il galopait de plus en plus vite.

Les corbeaux les suivaient, multipliant leurs assauts. La fillette les esquivait chaque fois de justesse ; elle finit par se demander si les oiseaux cherchaient vraiment à l'atteindre.

Et s'ils voulaient seulement lui faire peur ?

Eh bien, c'était réussi ! Laura ne se retournait plus vers les oiseaux. En proie à une frayeur indicible qui la faisait trembler de tout son corps, elle gardait le regard fixé droit devant elle. Une seule pensée la préoccupait désormais : *La ferme ! Je dois rejoindre la ferme des Dietrich !* Cette phrase résonnait dans sa tête jusqu'à ce qu'un bruit rythmé de sabots ne vienne brutalement l'interrompre.

Laura pressa les flancs de son cheval. Elle n'osait pas se retourner. C'était sûrement le cavalier noir qui s'était lancé à ses trousses. Mais pourquoi ? Que lui voulait-il ? Des aboiements retentirent soudain. Laura sentit ses cheveux se dresser sur sa tête : l'étrange cavalier avait dû envoyer toute une meute de chiens à sa poursuite. Les halètements rauques et les jappements furieux enflaient dans l'obscurité.

Étaient-ils à la chasse ? Était-elle le gibier ? Et si les chiens enfonçaient leurs crocs dans les jambes de Tempête, qu'adviendrait-il alors ?

Tout à la peur du danger que courait son cheval, Laura jeta un regard par-dessus son épaule : rien ! Il n'y avait rien ! Pas de cheval, pas de cavalier et encore moins de chiens ! Même les corbeaux avaient disparu. Au même moment, les bruits étranges se turent, le silence revint.

Un silence de mort.

Laura était étonnée, perplexe. Son imagination lui aurait-elle joué des tours ?

CHAPITRE 2

Sous le signe
Treize

es ténèbres enveloppaient Aventerra. Un vent glacial balayait le plateau de Calderan, fouettant les arbres séculaires des forêts marécageuses, leur arrachant grincements et soupirs. Les hautes herbes argentées de la vaste plaine frémissaient, des nuages ventrus s'amoncelaient dans le ciel tels une horde de destriers se lançant dans la bataille. Il régnait sur la plus ancienne des planètes une obscurité que ni la lumière blafarde des deux lunes d'Aventerra, ni les rayons jaunâtres de la lune, ni les éclats de l'Étoile bleue des Hommes ne parvenaient à chasser.

Au nord, là où la plaine s'inclinait brutalement, où le paysage se fondait dans la nuit rouge du ciel, se dressait un majestueux château fort : c'était Hellunyat, l'antique Forteresse du Graal. Ses murailles crénelées, ses tours fortifiées et son imposant donjon gravaient leur silhouette noire sur l'horizon.

Hellunyat existait depuis la nuit des temps, tout comme Aventerra. Personne n'aurait pu dire à quand remontait la construction de la forteresse, mais tous savaient qu'elle demeurerait même au-delà de la fin des temps. Hellunyat n'abritait-elle pas le Gardien de la Lumière et ses compagnons ? Et voilà que le silence de la nuit enveloppait Hellunyat et ses habitants. Hormis les sentinelles postées sur les quatre tours, qui luttaient contre le sommeil, tous dormaient.

Un jeune chevalier, Tarkan, et un vieil homme, Marun, montaient la garde sur la tour est. Tarkan, un homme de belle stature, appartenait depuis la dernière lune à la confrérie des chevaliers du Gardien de la Lumière. Tout combattant accompli qu'il fût, ce n'était encore que sa deuxième nuit de garde. Il arpentait nerveusement le chemin de ronde, observant attentivement la plaine qui s'étendait à ses pieds. Où que son regard se portât, vers l'est, là où se trouvait, derrière un mince ruban de forêt, la tourbière traîtresse, vers le sud, là où les majestueux monts du Dragon fermaient la plaine, vers le nord, là où la plaine se resserrait entre des rochers déchiquetés pour aboutir dans le Ravin des Ténèbres, tout était paisible et calme. Seul le hurlement du vent venait troubler ce silence. À l'ouest, l'épaisse Forêt des Murmures, masquée par la muraille de la forteresse, échappait à la vigilance de la sentinelle.

Le froid était si pénétrant que Tarkan resserra sa cape sur sa cotte de cuir. Un bruit inhabituel le fit tout à coup tressaillir. Il tendit l'oreille et entendit de nouveau un sifflement à glacer le sang. Il portait déjà la main à son épée lorsqu'il comprit... Ce n'était qu'un engoulevent inoffensif dont le cri retentissait dans le lointain. Tarkan secoua la tête, agacé par tant de frayeur inutile.

Marun, quant à lui, souriait en silence. Au fil des années, monter la garde était devenu une routine pour cet homme râblé. Le vieux chevalier n'aurait su dire combien d'heures ennuyeuses, interminables, s'étaient déjà écoulées ainsi. Mais il en avait tiré une leçon : cette attente sans fin, ce regard fixé des heures durant dans le crépuscule et dans la nuit pouvaient vous jouer bien des tours. On était si tendu qu'on en venait à voir des dangers dans les bruits les plus banals ou dans les ombres les plus inoffensives. Marun savait désormais que seuls le calme et la décontraction permettaient de ne pas céder à ces illusions et à ces pièges. Il somnolait assis par terre, le dos calé contre la muraille, les mains jointes sur son ventre rond. Soudain, il leva la tête pour jeter un regard agacé à Tarkan.

– Je t'en prie, Tarkan, tu me rends fou à courir ainsi dans tous les sens. Arrête et viens t'asseoir à côté de moi !

– Nous sommes de garde, rétorqua Tarkan sur un ton légèrement impertinent. Nous devons veiller à ce que les armées des Ténèbres ne s'approchent pas en cachette de la forteresse.

– Tiens donc ! Tu portais encore des couches que, déjà, je montais la garde. Tu ne t'imagines tout de même pas que c'est toi qui vas m'apprendre ce que nous avons à faire ?

– Ne m'en veux pas, Marun, mais tu as toi-même entendu ce qu'a dit le chevalier Paravain. Depuis que les Forces des Ténèbres se sont emparées de la Coupe de la Lumière pour la cacher sur l'Étoile des Hommes, nous devons nous attendre d'une minute à l'autre à une attaque !

– Erreur, mon jeune ami ! rétorqua Marun d'une voix où pointait une légère irritation. Nous devons nous attendre à une attaque depuis le commencement des temps ! Et rien ne changera jamais, même quand nous ne serons plus de ce monde, même quand nos enfants et nos petits-enfants seront morts depuis longtemps, rien ne changera ! Mais, dis-moi, sais-tu pourquoi tu as été choisi pour veiller sur la tour est ?

Tarkan regarda le vieil homme sans comprendre.

– Laisse-moi te le dire, jeune Tarkan, poursuivit Marun. Paravain t'a posté sur la tour est, comme tous les jeunes chevaliers, parce que le Prince des Ténèbres n'a jamais envoyé ses troupes par l'est ! Écoute bien : jamais encore les armées des Ténèbres n'on attaqué Hellunyat sur son flanc oriental !

Tarkan semblait ne pas saisir les paroles de son compagnon.

– Et sais-tu pourquoi il en est ainsi ? Eh bien, parce que, progressant complètement à découvert, ils pourraient être vus de loin. Voilà tout !

– Tu veux dire que faire le guet ici n'est qu'un jeu d'enfant ? Que même un jeune garçon comme Alarik, l'écuyer de Paravain, pourrait l'assurer ?

– Mais non, répondit Marun en secouant la tête. Il s'agit en fait de t'habituer progressivement, toi et les autres jeunes chevaliers, à ce genre de tâche. Je voulais seulement te faire comprendre que tu ne dois pas en rajouter. Nul besoin de scruter l'obscurité sans relâche, tel un faucon. Assieds-toi, ce sera mieux, et octroie à tes yeux un peu de repos !

Tarkan hésita, ne sachant quelle attitude adopter. Le Gardien de la Lumière avait remis sa vie entre les mains de ses chevaliers. Lors de l'adoubement, Paravain, le premier des treize Chevaliers Blancs, le chef de la garde personnelle, les avait exhortés à redoubler de vigilance dans leur combat contre les Forces des Ténèbres. Les valets de l'obscurité combattaient en effet, depuis le commencement des temps, les Forces de la Lumière, s'attachant sans relâche à vaincre le Bien pour sceller le règne du Néant Éternel.

Pensif, Tarkan secoua la tête comme pour chasser ses préoccupations. Que se passerait-il si l'ennemi parvenait à pénétrer dans Hellunyat, précisément au moment où il montait la garde ? D'un autre côté, Marun tenait des propos raisonnables, sans compter qu'il était depuis plus longtemps que lui au service de son maître, depuis beaucoup plus longtemps !

Tarkan scruta de nouveau la plaine, sans rien y découvrir d'inhabituel. Pas le moindre mouvement. Pas une ombre suspecte. Rien. Il se retourna vers son camarade et finit par céder à son injonction muette. Il s'assit et s'adossa à la muraille près de Marun.

– À la bonne heure, te voilà enfin raisonnable, murmura le vieil homme qui se mit à ronfler presque immédiatement.

Tarkan, lui, ne pouvait pas dormir : il se sentait trop mal à l'aise.

***

Kastor Dietrich, un homme bien charpenté qui devait avoir la soixantaine, était nonchalamment appuyé à la porte du box. Il tirait pensivement sur sa pipe tout en observant Laura qui bouchonnait la robe trempée de son cheval blanc. La jeune fille était encore bouleversée par l'étrange aventure qu'elle venait de vivre et de lui raconter. Pâle, elle tremblait de tout son corps en dépit de la chaleur agréable de l'écurie.

Le paysan retira la pipe de sa bouche en soufflant une bouffée de fumée :

– Je ne pense pas que cela soit le seul fruit de ton imagination, dit-il en hochant imperceptiblement la tête.

Laura s'interrompit et le regarda :

– Mais ce serait pourtant la seule explication plausible, non ? demanda-t-elle d'une voix désemparée.

Kastor ne répondit pas. Il avait remis la pipe à sa bouche et semblait réfléchir. L'odeur épicée du tabac chatouillait les narines de Laura et recouvrait les odeurs familières de l'écurie et des animaux. Dans les box voisins, des chevaux s'ébrouaient, grattaient le sol de leurs sabots et mâchaient le foin odorant qu'ils tiraient à petits coups du râtelier.

– Non ? répéta Laura.

Le fermier plissa ses yeux noirs.

– C'est bien demain ton anniversaire, n'est-ce pas ?

– Comment le savez-vous ? demanda Laura qui ne put cacher son étonnement.

L'homme eut un sourire énigmatique.

– Peu importe pour l'instant. Tu le sauras bientôt, car tu es née sous le signe Treize.

Sous le signe Treize ? Qu'est-ce que cela signifiait encore ?

Kastor Dietrich se contenta d'un léger signe de tête.

– Patience ! Tu sauras très bientôt ce que cela veut dire, crois-moi, Laura !

Il fit un pas vers Tempête pour flatter l'encolure de l'étalon.

– Tempête doit avoir très soif après cette chevauchée endiablée. Donne-lui beaucoup d'eau et ne regarde pas à la quantité de foin. Il l'a bien mérité !

Sur ces mots, il quitta l'étable.

La nuit tombait lorsqu'il sortit dans la cour. L'air froid et hivernal lui pinça les narines qu'il dilata pour renifler une fois, puis une autre fois encore, comme un animal qui prend le vent. Il leva les yeux vers le ciel où couraient de sombres nuages. Il y aurait de la tempête cette nuit. Puis il se retourna et vit, par la porte ouverte du box de l'étalon, Laura qui enfourchait du foin dans le râtelier.

Il était inquiet, très inquiet pour elle.

***

Le vent tomba, les nuages s'immobilisèrent dans le ciel, occultant les deux lunes. Le plateau de Calderan fut plongé dans l'obscurité la plus complète.

Le silence régnait dans les hautes herbes séparant la forêt marécageuse de la Forteresse du Graal. Seules les feuilles bruissaient dans les branches des arbres. Puis, le cri de l'engoulevent, celui-là même qui avait tant fait peur à Tarkan, retentit comme une longue plainte dans l'obscurité. Un deuxième oiseau lui répondit, puis un troisième, avant que le silence ne s'impose à nouveau.

Un silence irréel et effrayant, qu'un chuchotement rauque interrompit.

Les premières brumes s'élevèrent alors de la forêt.

Elles progressaient, épaisses et sombres, s'étalaient entre les arbres et atteignirent bientôt la plaine. D'autres nappes suivirent. Innombrables, énormes et sombres, elles se dressèrent brutalement comme une armée obscure, une armée qui ne cessait de grandir. Les brumes chuchotaient, ce qui n'avait rien d'étonnant sur Aventerra. Elles existaient depuis le commencement des temps, tout comme les vents chantants et les ombres dansantes. Mais cette fois-ci, ces brumes chuchotantes semblaient vivantes.

– En avant ! murmurèrent les brumes.

Cette marée vaporeuse s'ébranla en direction de Hellunyat et franchit les hautes herbes. Une fois arrivée à portée de flèche de la Forteresse du Graal, elle se transforma en un puissant flot noir qui déferla sans bruit et se rapprocha inexorablement des hautes murailles.

Bientôt, ce flot atteindrait les fortifications qui jouxtaient la tour est.

***

Mais ce sont des histoires à dormir debout !
Sayelle était particulièrement agacée. *Propos stupides d'un vieillard sénile*, pensa-t-elle en versant d'une main une grosse dose d'huile dans un récipient en acier.

Elle tenait dans l'autre main un fouet qu'elle agitait frénétiquement dans ce même récipient.

— Sous le signe Treize, cela n'a aucun sens ! Demain, nous serons le cinq, non le treize. Quant à ton signe, tu es une Sagittaire. Comment ce paysan peut-il prétendre que tu es née sous le signe Treize ?

Laura haussa les épaules.

— Je n'en sais rien… Papa le saurait sûrement, lui. Du moins, il saurait dans quel livre il faut chercher pour le savoir, ajouta-t-elle tout bas.

Puis elle tourna les talons et quitta la cuisine, suivie par le regard furieux de Sayelle.

— Papa le saurait sûrement, lui, répéta-t-elle en singeant la voix de sa belle-fille.

Un regard dans le récipient suffit à l'arrêter net. La bouteille d'huile s'immobilisa elle aussi ; le fouet resta comme collé sur le bord du saladier.

— Zut ! Cette foutue mayonnaise a tourné, une fois de plus !

Le fouet atterrit dans l'évier, suivi de très près par le récipient. Sayelle mit les crevettes décongelées dans la poubelle avant d'enlever son tablier et de quitter la cuisine. Dans le couloir, elle prit le téléphone et composa le numéro d'Allo-Pizza, qu'elle commençait à connaître par cœur.

**

Tarkan sursauta. S'était-il vraiment profondément endormi, ou s'était-il seulement légèrement assoupi ? Il tendit l'oreille. Mis à part le léger ronflement de Marun à sa droite, il n'entendait rien. Absolument rien, pas même le bruit du vent. Puis, soudain, il se souvint de ce que Paravain leur avait enseigné : les Forces des Ténèbres ont le pouvoir de gouverner les éléments, y compris le vent en cas de besoin.

Tarkan sauta sur ses pieds, se saisit de son épée et fixa l'obscurité. Une énorme nappe de brume noire s'était formée à l'est de Hellunyat. Étonné, le jeune homme plissa les yeux. Jamais encore il n'avait vu pareille chose. La brume était épaisse, presque impénétrable, et semblait curieusement dotée de vie. L'étrange nuée grimpa le long de la muraille, et les premiers voiles commencèrent à se répandre par-dessus les merlons. Tarkan sentit tout à coup le froid glacial qui émanait de ces silhouettes étranges et découvrit à cet instant même qu'elles dissimulaient des chevaliers aux armures noires. On les distinguait à peine, d'autant que leurs contours s'estompaient sans cesse, donnant ainsi l'impression qu'ils se fondaient dans les volutes de brouillard. Leurs yeux, en revanche, rougeoyaient comme les flammes de l'enfer dans ce magma informe. Tarkan se figea : les soldats des Ténèbres !

Le chevalier voulut pousser un cri d'alarme, mais aucun son ne sortit de sa gorge. Il balbutia, à croire qu'une force mystérieuse lui avait coupé la respiration. Tarkan essaya désespérément de reprendre haleine. Il laissa échapper son épée qui tomba bruyamment sur le sol. Les remparts disparurent dans un énorme lambeau de brume d'où surgit Borboron, le Prince des Ténèbres. Le jeune homme, en voyant ces yeux de braise rivés sur lui, comprit qu'il était trop tard. Une lourde épée s'enfonçait déjà dans sa gorge. Tarkan tomba à genoux ; des flots de sang jaillirent de sa bouche.

« Maître, pardonne-moi, j'ai failli. » Ce furent ses dernières paroles, à peine audibles.

Puis il s'affala, tête la première sur le sol, et rendit l'âme. Ses yeux déjà vitreux ne purent plus voir les hordes noires se détacher sans bruit des nuées pour enjamber la muraille et se déverser dans l'intérieur de la Forteresse du Graal.

Marun, quant à lui, ne ronflait plus : il dormait dans le profond silence du sommeil éternel.

***

Laura était assise au bureau de son père et feuilletait nerveusement un gros dictionnaire à reliure de cuir. L'article qu'elle trouva sous le mot « treize » ne l'avança pas vraiment :

« Nombre premier ; considéré dans certaines cultures comme un chiffre porte-malheur. » C'était tout. L'article « signe » ne la mena guère plus loin. Déçue, elle referma le livre.

Elle n'avait pas trouvé le plus petit indice lui permettant de comprendre l'expression « Signe Treize » qu'avait employée Monsieur Dietrich. En remettant le gros dictionnaire sur l'étagère, la petite boîte lui revint à l'esprit.

Elle l'avait découverte par hasard, il y avait bien des années de cela, à l'époque où sa mère était encore en vie. Ce jour-là, elle était allée demander quelque chose à son père, mais, ne l'ayant pas trouvé dans son bureau, elle était ressortie de la pièce lorsque son regard était tombé sur un petit coffret en bois posé sur la table. Une envie irrépressible s'était emparée d'elle et elle s'était dirigée vers l'objet.

Il s'agissait apparemment d'un coffret à bijoux, orné sur tous ses côtés de signes étranges que Laura n'avait encore jamais vus auparavant. Elle avait juste étendu le bras pour saisir l'objet lorsque son père, pénétrant brusquement dans la pièce, lui avait ordonné, d'un ton sec, de ne pas y toucher. Laura, effrayée, avait reculé. Marius s'était radouci et lui avait expliqué que le contenu de la petite boîte lui était destiné, mais qu'elle n'en prendrait possession que plus tard.

– Tu comprendras ce que cela signifie le jour de la fête du Treize, lui avait-il dit avec un sourire en reprenant la boîte.

Laura avait vite oublié cet incident et n'y avait plus jamais songé depuis.

La fillette réfléchissait. Le jour de la fête du Treize, cela avait peut-être un rapport avec le signe Treize ? Le contenu de la boîte pourrait peut-être l'aider à résoudre cette énigme.

Elle ouvrit le grand tiroir du bureau et se mit à fouiller dans les objets qu'il contenait jusqu'à ce qu'elle trouve enfin ce qu'elle cherchait, caché sous une pile de feuilles de papier. Elle serra très fort le coffret contre sa poitrine et referma le tiroir.

Le coffret mesurait environ treize centimètres sur dix-neuf pour une hauteur d'à peu près trois centimètres et correspondait en tous points au souvenir que Laura en avait. Des signes étranges étaient constitués de très fines incrustations en bois clair. Après avoir contemplé l'écrin sous toutes les coutures, Laura finit par soulever le couvercle et découvrit, fixé à une petite chaîne, un bijou posé sur un coussin de velours bleu : un pendentif en or.

Laura s'étonna de le trouver si lourd : il n'était pourtant pas particulièrement gros. Il représentait une roue stylisée avec huit rayons d'un diamètre de trois centimètres. Compte tenu de son poids, le pendentif devait être en or massif.

Perplexe, Laura examina la chaîne. Pourquoi son père détenait-il un bijou d'une telle valeur ? Et pourquoi lui était-il destiné ?

– Étrange, murmura-t-elle pour elle-même. Comprenne qui pourra.

Une voix lui répondit dans son dos.

– Patience, Laura, tu ne tarderas pas à comprendre !

Un frisson glacial saisit Laura et son cœur s'emballa. *C'était la voix de maman !* Mais maman est morte ! *Depuis huit ans déjà. Elle ne peut pas me parler, c'est absolument impossible !*

Laura suffoquait ; son front était baigné de sueur. Retenant son souffle, elle se retourna très lentement pour embrasser la petite pièce du regard. Mais elle ne vit rien, ni personne, et encore moins sa mère. Il n'y avait d'elle que son portrait accroché au mur.

Laura soupira. Son pouls reprit un rythme normal. Elle remit la chaîne dans le coffret qu'elle glissa dans sa poche avant de se rapprocher de la photo pour la regarder plus attentivement. Le portrait devait dater de quelques semaines seulement avant la mort d'Anna Leander. Elle avait vingt-huit ans à l'époque. *C'était une belle femme, très belle même,* pensa Laura. De leur mère, son frère et elle avaient hérité ses cheveux blonds et ses yeux bleus. Anna semblait pensive sur la photo.

Pressentait-elle ce qui allait arriver ? Cette pensée traversa soudain l'esprit de Laura, qui la rejeta aussitôt. Comment cela aurait-il été possible ? Personne, non personne n'aurait pu prévoir qu'Anna Leander, quelques semaines plus tard, lors d'un trajet de Hohenstadt à Ravenstein, tenterait d'éviter deux grands chiens noirs surgis brusquement de nulle part devant sa voiture.

Personne ne pouvait prévoir qu'elle perdrait le contrôle de son véhicule qui tomberait dans un lac.

Laura passa avec précaution sa main sur le cadre.

Soudain, Anna Leander esquissa un sourire plein de douceur comme pour encourager sa fille. Laura recula, en proie à une peur indicible qui lui faisait dresser les cheveux sur la tête.

Nooooon !

À cet instant précis, Lucas entrait dans la pièce. Il aperçut sa sœur qui fixait, pâle comme un linge, la photo de leur mère.

– Laura, qu'est-ce que tu as ? demanda-t-il, étonné.

La jeune fille ne répondit pas, gardant les yeux rivés sur le portrait. Le sourire avait disparu du visage de sa mère qui regardait comme toujours sa fille d'un air grave et sérieux.

Lucas toucha l'épaule de sa sœur.

– Laura, allez, dis-moi ce que tu as !

Laura secoua la tête, comme pour s'assurer qu'elle ne rêvait pas. Son imagination devait lui avoir joué un tour, c'était la seule explication plausible. Cependant, sa mère lui avait souri : elle en était certaine. De surcroît, elle avait entendu très nettement sa voix : « Bientôt, tu comprendras, Laura ! »

Qu'est-ce que tout cela pouvait bien signifier ?

– Dis donc, tu ne me parles plus, ou quoi ? Qu'est-ce que tu as ?

– R… ri… rien ! Ce n'est rien, bégaya Laura.

Lucas ferma l'œil gauche, regardant sa sœur d'un air sceptique. Une ride s'était, comme d'habitude, creusée sur son front.

– Regarde ce que je viens de découvrir, dit-il alors en lui montrant un feuillet d'ordinateur. Je me suis un peu baladé sur Internet et je suis tombé sur un site qui parle des mythes. Écoute un peu.

Il se pencha sur la page et lut :

– « Le chiffre treize joue un rôle privilégié dans certains mythes, et en particulier dans le calcul du temps. L'année commence ou bien se termine le jour du solstice d'hiver ; la période entre ces deux jours est divisée en treize lunes de vingt-huit jours chacune. C'est la raison pour laquelle, dans de nombreuses cultures, le chiffre treize est un chiffre sacré. On attribue aux personnes nées le treizième jour de la treizième lune des pouvoirs et des facultés très particulières – car elles sont nées sous le signe Treize. »

Lucas releva la tête, attendant la réaction de sa sœur, mais le visage de Laura ne reflétait que sa perplexité.

– Je ne vois pas quel rapport cela peut avoir avec moi.

Lucas n'en revenait pas.

– Vraiment pas ?

Laura secoua la tête.

– Non, vraiment pas.

Lucas leva les yeux au ciel. Il commençait à s'énerver.

– Voilà bien le comportement typique d'un QI-de-moineau !

Laura ne réagit pas. Lucas avait inventé cette expression pour qualifier les gens qui ne possédaient pas un super-cerveau comme le sien. Il se prenait lui-même, compte tenu de son QI élevé, pour un superman, digne de rivaliser avec Albert Einstein ou avec Stephen Hawking, l'astrophysicien anglais.

Il poursuivit sur un petit ton condescendant.

– C'est pourtant *easy* ! Réfléchis un peu : si l'année commence et se termine avec le jour du solstice d'hiver, c'est-à-dire le vingt et un décembre, et que le laps de temps compris entre ces deux jours est divisé en treize lunes de vingt-huit jours chacune, alors, le treizième jour de la treizième lune est le… alors, le… ?

Lucas regardait sa sœur par-dessus la monture de ses grosses lunettes qui avaient glissé sur son nez. Mais la colère se lisait sur le visage de Laura. Elle ne supportait pas que son frère joue les monsieur-je-sais-tout. Bon, il savait plus de choses qu'elle, mais qu'y avait-il d'étonnant à cela ? Il passait son temps plongé dans ses bouquins et n'arrêtait pas de surfer sur Internet à la recherche des dernières découvertes scientifiques. Grand bien lui fasse ! Laura s'en moquait tant qu'il ne se mettait pas à pérorer en se prenant pour Einstein.

– Mais enfin, Lucas, tu sais bien que je ne suis pas aussi bonne en maths que toi ! finit-elle par répondre.

Lucas, piètre comédien, leva à nouveau les yeux au ciel.

– Cela n'a rien à voir avec les maths, répondit-il avec un petit sourire prétentieux. Il s'agit d'un banal exercice de calcul à la portée de n'importe quel élève de cours moyen !

Laura fit une grimace : elle était carrément vexée.

—Si c'est Monsieur qui le dit… Alors, je t'écoute, quelle est la solution Superman ?

Lucas jubilait ; il adorait agacer sa sœur et savait très bien comment s'y prendre. Il lui suffisait de lui prouver qu'il disposait de beaucoup plus de connaissances qu'elle dans de nombreux domaines, bien qu'il fût plus jeune et dans la classe en dessous. Comme il était largement en avance sur le programme de sciences, il avait dépassé Laura depuis belle lurette.

– Fais bien attention, poursuivit-il sur un ton goguenard. Le treizième jour de la treizième lune de ce calendrier correspond à notre cinq décembre. Donc, à ton anniversaire !

– Vraiment ? demanda Laura, estomaquée.

– Vraiment ! acquiesça son frère. C'est logologique !

Laura prit un air étonné.

– Logo… quoi ?

– Logologique ! répéta Lucas, et Laura comprit enfin qu'il s'agissait là d'une nouvelle création linguistique de son frère.

– Et le fermier a bien raison : tu es vraiment née sous le signe Treize !

– Admettons, grommela Laura. Mais quel est le rapport avec ce calendrier bizarre ? Ou avec des mythes quelconques ?

CHAPITRE 3

L'épée maudite

euls le chuintement des torches fichées dans des appliques aux murailles et le crépitement du feu dans la vaste cheminée de pierre troublaient le silence pesant qui régnait dans l'immense salle du trône de Hellunyat. Assis dans son fauteuil, Elysion, le Gardien de la Lumière, fixait les flammes d'un air absent. L'éclat du feu dansait sur ses joues ridées, et l'odeur de la résine lui chatouillait les narines.

Pourtant, le vieil homme semblait ne pas y prêter plus d'attention qu'au merveilleux bouquet de fleurs rouges posé sur la commode près de la croisée. Elysion paraissait recru de fatigue. Les années avaient buriné son doux visage et fait blanchir sa chevelure et sa longue barbe. Vêtu d'un simple habit blanc, le Gardien de la Lumière portait autour du cou une chaîne avec un pendentif en or massif. L'objet, travaillé avec délicatesse et soin, représentait une roue à huit rayons.

En dépit du feu, le vieillard avait froid. Il frissonna légèrement et laissa échapper un soupir à peine audible. Depuis des heures, Elysion était rongé par une étrange inquiétude. Les pensées qui l'assaillaient le privaient de sommeil. Contrairement à ses habitudes, il ne s'était pas encore retiré dans sa chambre, sachant pertinemment qu'il n'y trouverait aucun repos.

Le chevalier Paravain avait eu beau lui assurer qu'il n'y avait aucune raison de s'inquiéter, que deux hommes montaient la garde sur les tours de guet, qu'il avait posté partout dans la forteresse des sentinelles et qu'il était pratiquement impossible de pénétrer dans Hellunyat sans qu'on le remarquât, le Gardien de la Lumière n'était pas rassuré. Elysion n'avait pu s'empêcher de rappeler au chef de sa garde personnelle un bien douloureux souvenir : les Forces des Ténèbres n'avaient-elles pas réussi, il y avait treize lunes de cela, à pénétrer dans le labyrinthe du château pour y dérober la Coupe de la Lumière qui contenait l'Eau de la Vie ?

– Un malheureux concours de circonstances ! avait expliqué Paravain. Vous savez bien, Maître, qu'un traître s'était glissé dans nos rangs !

Le Gardien de la Lumière avait alors posé calmement son regard sur le chevalier avant de lui répondre :

– Rien n'est le fruit du hasard, chevalier Paravain. Tout a un sens, même si nous ne sommes pas en mesure de le comprendre dans l'immédiat. Jamais personne n'est à l'abri d'une trahison !

Perdu dans ses souvenirs, le vieillard hocha la tête. Toutes ces trahisons ! Toutes ces fois où il avait dû constater que l'un de ses proches, trop faible pour résister aux tentations de l'ennemi, était passé secrètement dans le camp adverse. Ces supposés amis devenaient alors des alliés particulièrement efficaces pour les soldats des Ténèbres qui savaient pertinemment qu'un ennemi avéré est bien plus facile à vaincre qu'un traître masqué. Voilà pourquoi les Forces des Ténèbres essayaient sans cesse de gagner à leur cause des chevaliers de la Forteresse du Graal.

Les serviteurs des Ténèbres n'avaient cependant toujours pas réussi, en dépit de leurs efforts réitérés, à vaincre les Forces de la Lumière. Certes, les affrontements devenaient de plus en plus fréquents, mais, dans cette lutte incessante entre le Bien et le Mal, le destin continuait à s'allier à ceux qui défendaient la Lumière ! Cette pensée éclaira un court instant le visage du vieillard, dont les yeux bleus s'illuminèrent comme ceux d'un jeune homme. Oui, il était encore capable d'assumer la tâche qui lui était impartie depuis le commencement des temps ! Pourtant, le moment où il lui faudrait choisir un successeur approchait inexorablement...

Elysion sentit le danger avant même que la porte ne s'ouvre. Il était déjà debout lorsque les deux lourds battants furent poussés avec violence. Une poignée de chevaliers des Ténèbres, précédés de Borboron, entrèrent dans la salle avec fracas. Le Prince des Ténèbres brandissait son épée, dont la lame maculée de sang reflétait la lumière du feu.

Le Gardien de la Lumière sursauta en voyant cette arme dont il connaissait trop bien le fatal pouvoir. Pestilence avait été forgée au commencement des temps par les démons des Ténèbres de l'autre côté des Monts de Feu. Ils l'avaient ensuite dotée de forces magiques, seules capables d'achever le vieillard. Elysion se retrouvait pour la première fois depuis des temps immémoriaux démuni face à la menace de cette terrible épée.

Les yeux de braise du Prince des Ténèbres firent le tour de la grande salle du trône. Son visage blafard grimaça de plaisir lorsqu'il comprit que le Gardien de la Lumière était seul.

– Salut à toi, Maître de la Lumière ! lança-t-il avec mépris avant de s'avancer à grandes enjambées vers le vieillard.

Sa voix sourde et rauque semblait sortir directement des entrailles de l'enfer. Les chevaliers des Ténèbres prirent position dans la salle.

Elysion, comprenant qu'il était pris au piège, recula avec effroi tandis que Borboron s'avançait rapidement vers lui sous le regard complaisant de ses hommes.

À ce moment-là s'ouvrit une autre porte, qui livra passage à treize chevaliers en armures blanches brandissant leurs épées. Un homme jeune de haute stature, le chevalier Paravain, se trouvait à leur tête. Un coup d'œil en direction de son maître lui suffit pour comprendre l'urgence de la situation.

– Au nom de la Lumière, faites-les reculer ! ordonna-t-il à ses hommes.

Pendant que ses chevaliers s'interposaient devant les guerriers des Ténèbres, le jeune homme tenta de se rapprocher du Gardien de la Lumière. Mais Borboron se trouvait déjà en face d'Elysion. Paravain était trop loin pour intervenir. La grande table ronde au milieu de la salle lui barrait le chemin.

Borboron leva son épée :

– Ton heure est venue, vieillard ! s'exclama-t-il en s'apprêtant à asséner un coup fatal.

La lame allait s'abattre sur la tête du vieil homme quand,

soudain, le Prince des Ténèbres poussa un cri et vacilla. Son arme frôla la tête de son adversaire.

Le chevalier Paravain eut un soupir de soulagement : le tabouret, qu'il venait de lancer, avait sauvé son maître d'une mort certaine. Alors, sautant par-dessus la table, il se jeta sur le Prince des Ténèbres qui para et riposta.

Borboron comprit immédiatement qu'il avait affaire à aussi fort que lui, même si Paravain, beaucoup plus jeune, manquait à coup sûr d'expérience au combat. Le visage blafard de Borboron se changea en un masque hideux troué de deux yeux de braise où rougeoyaient les flammes de l'enfer. Redoublant d'ardeur dans ses assauts, Paravain esquivait adroitement les coups de Pestilence. Les deux adversaires se livraient un combat sans merci. Aucun d'eux n'était prêt à céder, car pour l'un comme pour l'autre, l'enjeu était de taille.

Leurs compagnons se battaient également avec fougue. Les halètements, les cris, les chocs métalliques des armes résonnaient dans la salle. Les lames s'entrechoquaient furieusement, des étincelles jaillissaient. Des hommes mortellement blessés roulaient à terre, mais leurs derniers râles stimulaient encore plus l'ardeur des autres combattants. Malgré toute leur hargne, les Chevaliers Noirs ne purent résister que quelques courtes minutes à la garde personnelle d'Elysion. Prenant conscience de l'hécatombe dans ses rangs, le Prince des Ténèbres dut s'avouer vaincu.

– Reculez ! Reculez, mes frères ! ordonna-t-il à ses hommes d'une voix empreinte de déception.

Son escorte obtempéra immédiatement. Borboron tenta alors une dernière offensive. Il brandit la pointe acérée de Pestilence vers la gorge de Paravain dont l'attention se concentrait à ce moment précis sur Elysion. Le Chevalier Blanc eut juste le temps de lever son épée pour parer de justesse.

– Ne te réjouis pas trop vite, pauvre bouffon ! grommela Borboron. Nous nous retrouverons. Et je te tuerai !

Le Prince des Ténèbres pivota sur ses talons et quitta les lieux.

– Poursuivez-les ! Chassez-les hors des murs de Hellunyat ! ordonna Paravain à sa garde.

Les Chevaliers Blancs s'exécutèrent pendant que leur jeune chef s'approchait du Gardien de la Lumière. Le vieillard, en proie à une indicible terreur, tremblait de tous ses membres. On devinait, dans l'ombre, la pâleur mortelle de son visage.

Paravain rangea son épée dans le fourreau.

– Je n'arrive pas à comprendre comment...

Elysion lui coupa sèchement la parole.

– Les brumes ! Ils sont arrivés par l'est, dissimulés derrière les brumes chuchotantes. N'avais-tu donc pas mis tes hommes en garde ?

– Bien sûr que si ! Mais ils ne m'ont apparemment pas pris au sérieux. Il est vrai que seule une poignée d'entre eux avait eu, à ce jour, l'occasion de rencontrer ces brumes traîtresses.

– Elles sont un allié puissant pour ceux qui savent en user à bon escient, expliqua le Gardien de la Lumière pensivement. Tu dois en aviser tes hommes, demain matin au moment du rassemblement.

– Oui, mon Seigneur, soyez sûr...

Paravain chercha à croiser son regard. Soudain, il pâlit.

– Non ! cria-t-il, terrifié, la main devant la bouche, les yeux rivés sur le Gardien de la Lumière.

– Je sais, dit le vieillard, il m'a touché.

Et sa voix se brisa.

Il ôta la main de sa joue gauche et montra à Paravain ses doigts couverts de sang. Le chevalier découvrit alors l'estafilade sur le visage d'Elysion.

Paravain connaissait parfaitement les conséquences d'une telle blessure : là où Pestilence frappait, jamais plus les chairs ne guérissaient. Les victimes étaient condamnées à une mort atroce si on ne leur administrait pas à temps l'unique antidote : l'Eau de la Vie. Seul cet élixir que renfermait la Coupe de la Lumière pouvait sauver Elysion. Mais la Coupe se trouvait sur l'Étoile des Hommes, là où les Puissances des Ténèbres l'avaient dissimulée.

Paravain était paralysé de peur.

– Ce n'est qu'une blessure superficielle, le rassura Elysion.

Mais au même moment, ses genoux se dérobèrent, ses forces diminuant à vue d'œil.

Le Chevalier Blanc eut tout juste le temps de rattraper son maître avant qu'il ne s'effondre. Les yeux embués de larmes,

Paravain chuchota, d'une voix rauque, au Gardien de la Lumière :

– Maître, nous sommes perdus, c'en est fait de toutes nos espérances !

Elysion lui lança un regard compatissant.

– Pourquoi tant de résignation, Paravain ? Tant que tu auras la foi, il y aura de l'espoir...

***

Dietrich avait vu juste : il y eut bien une violente tempête pendant la nuit. Les températures étaient brutalement remontées au-dessus de zéro, et le vent hurlait et tourbillonnait autour des maisons, ébranlant fenêtres, portes et tuiles. De lourds nuages chargés de pluie couraient dans le ciel. D'abondantes averses ne tardèrent pas à s'abattre sur Hohenstadt, inondant même les rues par endroits.

Paisiblement allongée dans son lit, Laura dormait, sourde aux bruits de la tempête, de la pluie et aux douze coups de minuit de la tour voisine.

Minuit. C'était donc le jour de son anniversaire.

Soudain, la fillette entendit une voix dans son sommeil. Une voix bien timbrée qui criait son nom : « Laura ! », et une fois encore : « Lauraaaaaa ! »

Réveillée en sursaut, elle ouvrit les yeux et regarda autour d'elle. En dépit de l'obscurité, elle reconnut tout de suite la silhouette élancée à côté de son lit : c'était son père !

La fillette en eut le souffle coupé. *Papa ! Ce n'est pas possible !*

Marius Leander était d'une taille imposante. Il avait de grands yeux noirs, et son visage bienveillant s'encadrait dans une tignasse noire. Il regardait sa fille affectueusement.

– Joyeux anniversaire, Laura ! dit-il tout bas.

Elle n'en revenait pas.

– Mais papa, comment... comment ? bredouilla-t-elle, les yeux écarquillés.

– Chut ! fit Marius Leander en mettant un doigt sur ses lèvres avant de poursuivre. Bientôt, tu comprendras tout. Aujourd'hui, tu célèbres la fête du Treize, Laura. Treize fois treize lunes sont passées depuis ta naissance, et c'est en ce jour que tu dois être admise dans le cercle des sentinelles.

Laura avala sa salive, incapable de dire un mot. Que signifiait tout cela ? Comment son père se retrouvait-il tout à coup dans sa chambre ? Les pensées de Laura se bousculaient dans sa tête et tournoyaient comme un manège lancé à grande vitesse.

– Tu es née sous le signe Treize, expliqua Marius Leander. C'est pourquoi tu es investie d'une mission bien particulière : tu es chargée de retrouver la Coupe. La réussite de cette entreprise dépend entièrement de toi, de ton courage, de ta volonté et de la confiance que tu auras en toi-même.

Laura suait à grosses gouttes, les mots tourbillonnaient toujours plus vite dans sa tête. Sous le signe Treize. Sentinelles. Mission bien particulière. Trouver la Coupe. Mais qu'est-ce que cela pouvait bien vouloir dire ? Elle secoua la tête :

– Je... je n'y comprends absolument rien, papa. Quelle mission ? Et, comment se fait-il que tu sois brusquement ici, dans ma chambre ?

– Chaque chose en son temps, répondit Marius Leander avec un regard tendre vers sa fille. Demande au professeur Morgenstern. Il saura répondre à toutes tes questions. Et va chercher Fumerol, le brouillard chuchotant que j'ai juste eu le temps de cacher dans la bibliothèque avant d'être fait prisonnier.

À cet instant, les yeux de Marius tombèrent sur la chaîne que Laura avait posée sur son bureau. Elle l'avait sortie de son écrin pour la contempler encore une fois avant de se coucher. Son père eut un sourire :

– Je vois que tu y as pensé, même sans moi, dit-il en prenant le bijou pour le contempler avec nostalgie. Il est très précieux, Laura. La roue du temps a appartenu autrefois à ta grand-mère. Veille bien sur le pendentif, car il te sera d'un grand secours pour...

Il s'interrompit brutalement et sursauta. Son dos s'arrondit, son visage se tordit de douleur.

– Non, non… ! gémit-il.

Laura vit des coups de fouet s'abattre sur son père, lacérant sa chemise. Mais où était le fouet ? Laura ne le voyait pas, elle voyait seulement les coups pleuvoir, des coups et encore des coups !

Elle remarqua alors que son père portait des vêtements souillés et déchirés, comme s'il n'en avait pas changé depuis sa disparition. Il ne portait pas de chaussures, et ses pieds étaient affreusement sales.

Les coups du fouet invisible cinglaient maintenant le visage de son père, striant ses joues de marques rouges. Marius Leander suffoquait de douleur. Il disparut tout à coup. Il était encore là quelques instants auparavant, et maintenant, il s'était évaporé, comme la flamme d'une bougie s'évanouit, soufflée par un courant d'air subit.

Laura resta immobile, bouche bée.

– Papa ? chuchota-t-elle, incrédule.

Elle était incapable de bouger, ne serait-ce que le petit doigt, ou de mettre deux pensées sensées bout à bout. Et le tourbillon des mots reprit de plus belle dans sa tête, comme une tornade endiablée.

C'en était décidément trop pour elle. Et elle sombra dans le sommeil.

Laura était fourbue, comme après une nuit blanche. Elle était assise devant son petit-déjeuner, les traits tirés et le regard fixe, incapable d'avaler quoi que ce soit, pas même une gorgée de chocolat, sans avoir de haut-le-cœur.

Ses pensées revenaient sans cesse à son père. Elle le revoyait apparaissant soudain dans sa chambre et se tordant de douleur avant de se volatiliser. Mais elle n'était pas plus avancée qu'avant : où se trouvait-il ? Comment tout cela s'expliquait-il ?

Une personne ne pouvait pas s'évaporer ainsi, ce n'était pas possible !

– Crois-moi, Laura, tu auras rêvé, voilà tout, dit Lucas la bouche pleine et barbouillée de confiture de fraises, un peu de fromage frais collé encore au menton : un mélange qu'il adorait tartiner sur son pain.

– Un rêve, sans plus, répéta-t-il d'une voix morne. Exacto-préciso ! Comme hier avec les chevaliers et la coupe.

– Quelle coupe ? demanda Sayelle.

Laura feignit de ne pas avoir entendu.

– Non, ce n'était pas un rêve ! dit-elle en secouant la tête.

Elle était sûre de ce qu'elle avançait. D'ailleurs, si toute cette histoire n'était qu'un rêve, pourquoi la chaîne aurait-elle disparu ? Et, à n'en pas douter, elle s'était bel et bien volatilisée.

– Papa était dans ma chambre, insista-t-elle. J'en suis certaine.

Sayelle posa sa tasse et regarda sa belle-fille d'un air compatissant.

– Allons, ma petite, il faut que tu te fasses une raison ! fit-elle d'une voix qui se voulait compréhensive.

On aurait cru qu'elle s'adressait à une gosse de trois ans. Laura haïssait ce ton qui lui donnait le sentiment d'être encore une petite fille idiote que l'on ne prenait pas au sérieux. Elle lança un regard noir à Sayelle qui, de son côté, fit comme si de rien était.

– Tu sais très bien que ce n'est pas possible, poursuivit Sayelle sur le même ton. Et c'est bien la preuve que tu as rêvé. Ton subconscient t'aura joué un tour : tu souhaites si ardemment que ton père revienne ! Alors, tu as imaginé que tu le voyais en réalité.

– Quelles inepties ! s'écria Laura hors d'elle. Je sais tout de même ce que j'ai vu et ce que je n'ai pas vu, non ?

Il en fallait plus pour impressionner Sayelle.

– Psychologiquement parlant, l'explication est simple. Premièrement, ton désir s'explique parfaitement. Deuxièmement, tu possèdes, comme Lucas d'ailleurs, une imagination débordante à laquelle Marius, en vous imposant dès votre plus tendre enfance ses sempiternelles histoires, ses contes et ses légendes, a largement contribué.

Laura lança un regard sombre à sa belle-mère.

– Alors, il aurait mieux fait de nous lire les chroniques économiques, c'est ce que tu veux dire, hein ?

– Cela aurait sans conteste été beaucoup plus raisonnable,

répondit Sayelle avec conviction. Il n'est jamais trop tôt pour habituer les enfants aux dures réalités de la vie – ce ne sont ni les contes ni les histoires qui peuvent assumer cette tâche.

Laura fit une grimace qui en disait long sur son énervement. Elle regarda Lucas : la petite ride se dessinait de nouveau sur le front de son frère. Mais ni l'un ni l'autre n'ouvrirent la bouche pour répondre à leur belle-mère, sachant que ce serait peine perdue.

– Et troisièmement, poursuivit Sayelle, cette fois sur un ton geignard, tu n'as toujours pas accepté, au bout d'un an ou presque, que ce cher Marius ait tout simplement pris le large en nous laissant tous en plan !

Laura bondit de sa chaise, renversant son bol de chocolat.

– Papa ne nous a pas laissés en plan ! hurla-t-elle. Tu le sais parfaitement ! Et je n'ai pas rêvé non plus, je l'ai vu distinctement à côté de mon lit !

Sayelle leva les yeux au ciel.

– Calme-toi, Laura, et assieds-toi, je te prie.

Laura obtempéra. Elle soupira et se tourna vers Lucas qui pourrait sûrement l'aider. Mais son frère détourna le regard : il ne la croyait pas, c'était clair !

– Papa est vivant, dit-elle tout bas. Il ne peut pas nous rejoindre, je ne sais pas pourquoi, mais vous devez me croire.

– Tu prends tes désirs pour la réalité ! rétorqua Sayelle visiblement à bout de patience. Ce sont des élucubrations ! Marius est parti, tout simplement, et c'est la seule explication plausible.

– Non, je te dis qu'il ne nous a pas abandonnés, répéta Laura en essayant de rester calme. Et je te le prouverai, tu peux en être sûre.

– Ah oui, vraiment ? reprit sa belle-mère sur un ton acerbe. La police ne trouve pas la moindre trace de ton père. Même chose pour le détective que j'ai moi-même engagé. Pas le moindre indice, pas la moindre petite bribe d'explication, rien ! Et toi, tu prétends que tu vas résoudre l'énigme ? Tu ne penses pas que tu surestimes un peu tes capacités, Laura ?

Furieuse, la jeune fille fronça les sourcils. Ses yeux lançaient des éclairs.

– Si tu aimais papa autant que je l'aime, tu me croirais ! cria-t-elle avec colère.

Sayelle tapa sur la table avec une telle violence que les tasses et les assiettes tintèrent.

– Ça suffit, Laura ! De quel droit oses-tu dire une chose pareille ?

Ses yeux s'embuèrent, comme si elle allait se mettre à pleurer. Elle sortit un kleenex de sa poche et se moucha bruyamment.

Tous se taisaient.

Le bourdonnement d'une mouche et le bruit de la radio en arrière-fond parurent soudain insupportables. Sayelle mordit dans son pain suédois. Lucas reprit une troisième portion de fromage frais nappé de confiture de fraises.

– Lui aussi m'a dit que j'étais née sous le signe Treize, s'obstina Laura. Et il m'a dit que j'étais une des sentinelles chargée d'une mission particulière.

– Quel genre de sentinelle ? Et quel genre de mission ? demanda Lucas, incrédule.

– Aucune idée, reconnut Laura, embarrassée. Il a dit que je devais demander au professeur Morgenstern.

– Morgenstern ? répéta Sayelle sur un ton sarcastique. Lui ? Mais c'est un rêveur, comme ton père ! Je me demande vraiment comment ce vieux schnock a réussi à rester si longtemps directeur de l'internat de Ravenstein. C'est à n'y rien comprendre. Qu'il n'ait pas réussi à torpiller complètement cette institution relève du miracle !

Laura se taisait. Elle ne comprenait pas cette aversion que sa belle-mère nourrissait à l'égard du professeur. Pourquoi disait-elle toujours du mal de lui ?

– Laura, laisse-moi te donner un bon conseil, poursuivit Sayelle. Ne perds pas ton temps avec cet illuminé. Tu as des choses plus utiles à faire, comme travailler par exemple !...

Elle s'interrompit soudain, plaquant sa main sur son front.

– Mon Dieu ! J'ai failli l'oublier ! dit-elle en se levant pour sortir de la cuisine.

Elle revint quelques minutes plus tard, tenant deux petits

paquets plats enveloppés dans du papier-cadeau, qu'elle tendit à Laura.

– Joyeux anniversaire, Laura ! dit-elle avec un sourire contraint.

La jeune fille contempla les cadeaux, étonnée que sa belle-mère ait pensé à son anniversaire. Des livres, sûrement… Des livres de maths ou de physique… *Comme si cela pouvait me faire plaisir*, pensa-t-elle.

Elle regarda Sayelle droit dans les yeux :

– C'est gentil, mais je ne veux pas de cadeau. La seule chose que je veuille, c'est que papa revienne.

Sayelle encaissa la remarque avec une mine renfrognée. On aurait pu croire, un long moment, qu'elle allait se lancer dans une nouvelle tirade. Lucas, qui n'avait pourtant rien à craindre, rentra la tête dans les épaules. Laura faisait front, calme et sereine. Et alors, qu'est-ce que cela pouvait bien faire ? Sa belle-mère n'avait qu'à crier et gesticuler si cela pouvait la soulager !

Sayelle sembla tout à coup comprendre le message. Ses mâchoires se contractèrent, son visage se détendit et elle sourit.

– Bien, Laura, dit-elle calmement. Très bien, c'est comme tu veux.

Puis elle se tourna pour poser les livres sur le buffet de la cuisine. Elle bouillait de colère, se consolant toutefois un peu à l'idée que Laura finirait bien par comprendre. Mais alors, il serait trop tard. Sayelle eut un sourire satisfait qu'elle s'empressa de dissimuler aux enfants en mettant la main devant sa bouche. Pourquoi fallait-il que ces gosses s'imaginent tout comprendre alors qu'ils ne comprenaient rien ? Pas la moindre petite chose.

Elle se réjouissait déjà en pensant au visage que Laura ferait lorsqu'elle apprendrait enfin la vérité.

Toute l'horrible vérité.

CHAPITRE 4

En route pour l'aventure

wippi-le-Glouton se posa en haut de la colline après avoir voleté au-dessus de la prairie ensoleillée. Il se mit debout sur ses pattes de derrière pour inspecter les alentours de ses yeux ronds et vifs. La petite boule de poils dodelinait de la tête et humait l'air. Dressé ainsi, l'animal mesurait presque un mètre. Il ressemblait à s'y méprendre à un raton-laveur avec ses yeux cerclés de noir, sa fourrure brune, soyeuse et luisante. Sa queue touffue à rayures noires et grises mesurait environ cinquante centimètres et s'agitait sans cesse. Ses oreilles, en revanche, faisaient penser à celles d'un ours en peluche. Il portait sur le dos des ailes dont les fines membranes pouvaient se déployer ou se replier à volonté comme celles des chauves-souris.

L'animal tout excité se mit à pousser de petits cris avant d'étendre ses ailes. Il sautilla maladroitement tout en essayant de prendre son envol.

La voix claire d'un jeune garçon retentit dans le silence :
– Swippi ! Mais où te caches-tu ?

Tenant la bride d'un petit cheval brun des steppes, un grand jeune homme d'environ quatorze ans apparut. Il était pieds nus, vêtu d'un gilet sans manches et d'un pantalon en cuir marron. Une jeune fille en longue robe blanche l'accompagnait. Un peu plus jeune que lui, elle avait les mêmes traits réguliers et la même couleur de cheveux qu'elle portait nattés en de lourdes tresses blondes.

Arrivés au sommet de la colline, ils s'arrêtèrent tous les deux pour scruter la vallée qui s'étendait à leurs pieds. La jeune fille leva le bras pour désigner un arbre qui se trouvait à vingt-cinq mètres d'eux.

– Alarik ! Regarde donc, cria-t-elle. Là-bas, dans l'arbre !

Le jeune homme regarda dans la direction indiquée et fit une grimace.

– J'aurais bien dû me douter que ce glouton irait tout droit vers le premier pommier de senteur qu'il trouverait ! Il a dû le repérer de loin. Pas étonnant qu'il se soit échappé.

Puis, se tournant vers sa sœur :

– Viens, Aliénor, il y a fort à parier que nous apprécierons les pommes tout autant que Swippi.

Ils se prirent par la main et, le petit cheval sur leurs talons, coururent vers l'arbre.

La délicieuse odeur des pommes effleura leurs narines bien avant qu'ils ne fussent sous l'arbre. Les fruits répandaient des senteurs de baies des bois, de melon et de miel d'acacia. Swippi-le-Glouton, perché tout en haut de l'arbre, tenait entre ses pattes de devant l'un des fruits dorés dans lequel il mordait avec force et beaucoup de bruit.

– Dis, Swippi, tu ne pourrais pas être un peu plus discret ? lança le jeune homme tout en cueillant quelques fruits pour lui et sa sœur.

Swippi-le-Glouton, indifférent aux remarques, dévorait tout en mastiquant bruyamment.

– Il n'apprendra jamais à manger correctement, dit Aliénor avec une grimace. Mais console-toi, Alarik, il ne te fausse pas compagnie pour aller rejoindre ses sauvages congénères dans la Forêt des Murmures. Tu es à ma connaissance le seul à posséder un swippi apprivoisé.

– La belle affaire ! Quand on vous traite avec autant d'égards, il n'y a pas d'hésitation à avoir ! dit le jeune garçon avec un grand rire en tendant une pomme à sa sœur.

Les deux jeunes gens s'assirent dans l'herbe pour déguster les fruits. Leurs yeux parcouraient les prairies constellées de fleurs, les blés ondoyants et les forêts profondes qui s'étendaient jusqu'à l'horizon. Ils se taisaient, laissant aux abeilles laborieuses et aux bourdons, aux oiseaux et à Swippi-le-Glouton le soin de troubler ce silence, qui par ses bourdonnements, qui par ses gazouillis, qui par le bruit de ses mandibules.

Après avoir mangé la deuxième pomme jusqu'au trognon, Aliénor était rassasiée. Elle s'allongea et regarda le ciel bleu sur lequel, en dépit du jour, se détachaient deux lunes : une lune dorée et une lune d'un bleu profond, illuminée et scintillante. Étonnée, la jeune fille se redressa et se tourna vers son frère :

– Est-ce que je me trompe, on dirait que l'Étoile des Hommes est plus lumineuse aujourd'hui que d'habitude ?

Le jeune homme répondit en fronçant les sourcils :

– Tu devrais faire plus attention à ce que les anciens racontent, dit-il d'un ton réprobateur. Bien sûr que l'Étoile des Hommes est plus lumineuse aujourd'hui, puisqu'elle se trouve dans le signe Treize, voilà tout ! C'est un jour très particulier, Aliénor, pas seulement pour les habitants de l'Étoile des Hommes, mais pour nous aussi. Parce que, ce jour-là…

Le jeune homme s'interrompit brutalement. Un bruit effrayant retentit dans le lointain, un grondement sourd qui semblait sortir tout droit des entrailles de la terre.

Aliénor tressaillit.

– Qu'est-ce que c'était ? demanda-t-elle avec un regard inquiet vers son frère.

La peur se lisait sur le visage d'Alarik.

– Je n'en sais rien. Un ork griffu peut-être, ou une hyène ?

La jeune fille secoua la tête avec véhémence.

– Non, Alarik, je ne pense pas. C'était un bruit autrement plus terrifiant !

Aliénor sauta sur ses pieds pour regarder autour d'elle. Le bruit effrayant retentit de nouveau, bien plus proche et bien plus fort cette fois-ci.

Swippi-le-Glouton poussa un cri de frayeur, laissant tomber la pomme et se réfugiant dans les bras du jeune homme qui se redressa à son tour.

– Alarik, viens, rentrons vite ! cria la jeune fille.

Le jeune homme ne lui répondit pas. Scrutant l'horizon,

il vit tout à coup que le ciel, là-bas au sud, s'obscurcissait. Il avala sa salive, se retourna et émit un sifflement aigu.

Le petit cheval brun arriva aussitôt. Le frère et la sœur montèrent rapidement sur son dos. Alarik glissa Swippi-le-Glouton sous son gilet, prit les rênes et éperonna sa monture.

Quelques instants plus tard, ils parcouraient au grand galop le plateau aux reflets argentés et se dirigeaient tout droit vers l'énorme Forteresse du Graal qui s'élevait devant eux dans le lointain.

***

En sortant de la maison, Laura constata que la pluie de la nuit avait lavé le ciel. Seuls quelques petits nuages blancs mouchetaient l'azur. L'asphalte humide des rues brillait dans le soleil, et les tuiles des toits scintillaient sous une lumière voilée.

Laura et Lucas mirent leurs sacs à dos dans le coffre du break Mercedes avant de prendre place à l'arrière. Sayelle s'installa au volant, tourna la clé de contact et fit vrombir le moteur avant de quitter les lieux.

Quelques minutes plus tard, ils laissaient derrière eux les dernières maisons de Hohenstadt. La route serpentait à travers un paysage vallonné et romantique, enjambant des ruisseaux et des rivières, longeant des vallées et gravissant de petites collines. Depuis belle lurette, Laura connaissait comme sa poche le chemin qui séparait Hohenstadt de Ravenstein. Elle savait exactement où elle se trouvait, même sans regarder par la fenêtre. Elle avait déjà accompli ce trajet un nombre incalculable de fois.

Avant, c'était son père qui était au volant. Que lui était-il arrivé ? Souffrait-il encore de ses blessures ? En repensant à la nuit qui venait de s'écouler, Laura sentit une nausée l'envahir.

Ils se taisaient tous les trois. On n'entendait que le ronronnement du moteur et, en sourdine, la musique de la radio. Sayelle ne supportait pas le silence. Qu'elle fût dans la cuisine, dans la salle de séjour ou dans son bureau, elle ne pouvait pas se passer de musique. En voiture non plus.

Sayelle lançait de temps en temps un regard à la dérobée dans le rétroviseur pour observer les enfants qui feignaient de ne rien remarquer. Laura, blême, regardait droit devant elle, et Lucas jouait en silence avec sa vieille balle de tennis. Il la lançait en l'air de la main droite pour la rattraper de la main gauche, sans jamais se lasser : dix fois, cinquante fois, cent fois. Un jeu idiot, pensait Sayelle que ce manège exaspérait.

Lucas continuait, imperturbable.

Plop, plop, faisait la balle sans discontinuer. Plop, plop... À force d'être manipulée, la balle avait perdu sa couleur d'origine, mais qu'importe, pour Lucas, elle était précieuse, presque sacrée. Il s'agissait en effet de la balle avec laquelle Boris Becker avait remporté une victoire décisive, sa première dans le Tournoi de Wimbledon. Non que Boris Becker ait une quelconque importance pour Lucas : à l'époque, le garçon n'était pas encore né et il ne l'avait jamais vu jouer. S'il tenait tant à cette balle, c'était à cause de son père.

Marius l'avait rapportée il y a cinq ans de Londres où il avait participé à un congrès international sur la signification des mythes et des légendes modernes. Il avait eu l'opportunité d'acheter cette balle de légende et en avait fait cadeau à son fils.

Lucas commençait alors juste à jouer au tennis ; enthousiaste, il s'entraînait régulièrement et était même passé très vite de l'équipe des poussins à celle des juniors. Mais, depuis un an, il ne jouait plus que très rarement, car il manquait d'entrain. Pour rien au monde, cependant, il ne se serait séparé de cette balle, la balle-de-match-de-Boris-Becker-à-Wimbledon !

***

Épuisé, le Gardien de la Lumière gémissait sur sa couche. Le drap, changé quelques heures auparavant, était déjà trempé de sueur.

Le chevalier Paravain, assis sur un tabouret, se tenait au chevet de son seigneur. Il avait troqué son armure pour une cape légère dont les motifs rouges tranchaient sur son simple habit blanc. Préoccupé par l'état de santé du vieil homme, il scrutait son visage.

Paravain désespérait chaque jour un peu plus. La fin serait-elle donc prochaine ? Tous ses efforts, toutes ses aspirations auraient-ils été vains ? Il défendait la cause de la Lumière depuis son treizième anniversaire, jour où il avait été appelé à la Forteresse du Graal pour y être adoubé chevalier. Il avait tenu tête aux Forces des Ténèbres lors d'innombrables combats et affrontements. Avec ses hommes, il avait toujours réussi à repousser les assauts des armées noires qu'ils avaient contraintes à battre en retraite. Tout cela n'aurait-il finalement servi à rien ?

Le chevalier, rongé par les remords, culpabilisait. C'était à lui et à lui seul qu'incombait le devoir de veiller sur son seigneur, et voilà qu'après tant d'années de bons et loyaux services, il avait failli. L'incroyable s'était produit : Pestilence, l'épée du Mal, avait infligé au Gardien de la Lumière une blessure que lui, le chef de la garde personnelle, n'avait pas été capable d'éviter. Et, pire encore...

Des coups frappés à la porte tirèrent le chevalier de ses sombres pensées. Il se redressa :

– Oui ?

La porte s'ouvrit sur Alarik, l'écuyer de Paravain.

– Attends-moi dehors, je viens tout de suite !

Il ne fallait pas qu'Alarik, encore trop jeune pour supporter cette horrible vérité, voie Elysion dans cet état.

Paravain sortit donc de la pièce en prenant bien soin de refermer la porte derrière lui. Il interrogea du regard le jeune garçon. Alarik s'inclina légèrement.

– J'ai un message pour vous, seigneur. Flèche-Ailée est revenue du Pays des Brumes après avoir transmis votre missive à Morwena.

– Merci, Alarik, répondit Paravain avec un sourire bienveillant. Tu peux te retirer, mais demande auparavant à ta sœur de préparer une nouvelle décoction pour le Gardien de la Lumière.

– Oui, seigneur.

L'écuyer s'inclina de nouveau et s'éloigna dans le long couloir pavé de dalles de pierre sur lesquelles ses caliges de cuir souple s'entendaient à peine.

Paravain retourna s'asseoir près d'Elysion, dont l'état était stationnaire. Les yeux rivés sur le sol, il retomba dans ses sombres pensées. Et Morwena qui n'était pas dans la forteresse : quel désastre !

La guérisseuse d'Hellunyat rendait visite à son père Rumor, le roi des Royaumes des Brumes. Elle était loin, précisément au moment où l'on avait tant besoin d'elle ! Il y a quelques jours, Rumor avait fait parvenir un message à sa fille pour lui demander de venir. Morwena, priée par Paravain de revenir de toute urgence, était repartie sur-le-champ pour regagner le plus rapidement possible Hellunyat. Mais elle mettrait des jours à rallier la forteresse, d'autant que les Puissances des Ténèbres allaient tout mettre en œuvre pour ralentir, voire empêcher son retour. Il était fort possible qu'elle arrive trop tard...

Paravain n'osait imaginer les conséquences. Si l'impensable se produisait néanmoins, cela signifierait que les Puissances du Mal auraient la voie libre pour anéantir les Puissances de la Lumière. Aventerra sombrerait, et avec elle l'Étoile des Hommes, cédant la place au règne du Néant Éternel.

Paravain redressa la tête. Non, jamais : cela ne devait pas arriver !

Le Gardien de la Lumière gémit de nouveau ; ses cheveux blancs étaient trempés, et les gouttes de sueur sur son visage luisaient à la lueur des bougies comme autant de petites perles d'argent.

Paravain appliqua un linge humide sur le front du mourant.

– Cela me fait du bien, souffla celui-ci, vraiment du bien. J'ai soif. Donne-moi à boire, veux-tu ?

Paravain posa l'étoffe et s'empara d'une carafe. Il versa de l'eau dans un gobelet qu'il porta aux lèvres du vieil homme, tout en le soutenant un peu.

Le Gardien de la Lumière en but la moitié à petites gorgées. Puis il retomba mollement sur les coussins. Dans le silence, on n'entendait plus que le grésillement des bougies en train de se consumer.

Le malade tourna la tête vers Paravain, mais celui-ci détourna le regard et se saisit de nouveau du linge humide pour l'appliquer sur le front d'Elysion. Le vieillard tendit le bras pour l'arrêter.

– Pourquoi ne dis-tu pas ce que tu as sur le cœur ?

Surpris, Paravain regarda son maître. Pendant toutes ces années passées à le servir, il n'avait jamais pu s'habituer au fait que le Gardien de la Lumière sût lire dans les pensées.

– Soit ! répondit le chevalier. Si vous me l'ordonnez… Qui lui a dit ? Qui l'a initiée au grand secret ?

Agacé, Elysion secoua la tête en dépit de sa grande faiblesse. Sa voix était pleine de reproches.

– Quelle question stupide !

Paravain se mordit les lèvres, mais le vieillard n'en avait cure et poursuivit :

– Cela s'est passé exactement comme depuis le commencement des Temps. La mère le dit à son fils, le père le dit à sa fille. Il n'en a pas été autrement pour elle.

Paravain releva brutalement la tête et fixa son maître. Le désarroi se lisait sur ses traits.

– Mais, mais… je ne comprends pas ! Son père, il est bien… bégaya-t-il.

– Tais-toi, homme de peu de foi ! dit-il, sur un ton tranchant en se redressant péniblement. Tais-toi et aie confiance en la force de la Lumière !

Il retomba épuisé sur sa couche, ferma les yeux et sombra presque aussitôt dans un profond sommeil.

***

La voiture atteignit le sommet de la colline. De là, on découvrait, dans le lointain, le château de Ravenstein. Construit sur l'un des sommets les plus élevés de la région, on le voyait de loin. Ravenstein n'avait pourtant rien d'imposant ni d'impressionnant. C'était un château plutôt petit et à l'architecture simple. Néanmoins, ses murs, couverts ici et là de lierre, renfermaient tout ce que l'on trouve dans un vrai château fort : de hautes tours, un pont-levis et des douves, des oubliettes sinistres et des passages secrets tout en coins et en recoins. Des rumeurs affirmaient qu'il existait une salle de tortures profondément enfouie sous la terre. On disait même qu'elle recélait encore tous les instruments adéquats. Mais aucun des pensionnaires de l'internat ne l'avait encore vue de ses propres yeux.

La construction du château remontait à la première moitié du XIIᵉ siècle, et on la devait à Reimar von Ravenstein, un chevalier pillard à la réputation sulfureuse. Le lieu lui servait d'habitation et de refuge fortifié, d'où il organisait ses pillages qui terrorisaient les habitants des environs. La cruauté avec laquelle il traitait ses ennemis était aussi légendaire que son manque de scrupules vis-à-vis de ses vassaux. Il les oppressait en les soumettant à toutes sortes d'impôts et de contraintes : corvées, tailles, cens et autres champarts, n'épargnant même pas les pauvres gens qui vivaient dans le dénuement le plus complet. Quiconque s'avisait de se révolter contre ce régime de terreur devait s'attendre à une punition impitoyable. Une simple parole de travers pouvait vous coûter la vie, et innombrables étaient ceux qui s'étaient retrouvés, pour un simple regard hostile, dans des geôles où ils croupissaient en attendant une mort atroce.

Rien d'étonnant donc à ce que Reimar von Ravenstein ait été surnommé le « Chevalier Cruel », même si personne n'avait jamais osé prononcer ce nom en sa présence.

Le château de Ravenstein avait été plusieurs fois détruit et reconstruit au cours des siècles. Il abritait depuis 1888 l'internat du même nom, ce qui avait naturellement nécessité des transformations et la construction d'ailes supplémentaires. Les pièces d'habitation du Chevalier étaient devenues des salles de classe. Les élèves logeaient dans les chambres des serviteurs, et la salle de garde servait de réfectoire. Les professeurs, quant à eux, avaient leurs quartiers dans les dépendances, les anciennes écuries, les réserves et les pavillons de jardin. Le gymnase était le seul bâtiment à avoir été construit de toutes pièces au milieu du parc, il y a quelques années de cela.

On avait également transformé le vaste périmètre entourant le château en un parc magnifique avec un terrain de sport, un terrain de basket et un parcours pour skate-board. Le Bois du Bourreau, un terrain laissé en friches, bordait l'extrémité nord du parc, tandis qu'au sud un vaste étang, le Lac aux Sorcières, délimitait la propriété.

Les pneus de la voiture crissèrent sur le gravillon de la longue route d'accès et, après un léger virage à gauche, Sayelle immobilisa son véhicule près de l'entrée principale.

La première heure de cours avait commencé depuis longtemps, ce qui expliquait qu'on ne voyait ni élèves ni voitures devant le bâtiment de l'internat. Les cours ne débuteraient pour Laura et Lucas que plus tard.

Laura descendit de voiture sans desserrer les dents et jeta un regard sur la façade couverte de lierre. On entendait en sourdine des voix à travers les fenêtres fermées des salles de classe.

Un aboiement rauque et menaçant retentit derrière la fillette lorsqu'elle ferma la portière. Laura tressaillit : elle avait horreur de ces chiens de garde agressifs. Depuis qu'elle avait été mordue par un dogue quand elle était petite, elle avait peur des chiens. Mal à l'aise, elle se retourna : rien, à l'exception des deux buis taillés en forme de chiens. Les arbustes étaient plantés devant l'esplanade au milieu de la grande pelouse qui s'étendait jusqu'à un petit groupe d'arbres. Albin Ellerking, le jardinier de l'internat, chouchoutait les deux « chiens ». Il ne se passait pas un jour sans que le petit homme râblé ne s'occupât de ses deux créatures qu'il avait façonnées et sculptées voilà bien des années. On pouvait le voir presque chaque jour, armé d'un grand taille-haie, couper un millimètre par-ci, quelques petites feuilles par-là ou une minuscule branche dépassant, afin que les massifs conservent parfaitement la forme de deux dogues gigantesques.

Nombreux étaient les visiteurs de l'internat à avoir déjà admiré ces sculptures de verdure – et non moins nombreux étaient les élèves à avoir eu la peur de leur vie devant ces deux monstres. La nuit, ou par temps de brouillard, les deux chiens de buis ressemblaient à s'y méprendre à de vrais animaux. Quelques élèves auraient même juré les avoir déjà entendus aboyer, ou du moins grogner…

Laura n'en croyait pas un mot – jusqu'à aujourd'hui. Elle

avait supposé que ces élèves s'étaient peut-être faufilés jusqu'au Bois du Bourreau pour y boire de l'alcool, ce qui était strictement interdit et donc particulièrement tentant. Une fois qu'ils avaient enfreint le règlement à l'abri des regards indiscrets, il leur fallait rejoindre les bâtiments de l'internat en passant devant les buis. Leurs sens troublés par l'alcool leur avaient alors sûrement joué des tours.

Mais voilà qu'elle venait d'entendre elle-même ce grognement. Ou bien n'était-ce que le fruit de son imagination ? Pour se rassurer, Laura jeta un regard du côté des dogues verts. Ils étaient parfaitement immobiles, comme du buis. Albin Ellerking, armé de son taille-haie, peaufinait un de ses chefs-d'œuvre. Il s'arrêta brutalement et tourna la tête vers Laura, comme s'il avait remarqué qu'elle l'observait.

Au premier coup d'œil, il ressemblait presque à tous les autres hommes dans la quarantaine, abstraction faite de son nez de boxeur et de ses oreilles démesurées qui se terminaient bizarrement en pointes. Il avait des yeux d'un vert profond, ce qui n'était pas non plus très fréquent, mais il n'avait rien d'inquiétant. Au contraire, il semblait incapable de faire du mal à une mouche. Au premier abord en tout cas… Car Laura préférait éviter cet homme taciturne. Elle n'aimait pas Albin Ellerking, et encore moins Groll, son chat marron.

Elle trouvait Groll aussi inquiétant que son maître. L'animal était borgne ; lors d'un combat avec un rival, il avait perdu un œil pour les beaux yeux d'une dame chatte il y avait des années de cela. Groll était tellement gâté par son maître qu'il était gras et gros, presque obèse. C'est pourquoi il était la plupart du temps perché sur l'épaule de son maître, comme un chat de sorcière dans les contes. Aujourd'hui, il tournait dans les jambes d'Albin.

Le regard sombre et inquiétant du jardinier s'attardait sur la jeune fille.

Qu'est-ce qu'il me veut ? se demanda Laura. *J'ai fait quelque chose de travers ?*

Albin Ellerking était connu pour rapporter immédiatement au directeur de l'internat le moindre petit manquement au règlement de l'établissement ou la moindre incartade : il dénonçait le coupable sans aucun scrupule. Mais le directeur Aurélius Morgenstern n'était pas très à cheval sur les règlements ; il faisait toujours preuve de clémence, et les propos du jardinier n'étaient donc suivis, dans la majorité des cas, d'aucune sanction. Il n'empêche que tous les élèves le détestaient et le craignaient presque autant qu'Attila Morduk, le concierge. Mais lui, c'était encore un autre genre.

— Arrête de rêvasser et prends ton sac à dos dans le coffre !

Sayelle attendait près de la portière de la voiture et commençait à trouver le temps long.

Laura s'empressa de sortir le sac et donna un coup de coude à son frère qui jouait toujours avec sa balle de tennis.

— Hé ! Tu as aussi entendu ? demanda-t-elle tout bas à son frère.

— Quoi donc ?

La balle rebondit plusieurs fois. Laura mit son sac sur son dos.

— Les chiens… Le grognement des chiens.

Lucas eut un regard compatissant pour sa sœur et hocha la tête en silence.

Ils prirent rapidement congé de leur belle-mère. Une bise rapide, un « Salut, on se voit le week-end prochain ! ». Sayelle, à peine remontée en voiture, démarrait déjà.

Le frère et la sœur se dirigèrent, sans un regard pour le véhicule qui s'éloignait rapidement, vers le grand escalier menant à la porte d'entrée. Les deux premières marches étaient flanquées de deux hautes sculptures de pierre. Elles représentaient des lions grimaçants aux ailes d'aigles, qui semblaient garder le lieu. Un immense auvent couvrait le perron, le protégeant de la pluie et de la neige. Une grosse colonne de pierre soutenait la construction.

Ce n'était pas une colonne ordinaire. Le tailleur de pierre qui l'avait sculptée il y a bien des années lui avait donné, pour d'obscures raisons, la forme d'un colosse. Le corps, dont les proportions ne correspondaient pas vraiment aux proportions humaines, n'était certes qu'esquissé, mais la colonne représentait sans conteste un géant. Le sculpteur avait façonné avec beaucoup de minutie le visage du personnage, lui donnant des yeux doux et une bouche au sourire espiègle. Ces traits chaleureux gommaient complètement ce que le géant de pierre – de plus de cinq mètres de haut – pouvait avoir de menaçant. Pour Laura, il avait en fait quelque chose d'un portier affable souhaitant la bienvenue aux élèves et aux visiteurs du château de Ravenstein.

La fillette se tourna vers son frère pendant qu'ils gravissaient les marches.

– Tu crois que quelqu'un a posé ?

– Pour quoi ?

– Pour cette colonne. Le colosse semble tellement vivant.

– Les sculpteurs et les tailleurs de pierre ont coutume de travailler à partir de croquis, répondit Lucas sur ce petit ton docte et arrogant que Laura détestait. Contrairement aux peintres qui, eux, se servent de modèles vivants, ce qui, dans le cas présent, était tout simplement impossible.

Étonnée, Laura regarda son frère.

– Comment ça ?

– C'est simplissime, méga-QI. Tu ne vas pas me dire que tu as déjà vu un géant en chair et en os ? répliqua Lucas en gloussant.

– Tu… tu…, fit Laura en s'étouffant presque. Tu… es un pauvre crétin ! finit-elle par exploser, dépitée de ne pas trouver de mots assez forts.

Mais Lucas se contenta de gravir les marches de l'escalier en ricanant de plus belle. La fillette leva les yeux vers le visage du géant qui lui fit un clin d'œil.

Nooon !

Laura faillit crier. Comme tétanisée, elle ne quittait pas du regard le visage de la colonne de pierre.

Lucas, surpris, se retourna :

– Qu'est-ce qui t'arrive ?

– Le, le… géant ! balbutia Laura.

– Et alors, qu'est-ce qu'il y a encore ?

– Comment ça, qu'est-ce qu'il y a encore ? Tu n'as pas vu que, à l'instant… ?

Laura fut prise d'un affreux doute.

– Mais alors, tu n'as rien remarqué ? demanda-t-elle, incrédule.

– Remarqué, mais quoi ?

Pendant un court instant, Laura fut tentée de raconter à Lucas ce qu'elle avait vu. Puis elle se ravisa : il ne la croirait pas de toute façon. *Et d'ailleurs, personne ne la croirait jamais !* Sauf, peut-être, Kaja.

Elle monta les marches à grandes enjambées.

– Oh, rien ! Allez, viens, ou bien as-tu l'intention de t'incruster ici ?

Les couloirs qui menaient aux salles de classe et les escaliers qui montaient vers les étages supérieurs partaient tous du hall d'entrée. Les étroites fenêtres ne laissaient passer que peu de lumière, le plafonnier n'était pas allumé, pas plus que la guirlande dans l'arbre de Noël dressé au beau milieu de la pièce. Attila Morduk, le concierge, veillait à faire des économies et éteignait les lumières des couloirs pendant les heures de cours. Le hall était désert. Les pas de Lucas et de Laura résonnaient sur les dalles de pierre, tandis qu'une âcre odeur de produit d'entretien leur montait aux narines.

Une énorme peinture à l'huile était accrochée juste en face de la porte d'entrée. Elle représentait une belle jeune femme en longue robe blanche, avec un grand loup noir couché à ses pieds. Le visage de la femme était pâle et ses yeux étaient tristes, d'une tristesse que rien au monde ne semblait pouvoir dissiper. Laura avait appris de la bouche d'élèves plus âgés que la femme du tableau s'appelait Silva. Elle avait vécu dans le château de Ravenstein à l'époque du Chevalier Cruel. On disait qu'elle avait eu un destin tragique, ce qui expliquait sa profonde tristesse.

Laura leva machinalement les yeux vers le tableau. Elle crut lire un reproche dans le regard de la jeune femme.

La jeune fille sursauta, secouant la tête comme pour reprendre ses esprits et, lorsqu'elle regarda de nouveau le tableau, elle ne remarqua rien d'inhabituel.

Encore heureux ! pensa-t-elle. *Il ne manquerait plus que le*

loup se mette à hurler. Alors là, je serais complètement certaine que je suis en train de péter les plombs. Mais l'animal, immobile et muet, reposait tel un agneau aux pieds de sa belle maîtresse. Laura prit une grande inspiration et poursuivit son chemin.

Elle partit vers la droite, là où se trouvait l'aile des filles, alors que Lucas partait vers la gauche pour rejoindre les chambres réservées aux garçons.

Lucas s'immobilisa brutalement.

– Attends une minute, Laura !

Étonnée, Laura attendit que son frère la rejoigne. Il se mit à farfouiller dans son sac à dos pour en extirper un petit paquet dans un emballage-cadeau, qu'il tendit en hésitant à sa sœur.

– J'ai failli l'oublier. C'est pour ton anniversaire. Tu ne m'en veux pas pour ce que je t'ai dit, tu acceptes mon cadeau, dis ?

Laura sourit et donna une bourrade amicale à son frère.

– Mais oui, gros bêta ! Tu souhaites tout autant que moi que papa revienne !

Elle prit le petit paquet.

– Merci ! Tu veux que je l'ouvre tout de suite ou seulement une fois que je serai dans ma chambre ?

– Dans ta chambre, c'est O.K., concéda Lucas, bon prince. De toute manière, tu sais déjà ce que c'est !

– Oui, c'est le dernier *Harry Potter*, n'est-ce pas ? Exactement ce que je souhaitais !

De même qu'elle souhaitait ardemment que son père revienne parmi eux…

CHAPITRE 5

Les Puissances
des Ténèbres

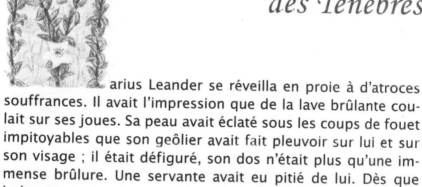

arius Leander se réveilla en proie à d'atroces souffrances. Il avait l'impression que de la lave brûlante coulait sur ses joues. Sa peau avait éclaté sous les coups de fouet impitoyables que son geôlier avait fait pleuvoir sur lui et sur son visage ; il était défiguré, son dos n'était plus qu'une immense brûlure. Une servante avait eu pitié de lui. Dès que le bourreau eut disparu, elle s'était faufilée dans son cachot et avait lavé les plaies avant de les badigeonner avec un onguent d'aspect étrange. Marius lui avait demandé de quoi ce mélange était fait ; elle lui avait murmuré qu'elle y avait mêlé de l'argile et différentes plantes désinfectantes. La gangrène aurait signifié pour lui une mort certaine. C'étaient les dernières paroles qu'il avait entendues avant de s'évanouir.

Marius Leander se remémora les propos de la jeune femme. Sans être expert en médecine, il était clair que le risque d'infection était particulièrement grand dans ce réduit insalubre.

Le père de Laura était en danger de mort. Les Puissances du Mal le retenaient depuis près d'un an dans cette geôle sans fenêtres, au fin fond des souterrains de la Forteresse des Ténèbres. La pièce humide grouillait d'insectes et autre vermine. Le prisonnier passait ses journées en compagnie de puces et de punaises, de cafards et d'araignées, de rats et de souris.

Une infection était quasiment inévitable dans de telles conditions. Marius Leander ne pouvait qu'espérer que cette mixture étrange produise son effet et endigue à temps le mal qui le guettait depuis que ce gardien sadique s'était acharné sur lui. Mais finalement, à quoi bon lutter ? Même s'il survivait à ses blessures, ce serait pour croupir pendant des années dans ce cachot et finir par y laisser sa vie...

Qui donc aurait pu le délivrer ?

Marius poussa un profond soupir. L'obscurité ambiante lui avait fait perdre toute notion de temps. Il avait fini par s'accommoder de cette odeur nauséabonde de soufre qui, dans les premiers temps, avait provoqué de violentes nausées. Mais la moiteur insupportable dans laquelle il était confiné continuait à lui peser. Jamais il ne s'habituerait à être constamment baigné de sueur, à sentir ce poids sur sa poitrine. Il peina à reprendre son souffle. Sa langue râpeuse lui collait au palais, une soif terrible le torturait : pourvu qu'il y ait encore un peu d'eau dans la cruche posée sur la table de bois près de la grille !

Marius Leander se leva péniblement de sa paillasse moisie. La moindre parcelle de son corps le faisait souffrir d'une douleur lancinante, brûlante. Il se força à faire un pas, éprouvant un peu de répit à mouvoir son corps endolori. Il mit un pied devant l'autre avec d'infinies précautions. Ses pas résonnaient sur les dalles de pierre, une araignée s'était posée sur son pied et une souris disparut dans son trou en trottinant.

La cellule était séparée du couloir par une grille aux énormes barreaux, et une porte fermée par deux verrous. Marius Leander était constamment surveillé, ce qui rendait inutile toute idée de fuite. Une torche brûlait dans le couloir, jetant des ombres fantomatiques jusque dans son cachot. Juste en dessous se trouvaient une petite table et deux tabourets sur lesquels les deux gardiens s'étaient assis. Pour l'heure, seul l'un d'eux, un homme au faciès brutal, y somnolait.

Son compagnon, celui qui traînait la jambe, devait être en tournée d'inspection dans les cellules voisines pour s'assurer que les prisonniers ne manigançaient pas quelque chose. En fait, Marius ignorait s'il y avait d'autres détenus, et si oui, combien. Les cellules contiguës à la sienne, en effet, étaient toujours vides et jamais il n'entendait le moindre bruit. Il se souvenait seulement avoir été réveillé, une nuit, par les hurlements d'un homme, il y avait longtemps de cela. Depuis, c'était le silence.

Un silence de mort.

Le gardien leva la tête en entendant le prisonnier bouger. Le regard méfiant de ses trois yeux se porta sur lui. Il appartenait, comme son comparse, à la race des Trioktides qui possédaient un troisième œil au milieu du front, œil qui restait ouvert lorsque les deux autres étaient fermés ; le gardien pouvait ainsi, même pendant son sommeil, surveiller le prisonnier. C'était pour cette raison que les Puissances des Ténèbres employaient les Trioktides dans leurs geôles ou comme sentinelles dans leurs armées. Même s'il s'y était habitué, Marius avait eu la peur de sa vie quand il avait vu pour la première fois une de ces créatures.

Le Trioktide avait de si grosses poches sous ses yeux de batracien que l'on distinguait à peine ses paupières. Marius l'avait baptisé Crapaud-le-Globuleux et son acolyte Canard-le-Boiteux, histoire de pouvoir au moins nommer ces deux personnages qu'il côtoyait quotidiennement et qui n'avaient pas cru utile de se présenter.

Crapaud-le-Globuleux décocha un regard sombre au prisonnier avant de se détendre en constatant que celui-ci voulait seulement boire. Un sourire goguenard se dessina sous son nez en forme de pomme de terre. Puis il se remit à fixer le vide.

Marius n'était pas dupe : il savait que le troisième œil suivait le moindre de ses mouvements puisqu'il fonctionnait en autonomie complète par rapport aux deux autres. Le Trioktide pouvait ainsi regarder dans deux directions différentes à la fois.

Marius avait enfin atteint la table. Il se saisit de la cruche et la porta avidement à ses lèvres.

De l'eau ! Il n'y avait rien de meilleur que de l'eau fraîche !

Ces quelques gorgées l'avaient un peu revigoré. Son dos le brûlait encore atrocement, mais il ne fallait pas qu'il succombe à la douleur. Sinon, il serait perdu et jamais plus il ne sortirait vivant de sa prison. Il ne concéderait pas ce triomphe à ses tortionnaires. Et puis, Laura avait besoin de son aide.

Laura.

Marius se rappela avec angoisse leur entrevue. *Pourvu qu'elle ait compris ce que je lui ai dit ! Si seulement j'avais disposé d'un peu plus de temps ! Pourquoi ce maudit geôlier a-t-il découvert que je pratiquais un voyage astral. Quelques minutes de plus, non, une minute supplémentaire m'aurait suffi pour dire à Laura où j'avais caché Fumerol, le brouillard chuchotant ; sans cela, ma fille ne pourra pas s'introduire dans la crypte sans être remarquée. Et si elle ne peut y pénétrer, elle ne sera jamais en mesure de remplir sa mission, et alors, tout sera perdu...*

Marius ne savait plus exactement ce qu'il avait dit à Laura. Sa visite avait été si courte qu'il n'était pas sûr de lui avoir donné suffisamment d'indices pour l'aiguiller dans la bonne direction et lui permettre d'élaborer un raisonnement logique. Il avait beau se torturer l'esprit, il lui était impossible de se souvenir exactement de ce qu'il avait eu le temps de dire avant que les coups de fouet des Trioktides l'arrachent à sa transe et interrompent brutalement son voyage astral.

Et s'il tentait un deuxième voyage astral pour être certain de dire à Laura tout ce qu'elle devait savoir, au risque de périr sous les coups de Canard-le-Boiteux ? Laura devait impérativement mener à bien sa mission : le destin de la Terre et celui d'Aventerra en dépendaient !

Ses deux geôliers avaient redoublé de vigilance. Réussirait-il une deuxième fois à tromper leur attention ? Peut-être pas, mais Marius était prêt à tenter le tout pour le tout.

Cette pensée le réconforta un peu, d'autant qu'il lui était venu une idée pour berner ses deux gardiens en dépit de leurs trois yeux. Il savait comment il devait s'y prendre !

Des pas lourds le rappelèrent à la réalité. Crapaud-le-Globuleux, tel un diable sortant de sa boîte, se mit debout au garde-à-vous. Marius vit s'approcher trois ombres dans le couloir qui s'ouvrait derrière la grille de sa cellule.

La première silhouette était celle d'un homme de haute taille, drapé dans une longue cape noire qui laissait deviner sa force herculéenne. À sa démarche, on savait que ce personnage était habitué à renverser tous les obstacles se présentant sur son chemin. La torche qu'il portait éclairait le passage, plongeant en même temps son visage dans un halo de lumière. Il était pâle comme la mort, les lèvres minces serrées en un rictus malveillant, et ses yeux étaient rouges comme des braises. Marius Leander ne l'avait encore jamais rencontré, mais, quand il vit l'immense épée qui pendait à son côté, il comprit qu'il avait devant lui Borboron, le Prince Noir, le chef tout-puissant des armées des Ténèbres.

***

Laura logeait au troisième étage du bâtiment principal. Sa chambre était petite, mais confortable et prévue, comme toutes les chambres de Ravenstein, pour héberger deux personnes. Les lits, les armoires et les étagères se trouvaient à gauche et à droite de la porte. Une grande planche, qui faisait office de bureau, occupait tout l'espace devant la fenêtre. Deux chaises complétaient le mobilier. Les murs étaient couverts d'affiches de cinéma, de posters de vedettes, de photos de baleines et de dauphins.

Au moment où Laura entra dans la chambre, la radio hurlait une chanson pop *American Pie*. Une jeune fille rondouillarde aux boucles rousses était vautrée sur le lit à gauche, la tête penchée sur un gros livre et les jambes bougeant au rythme de la musique. Sa main chercha à tâtons les dernières miettes d'une énorme tablette de chocolat qui traînaient dans du papier d'aluminium et les enfourna aussitôt dans sa bouche.

Laura sourit. Elle aurait dû s'en douter ! Comme toujours, Kaja Löwenstein, son amie, s'adonnait à ses passe-temps préférés : lire et manger.

– Salut, Kaja !

Son vrai nom était Katharina, mais tout le monde l'appelait par son diminutif. Kaja se retourna, et un grand sourire éclaira son visage constellé de taches de rousseur et barbouillé de chocolat. Elle continua à mâcher tout en émettant des sons incompréhensibles :

– Mmm, mouais… !

Laura comprit tout de suite ce que Kaja voulait dire. Son amie referma son livre et se retourna sur le dos avant de se lever avec peine. Elle avala vite son chocolat, puis tendit la main à Laura.

– Joyeux anniversaire !

Elle passa maladroitement ses bras autour du cou de Laura, se dressa sur la pointe des pieds – elles avaient toutes les deux le même âge, mais Kaja était nettement plus petite – et colla une bise pleine de chocolat sur la joue de son amie. Pendant que Laura s'essuyait, Kaja se propulsa jusqu'à son lit et sortit du tiroir de sa table de nuit un cadeau joliment enveloppé.

– C'est pour toi ! dit-elle en se dirigeant avec un grand sourire vers Laura.

Puis, soudain, elle se prit les pieds dans ses bottes qui trônaient au milieu de la pièce, et le paquet atterrit, après un vol plané, aux pieds de son amie.

– Ouille ! gloussa Kaja avec un petit sourire gêné.

Laura se demandait comment son amie pouvait être aussi maladroite. Partageant depuis presque quatre ans sa chambre avec Kaja, elle ne s'habituait toujours pas à cette maladresse un peu lourdaude qui ne cessait de l'étonner. Mais elle essayait de n'en rien laisser paraître, parce qu'elle aimait vraiment Kaja. Elle ramassa donc sans commentaire le cadeau et l'ouvrit : un livre.

– *Halloween Crapaudine* ! Super !

Les deux amies partageaient la même passion pour les histoires palpitantes : romans d'aventures, fantastiques, contes et légendes pouvaient les tenir en haleine au point qu'elles en oubliaient tout ce qui les entourait. À commencer par leurs livres d'école qu'elles ne trouvaient pas aussi intéressants… D'ailleurs, elles redoublaient toutes les deux.

– J'espère que l'histoire va te plaire.

– Sûrement. Tu sais comme j'avais envie de ce livre. Merci beaucoup, Kaja. Mais j'espère que tu te rappelles aussi ce que nous nous sommes juré : accorder cette année la priorité au travail scolaire…

Kaja acquiesça sans enthousiasme. Le visage impassible, elle remonta péniblement sur son lit. Laura mit son cadeau sur son étagère, posa son sac à dos, suspendit son anorak rouge et commença à ranger ses affaires dans l'armoire. Kaja la regardait faire, adossée au mur, attendant visiblement que son amie lui raconte ce qu'elle avait fait de son week-end.

– Alors, dis-moi, c'était comment ?

Les quelques mouvements que Kaja venait de faire avaient suffi à l'essouffler. Elle trônait sous un poster d'orque, et au-dessus de sa tête virevoltait un mobile avec des baleines – Kaja adorait ces gros mammifères marins. Certains de ses camarades de classe prétendaient que son enthousiasme pour ces imposantes créatures n'était dû qu'à son embonpoint. Laura trouvait que non seulement c'était méchant, mais aussi très exagéré. Kaja ne ressemblant pas du tout à une baleine, comme osaient le prétendre ces mauvaises langues – tout au plus pouvait-on lui trouver un air de ressemblance, vague, très vague.

– Allez ! Tu as sûrement plein de choses à raconter !

– Bof... rien de terrible, tu sais. Notre belle-mère nous a tapés sur les nerfs, comme d'habitude. Imagine un peu : elle voulait nous emmener à un concert où on jouait des chants de Noël !

– Non ?

– Si ! Elle a un grain, tu ne crois pas ?

– Quand je vois à quel point votre belle-mère peut vous énerver, je suis très contente que mes parents n'aient pas le temps de s'occuper de moi.

– Tu as peut-être raison, dit Laura, pensive. Et naturellement, le tout s'est terminé par une dispute, comme d'hab' ! Bref, un week-end tout ce qu'il y a de plus normal.

Normal ? Enfin pas vraiment !

Laura poursuivit :

– Ah oui ! Et hier, pendant que je montais Tempête...

Elle marqua un temps d'hésitation. Devait-elle vraiment raconter à Kaja ce qui s'était passé pendant cette balade ? Ou ce qui s'était passé pendant la nuit ? Et ce truc avec le géant de pierre ?

71

Laisse tomber !

Mais Kaja la croirait, à coup sûr, contrairement à Sayelle. Son amie ne mettait jamais en doute le moindre mot de Laura. Sauf que demain, chaque pensionnaire de l'internat connaîtrait ces histoires dans les moindres détails… Kaja était adorable, on pouvait vraiment compter sur elle, mais il y avait un truc dont elle était bien incapable : garder quelque chose pour elle. Elle raconterait aux autres ce que Laura lui aurait dit, mot pour mot. Non, il était préférable de se taire, du moins pour le moment.

— Qu'est-ce qui s'est passé avec Tempête ?

— Euh… ben… ben… il a perdu un fer ! J'ai bien failli me retrouver par terre !

— Mais tu n'es pas tombée ? s'enquit Kaja qui paraissait peu convaincue.

— Non, non, s'empressa d'ajouter Laura qui essayait de noyer le poisson en changeant de sujet. Dis-moi, et à Ravenstein ? Qu'est-ce que tu as fait, toi, pendant ce week-end ?

Avant que Kaja ait eu le temps de répondre, Laura, qui avait jeté un coup d'œil au réveil, l'interrompit :

— Zut ! Il est déjà tard et il faut absolument que j'aille voir Morgenstern avant le début des cours !

Sur ce, elle quitta précipitamment la chambre.

Kaja la suivit du regard. Elle n'aurait pas su dire pourquoi, mais Laura lui semblait aujourd'hui bien étrange, même tout à fait différente de ce qu'elle était à l'accoutumée. Enfin, c'était quand même son anniversaire, aujourd'hui ! Bizarre, pensa Kaja, persuadée qu'il y avait anguille sous roche.

Quelque chose ne tournait pas rond.

***

Le Prince Noir et son escorte étaient arrivés devant la cellule. Marius put enfin voir les deux autres ombres qui l'accompagnaient. Il constata à son grand étonnement que l'une d'entre elles était une femme, grande, moulée dans une robe vert émeraude lui donnant une allure de lézard. D'ailleurs ses pupilles, dont l'iris était jaune, ressemblaient à celles des reptiles. Son visage entouré de cheveux très noirs était blême et impassible.

L'homme à ses côtés était vêtu d'une cape écarlate assortie d'une grande capuche tirée sur son visage, masquant ainsi ses traits. Marius sentit une terrible angoisse l'envahir. Seuls les tristement célèbres démons des Ténèbres portaient de telles capes. Ils s'adonnaient à la magie noire qui leur conférait des pouvoirs infinis et redoutables.

Pourquoi le Prince Noir avait-il amené un démon des Ténèbres ?

Borboron ordonna à Crapaud-le-Globuleux d'ouvrir le cachot. En tremblant de peur, le Trioktide saisit les clés accrochées à sa ceinture et s'exécuta. La lourde grille s'ouvrit en grinçant et les visiteurs pénétrèrent dans la cellule. Le Prince Noir se planta devant Marius et tendit la torche à hauteur de son visage ensanglanté.

Aveuglé, Marius recula d'un pas en clignant des yeux. Le Prince Noir l'examina froidement, sans la moindre trace de compassion. Après un rapide regard en arrière vers Crapaud-le-Globuleux, il s'adressa au prisonnier.

– Ils ne t'ont donc pas mis en garde ? demanda-t-il d'une voix rauque.

Marius ne répondit pas. Certes, les deux gardiens l'avaient menacé de la pire des punitions, s'il pratiquait un voyage astral, mais cela justifiait-il un comportement aussi barbare ? Et puis, il avait horreur que des inconnus le tutoient.

– Tu préfères donc te taire, continua Borboron. À ta guise. J'aurais été bien étonné que tu renonces à tes projets sous la simple menace de ces deux imbéciles. Ils t'ont d'ailleurs bien simplifié la tâche, alors qu'ils savaient pertinemment que tu tenterais l'expérience.

Il poussa un énorme soupir, avant de poursuivre :

– Ils ne commettront pas deux fois la même erreur, tu peux me faire confiance.

Le Prince Noir esquissa un sourire et Marius remarqua que le visage de Crapaud-le-Globuleux se décomposait. Comme tous ceux de son espèce, le Trioktide n'était pas une flèche, mais, en dépit de ses capacités intellectuelles limitées, il comprenait parfaitement ce que cette remarque dite en passant signifiait pour lui et son compagnon : un arrêt de mort.

– Ta désobéissance aura pour toi aussi des conséquences, poursuivit le Prince Noir. Bien que... nous devrions plutôt t'être reconnaissant, en fait. Tu nous as rapporté un souvenir de ton escapade sur l'Étoile des Hommes.

Marius ne comprenait pas à quoi Borboron voulait en venir. Un souvenir ? Quel souvenir ?

Le Prince Noir s'adressa à la femme qui se tenait à ses côtés.

– Syrinee, montre-lui donc, et remercie-le pour cette chose si précieuse.

La femme répondit à Borboron par un sourire sardonique. Puis, s'approchant, elle ouvrit le premier bouton de sa robe et rabattit l'étoffe afin que le prisonnier, tout près, puisse mieux voir le bijou qu'elle portait autour du cou. C'était une simple chaîne à laquelle pendait une amulette.

La Roue du Temps ! Marius comprit en un éclair de seconde qu'il avait commis une erreur fatale. Il poussa un cri de douleur et recula instinctivement. Pourquoi avait-il donc fallu qu'il prenne la chaîne dans sa main pendant son voyage astral !

La femme-lézard au visage blême le fixait de son regard froid, une lueur de mépris passant dans ses yeux reptiliens.

– Tu te tourmentes trop, car même avec le pendentif, ta fille n'aurait jamais pu accomplir sa mission. Jamais, tu entends !

Elle s'avança encore plus près de Marius, jusqu'à le frôler. Son menton pointu tendu vers lui, elle poursuivit d'une voix qui ressemblait à un feulement, en le regardant droit dans les yeux :

– La Roue du Temps est bien plus en sécurité dans mes mains que dans celles de ta progéniture. Et puis, elle va me rendre des services inestimables.

Marius crut défaillir. La pire des choses venait de se produire : l'amulette, censée aider Laura dans sa quête, était désormais entre les mains des Puissances des Ténèbres. Et c'était lui, le responsable. Lui, et lui seul.

L'inquiétante femme partit d'un éclat de rire métallique, comme si elle avait deviné les pensées qui torturaient Marius. Puis elle se détourna pour céder la place à Borboron.

Le Prince Noir fixa Marius d'un regard ironique.

– Certes, tu nous as rendu un immense service. Nous ne pouvons toutefois pas courir le risque que tu tentes une deuxième fois d'entrer en contact avec ta fille.

Marius suffoquait de colère. Quel immonde personnage ! Il avait deviné ses intentions et, de plus, il se repaissait de son désespoir. Marius fut un court instant tenté de saisir cet être malfaisant à la gorge, mais cela aurait signifié une mort certaine. Il s'obligea donc à rester calme et soutint sans broncher le regard perçant de ces yeux de braise.

– Ainsi, vous voulez... me tuer ?

Le Prince Noir partit d'un rire rauque.

– Non. Si nous avions voulu te tuer, nous l'aurions fait depuis longtemps. Tu pourrais nous être encore utile, un jour, comme monnaie d'échange, par exemple. Pour le cas où ta gosse réussirait quand même sa mission, ce qui est pratiquement exclu. Comme on dit chez vous sur l'Étoile des Hommes : deux précautions valent mieux qu'une, c'est bien cela, non ?

– Alors, qu'allez-vous faire de moi ?

– Comment ? Tu ne t'en doutes pas un peu ? N'as-tu jamais entendu parler de la rigidité cadavérique ?

Marius Leander crut qu'une décharge électrique venait de l'atteindre.

La rigidité cadavérique !

Bien sûr... bien sûr qu'il avait entendu parler de ce redoutable supplice. C'était plus atroce que la plus atroce des morts.

Marius comprenait maintenant la présence du démon des Ténèbres : il était le seul à savoir mettre un être humain vivant dans cet état. Marius ignorait comment il s'y prenait, mais il connaissait l'issue de cette procédure. Un homme plongé dans cette rigidité cadavérique n'était plus en état de bouger la moindre parcelle de son corps, tout en restant pleinement conscient et éveillé. Un observateur extérieur pouvait penser que la personne se trouvait dans un profond coma. C'était un destin épouvantable, auquel même la mort ne pouvait mettre fin, car ceux qui le subissaient ne mouraient jamais. Seul un contrepoison administré à temps pouvait les délivrer, sinon leur esprit restait éveillé jusqu'à la fin des Temps, prisonnier de leur corps immobile et raide. Les démons des Ténèbres étaient les seuls à posséder cet antidote.

Le mage fit un pas vers Marius. Sa peau jaune toute ridée était constellée de taches brunes.

– Allonge-toi sur ta couche ! lui ordonna le mage noir d'une voix qui rappelait le croassement d'un corbeau.

Marius hésita.

– Obtempère ! lui intima le Prince Noir, avant de poursuivre sur un ton plus doux, qui étonna Marius. C'est pour ton bien, crois-moi.

On aurait presque pu croire qu'il éprouvait tout à coup de la compassion pour le prisonnier.

Marius se dirigea vers sa paillasse en traînant les pieds et s'y allongea. Le démon des Ténèbres sortit de dessous sa cape une petite fiole remplie d'un liquide vert pomme et la déboucha :

– Ouvre la bouche, ordonna-t-il.

Marius s'exécuta. Le démon des Ténèbres fit tomber deux gouttes du liquide vert sur la langue du prisonnier. Elles n'avaient aucun goût, absolument aucun goût.

Au bout de quelques secondes, le père de Laura sentit une agréable chaleur l'envahir – et tout de suite après, son corps se raidit. Il voulut lever un bras, bouger les pieds : en vain. Tous ses membres étaient paralysés, incapables du moindre mouvement. Marius était pleinement conscient, mais son corps était comme pétrifié. Les souffrances atroces qu'il avait endurées avaient brutalement disparu. Il n'eut même pas le temps de s'en réjouir, car une douleur plus insoutenable encore venait de s'emparer de son esprit : désormais, il ne pouvait plus venir en aide à Laura !

**

Laura frappa à la porte du secrétariat, sans obtenir de réponse. Elle frappa encore une fois, toujours rien.

Appuyant doucement sur la poignée, elle ouvrit lentement la porte pour regarder à l'intérieur de la pièce. Personne. Madame

Pissepierre, la secrétaire de l'internat, n'était pas là, sa chaise était vide. Pissepierre n'était évidemment pas le vrai nom de la secrétaire ; elle s'appelait en réalité Lissepierre, mais ce sobriquet lui avait été donné par les élèves peu de temps après son arrivée.

Zut ! Si Pissepierre n'est pas là, elle ne peut pas demander au professeur Morgenstern de me recevoir !

La secrétaire, une femme d'un certain âge, absolument dépourvue d'humour, veillait comme un cerbère hargneux à ce que personne ne pénètre dans le bureau du directeur – lequel bureau se trouvait juste derrière le secrétariat – sans y avoir été autorisé par ses soins. Madame Pissepierre prenait souvent des airs de gardienne du temple, outrepassant ainsi largement sa fonction de simple secrétaire.

Laura était sur le point de refermer la porte lorsqu'une idée lui traversa l'esprit : comme Pissepierre n'est pas là, elle ne peut pas m'empêcher d'essayer de voir moi-même si Morgenstern est dans son bureau !

La fillette se glissa donc dans le secrétariat, traversa rapidement la pièce et s'arrêta devant la grande porte en chêne qui s'ouvrait sur le bureau du directeur.

Elle frappa d'abord doucement, puis un peu plus fort.

– Entrez ! répondit une voix grave.

Laura ouvrit la porte et pénétra dans la vaste pièce.

Une chaleur agréable l'enveloppa aussitôt. Des étagères couvertes de livres se dressaient jusqu'au plafond sur deux murs de la pièce. Des lambris recouvraient jusqu'à mi-hauteur les murs enduits d'un revêtement blanc qui avait jauni avec le temps. Néanmoins, les grands cadres sombres dans lesquels trônaient les portraits des précédents directeurs de l'internat se détachaient encore nettement du mur.

Un imposant bureau en chêne massif occupait le milieu de la pièce. Mais assis derrière, ce n'était pas le directeur de l'internat, le professeur Aurélius Morgenstern, comme Laura l'attendait, mais le professeur Quintus Schwartz.

Le professeur Schwartz enseignait la chimie et la biologie, et occupait en même temps le poste de directeur adjoint de

Ravenstein. Il leva la tête de la feuille qu'il était en train de lire et regarda Laura s'avancer.

Quintus Schwartz, qui approchait de la cinquantaine, ne faisait absolument pas son âge. Laura trouvait qu'il ressemblait à un empereur romain d'un de ses livres d'histoire. Il avait toujours le teint un peu hâlé, et ses cheveux bruns, dans lesquels ne se mêlait pas le moindre fil d'argent, étaient toujours impeccablement coupés et coiffés. Il aurait tout à fait pu être agréable à regarder, s'il n'y avait pas eu ses yeux très noirs et perçants qui semblaient s'enfoncer littéralement dans les personnes qu'ils regardaient.

Le professeur ne manifesta aucun étonnement en voyant entrer la jeune fille.

– Laura Leander ! fit-il avec un fin sourire qui découvrit une rangée de dents blanches et parfaites, dignes d'une publicité télévisée. Que puis-je faire pour toi ?

– Euh… eh bien, c'est-à-dire que… en fait, c'est le professeur Morgenstern que je venais voir. Il n'est pas ici ?

– Non, dit le professeur Schwartz en hochant légèrement la tête.

Puis il se tourna et fit comme s'il cherchait autour de lui :

– Ou bien le vois-tu ici, quelque part ? s'enquit-il sur un ton où perçait nettement l'ironie.

– Où est le professeur Morgenstern, alors ?

– Le cher collègue est tombé malade hier, expliqua Quintus Schwartz.

Laura fut surprise de voir un sourire éclairer le visage du directeur adjoint.

– Pour anticiper ta question, Laura : non, le médecin n'a pas encore fait de diagnostic précis.

Laura le regarda, effrayée.

– C'est donc si grave ?

Le professeur Schwartz haussa les épaules.

– Aucune idée ! Comme je te l'ai dit, le docteur n'en sait pas plus pour le moment. Le collègue Morgenstern est dans un état d'extrême faiblesse. Il doit absolument garder le lit jusqu'à nouvel ordre. C'est moi qui occuperai sa fonction jusqu'à ce qu'il soit rétabli.

Laura avala sa salive et encaissa la nouvelle, les yeux rivés sur le sol.

– Je peux t'aider, Laura ?

Le directeur semblait guetter sa réaction.

– Non, non, certainement pas. Je… je peux rendre visite au professeur Morgenstern ?

– C'est absolument exclu, trancha Quintus Schwartz en secouant énergiquement la tête. Le médecin et Mary Morgain sont les seules personnes admises à son chevet. Miss Mary est auprès de lui lorsqu'elle n'a pas cours.

Au moins, il est en de bonnes mains, se dit Laura.

Miss Mary Morgain était la professeur de français et d'anglais de l'internat. Tous les élèves l'adoraient, et Laura ne faisait pas exception. Elle était douce, toujours prête à rendre service, équitable envers les élèves. Miss Morgain mettrait certainement tout en œuvre pour qu'Aurélius Morgenstern ne manque de rien.

– Est-ce qu'on peut déjà dire combien de temps le professeur… ?

– Non, Laura, personne n'est en mesure de le dire pour le moment.

C'est logique, pensa la petite fille. *On ne sait même pas de quoi il souffre.*

En prenant congé de Quintus Schwartz, elle ne put s'empêcher de penser que le professeur paraissait convaincu, très convaincu même, que le directeur ne reprendrait pas de si tôt son poste.

Son sourire était figé, mais ses yeux en disaient long sur ses pensées : ils étaient froids. Froids comme de la glace.

Laura referma derrière elle la porte du secrétariat. Comme il ne faisait pas très chaud dans le couloir, elle frissonna et reboutonna sa veste. Perdue dans ses pensées, elle se dirigea vers sa salle de classe sans remarquer l'ombre qui, tapie dans un coin obscur, la fixait d'un regard sombre.

C'était Attila Morduk, le concierge de l'école. Musclé et trapu, il avait un crâne anormalement gros, aussi dégarni qu'une boule de billard. Son visage était parfaitement imberbe : même pas un soupçon de duvet. Les joues d'Attila et son menton étaient lisses comme des fesses de bébé.

Quant à ses bras, ils étaient surprenants, car ils étaient si longs qu'ils arrivaient presque à la hauteur de ses genoux et étaient recouverts d'une telle épaisseur de poils bruns qu'on aurait pu les prendre pour une véritable fourrure particulièrement fournie. Ses mains, tout aussi velues, ressemblaient à de vrais battoirs que certains allaient même jusqu'à comparer à des abattants de cuvettes de W.-C., ce qui était quand même un peu exagéré ! Toujours est-il qu'Attila pouvait sans problème soulever d'une main d'énormes haltères.

Attila Morduk, le concierge de Ravenstein depuis des lustres, était la bête noire des élèves depuis tout aussi longtemps. Son visage était toujours renfrogné et, d'ailleurs, aucun élève ne se souvenait avoir vu Attila Morduk rire ou seulement sourire. Il gardait un air de croque-mort sinistre, et rien que son allure suffisait à effrayer la plupart des filles et des garçons, qui l'évitaient systématiquement.

Laura était presque arrivée au bout du couloir quand Attila Marduk, après avoir jeté un coup d'œil tout autour de lui, mit son corps massif en branle. Il tanguait comme un marin qui vient de descendre à terre, mais son pas était étonnamment rapide et élastique. Sans bruit, il se mit à suivre Laura, qui ne se doutait de rien.

***

Morwena éperonnait sans ménagement sa monture.
– Allez, Fiancefée, allez, continue, criait-elle au milieu des hurlements du vent.

Fiancefée leva la tête et les deux fines cornes d'ivoire au milieu de son front brillèrent dans le soleil. Elle s'ébroua et poursuivit sa lente progression dans la neige qui lui arrivait jusqu'au ventre. L'épaisse couche blanche avait presque effacé l'étroit chemin qui menait au col. La bicorne de Morwena gravissait sans peine le flanc si escarpé qu'aucun cheval n'aurait pu le franchir. Elle avançait d'un pas sûr dans la neige.

Les bicornes étaient plus robustes que les chevaux et beaucoup plus résistantes que leurs timides cousines, les licornes, des créatures fragiles devenues si rares qu'on ne les trouvait plus guère que dans les forêts enchantées. Les bicornes étaient presque aussi douces et sensibles que les licornes. Comme elles flairaient très tôt le danger, elles étaient la plupart du temps en mesure de l'éviter. Voilà pourquoi Morwena avait pris pour monture une bicorne. Fiancefée ne l'avait encore jamais déçue. Ces animaux connaissaient les sentiers ancestraux qui sillonnaient Aventerra. Elles amenaient ainsi les initiés plus rapidement et plus sûrement à destination que n'importe quelle autre créature. Ces chemins secrets étaient l'œuvre des fées sous la protection desquelles les licornes et les bicornes passaient les premières années de leur vie.

Les sommets blancs de la Montagne des Neiges brillaient dans la lumière du matin, reflétant l'éclat du soleil qui rayonnait dans le ciel azuréen. Le vent, qui poussait devant lui quelques gros nuages, était glacial. Morwena, en dépit de son épaisse cape, sentait la morsure du froid qui régnait dans ces espaces peu accueillants. Le châle de laine autour de sa tête lui tenait à peine chaud.

Mais bien plus que le froid, c'était le grand péril dans lequel se trouvait le Gardien de la Lumière qui inquiétait Morwena. Paravain attendait d'elle un miracle, mais elle allait le décevoir : en dépit de tout son art, elle ne guérirait pas Elysion. Elle ne pouvait qu'atténuer son mal et enrayer la dégradation de son état. Encore aurait-il fallu, pour cela, qu'elle se trouve à Hellunyat !

En repensant à la ruse dont elle avait été victime, Morwena sentit sa colère se réveiller. On avait voulu l'éloigner de la Forteresse du Graal. Elle n'avait pas nourri le moindre soupçon lorsqu'un soi-disant messager de son père était soudain apparu. Au contraire, son message l'avait comblée de joie : après toutes ces années d'absence, elle allait enfin pouvoir retourner dans son pays ! Son père avait été surpris de la voir et ce n'est qu'à ce moment-là qu'elle avait eu un doute : quelque chose clochait. Peu de temps après, Flèche-Ailée était apparue au-dessus de Brumévant, le château de son père. Le puissant aigle, le Messager de la Lumière, lui avait appris ce qui s'était passé à Hellunyat en son absence. Elle s'était immédiatement mise en route, déclinant l'offre de son père de la faire accompagner par quelques cavaliers qui la protégeraient. Une troupe trop nombreuse avançait plus lentement et attirait plus aisément l'attention. En outre, seules les bicornes pouvaient emprunter les raccourcis secrets.

Morwena avait enfin atteint le col. Elle laissa souffler sa monture et regarda en bas la vallée où s'étendaient les vertes prairies du Pays des Plaines. La guérisseuse poussa un soupir. Hellunyat était encore si loin ! Non seulement elle devait traverser le Pays des Plaines et franchir le Fleuve Tonnerre, mais aussi vaincre le terrible Désert de Feu, l'une des étapes les plus périlleuses du voyage. Et, pour finir, il fallait sortir vivante du Ravin des Ténèbres.

C'était un long et périlleux voyage qui prendrait au moins quatre jours, et ce serait peut-être trop tard pour Elysion. Le seul espoir de Morwena était que le nouveau pont enjambant le Fleuve Tonnerre, encore en travaux à l'aller, fût maintenant terminé. Ce serait un raccourci non négligeable qui lui permettrait de gagner un jour entier.

Un jour qui pouvait être déterminant pour le Gardien de la Lumière. Morwena éperonna sa bicorne et se dirigea vers le Pays des Plaines.

Chapitre 6

Un mystérieux observateur

a matinée se déroula normalement pour Laura, avec le stress habituel. Les huit filles et les sept garçons de sa classe lui souhaitèrent presque tous un bon anniversaire. Même le gros Max Petpuant qui l'agaçait constamment, se laissa aller à un tiède « Bon anniversaire ».

On s'en doute, Max Petpuant n'était pas son vrai nom. Il s'appelait en réalité Puipréant, mais son habitude de répandre toujours et partout des odeurs nauséabondes lui avait vite valu ce sobriquet. Max Petpuant, ce tas de graisse informe, ne pouvait pas supporter Laura, parce que Ronnie Riedel ne pouvait pas la sentir non plus. Ronnie, le meilleur ami de Max, avait été l'année dernière délégué des élèves. Mais au début de la nouvelle année scolaire, les élèves avaient massivement voté pour Laura, tout juste arrivée dans la classe de 4e B. Ronnie n'en revenait toujours pas de son échec dont il restait profondément blessé et n'arrêtait pas de provoquer Laura. Il était aussi de ceux, bien peu nombreux, qui ce matin n'avaient pas souhaité un bon anniversaire à la collégienne.

Laura avait la tête ailleurs : elle ne cessait de penser au professeur Morgenstern. C'était quand même bizarre, cette maladie subite. Vendredi encore, il avait fait cours, semblant être en pleine forme. Certes, il n'était plus tout jeune – il devait bien aller vers ses 70 ans, plus peut-être même –, mais Laura ne se souvenait pas l'avoir jamais vu malade. Morgenstern respirait la santé et était encore capable d'exécuter un grand soleil à la barre fixe en dépit de son âge, ce que presque aucun élève n'aurait réussi à faire. Laura, plutôt bonne en sport, était logée à la même enseigne. C'est pourquoi cette maladie soudaine et le médecin qui, soi-disant, ne savait pas de quoi il s'agissait lui paraissaient bien étranges.

Laura demanda des nouvelles du directeur aux professeurs, mais ils n'en savaient pas plus. Même Sniffemoissa (de son vrai nom Heinrich Silfoissant) n'avait pas la moindre idée de l'état de Morgenstern. Professeur d'histoire, c'était un petit homme d'un certain âge au crâne chauve et aux lunettes démodées. Sa manie de renifler sans cesse bruyamment avait amené les élèves à déformer son nom. Sniffemoissa, pourtant généralement très au fait de tout ce qui se passait à Ravenstein, dut en l'occurrence avouer son ignorance. Laura aurait pu encore interroger Miss Mary, mais elle n'avait cours avec elle que le lendemain.

À moins que Percy Valiant, le professeur de sport, ne sache quelque chose. Il s'entendait très bien avec Mary Morgain. Laura avait déjà remarqué la sympathie que le directeur éprouvait pour ces deux jeunes professeurs qu'il traitait parfois même comme ses enfants.

Laura pouvait également braver l'interdit de Quintus Schwartz, et rendre visite au professeur Morgenstern. Il fallait impérativement qu'elle le voie et qu'elle l'interroge sur la mystérieuse apparition de son père la nuit dernière. Il fallait qu'elle perce le mystère entourant tous ces événements, et seul le professeur Morgenstern pouvait l'y aider, premièrement parce que son père le lui avait dit et deuxièmement parce qu'elle le savait, voilà tout.

Après le déjeuner, alors que Kaja se vautrait de nouveau sur son lit avec un gros livre et une tablette de chocolat tout aussi grosse, Laura attrapa son sac de sport qui contenait son masque d'escrime et son fleuret, et se dirigea d'un pas rapide vers le gymnase.

Il faisait froid dans le vestiaire où flottait une légère odeur de transpiration. Laura frissonna en enfilant sa tenue d'escrime.

Lorsqu'elle pénétra dans le gymnase, il n'y avait personne. Percy était en retard, comme d'habitude. Il faisait déjà presque nuit, et Laura se dirigea vers l'interrupteur.

La lumière jaillit des spots au plafond, et la jeune fille vit que la piste d'escrime était déjà déroulée dans la moitié droite de la salle. Elle commença son échauffement.

Son père l'avait incitée à pratiquer ce sport et elle s'y était mise à l'âge de huit ans. Au début, elle avait un peu renâclé avant d'y prendre de plus en plus de plaisir. L'escrime nécessitait des qualités de rapidité et d'élégance, de souplesse athlétique et d'adresse tactique. Pour Laura, il représentait aussi un défi.

Elle bénéficiait depuis un an, un peu avant que son père ne disparaisse, d'un entraînement particulier auprès de Percy Valiant. C'était lui qui, à l'époque, était venu vers elle, lui disant qu'il serait dommage, avec un tel talent, qu'elle n'aille pas plus loin. Il lui avait proposé des cours, gratuitement.

Laura avait immédiatement accepté. Depuis, elle s'entraînait chaque semaine trois heures avec Percy. Cela lui avait paru très contraignant au début, elle avait même songé à abandonner, tellement certaines séances l'épuisaient. Mais lors de ces moments de découragement, elle repensait aux paroles de son père : « Si tu veux, tu peux » ; « Sans persévérance, pas de réussite ».

Laura avait donc tenu le coup, trouvant finalement beaucoup de plaisir dans ce dur entraînement. Elle attendait chaque semaine avec joie les heures d'escrime en compagnie du jeune professeur.

Mais aujourd'hui, Percy n'était toujours pas en vue.

Laura eut soudain l'impression qu'on l'observait. Elle sentait des yeux peser sur elle. Elle interrompit ses exercices pour observer autour d'elle. Personne. Laura concentra son regard sur la partie du gymnase qui était encore dans l'ombre, sans pouvoir déceler la moindre présence. Elle s'était apparemment trompée et haussa les épaules avant de reprendre son échauffement. Elle ne put donc voir, dissimulée derrière une pile de tapis de sol, la forme sombre qui l'épiait. Le mystérieux observateur se fit encore plus discret lorsqu'une porte s'ouvrit de l'autre côté de la salle pour livrer passage à un jeune homme.

Le visage de Laura s'éclaira en voyant Percy Valiant. Son corps d'athlète était moulé dans sa combinaison d'escrime ; il portait son casque sous le bras.

Arrivée devant Laura, il s'inclina profondément.

— Mes respects, ma chère élève, commença-t-il sur un ton aussi bizarre qu'amusant. Je dépose à tes pieds mes vœux les plus sincères de réussite à l'occasion de la commémoration de ta naissance !

Laura ne put s'empêcher de sourire. Percy Valiant était français. Originaire de Bourgogne, ses parents lui avaient toutefois donné un vieux prénom celte : Perceval. Mais sa famille et ses amis rebutaient à employer ce prénom vieillot qu'ils avaient tout de suite transformé en « Percy ». Grâce à ses lectures préférées – les épopées moyenâgeuses et les romans de chevalerie – il avait une parfaite connaissance de la langue allemande. Percy était un vrai fanatique de Moyen-Âge. S'il avait pu choisir de vivre dans une autre époque, il aurait immédiatement opté pour celle des chevaliers, des troubadours et des gentes damoiselles. D'où ses lectures, qui avaient imprégné son allemand, que son accent français prononcé rendait plus comique encore. Percy en avait parfaitement conscience, mais il n'avait pas envie de changer quoi que ce soit à sa manière de parler. Laura aimait bien les tournures amusantes qu'il employait et elle aurait trouvé dommage que Percy s'exprime autrement.

En fait, elle aimait tout chez Percy. Elle sourit au professeur.

— Merci, Monsieur Valiant.

Le jeune homme esquissa une deuxième révérence.

— Pardonne à l'insignifiant personnage que je suis d'avoir fait attendre une aussi charmante damoiselle !

— C'est pas grave, t'inquiète pas ! répondit Laura en riant.

Percy redevint sérieux.

— La peste soit des mots, ce sont les actes dont je me languis désormais, ma chère Laura !

— Une minute encore ! fit Laura en s'approchant de lui. Que se passe-t-il avec le professeur Morgenstern ?

— Ne laisse pas les soucis assombrir tes humeurs ! murmura

Percy. Notre très honoré professeur trouvera vite la voie de la guérison.

– Mais de quoi souffre-t-il exactement ? Personne n'est capable de me le dire !

– Arme-toi de patience, tu comprendras très bientôt ! Et maintenant, allez, reprenons l'exercice de la dernière fois !

Il passa la main dans ses cheveux blonds pour les rejeter en arrière, ajusta son masque et, le fleuret à la main, se mit en position. Laura fit de même ; elle était prête.

– En garde !

Le masque étouffait un peu la voix de Percy.

Et les exercices s'enchaînèrent : attaque, parade, contre-attaque. Les lames de leurs fleurets virevoltaient, brillaient dans la lumière des plafonniers et s'entrechoquaient.

Attaque, parade, contre-attaque, encore et encore.

Laura transpirait à grosses gouttes sous le masque étroit, elle respirait bruyamment. Elle déjouait avec vivacité les attaques de Percy et les esquivait adroitement, si bien que le professeur d'escrime ne la touchait jamais. Laura passa alors à l'attaque. Percy réussit à contenir ces assauts, mais Laura ne désarmait pas.

Il faut que je réussisse à le surprendre, pensa-t-elle. *Je sais comment je vais m'y prendre !* Elle avait essayé des feintes lors de ses trois dernières attaques. Elle avait esquissé un coup au niveau de son thorax, mais baissé son arme au dernier moment pour le toucher sur le côté. Percy avait chaque fois déjoué ses plans et repoussé facilement son assaut. Elle devait s'y prendre autrement cette fois-ci.

Elle s'avança de deux pas, dirigeant la pointe de son fleuret vers Percy. Celui-ci para, mais Laura en esquissa un deuxième. Son fleuret décrivit une grande courbe dans l'air, visant de nouveau le thorax de Percy, quand, au dernier moment…

Non, cette fois-ci, Laura n'essaya pas de passer sous l'arme de son adversaire comme il s'y attendait. Il fit immédiatement un mouvement de défense – découvrant sa poitrine ! Laura n'attendait que cela et, rapide comme l'éclair, sa lame toucha la veste rembourrée de Percy.

– Touché !

Percy leva la main et enleva son masque.

– Bravo, Laura ! Tu n'arrêtes pas de faire des progrès ! dit-il en soufflant fort. Et quand…

Il crut voir, du coin de l'œil, une ombre noire dans la partie mal éclairée du gymnase. Mais quand il se retourna pour vérifier, il n'aperçut rien du tout.

Sous son masque qu'elle enleva, le visage de Laura était en sueur. La jeune fille était hors d'haleine.

– Qu'y a-t-il, Monsieur Valiant ?

– Je n'en sais rien. J'aurais juré avoir vu quelqu'un, mais j'ai dû me tromper…

Ses yeux inspectèrent de nouveau très attentivement l'obscurité de la salle, s'arrêtant à plusieurs reprises sur les tapis de sol. Il n'y avait rien ni personne. Percy se retourna et fit un pas vers Laura, lorsqu'une porte se referma bruyamment. Le professeur de sport fit brusquement volte-face. Laura tourna également la tête vers le coin d'où était venu le bruit. Là, tout près des tapis de sol entassés, il y avait une sortie de secours ; la petite porte vibrait encore, comme si on venait juste de la fermer violemment.

Percy et Laura se précipitèrent ensemble. Le jeune homme ouvrit la porte, et ils scrutèrent tous les deux, en vain, l'obscurité au dehors. Le mystérieux observateur avait sans doute disparu à la faveur des buissons entourant le bâtiment. Mais qui cela pouvait-il bien être ?

C'est alors que Laura sentit d'étranges relents, à peine perceptibles, une odeur de moisi et d'humidité. Cela lui rappelait vaguement quelque chose, mais quoi ? Elle ne parvenait plus à se le remémorer.

Percy Valiant était pensif.

– J'ai donc bien été victime d'une illusion, murmura-t-il, fixant la petite fille avec beaucoup de gravité. Laura, tu dois me faire un serment. Sur ta vie, je t'en prie, prends garde à toi !

Laura ne comprenait pas ce que Percy essayait de lui dire. Mais en elle-même, elle pressentait qu'elle courait un danger. Un très grand danger.

***

Une foule bigarrée et diverse se pressait dans les vastes cuisines de la Forteresse du Graal. Des servantes allaient et venaient à pas rapides, des valets portaient des sacs remplis de victuailles, et des chevaliers se faufilaient dans la pièce pour y bavarder avec les serviteurs ou pour grappiller un morceau de lard ou une tranche de pain.

Aliénor, un plat vide à la main, se dirigeait vers les cuisines lorsqu'elle entendit dans son dos la voix de son frère.

– Hé ! Hé, Aliénor...

La jeune fille blonde s'immobilisa, étonnée. Elle chercha des yeux Alarik et finit par le découvrir, dissimulé derrière une colonne dans un coin sombre. Il lui faisait signe d'approcher.

Aliénor se dirigea rapidement vers lui.

– Qu'est-ce que tu veux ?

Alarik caressait Swippi juché sur son bras. Le jeune garçon s'assura que personne ne pouvait les entendre et finit par se tourner vers sa sœur :

– Tu sais ce qui est arrivé à Elysion ?

– Pourquoi me demandes-tu cela ?

– Parce que je ne l'ai pas encore vu aujourd'hui, et tous ceux à qui j'ai demandé où il se trouvait ont éludé ma question. Même Paravain, qui était jusqu'à présent toujours attentif, m'évite. Je crois qu'on nous cache quelque chose.

– Mais quoi donc ? s'enquit Aliénor, visiblement étonnée.

– Je n'en sais rien.

Alarik était pensif. Swippi grimpa sur son épaule et se mit à lui lécher la joue.

– Je suppose seulement que l'incident de la nuit dernière n'était pas aussi anodin que les Chevaliers Blancs le prétendent... Il se pourrait bien que Borboron et ses guerriers aient fait plus de dégâts qu'on ne veut bien nous le dire.

La jeune fille pâlit.

– Tu penses que... ?

– Oui, peut-être ont-ils blessé le Gardien de la Lumière, répondit Alarik d'un ton grave. Sinon, pourquoi Paravain aurait-il fait parvenir un message à Morwena par l'intermédiaire de Flèche-Ailée ?

– Je n'en sais rien Alarik, répondit Aliénor, pensive. Je n'ai rien remarqué. Enfin si, une chose : ce matin, c'est Paravain en personne qui a pris l'eau destinée à Elysion, et non son valet comme...

À ce moment-là, Swippi-le-Glouton émit un sifflement strident et disparut sous le gilet d'Alarik. Surpris, le frère et la sœur virent Paravain s'avancer dans leur direction.

Le chevalier jeta un bref regard à Alarik, puis se tourna vers Aliénor.

– Aliénor ?

– Oui, seigneur, répondit la jeune fille, humblement.

– Tu... tu... Le chevalier se racla la gorge, cherchant ses mots. Tu es depuis maintenant longtemps l'élève de Morwena, n'est-ce pas ?

– Oui, depuis bientôt deux étés.

– Morwena t'a-t-elle appris à confectionner des remèdes contre la fièvre et contre les états d'extrême fatigue ?

– Bien sûr, maître ! répliqua la jeune fille dont les yeux bleus s'illuminèrent. Contre la fièvre, on recommande une décoction de boutons d'or. C'est une plante originaire de mon pays. Et en cas d'extrême fatigue...

– Suis-moi !

Le chevalier ne lui laissa pas le temps de poursuivre. Il repartait déjà lorsqu'il lança encore à Alarik :

– Et toi, rends-toi utile plutôt que de poser des questions stupides, uniquement bonnes à semer le trouble dans les esprits !

**

C'était l'heure du dîner. Toutes les places étaient occupées dans le réfectoire. Une ambiance chaleureuse régnait dans la grande salle qui, du temps du Chevalier Cruel, avait été le lieu de bien des fêtes et de bien des beuveries. Les hauts plafonds aux poutres apparentes, les murs lambrissés et les imposants lustres en fer forgé rappelaient encore le passé mouvementé de l'endroit. Un éclairage tamisé avait remplacé la fumée et la suie des chandelles et des torches. Au milieu de la pièce, une couronne de l'avent pendait du plafond avec deux bougies allumées, dont les fines volutes de fumée montaient vers les poutres.

Les élèves, assis sur des bancs à de longues tables, se sentaient apparemment très à l'aise au milieu du bruit des assiettes, du tintement des couverts et du brouhaha des conversations animées entrecoupées de rires joyeux.

Les professeurs, installés à une table placée sur une petite estrade de bois à l'une des extrémités de la salle, pouvaient ainsi garder un œil sur leurs protégés, souvent en pure perte d'ailleurs. Les élèves se comportaient comme si les professeurs n'étaient pas là, et ces derniers les laissaient faire ! Même Aurélius Morgenstern n'intervenait que lorsque les élèves dépassaient les bornes, ce qui n'arrivait que très rarement, pratiquement jamais en fait. Morgenstern était persuadé que le repas devait être une source de plaisir. Selon lui, des mets bien préparés et délicieux ne suffisaient pas : il fallait y ajouter une conversation animée et de la bonne humeur.

Aujourd'hui, Aurélius Morgenstern n'était pas à la table des professeurs. Quintus Schwartz prenait ses aises dans le fauteuil du directeur (le seul qui eût des accoudoirs et un haut dossier). Rebecca Taxus, la professeur de mathématiques et de physique, s'était plantée à droite à côté de lui. Grande et mince, elle portait une robe rose, des tresses rasta rouge vif et était en grande conversation avec le directeur adjoint.

La table de Laura était la troisième en entrant, du côté de la fenêtre, et la jeune fille était assise du côté du couloir. Kaja se trouvait à côté d'elle alors que son frère et Magda Schneider, une élève de sa classe, avaient pris place en face. Magda était aussi grande que Laura et portait, comme elle, de longs cheveux blonds. Mais elle était loin d'être aussi jolie, c'est en tout cas ce que prétendait Philipp Boddin, également élève de 4e B. Ses copains l'appelaient Mister Cool : il affichait une nonchalance étudiée, portait toujours des vêtements dernier cri et allait tous les quinze jours chez le coiffeur pour y faire modeler artistiquement sa tignasse blond filasse. Bien sûr, Mister Cool savait s'y prendre avec les filles, du moins le prétendait-il... Laura le trouvait niais, avis partagé par la plupart des élèves de sa classe.

À l'exception de Caro Thiele qui, elle, était raide dingue de lui. Mais Caro n'avait pas tous les neurones en place…

Au menu, ce soir-là, on servait le plat préféré de Laura, des spaghettis bolognaise. Kaja adorait aussi les pâtes et venait d'en prendre une deuxième portion qu'elle dévorait d'un appétit d'ogre, comme si elle n'avait rien eu à se mettre sous la dent depuis des heures. Elle avait pourtant englouti, juste avant le dîner, une demi-tablette de chocolat raisins-rhum-noisettes en guise de hors-d'œuvre. Kaja avait le visage barbouillé de sauce, et les longues pâtes n'arrêtaient pas de glisser pour atterrir un peu partout, sauf dans sa bouche.

Magda se battait également avec ses spaghettis, ce qui ne l'empêchait pas de jacasser sans arrêt avec ses amis. Il faut dire qu'elle ne se taisait pratiquement jamais.

— Tu ne trouves pas que c'est franchement indécent ? demanda-t-elle en donnant un coup de coude à Laura.

— Quoi donc ?

Magda montra de la tête la table des professeurs où Rebecca Taxus menait à voix basse une conversation animée avec son voisin de table.

— La façon dont Pinky Taxus se colle au professeur Schwartz, tout simplement parce que c'est maintenant lui le dirlo.

— Fu farles ! Fes feux-là font fouhours fourrés enfemble, fefuis fonfemps ! fit Kaja parlant, une fois de plus, la bouche pleine.

Laura mit un bon moment à comprendre ce qu'elle voulait dire.

— Ah bon ? Je ne m'en étais jamais aperçue !

— C'est toi tout craché ça, intervint Lucas. Tout le monde est au courant, sauf toi !

— Gnagnagna ! répondit Laura en adressant une grimace à son frère.

Magda se pencha vers ses amis en prenant un air mysté-rieux.

— Vous avez entendu la dernière ?

— Non, quoi ? dirent Kaja et Lucas en chœur.

Magda regarda autour d'elle pour s'assurer que personne ne pouvait l'entendre et murmura :

– Il y a eu un mort ce week-end !

Laura bondit, horrifiée.

– Quoi ? Comment cela ?

Les yeux bleus de Magda étincelaient d'excitation.

– Vous connaissez tous la crypte qui se trouve dans le Bois du Bourreau ?

– Celle dans laquelle est enterré Reimar von Ravenstein ? demanda Laura, perplexe.

– Et dans laquelle nous n'avons pas le droit d'entrer parce qu'il y a des fantômes ? renchérit Kaja.

– Non, dans laquelle nous n'avons pas le droit d'entrer parce qu'elle menace de s'effondrer, ajouta Lucas de son ton docte.

– Celle-là même, acquiesça Magda. Eh bien, pas plus tard qu'hier, un élève a bravé l'interdiction et a été assommé par un mur qui s'est écroulé sur lui !

De saisissement, Kaja en laissa tomber sa fourchette pleine de spaghettis et de sauce sur son jean.

– Zut ! s'exclama-t-elle en s'empressant de frotter le pantalon avec sa serviette.

Laura contemplait la scène, désespérée. Kaja n'apprendrait donc jamais à manger proprement ! Puis elle se tourna vers Magda :

– C'est horrible, ce que tu racontes là ! Comment sais-tu cela ? Qui te l'a dit ?

– Eleni de la 4ᵉ A me l'a raconté, et c'est une amie de la 3ᵉ B qui le lui a dit. Mais je ne sais pas d'où elle tient la nouvelle.

– Et le mort, c'est qui ?

Laura était sous le choc.

– Eleni m'a dit que la direction de l'internat faisait tout pour étouffer l'affaire. Allez donc comprendre pourquoi ! Mais elle a quand même réussi à savoir de qui il s'agissait : l'élève qui a trouvé la mort est un certain Alain Schmitt.

– Alain Schmitt ? Jamais entendu ce nom-là !

– Moi non plus, dit Lucas.

– Il était en première, mais aucun de ceux à qui j'ai demandé ne le connaissait.

Laura regarda pensivement ses amis.

– Bizarre, non ? Il n'y a quand même pas tant d'élèves à Ravenstein, on devrait…

Le tintement d'une cloche l'interrompit. Le professeur Schwartz avait une communication importante à leur faire. Toutes les informations et les consignes étaient ainsi annoncées par la direction de l'internat pendant le dîner. Seul le directeur était habilité à le faire, à moins qu'il ne donne l'autorisation expresse à l'un des membres du collège des professeurs de s'adresser directement aux élèves. Le professeur Morgenstern avait déjà utilisé cette procédure, et les élèves étaient donc déjà habitués aux discours de ce genre, à ceux de Sniffemoissa par exemple ou de Maître Sebaldus, comme on appelait le professeur d'allemand Sebald Mages, un grand escogriffe falot. Mais, jusqu'à présent, ils n'avaient jamais eu à supporter une harangue du professeur Quintus Schwartz.

Cela lui ressemble bien ! pensa Laura. *Il remplace le professeur Morgenstern depuis ce matin seulement, et ce provisoirement, mais il doit déjà faire une démonstration de son autorité.*

Quintus Schwartz était debout, les bras croisés sur la poitrine. Ses yeux noirs et brillants se dirigèrent ostensiblement vers Laura. Le directeur adjoint aurait-il deviné ses pensées ?

Il leva la main droite, faisant taire les conversations et le bruit des couverts. Le silence se fit peu à peu.

Quintus Schwartz embrassa du regard la salle rassemblant deux cents élèves et deux douzaines de professeurs. Tous les yeux étaient tournés vers lui et il jouissait manifestement d'être la cible de l'attention générale. Il se racla la gorge avant de commencer à parler :

– Chers collègues, chers élèves, dit-il de sa voix profonde et harmonieuse. Comme la plupart d'entre vous le savent déjà, notre honoré et cher directeur – il s'interrompit pour s'éclaircir la voix avant de poursuivre – le professeur Morgenstern est malheureusement tombé malade. C'est la raison pour laquelle je le remplace jusqu'à ce qu'il soit rétabli.

Un soupir imperceptible parcourut les rangs des élèves. Laura ne vit autour d'elle que des visages consternés.

Le professeur Schwartz n'avait cure de ces réactions visiblement hostiles. Au contraire, à son sourire satisfait, on voyait qu'il s'en délectait même. Il poursuivit, sans tenir compte de la réaction des élèves :

– J'ai l'impression que, depuis quelque temps, les mœurs de notre vieille et honorable institution se dégradent un peu... L'ordre et la discipline ne sont plus pris au sérieux, pas du tout même, à mon humble avis. C'est pourquoi, à l'avenir, je veillerai à ce que le règlement interne de l'établissement soit observé au pied de la lettre ! Et il va également de soi que tout élève qui contreviendrait aux consignes devra s'attendre à être sanctionné comme le prévoit le règlement.

Un nouveau soupir parcourut les rangs.

– Il est devenu fou ! s'insurgea Kaja.

Et Magda d'ajouter :

– Il a un grain !

L'incompréhension se lisait également sur le visage de la plupart des professeurs. Percy Valiant secouait la tête pour montrer son désaccord, Miss Mary Morgain gardait les yeux rivés droit devant elle, ouvertement hostile, Sniffemoissa plissait son front dégarni. Maître Sebaldus clignait des yeux tout en astiquant nerveusement ses verres de lunettes. Seule parmi les professeurs à manifester ouvertement sa sympathie pour Quintus Schwartz, Pinky Taxus arborait un grand sourire. Tous les autres ne semblaient ni comprendre ni approuver en aucune manière le changement de cap prôné par le nouveau directeur. Il n'y avait jamais eu de problèmes sous la direction du professeur Morgenstern qui faisait une lecture plutôt conciliante du règlement interne : il n'y voyait pas des directives devant être appliquées au pied de la lettre et enfermant les élèves dans un carcan.

L'hostilité générale laissait le professeur Schwartz de glace. Impassible, il rappela les consignes les plus importantes :

– Dorénavant, les horaires des repas, des études et des récréations doivent être strictement respectés. Les élèves n'ont accès qu'aux pièces qui leur sont destinées ; il est interdit de pénétrer dans la bibliothèque ou dans le gymnase en dehors des horaires d'ouverture. Et, le plus important : à partir de 22 heures précises, ainsi le prescrit le règlement, il est interdit à tout élève de se trouver en dehors de son dortoir, à moins qu'il n'en ait reçu l'autorisation expresse de la part de la direction de l'école.

Les élèves n'en pouvaient plus. Des grondements de mécontentement enflèrent jusqu'à couvrir complètement la voix du professeur Schwartz. Il se saisit de la cloche qu'il agita frénétiquement.

– Silence ! Silence, j'ai dit !

Ses yeux lançaient des éclairs.

Les élèves se turent.

– Bien, poursuivit-il sur un ton plus doux et presque conciliant. Je terminerai par la chose la plus importante : l'ancienne crypte dans le Bois du Bourreau. Cet endroit, qui exerce une telle attirance sur certains d'entre vous, est strictement interdit pour tous les élèves ! Je répète : le périmètre de l'ancienne crypte est strictement interdit !

Il plissa les yeux, guettant les réactions. Un ricanement se dessina sur sa bouche lorsqu'il vit les visages indignés. Puis il se rassit et reprit sa conversation avec Rebecca Taxus comme si de rien n'était, comme s'il n'avait fait qu'énumérer quelques banalités alors qu'il venait de mettre en émoi tous les élèves et une grande partie des professeurs.

Laura ne comprenait pas ce que Quintus Schwartz cherchait avec ces prescriptions sans fondements. Le directeur adjoint n'était certes pas aimé des élèves, et rares étaient les professeurs qui éprouvaient de l'amitié pour lui, mais même ses pires ennemis devaient reconnaître qu'il était très intelligent. Pourquoi fallait-il alors qu'il prenne, le premier jour de son entrée en fonction, une mesure absolument superflue dont il savait pertinemment qu'elle allait empoisonner l'atmosphère et lui vaudrait l'animosité quasi générale ? C'était absurde ! À moins que cela ne dissimule d'autres intentions...

– Ce type manigance quelque chose, murmura Laura pour elle-même.

Un lourd pressentiment l'oppressait et ne la quittait plus.

CHAPITRE 7

Mystères nocturnes

a nuit était tombée sur Ravenstein. Un mince croissant de lune dans le ciel clair plongeait le château dans une lumière blafarde. Le hululement d'un hibou retentit dans le lointain, du côté du Bois du Bourreau, suivi des coups sourds d'une horloge. Puis le silence retomba.

Il était minuit.

Laura Leander dormait à poings fermés. Kaja ronflait doucement, et le tic-tac du réveil résonnait dans la pièce. La lumière de la lune dessinait des ombres fantomatiques sur les murs de la chambre.

Un bruit étrange, comme le hurlement d'un loup, déchira soudain le silence. Laura poussa un léger soupir et se retourna dans son lit. Au même moment, la poignée de la porte s'abaissa avec un grincement presque imperceptible. Un mince rai de lumière pénétra dans la pièce, s'élargit de plus en plus et éclaira le visage de Laura. Il y eut un bruissement d'étoffe.

L'épouvantable hurlement du loup troua de nouveau la nuit, tirant brutalement Laura de son sommeil. Elle ouvrit les yeux, se dressa sur son séant et sursauta en apercevant une forme sombre.

Oh, non !

Laura s'apprêtait à pousser un cri lorsqu'elle reconnut la visiteuse nocturne.

– Miss Morgain ?

Laura n'en croyait pas ses yeux. La frêle professeur, drapée dans une longue cape, se tenait au pied de son lit, immobile.

– Suis-moi, dit-elle sans autre explication.

– Mais…

Laura n'eut pas le temps de protester, car Mary Morgain lui coupa la parole.

– Je t'en prie, Laura, suis-moi !

Et elle sortit dans le couloir sans plus attendre.

Laura était comme paralysée. Qu'est-ce que tout cela signifiait ? Elle rejeta finalement la couverture et se leva en toute hâte. Elle enfila ses bottes fourrées, passa son gros anorak par-dessus son pyjama et se dirigea vers la porte, comme une automate, sans opposer la moindre résistance. On aurait dit qu'elle obéissait à une force mystérieuse et invisible.

Lorsque Laura arriva dans le couloir, Miss Mary avait déjà presque atteint la cage d'escalier.

Il y a quelque chose qui cloche, pensa Laura. Elle remarqua au même moment que ses pas, bien qu'assourdis, résonnaient sur les dalles de pierre alors que ceux de la professeur étaient parfaitement silencieux. Il lui sembla même que Miss Mary se déplaçait sans bouger aucun de ses membres ! Certes, sa cape traînait jusqu'au sol, dissimulant ses jambes et ses pieds, mais on ne discernait sous la lourde étoffe pas le moindre mouvement, pas le plus petit frémissement. Le corps mince semblait planer et glisser en apesanteur vers l'escalier.

Étrange ! pensa Laura. *Vraiment étrange !*

Le long couloir était plongé dans une obscurité presque complète, qu'une petite lampe de sécurité et la pâle lumière de la lune ne suffisaient pas à percer. Au milieu des niches aménagées dans les murs, des formes sombres se détachaient, comme autant d'assassins aux aguets. Laura avait beau savoir qu'il ne s'agissait que de vieilles armures de chevaliers, elle frémissait d'angoisse.

C'est avec soulagement qu'elle atteignit enfin l'escalier qui menait au hall d'entrée. L'obscurité régnait ici aussi, mais au moins, il n'y avait plus d'armures fantomatiques.

Miss Mary était déjà arrivée au pied de l'escalier. Elle ne se retourna pas, apparemment certaine que Laura la suivait.

Le clair de lune entrait par l'œil-de-bœuf placé au-dessus du portail d'entrée, dessinant des formes blafardes sur le tableau accroché sur le mur d'en face. Laura tourna automatiquement la tête vers la peinture. Elle resta figée de stupeur, le souffle coupé. L'espace d'un instant, elle se demanda si elle était éveillée ou si elle rêvait. La jeune femme en robe blanche sur le tableau fixait Laura de ses yeux infiniment tristes, mais le grand loup noir couché d'habitude à ses pieds avait disparu !

Laura secoua la tête. C'était impossible, elle devait se tromper ! Elle se frotta les yeux, mais en vain : le loup s'était bel et bien évaporé, laissant un emplacement vide aux pieds de Silva, la jeune femme du tableau. Seule dans la clairière, elle fixait Laura, comme si le loup n'avait jamais existé.

Quelqu'un avait dissimulé le loup sous une couche de peinture, c'était la seule explication plausible ! Mais pourquoi ? Et comment cela aurait-il été possible en si peu de temps ? En effet, lorsqu'elle était montée après le dîner vers les chambres en compagnie de Kaja, rien n'avait changé sur le tableau.

À ce moment-là, Laura entendit, venant du parc et plus exactement du Bois du Bourreau, le hurlement du loup. Elle en était sûre, et d'ailleurs, un second hurlement vint le lui confirmer. Se pouvait-il que le loup ait repris vie ? Et qu'il soit sorti de...

N'importe quoi ! Des idées folles !

Le grincement de la porte d'entrée arracha Laura à ses pensées. Elle vit Mary se glisser dans l'entrebâillement et s'empressa de la suivre.

Dehors, un froid vif la saisit. Elle frissonna en dépit de son anorak.

J'aurais mieux fait de mettre un jean et un pull, pensa-t-elle, mais il était trop tard pour faire machine arrière.

Mary Morgain était déjà arrivée en bas de l'escalier, et Laura se mit à courir pour ne pas se laisser distancer. Elle dévala les marches, passa à côté du géant de pierre qui soutenait le porche de l'entrée et se trouva bientôt sur le chemin qui menait dans le parc. Il ne lui vint pas à l'esprit de jeter un coup d'œil au colosse.

Il la contemplait pourtant d'un regard pensif et tourna même un peu la tête de côté pour mieux la suivre des yeux. Ce qu'il vit ne sembla pas le réjouir, au contraire. Sa mine était grave.

Très grave.

L'étroit sentier longeait le bâtiment principal de l'internat. L'anorak de Laura brillait comme un phare rouge dans la nuit. Elle suivait Miss Mary qui, à quelque vingt mètres devant elle, glissait sans aucun bruit. L'air froid qui sentait – non, il ne sentait pas la neige, dommage ! – chatouillait le nez de Laura. Kastor Dietrich avait appris à Laura qu'on peut sentir la neige, comme il lui avait appris à observer la nature et à être attentive à toutes sortes de signes très parlants pour qui savait les interpréter. Pour l'heure, Laura ne sentait que l'odeur de feuilles humides et de bois pourri.

Le rideau d'une des fenêtres au deuxième étage du château, celui de la salle des professeurs, bougea. La pièce était plongée dans l'obscurité, mais on devinait derrière la vitre les contours flous d'une forme sombre qui paraissait scruter attentivement le parc.

Laura ne remarqua pas qu'on l'observait. Elle crut cependant percevoir un mouvement derrière elle et tourna la tête en direction du bâtiment principal, juste à temps pour voir bouger le rideau. Quant à l'étrange forme, elle avait déjà disparu.

Lorsque le regard de la jeune fille se reporta vers Miss Mary, ce fut pour la voir pénétrer dans la brume qui flottait dans le parc. Laura pressa le pas et se retrouva bientôt cernée de nuées grises qui lui bouchaient complètement la vue. La brume s'épaissit, et seuls les buissons et les arbustes au bord du sentier en émergeaient encore. Le cri d'un renard retentit dans le lointain, et deux ombres ailées frôlèrent sans bruit Laura qui se baissa brusquement pour les éviter ; mais elles étaient déjà loin. Elle se rassura en pensant qu'il s'agissait sûrement du couple de chats-huants nichant dans le vieux chêne derrière le gymnase. Elle poursuivit sa route.

Arrivée à un carrefour, elle s'arrêta, ne sachant de quel côté aller. Où Miss Mary avait-elle l'intention de l'entraîner ?

Laura, ne la voyant plus, décida d'obliquer vers la droite et de prendre un étroit sentier. Elle crut se souvenir qu'il menait à la maison du professeur Morgenstern, loin du bâtiment principal, dans un coin reculé du parc. Était-ce le but de cette expédition nocturne ? Laura hésita un court instant avant de se remettre en route, la peur au ventre.

La brume était tellement épaisse qu'on n'y voyait pas à quelques mètres devant soi. La fillette distinguait encore les graviers à ses pieds, mais les buissons et les arbustes disparaissaient derrière d'épais voiles gris. Aucune trace de la maison du directeur ; le sentier semblait au contraire s'enfoncer toujours plus profondément dans ces bancs de brume. Laura avait perdu tout sens de l'orientation, elle était incapable de dire où elle se trouvait. L'angoisse l'étreignit soudain et elle se mit à courir de plus en plus vite tout en sachant que c'était absurde.

Elle faillit pousser un cri en voyant un monstre, un gigantesque cheval, surgir du brouillard, juste devant elle. Laura comprit vite qu'il s'agissait de la statue équestre de Reimar von Ravenstein, statue qui se trouvait au beau milieu du parc. Son cœur battait pourtant à tout rompre lorsqu'elle s'approcha, d'un pas hésitant, du monument de pierre.

Le Chevalier Cruel avait fait ériger cet ouvrage de son vivant, en 1153, peu après son retour des croisades. Il avait vécu de nombreuses années loin de chez lui, en terre étrangère. Sachant que personne ne le pleurerait lorsqu'il serait mort et que personne ne consacrerait de monument à sa mémoire, il s'était lui-même préoccupé de léguer à la postérité une image de sa personne et il avait chargé un sculpteur du comté de l'immortaliser dans le granit.

La statue équestre représentait le Chevalier Cruel grandeur nature, chevauchant son destrier préféré. Nimbée d'obscurité et de brumes, l'œuvre paraissait encore plus monstrueuse que de jour. Laura osa à peine regarder l'inquiétant chevalier qui, juché sur sa monture avec son impressionnante épée à la ceinture, regardait fixement dans le lointain.

Reimar avait dû être, de son vivant, un homme hideux. En effet, son visage, même embelli par l'artiste, restait repoussant et cruel. Bien que masqués par l'ombre de son casque, ses yeux étaient froids et méchants.

Le chevalier de pierre épouvantait encore bon nombre de ceux qui le voyaient. Les pigeons n'étaient pas en reste : ils n'osaient même pas se poser sur sa tête, et encore moins y déposer quelques fientes !

C'est en tout cas ce qu'Albin Ellerking soutenait mordicus et il est vrai que, bizarrement, personne n'avait jamais pu déceler la moindre crotte sur la statue équestre.

Laura n'était pas trouillarde, mais elle ne se sentait pas très à l'aise devant le chevalier de pierre. Cette nuit pourtant, elle était comme hypnotisée et ne pouvait le quitter du regard. Tout à coup, le guerrier tourna la tête et la regarda droit dans les yeux.

Laura poussa un grand cri et fit un pas en arrière. Elle heurta quelqu'un et cria encore une fois. Elle se retourna : Miss Mary la regardait, inquiète.

– Que se passe-t-il, Laura ? Pourquoi as-tu crié ?

– Lelelelele…

– Quoi ? Que veux-tu dire ?

Miss Mary était le calme incarné.

Laura leva la tête vers le monument pour constater que Reimar von Ravenstein fixait comme toujours, semblable à un étranger venu d'un autre monde, un point imaginaire dans le lointain. Pas de doute, le brouillard et la peur avaient de nouveau joué un tour à Laura.

– Euh… ce n'était rien, dit Laura d'un air gêné.

L'enseignante tira doucement son élève par la main :

– Bientôt, tu comprendras. Viens, nous sommes attendues, murmura-t-elle.

Laura la suivit avec soulagement, loin de la statue. Le brouillard se dissipa. Elle put alors voir que le sentier gravillonné serpentant à travers les arbres menait à la maison recouverte de lierre du professeur Morgenstern.

À ce moment précis, un léger crissement se fit entendre. C'était le chevalier de pierre qui tournait la tête pour suivre du regard la jeune fille à l'anorak rouge. Ses yeux, à travers ses paupières mi-closes, étincelaient de méchanceté. On aurait dit qu'il allait descendre de son cheval pour se lancer à sa poursuite…

***

Morwena avait l'impression d'avoir cheminé une éternité à travers le Pays des Plaines. Toutes ses pensées allaient vers Hellunyat et, bien que la bicorne eût galopé presque sans arrêt, le chemin lui avait paru bien plus long qu'à l'habitude. Elle brûlait d'impatience d'atteindre enfin son but. Lorsqu'elle entendit le bruit du Fleuve Tonnerre, elle s'attendait à le voir apparaître tout de suite devant ses yeux. Mais il lui fallut encore chevaucher pendant tout un long moment avant d'atteindre enfin l'impressionnant cours d'eau.

À la vue du pont qui l'enjambait, Morwena oublia toutes ses angoisses des dernières heures. En dépit de l'obscurité qui régnait, la guérisseuse put constater que la construction était bel et bien terminée et que le raccourci tant espéré était devenu réalité. L'édifice scintillait dans la lumière claire des deux lunes. Le téméraire ouvrage enjambait les flots tumultueux. Contrairement à certains ponts bâclés à la hâte au grand dam des voyageurs qui y voyaient un péril pour leur vie, celui-ci semblait particulièrement solide avec ses épaisses piles et son tablier imposant : il était construit pour durer.

Bouillonnant d'impatience, Morwena dirigea sa monture vers le pont. Le bruit assourdissant des flots couvrait le hurlement du vent, le feulement des swippis dans les proches forêts de marécages, ainsi que les horribles cris des engoulevents.

Juste avant le pont, Fiancefée s'arrêta net, hennissant et grattant le sol.

Morwena comprenait que sa monture, elle aussi, devait être épuisée par cette grande journée et cette moitié de nuit passées à chevaucher sans relâche. Elle flatta l'encolure de la bicorne et lui murmura tendrement :

– Je sais, Fiancefée, moi aussi je préférerais me reposer,

mais nous devons continuer, car Elysion a besoin de notre aide. On nous attend à Hellunyat.

Puis elle claqua avec sa langue pour faire avancer la bicorne. Mais Fiancefée ne bougea pas d'un pouce. Elle s'ébrouait et soufflait. Ses cornes d'ivoire luisaient dans la lumière des deux lunes.

Surprise, Morwena se demanda si sa monture, d'habitude si docile, ne sentait pas un quelconque danger, lorsqu'elle comprit que seul le nouveau pont inquiétait la bicorne.

– Là, tout doux, ma belle, n'aie pas peur. Nous allons traverser ce pont tranquillement pour gagner l'autre rive.

Fiancefée hennit de nouveau, secoua la tête et resta immobile. Morwena commençait à s'impatienter.

– Ça suffit, Fiancefée, nous n'avons pas le temps de nous attarder à ce petit jeu. Chaque minute compte !

C'est alors que la guérisseuse remarqua un mouvement de l'autre côté du fleuve. Une forme sombre s'approchait du pont. Morwena distingua une vieille femme simplement vêtue, une paysanne sans doute, avec une hotte sur le dos qui devait être bien lourde, car elle marchait lentement et péniblement.

Morwena s'apitoya sur cette pauvre vieille femme qui ne pouvait même pas prendre un peu de repos pendant la nuit. Arrivée sur le pont, la paysanne s'agrippa d'une main au parapet et se dirigea vers Morwena et sa bicorne.

– Tu vois bien ! Tu as tort de te méfier ! dit la guérisseuse.

Fiancefée souffla bruyamment tout en observant la vieille femme qui progressait laborieusement vers elle. L'animal rassuré se mit enfin en mouvement et monta sur le pont, au grand soulagement de Morwena.

Fiancefée progressait au petit trot ; les planches résonnaient sous ses sabots. En contrebas, le fleuve grondait et de petites crêtes d'écume scintillaient sous les rayons des deux lunes.

La vieille paysanne ne semblait pas avoir remarqué la bicorne et sa cavalière. Courbée sous le fardeau, elle avançait, sans lever les yeux, insensible au bruit pourtant tout proche des sabots.

Pauvre vieille, elle doit être sourde, pensait Morwena,

quand soudain le pont se déroba sous les sabots de sa monture.

Fiancefée et Morwena s'abîmèrent dans les profondeurs, avant que la guérisseuse ait eu le temps de comprendre qu'elle venait d'être la victime d'un piège diabolique manigancé par les Puissances des Ténèbres. Elle avait tellement souhaité ce pont, qu'elle n'avait pas envisagé un seul instant que l'ouvrage pût n'être qu'une chimère.

Les flots du Fleuve Tonnerre engloutirent Morwena, le froid glacial transperçant son corps que les flots emportaient.

La guérisseuse réussit, à force de se débattre, à refaire surface. Elle toussait, crachait et avait du mal à reprendre son souffle. Elle fut soulagée d'apercevoir, non loin d'elle, la tête de Fiancefée émerger de l'eau. La guérisseuse chercha des yeux la vieille femme, mais en vain. Elle ne vit que la hotte emportée par le courant.

Morwena entendit alors un rire au-dessus de sa tête, un rire de femme. Étonnée, la guérisseuse leva les yeux pour voir un énorme oiseau planer au-dessus du Fleuve Tonnerre, puis s'élever à tire d'aile dans le ciel nocturne. Avant même que Morwena ait pu distinguer de quel volatile il s'agissait, elle alla heurter un rocher qui émergeait des flots. Lorsque sa tête cogna la pierre, elle n'entendit qu'un énorme fracas, puis tout devint noir autour d'elle et elle perdit connaissance.

CHAPITRE 8

La mission fatidique

a pièce du professeur Morgenstern provoqua le vif étonnement de Laura lorsqu'elle entra dans le salon. L'endroit était vaste, immense même, alors que, de l'extérieur, la maison ne paraissait guère plus grande qu'une cabane de jardin. Or cette pièce mesurait bien une vingtaine de mètres carrés, ce qui était vraiment étrange.

Le feu qui crépitait dans la cheminée éclairait partiellement la pièce, projetant des ombres dansantes sur les murs. De grosses buches rougeoyaient dans l'âtre. Les yeux de Laura s'habituèrent au bout d'un moment à la pénombre. L'ameublement sobre se composait de quelques armoires, de commodes, de bibliothèques et d'une table ronde qui occupait le milieu de la pièce et dont le diamètre devait bien atteindre les deux mètres cinquante. Au centre se trouvait une vasque de pierre dans laquelle brûlait une étrange flamme de la taille d'une main. Son éclat blanc était si éblouissant, que Laura dut fermer à moitié les yeux pour la regarder.

Il y avait quatre chaises autour de la table. Percy Valiant était assis sur l'une d'elles et Miss Mary sur l'autre, à côté de lui. Aurélius Morgenstern occupait la troisième. Emmitouflé dans un vieux manteau, il semblait épuisé. Lui d'habitude si imposant donnait l'impression de s'être ratatiné. Il avait les cheveux en bataille, le teint livide. Seuls les yeux bleus du digne vieillard avaient conservé tout leur éclat.

Laura voulut lui demander comment il allait, mais Morgenstern lui ordonna d'un geste de garder le silence. Tout le monde se taisait. Puis, avec un sourire contraint, le professeur montra à Laura la chaise restée vide.

Lorsqu'il commença à parler, Laura comprit immédiatement en l'entendant qu'il devait être très malade.

– Laura, assieds-toi, je t'en prie, dit-il, d'une voix atone.

La jeune fille s'assit et regarda avec curiosité les personnes qui l'entouraient. Comment se faisait-il que Miss Mary l'ait tirée du lit en pleine nuit ? Qu'attendait-on d'elle ici ?

Mais les visages de Percy Valiant, de Miss Mary et du professeur Morgenstern restaient impénétrables.

– Sais-tu pourquoi nous t'avons fait venir ?

Laura secoua la tête sans dire un mot. Le vieux monsieur sembla étonné ; c'est en tout cas ce que Laura crut lire sur son visage.

– Ton père te l'a pourtant bien dit, n'est-ce pas ?

– Que… que voulez-vous dire ?

– Il t'a bien dit qu'à partir d'aujourd'hui tu faisais partie de nos sentinelles et que, désormais, tu allais combattre pour la Lumière, non ?

– Oui, oui, bien sûr, s'empressa de répondre Laura.

Et tout à coup, mue par un immense espoir, elle se tourna vers Morgenstern et lui demanda :

– Mais alors, cela veut dire que papa est encore en vie, que je n'ai pas rêvé hier ? Papa était vraiment près de mon lit ?

– Oui, dit le professeur Morgenstern en hochant doucement la tête.

– Mais où est-il, alors ? Pourquoi ne donne-t-il pas de ses nouvelles ? Pourquoi ne revient-il pas ? Je n'y comprends rien…

– Voilà exactement la raison pour laquelle tu es là aujourd'hui. Le moment est venu pour toi d'apprendre le grand secret qui sous-tend le monde. Tu seras alors capable de comprendre bien des choses qui te paraissent encore mystérieuses. Laura, écoute-moi bien et, surtout, retiens bien tout ce que je vais te dire, car mon temps est compté, mes forces s'amenuisent de minute en minute. Je m'en tiendrai d'ailleurs à l'essentiel.

Laura regarda le professeur avec de grands yeux. Elle sentait son cœur battre à tout rompre et son pouls dans ses veines.

– Très peu de personnes savent, commença Morgenstern en chuchotant, que, depuis le commencement des temps, il existe un monde parallèle à notre Terre. Ce monde plus ancien s'appelle Aventerra. C'est de là, de ce monde mystérieux des mythes, que jadis le Bien et le Mal se sont mis en marche vers notre monde. En effet, sur Aventerra, les guerriers de la Lumière et les Puissances des Ténèbres s'affrontent en un combat éternel et acharné pour prendre le pouvoir.

« À la tête des troupes du Bien se trouve Elysion, le Gardien de la Lumière, tandis que les armées des Ténèbres ont pour chef Borboron, le Prince Noir. Il envoie sans relâche ses armées, qui renouvellent sans cesse leurs combattants, à l'assaut des défenseurs de la Lumière. Le Prince Noir poursuit depuis des temps immémoriaux un seul objectif : tuer le Gardien de la Lumière afin d'établir la victoire définitive des Forces des Ténèbres. Cela reviendrait à voir sombrer Aventerra, et notre Terre, et à accepter l'instauration du règne du Néant.

– Non ! s'écria Laura. Il ne faut pas laisser faire une chose pareille ! Jamais !

– Tu as raison ! Pourtant, jamais encore l'éventualité d'une telle catastrophe n'a été aussi grande qu'aujourd'hui.

Laura avala sa salive. En voyant les visages anxieux de Percy Valiant et de Miss Mary Morgain, elle comprit qu'Aurélius Morgenstern ne dramatisait pas la situation.

– Que s'est-il donc passé ? demanda-t-elle tout bas.

– Il y a deux jours, le Prince Noir a réussi à blesser avec Pestilence, son épée, le Gardien de la Lumière. Les plaies que cette arme inflige ne guérissent jamais. La victime se consume lentement et meurt à petit feu. Elysion va mourir si on ne lui administre pas incessamment le contrepoison.

– Il existe donc un contrepoison ?

– Naturellement, puisque le Mal ne peut pas exister sans le

Bien, et vice versa. De même que le plus ne peut pas exister sans le moins, la vie sans la mort, le Bien ne pourrait pas perdurer sans le Mal. Ils se comportent l'un par rapport à l'autre comme les deux côtés d'une pièce de monnaie. Jamais ils ne pourront se confondre, et pourtant, ils sont indissociablement liés.

Laura ne comprenait rien : que venait faire son père là-dedans ? Et elle, alors ? Elle était bien la dernière à être en mesure d'aider ce Gardien de la Lumière ! Elle leva donc vers Aurélius Morgenstern un regard étonné :

— C'est quoi, ce contrepoison ?

— L'Eau de la Vie, répondit le professeur. Il suffit de faire couler ne serait-ce qu'une goutte de ce précieux liquide sur les plaies pour qu'elles guérissent sur-le-champ, la victime recouvrant rapidement la santé.

— Et où peut-on trouver cette Eau de la Vie ?

— C'est bien là le problème. L'Eau de la Vie se trouve dans la Coupe de la Lumière qui, depuis le commencement des Temps, est gardée dans le labyrinthe d'Hellunyat. Hellunyat est la puissante forteresse dans laquelle résident le Gardien de la Lumière et ses fidèles.

— Je ne comprends vraiment pas bien…

Laura trouvait cette histoire de plus en plus confuse. Mais Morgenstern l'interrompit :

— Les armées des Ténèbres ont réussi, il y a quelque temps de cela, à s'emparer de la Coupe de la Lumière. Elles l'ont ensuite cachée sur la Terre. Nous n'avons toujours pas réussi, jusqu'à aujourd'hui, à trouver où la Coupe est dissimulée !

— Mais, comment cette Coupe a-t-elle pu arriver sur la Terre ?

Un sourire éclaira le visage du bon professeur.

— Par la Porte Magique reliant Aventerra à notre Terre et qui permettent de passer d'un monde à l'autre.

— La Porte Magique ? répéta Laura, incrédule.

— Oui. Tu as certainement entendu parler des « Albans », les quatre fêtes solaires que compte notre année ?

Laura acquiesça et pensa en elle-même à Rudolf « Gengis » Wagner, le professeur de SVT. Il y a peu, il avait fait un cours soporifique et exhaustif sur les différentes pratiques utilisées au fil des siècles pour établir des calendriers et calculer le temps.

— Vous voulez certainement parler d'Alban Arthan, Alban Eilir, Alban Hefin et Alban Elfed ?

— Exactement, reprit Morgenstern. Le parcours du soleil est aussi déterminant pour la vie sur Aventerra qu'il l'est pour notre Terre. Les lois de la nature sont, dans les deux mondes, plus importantes et plus puissantes que celles des hommes. On en a encore parfaitement conscience sur Aventerra, alors que, sur notre Terre, ce savoir est tombé, au fil du temps, dans l'oubli. Rares sont ceux qui connaissent encore la signification particulière de ces fêtes solaires. C'est pourtant ces jours-là que, depuis la nuit des temps, les portes reliant nos deux mondes s'ouvrent, livrant passage à des personnes, mais aussi à des objets. La Coupe de la Lumière est arrivée par cette voie dans notre monde. Les soldats de l'armée des Ténèbres l'ont cachée ici, dans le château ou dans ses environs immédiats. C'est tout ce que nous avons pu découvrir jusqu'à présent.

— Et quand est-ce que cela s'est produit ?

— L'année dernière, le jour du solstice d'hiver. Tu sais sûrement que c'est l'autre nom pour Alban Arthan, que l'on célèbre le vingt et un décembre.

— Vraiment ?

— Oui, les conclusions auxquelles nous ont menés nos investigations sont formelles.

— Et papa ? Qu'est-ce que papa… ?

— Nous supposons qu'il a surpris les Chevaliers Noirs lors de leur ignoble méfait. Ils ont dû le faire prisonnier et l'emmener sur Aventerra.

C'est horrible, pensa Laura, *mon père prisonnier !* Mais, dans le même temps, elle était si heureuse : cela signifiait qu'il était encore en vie ! *C'est tout bonnement génial !* Elle voyait d'ici la tête de Lucas et de Kaja quand elle leur raconterait cette histoire, même s'il y avait fort à parier qu'ils n'en croiraient pas un traître mot.

Elle jeta un regard sceptique au professeur.

— Et vous ? Comment savez-vous donc tout cela ?

Elle n'était pas encore complètement convaincue.

— Je sais à quel point tout cela peut te paraître incroyable. Je le dis en connaissance de cause : lorsque j'ai entendu parler pour la première fois du grand secret, je ne voulais pas non plus le croire !

— Et c'était quand ?

— Le jour de mon treizième anniversaire, le jour où j'ai eu le même âge que toi aujourd'hui. C'est en effet à ce moment-là que quelques personnes sont initiées à ce grand mystère qui se cache derrière l'apparence des choses, mais qui détermine la vie de tous les hommes.

— Et ces quelques personnes, ce sont les sentinelles ?

— Oui, Laura. Comme je te l'ai dit, le Bien et le Mal sont venus jadis d'Aventerra dans notre monde. Ils étaient accompagnés à cette époque aussi bien par les Forces de la Lumière que par les Puissances des Ténèbres, qui s'installèrent sur notre Terre. C'est de ce jour que date ce combat éternel entre le Bien et le Mal. Ici, les formes que prend cet affrontement ne sont pas aussi claires et reconnaissables que sur Aventerra. Dans notre monde, ce combat se déroule dans la plupart des cas à l'abri des regards, et les hommes sont souvent incapables de discerner les tenants et les aboutissants de cette lutte. Il est donc essentiel que quelques gardiens demeurent vigilants et attentifs. C'est notre mission fondamentale à nous, les sentinelles : ouvrir les yeux et être constamment sur nos gardes pour reconnaître le Mal. Nous ne pouvons déjouer les plans de nos ennemis que si nous les identifions à temps.

Logique, pensa Laura. Même si cela n'expliquait pas tout.

— Pourquoi suis-je une sentinelle ? Pourquoi justement moi ? Parce que vous, et Percy, et Mary, vous êtes bien des sentinelles, n'est-ce pas ?

Le professeur Morgenstern ne put s'empêcher de sourire.

— Nous sommes tous les descendants directs de ces soldats de la Lumière qui sont venus dans notre monde afin de se battre pour la cause du Bien. Cette mission particulière nous est confiée depuis la nuit des Temps, et se transmet de génération en génération.

– Ah bon ? Mais alors, Lucas va devenir sentinelle lui aussi, l'année prochaine.

Aurélius Morgenstern secoua la tête.

– Non, les guerriers mâles de la Lumière transmettent cette mission à leur fille aînée qui, à son tour, la transmet à son fils aîné.

– Et si quelqu'un n'a pas d'enfant ?

– Alors, la chaîne est interrompue et une Lumière s'éteint, soupira Morgenstern. Le nombre des sentinelles ne cesse de diminuer. Heureusement, les soldats des Ténèbres sont logés à la même enseigne, bien qu'ils aient toujours été largement supérieurs en nombre.

Laura était abasourdie. Des nombreuses questions qui se bousculaient dans sa tête, la plus importante concernait son père :

– Si papa est vraiment sur Aventerra, comment pouvons-nous l'aider ? Et comment a-t-il réussi à venir me voir la nuit dernière ? Et...

– Doucement, Laura. Crois-moi tout simplement, sans chercher à en apprendre plus. Percy, Miss Mary et moi-même, nous t'expliquerons au fur et à mesure tout ce que tu as besoin de savoir.

Les deux professeurs hochèrent la tête. Morgenstern reprit :

– Il faut tout d'abord que je te parle de cette grande mission dont le destin t'a investie.

Laura sentit comme un léger vertige et retint sa respiration. Que voulait dire le professeur ?

– Quelle mission ? demanda-t-elle timidement.

Percy prit alors la parole pour la première fois de la soirée :

– Laura, tu es chargée de retrouver la Coupe de la Lumière grâce à laquelle le Gardien de la Lumière sera sauvé.

– Tu es la seule à être en mesure de le faire, poursuivit Mary Morgain lorsqu'elle remarqua la stupeur de Laura. Tu es née sous le signe Treize et tu possèdes, de ce fait, des pouvoirs tout à fait particuliers.

– Mais, mais... Laura en bégayait. Je ne suis qu'une fille tout ce qu'il y a de plus ordinaire.

— Tu sais bien que ce n'est pas vrai, rétorqua Morgenstern doucement. Si c'était vraiment le cas, tu n'aurais pas vu les signes.

— Les signes ? Quels signes ?

Soudain, elle se rappela…

Mais oui, le professeur Morgenstern avait raison : les corbeaux et l'étrange cavalier noir, l'apparition mystérieuse de son père, sa mère souriant sur la photo, et qui lui avait parlé. Bizarrement, tous ces événements énigmatiques prenaient tout à coup un sens. Mais alors, les aboiements inexpliqués, le clin d'œil du géant de pierre et la disparition du loup noir du tableau avaient aussi une signification particulière ! Laura, troublée, chercha le regard du professeur.

— Mais comment vais-je faire pour retrouver cette coupe ? Ce que je veux dire, c'est que, si personne n'a réussi jusqu'à présent, je ne vois pas pourquoi moi j'y arriverais ?

— Tu réussiras, Laura, dit Morgenstern d'un ton ferme, parce que tu possèdes la Roue du Temps et qu'elle te sera précieuse dans ta recherche.

Laura pâlit.

— Vous parlez du pendentif ?

— Celui-là même, Laura. Les sentinelles nées sous le signe Treize l'ont transmis de génération en génération, jusqu'à ce qu'il arrive entre *tes* mains.

Laura gardait les yeux rivés sur le plancher.

— Qu'as-tu, Laura ? Quelque chose ne va pas ?

La petite fille se taisait.

— Laura, regarde-moi dans les yeux. Il est arrivé quelque chose ? Le pendentif est…

Les yeux de Morgenstern s'écarquillèrent. Il porta avec effroi la main devant sa bouche.

— Dis-moi que ce n'est pas vrai !

— Si, murmura Laura, blême. Si… il a disparu.

Percy et Mary échangèrent des regards terrorisés.

— Quel malheur ! s'exclama à voix basse le professeur de sport.

– Non, ce n'est pas vrai, je ne peux le croire, balbutia Mary Morgain.

Le professeur Morgenstern fut le premier à retrouver un semblant de calme.

– Comment est-ce possible ? demanda-t-il en essayant de dominer son extrême agitation.

– Je ne sais pas… Si je me souviens bien, papa l'avait dans la main juste avant de disparaître. Et le lendemain, impossible de retrouver le pendentif !

Percy et Mary soupirèrent, le professeur Morgenstern pâlit encore une peu plus, respirant avec difficulté.

Lorsqu'il se fut calmé, il demeura silencieux pendant de longues minutes, perdu dans ses pensées.

– Cela ne va pas nous faciliter la tâche, finit-il par dire. Mais ne crains rien, Laura – Morgenstern se voulait rassurant –, tu y arriveras, même sans le pendentif.

Puis, se tournant vers les jeunes professeurs :

– Vous êtes bien de cet avis aussi, n'est-ce pas ?

– Naturellement, répondit Percy un tantinet trop vite. Il faut que tu croies en toi, Laura, dit-il avec un sourire.

– En toi et en la force de la Lumière, ajouta Miss Mary. Alors, tu réussiras à coup sûr !

Le joli visage de la jeune fille était dubitatif.

– Laura, nous allons t'épauler, expliqua le professeur Morgenstern. Nous allons t'apprendre à mettre en œuvre toutes les facultés que nos ancêtres d'Aventerra ont transmises en leur temps.

– Les voyages astraux ! dit Percy.

– La télépathie ! s'exclama Miss Mary.

– Sans oublier la télékinésie ! renchérit le professeur.

Laura écoutait. Télékinésie ? Jamais entendu parler de cela ! Et les voyages astraux ? Jamais non plus ! Cette fois-ci, elle en attrapait vraiment le tournis.

Trouver la Coupe de la Lumière ! Avec l'Eau de la Vie ! Et c'est à moi que revient cette mission ? Moi, une jeune fille de treize ans ! Dans sa tête, le manège s'emballa, puis s'arrêta brutalement.

Impossible ! C'est tout simplement impossible !

Mais, d'un autre côté, son père ne lui avait-il pas dit un jour qu'elle était l'une des sentinelles ? S'il y avait une personne au monde sur laquelle elle pouvait compter et à laquelle elle pouvait faire aveuglément confiance, c'était bien lui. Elle était persuadée qu'il ne lui avait jamais menti. Alors, pourquoi ne lui aurait-il pas dit la vérité cette fois-ci encore ?

Jamais ! Jamais son père ne lui aurait menti ! Donc, ce que Morgenstern, Percy et Miss Mary venaient de lui raconter, c'était la vérité, la pure vérité.

Le professeur Morgenstern ne quittait pas Laura des yeux, comme si, lisant les pensées qui l'agitaient, il ne voulait pas les interrompre avant que la jeune fille ne prenne une décision. Il finit par reprendre la parole :

– Laura, dit-il d'un ton solennel, veux-tu accepter cette mission et, à partir d'aujourd'hui, combattre avec nous les Puissances du Mal ?

Laura avait pris sa décision.

– Oui, je veux bien essayer…

La tension se relâcha sur le visage des deux jeunes professeurs, et la mine de Morgenstern s'éclaira d'un sourire satisfait.

– Qu'il en soit ainsi, Laura ! Nous t'accueillons dans le cercle qui réunit les deux mondes : la Terre et Aventerra, le début et la fin, la Lumière et les Ténèbres, le Bien et le Mal.

Puis, ayant fini de prononcer ces paroles, il se leva. Percy et Miss Mary l'imitèrent, suivis bientôt par Laura. Ils se donnèrent tous les quatre la main, formant ainsi un cercle. Ce n'est qu'à cet instant que Laura remarqua la marqueterie sur le plateau de l'immense table : elle représentait une roue à huit rayons, en tous points identique au pendentif disparu.

Qu'est-ce que cela peut bien signifier ? se demanda Laura, dont l'attention se porta bientôt sur le professeur Morgenstern qui venait d'entonner une étrange mélopée. Sa voix, si atone et ténue auparavant, était redevenue énergique et claire. Le chant s'élevait dans la pièce, telle une incantation. Laura, bien qu'elle perçût tout le pouvoir de cette langue inconnue, n'en comprenait pas le sens. Elle sentit un grand calme l'envahir, une immense confiance renaître. Forte de ces sentiments nouveaux et intenses, elle eut la conviction que tout allait s'arranger.

La flamme dans la vasque de pierre s'étira, s'éclaircit, rayonnant d'une clarté quasi extraterrestre. Fascinée, Laura fixait, sans pouvoir détourner le regard, cette lumière si vive qu'elle en était presque insoutenable.

La lumière se fit encore plus éblouissante, encore plus grande, jusqu'à remplir presque toute la pièce. Laura n'avait d'yeux que pour elle. Percy Valiant, Mary Morgain, Aurélius Morgenstern disparaissaient au centre de ce tourbillon aveuglant.

Laura se laissa captiver, sans résister, par cet étrange phénomène jusqu'à ce qu'elle se sente en communion totale avec la Lumière.

CHAPITRE 9

Une heure de cours épouvantable

aura ouvrit les yeux : elle se trouvait dans son lit, dans sa chambre de l'école. Perplexe, elle s'assit et regarda autour d'elle. Son anorak rouge était suspendu au crochet et ses bottes se trouvaient là où elle les avait laissées la veille au soir.

Voilà qui était bien étrange ! Comment était-elle revenue dans sa chambre après avoir quitté le professeur ? Elle n'en avait pas la moindre idée. En un éclair, les événements de la nuit dernière lui revinrent à l'esprit, mais tout ce qui s'était passé après le tourbillon de lumière semblait être complètement effacé de sa mémoire. Après tout, peut-être avait-elle rêvé ?

La voix de Kaja l'arracha à ses réflexions.

– Bonjour, Laura ! lui dit son amie qui s'était assise sur son lit et lui souriait gaiement. Tu as bien dormi ?

– Mmm, fit Laura, peu bavarde le matin, contrairement à Kaja qui, dès qu'elle ouvrait un œil, était en pleine forme et babillait continuellement.

On aurait dit que quelqu'un la mettait en route en appuyant sur un bouton ! Laura n'était pas de mauvaise humeur, elle avait seulement besoin d'un peu de temps pour rassembler ses esprits.

Kaja sauta du lit et alla tout droit vers le calendrier de l'avent. Elle ouvrit une des petites portes pour prendre le morceau de chocolat qu'elle enfourna aussitôt dans sa bouche. Elle alluma la radio tout en mâchouillant. Une voix délibérément enjouée annonçait qu'il était sept heures six. Puis les premières mesures d'une chanson pop connue s'égrenèrent dans la pièce : « *I wanna be sunlight, only warmer, I wanna be daylight in your eyes...* » Les cinq voix du Girl Group débordaient de bonne humeur, et c'était précisément le genre de chose que Laura ne supportait pas à une heure aussi matinale. Elle se renfrogna pendant que Kaja chantonnait la mélodie, d'une voix presque juste d'ailleurs.

La petite rouquine ouvrit les rideaux. Il ne faisait pas encore jour. Il faudrait attendre presque une heure encore avant que le soleil se lève.

— Debout, Laura ! Sinon, nous allons devoir avaler le petit-déjeuner à toute vitesse, et tu sais bien que c'est le repas le plus important de la journée !

— Oui, oui, grommela Laura. Et le déjeuner, et le dîner aussi.

— Évidemment !

Kaja fit une grimace et se remit à chantonner : « *I wanna be love, only stronger, I wanna be daylight...* »

La trousse de toilette sous le bras, elle prit sur son étagère encore un énorme morceau de chocolat et, plus vite qu'un caméléon gobant une mouche, elle le fit disparaître dans sa bouche. Sur ce, elle s'apprêta à sortir de la chambre pour aller se doucher. Elle avait déjà la main sur la poignée de la porte quand Laura la retint :

— Kaja ?

— Oui ?

— Cette nuit, tu n'aurais pas...

Laura s'interrompit, ne sachant comment formuler sa question. Kaja la trouverait sûrement idiote, s'il s'avérait que ce n'était qu'un rêve.

— Bon. Alors quoi ? fit Kaja qui commençait à s'impatienter.

— Cette nuit, tu n'aurais pas remarqué quelque chose de bizarre ?

— Quelque chose de bizarre ? répéta Kaja en faisant des yeux ronds. Qu'est-ce que tu veux dire par là ?

— Ben... est-ce que je me suis levée, est-ce que je suis sortie ?

– Non, pas que je sache, répondit Kaja après un instant de réflexion.

Elle avait à peine franchi la porte qu'elle lâcha sa trousse de toilette qui se vida par terre. Kaja se baissa pour ramasser le tout, mais Laura ne broncha pas. Elle était aveugle et sourde à ce qui se passait autour d'elle. Son escapade nocturne n'était-elle donc qu'une illusion ? Ou l'avait-elle vécue réellement ? Kaja était connue pour avoir un sommeil de plomb : rien ni personne n'étaient en mesure de la réveiller, même pas le plus violent des orages. D'ailleurs, elle n'avait pas remarqué que Miss Mary était entrée dans leur chambre – si tant est qu'elle l'eût réellement fait.

Kaja, après avoir enfin rassemblé toutes ses affaires, partit vers les douches en chantonnant. Laura rejeta sa couverture et se leva. Elle alla prendre, sur son bureau, un cadre qui renfermait une vieille photo de famille sur laquelle on voyait Marius et Anna Leander en compagnie de leurs deux enfants chez eux dans le jardin. Laura devait avoir cinq ans. Elle tenait son frère par la main et c'était à qui des deux ferait le plus beau sourire devant l'objectif. Ses parents heureux souriaient aussi. Si sa mémoire était bonne, c'était la dernière photo de famille avant la mort de sa mère. Le terrible malheur s'était produit quelques jours plus tard. Laura jeta un regard pensif sur ses parents. Elle se sentait si seule ! Une terrible angoisse l'envahit.

***

Morwena entendit d'abord un grondement, puis des hennissements répétés. Elle ouvrit les yeux et se redressa péniblement. Elle comprit qu'elle était sur la berge du Fleuve Tonnerre. Fiancefée se tenait tout près d'elle. La bicorne, voyant la guérisseuse reprendre ses esprits, lui fit des démonstrations de joie.

Morwena se leva en hâte. Le soleil était déjà haut dans le ciel. Elle ignorait combien de temps elle était restée évanouie, tout comme elle ignorait de quelle manière elle avait pu rejoindre la rive. Mais elle se doutait qu'elle devait la vie à Fiancefée : l'animal l'avait sauvée des eaux après le choc contre le rocher. Avait-il alors réussi à la traîner jusqu'à la terre ferme ou bien le courant l'y avait-il simplement poussée ?

La guérisseuse ne se souvenait plus de rien. Son corps était endolori, sa tête bourdonnant comme si un essaim d'abeilles y avait élu domicile. Morwena porta la main à son front et fut presque soulagée d'y découvrir une énorme bosse. Elle aurait pu se blesser bien plus grièvement.

Fiancefée semblait ne pas avoir souffert de leur mésaventure. La selle, les rênes et le mors étaient encore à leur place ; seules les sacoches contenant les provisions avaient disparu. Le poil déjà sec, la bicorne semblait attendre avec impatience que le voyage se poursuive.

Morwena constata quant à elle que sa robe était encore humide, mais cependant présentable, malgré la manche droite déchirée et un gros accroc sur le côté gauche dû à la rencontre bien involontaire de la jeune femme avec un rocher ou quelque branche qui pendait au-dessus du fleuve.

Elle découvrit les falaises abruptes qui s'élevaient de ce côté-ci du fleuve. Des cascades tumultueuses jaillissaient de leur sommet pour se jeter dans le cours d'eau. Elle ne connaissait pas cet endroit. Les flots impétueux l'avaient apparemment transportée sur une longue distance.

Une famille de swippis sauvages folâtrait tout près d'elle. Les petits lapaient l'eau avec leurs langues roses, se roulaient sur la berge et batifolaient dans le sable. Lorsque la mère swippi aperçut Morwena, elle émit un couinement furieux avant de pousser un cri d'alarme. Il n'en fallut pas plus pour que les petits se réfugient immédiatement dans l'épaisse forêt qui bordait le fleuve. La mère swippi disparut à son tour, non sans avoir émis encore quelques cris de protestation à l'adresse de Morwena.

La guérisseuse la suivit des yeux en souriant. Tout à coup, elle se figea : elle se trouvait toujours au Pays des Plaines ! Les flots ne l'avaient pas poussée du bon côté. Elle n'avait toujours pas franchi ce maudit obstacle !

La peur s'empara de Morwena : non seulement elle avait perdu de précieuses heures, mais elle avait aussi rallongé considérablement la distance qui la séparait encore de Hellunyat. Et tout cela parce qu'elle avait été victime d'un mirage.

Une immense colère l'envahit, qui céda vite la place à une froide détermination. Si les Puissances des Ténèbres croyaient l'avoir écartée, eh bien, elles se trompaient lourdement ! Jamais elle ne renoncerait. Personne ne pourrait l'empêcher de regagner la Forteresse du Graal.

Morwena se redressa et siffla. Aussitôt, Fiancefée répondit à son appel par un hennissement joyeux. La jeune femme flatta l'encolure de sa bicorne et sauta en selle.

***

Laura comprit tout de suite que la journée s'annonçait mal. D'abord, le lait qu'elle avait versé sur ses céréales était aigre. Elle avait failli vomir dès la première cuillerée. Ensuite, quand elle avait voulu se resservir, le paquet de céréales était vide. La femme de service avait mis un temps fou avant de revenir avec un nouveau paquet. Et voilà qu'il arrivait exactement ce que Kaja avait voulu éviter : il leur restait si peu de temps avant la cloche qu'elles durent avaler leur petit-déjeuner à toute vitesse.

Pour couronner le tout, elles avaient un cours de maths en première heure. Rien que d'y penser, Laura en avait mal au ventre. Il lui revint soudain à l'esprit, alors qu'elle courait avec Kaja pour ne pas arriver en retard, qu'elle n'avait pas fini ses devoirs. Pinky Taxus leur avait donné quelques exercices à faire pendant le week-end, des problèmes soi-disant simples, mais auxquels Laura n'avait rien compris. Elle avait donc décidé de faire appel à Lucas, mais il s'était passé tellement de choses étranges pendant ces deux jours qu'elle avait tout bonnement oublié ses devoirs. La barbe ! Pourvu que Taxus ne l'interroge pas. Kaja pouvait peut-être encore l'aider ?

— Tu as réussi à faire les problèmes ? demanda Laura.

— Lesquels ? Ceux de la petite fille et des bouchées au chocolat ?

— J'ai complètement calé sur ceux-là justement.

— Mais voyons, c'est facile ! Voilà, tu...

À ce moment-là, Laura s'immobilisa comme si elle venait d'apercevoir un revenant.

Le loup noir était de retour ! Il était tranquillement couché aux pieds de la dame en blanc peinte sur la toile suspendue en face de l'entrée, exactement comme s'il n'avait jamais bougé !

– Laura ! s'exclama Kaja, qu'est-ce qui se passe ?

Laura se contenta, pour toute réponse, de fixer le tableau. Cette nuit, elle en était sûre, le loup avait disparu, il s'était tout bonnement volatilisé. Et maintenant, voilà qu'il était de nouveau là. Tout s'expliquait donc : elle avait rêvé, y compris de sa visite nocturne au professeur Morgenstern ! La sonnerie retentit au même moment, annonçant le début de la première heure de cours.

– Dépêche-toi, Laura ! lui lança Kaja. Pinky Taxus va encore se mettre dans tous ses états si on arrive en retard.

En dépit de leurs efforts, Laura et Kaja arrivèrent bonnes dernières dans la classe. Même Petpuant, le retardataire de service, les avait devancées. Rebecca Taxus était déjà assise derrière son bureau et elle ricanait. Or, quand Pinky Taxus ricanait, on pouvait s'attendre au pire.

Pendant que Laura gagnait sa place, s'asseyait et sortait ses affaires, un étrange sentiment l'envahit, une sensation de malaise.

Pourtant, l'heure commençait tout à fait normalement. Rebecca Taxus s'était levée et toisait les élèves avec son sourire faux jeton.

– Maintenant que tout le monde nous a fait l'honneur d'arriver enfin, nous pouvons envisager de commencer, n'est-ce pas ? zozota-t-elle comme toujours à cause de son défaut de prononciation, qui transformait les « s » en sifflements de serpent à sonnette.

Elle s'approcha du tableau, prit un morceau de craie et se mit à écrire le texte d'un exercice, en même temps qu'elle le lisait à haute voix : « Six petites filles mangent cent vingt bouchées au chocolat en six jours. En combien de jours deux petites filles mangeront-elles cent quatre-vingts bouchées au chocolat ? »

Laura soupira en levant les yeux au ciel. C'était justement le problème auquel elle n'avait rien compris : pourvu que Pinky Taxus ne l'envoie pas au tableau ! Il y avait une chance sur quatorze, donc toujours de l'espoir.

Rebecca Taxus se retourna et fixa les élèves de la 4ᵉ B.

– Vous vous souvenez certainement que c'est l'un des exercices que je vous ai donnés à faire, n'est-ce pas ?

– Oui, madame Taxus, répondit Paul Müller.

Il n'y avait que lui pour donner une réponse de ce genre !

Le frêle garçon aux cheveux flamboyants portait de grosses lunettes à monture d'écaille, et son visage était constellé de plus de boutons que la Voie lactée ne comptait d'étoiles. Laura savait bien que ce n'était pas glorieux de se moquer du physique des autres, néanmoins elle trouvait que le surnom de Paul Pustule, que la classe avait donné à l'élève, lui allait comme un gant. Compte tenu de la taille des boutons fleurissant sur son visage, c'était même plutôt gentil : on aurait tout aussi bien pu l'appeler Paul-le-Bubon. Bon, ce serait méchant, d'accord, mais somme toute plutôt adapté. En tout cas, il l'aurait bien mérité. Premièrement parce que Paul Pustule était un fort en thème : ses notes tournaient en moyenne autour de 16 dans toutes les matières, sauf en sport naturellement. Deuxièmement, parce que – ce qui était autrement plus grave – c'était un lèche-botte et un rapporteur de première. Pas étonnant donc que personne dans la classe ne pût l'encadrer ! Les profs non plus, d'ailleurs, à l'exception de Rebecca Taxus qui s'était littéralement entichée de lui. De fait, elle venait de lui lancer un grand sourire avant de se tourner vers les autres élèves.

– Qui parmi vous aurait l'amabilité de nous montrer comment résoudre ce petit problème ?

Aussitôt, Paul Pustule leva le bras.

– Paul, je sais que tu as trouvé la solution, dit Pinky Taxus tout en laissant planer son regard sur la classe.

Toutes les têtes étaient baissées, tous les élèves ou presque fixaient leur table, dans une immobilité parfaite, comme si une chose incroyablement importante requérait toute leur attention.

– Oh ! ne répondez pas tous à la fois, je ne peux pas envoyer toute la classe d'un coup au tableau, se moqua Taxus. Voyons voir…

Ses yeux firent de nouveau le tour de la salle pour s'arrêter sur Franziska Turini, qui pâlit sous le teint basané qu'elle tenait de son père italien, tout comme ses cheveux noir de jais.

Laura poussa un soupir de soulagement. *Ouf, je m'en tire pour cette fois !*

Franziska quitta laborieusement sa chaise pour se diriger comme au ralenti vers l'échafaud, lorsque Taxus changea soudain d'avis.

– Et puis non, Franziska, tu nous as déjà récemment fait cet honneur…

Franziska Turini comptait aussi parmi les « préférés » de Taxus : la professeur l'asticotait à la moindre occasion, sans doute parce qu'elle ne supportait pas les piercings. Franziska portait deux anneaux : un au sourcil droit et un dans la narine gauche. Mais même sans piercing, Rebecca Taxus trouvait toujours une bonne raison pour pourrir la vie à ses élèves, et Laura était bien placée pour le savoir. Le regard de Taxus venait de s'arrêter sur elle. *Non !*

Les yeux de la professeur prirent un éclat particulier ; Taxus avait senti la panique de Laura. Elle avait enfin trouvé la victime idéale.

– Je crois que je sais à qui nous allons offrir ce petit plaisir. À notre chère… Laura ! Allons, Laura, viens donc au tableau !

Laura se sentit défaillir. Ce n'est pas aujourd'hui qu'elle allait améliorer son 4 en maths !

– Psitt ! chuchota Kaja. Ne me quitte pas des yeux, je vais essayer de t'aider !

Laura se dirigea vers le tableau, les jambes molles. Taxus lui tendit la craie.

Le parfum de Pinky arriva aux narines de Laura. Une odeur de musc, âpre et lourde, assortie d'une telle note de moisi que la fillette l'avait baptisée avec mépris « Effluves de vampire ». Au fait ! Laura se souvint tout d'un coup de l'odeur à peine perceptible qui flottait la veille dans le gymnase : c'était celle de Rebecca Taxus. C'était elle, l'observateur mystérieux ! Mais pourquoi épiait-elle Percy ?

– Bien… La voix de la professeur tira Laura de ses réflexions. Ne nous fais pas languir plus longtemps et montre-nous enfin comment résoudre ce problème.

Les pensées se bousculaient dans la tête de Laura. La règle de trois, c'était comment, déjà ? Il fallait mettre les données dans un certain ordre, mais lequel ? Ses yeux se tournèrent vers Kaja qui l'encouragea d'un signe de tête.

– Donc, commença Laura en se raclant la gorge.

– Voilà un bon début…, commenta Pinky.

Même un sourd aurait entendu l'ironie cinglante de sa voix.

– Euh… ben… on calcule d'abord le nombre… le nombre des bouchées de chocolat…

Laura vit Kaja froncer les sourcils. Qu'est-ce que cela voulait dire ? C'était juste, ou c'était faux ?

– Et on multiplie par… euh… par le nombre de filles, euh… entre elles ?

Kaja, souffrant visiblement pour son amie, leva les yeux au ciel. Taxus partit d'un ricanement dédaigneux.

– Voilà qui est très intéressant, Laura ! Mais, que je sache, les filles n'ont normalement rien à voir entre elles !

Des rires fusèrent. Max Petpuant se mit à braire comme un âne, et Ronnie Riedel, à coasser comme une grenouille, le regard rivé sur Laura. Seul Mister Cool ne se départit pas de son flegme, feignant de trouver de telles gamineries bien ennuyeuses.

Laura se sentit rougir, et cette faiblesse l'exaspéra. Ce genre de remarque stupide n'était pas une raison pour piquer un fard !

– Et ensuite ? Je suis curieuse d'entendre la suite de ton raisonnement, poursuivit Taxus impitoyablement.

Laura tenta de rassembler ses idées, en vain. Elle jeta un regard éperdu à Kaja qui n'arrêtait pas de faire des gestes incompréhensibles. Que voulait-elle dire ? Six ou deux ? Diviser ? Multiplier ? Laura n'en avait pas la moindre idée et Pinky ne manifestait pas une once de pitié.

– Bon, ça vient ? aboya-t-elle. On ne va pas y passer la matinée !

Laura n'avait pas le choix, il fallait qu'elle invente. Qui sait, elle aurait peut-être de la chance ? De toute façon, au point où elle en était, il valait mieux qu'elle dise n'importe quoi plutôt que de se taire. Elle prit une grande inspiration et se lança.

– Et puis, on multiplie le tout par... par...

Un dernier coup d'œil désespéré à l'adresse de Kaja... et Laura crut comprendre que celle-ci lui disait : six. Mais oui, mais c'est bien sûr...

– Et on multiplie le tout par six ! se hâta-t-elle d'ajouter.

Désespérée, Kaja se ratatina sur sa chaise. Laura, comprenant qu'elle avait dit des inepties, jeta un regard apeuré vers Taxus. Celle-ci restait impassible, ne ricanait pas, ne souriait pas. Rien.

– Par six, donc ? demanda-t-elle avec le plus grand calme. Et peux-tu nous expliquer pourquoi ?

Laura n'en croyait pas ses oreilles. Elle voulut commencer une phrase, mais préféra se taire et hocha seulement la tête.

– C'est bien ce que je pensais, Laura. Et tu veux que je te dise pourquoi ? Tout ce que tu viens de nous dire ne tient pas debout, ce sont des élucubrations. Or, comme chacun sait, les élucubrations sont dénuées de toute logique. Tu as, semble-t-il, le temps de faire une foule de choses, sauf celui de faire correctement tes devoirs, n'est-ce pas ?

Laura se taisait. Qu'est-ce que Pinky Taxus insinuait ? Où voulait-elle en venir ?

– Si je peux me permettre de te donner un conseil, Laura : il serait préférable pour toi de travailler plutôt que de te promener la nuit dans le parc !

C'était donc cela ! Taxus avait eu vent de ce qui s'était passé la nuit dernière. Pourvu qu'elle n'aille pas le rapporter au professeur Schwartz. Mais, au même moment, une pensée fulgurante s'imposa à Laura : si Rebecca Taxus l'avait vraiment vue dans le parc cette nuit, cela signifiait qu'elle n'avait pas rêvé... Mais oui ! Les événements s'étaient réellement produits et sa mémoire ne l'avait pas trompée.

Laura avait chaud et froid en même temps. Devait-elle se réjouir ou avoir peur ? Elle était incapable d'y voir clair. Une seule phrase tournait dans sa tête : *Je fais partie moi aussi des sentinelles !*

Le regard froid de Rebecca Taxus s'attardait sur elle.

— Tu as certainement entendu ce que Quint..., ce que le professeur Schwartz a annoncé hier pendant le dîner ? Les manquements au règlement seront désormais sévèrement punis, n'est-ce pas ?

— Oui, je sais, dit Laura tout bas.

— Bien ! Alors, pourquoi enfreins-tu les consignes ?

Laura se taisait.

— Que dois-je faire de toi ? Informer le directeur ? Ou faire preuve de clémence ?

Elle se retourna vers la classe :

— Qu'en pensez-vous, vous autres ? J'informe le directeur ?

Silence de mort. Laura regardait ses camarades avec anxiété. Quelqu'un allait-il se ranger aux côtés de Taxus ? C'était bien possible. Elle n'avait guère confiance en Paul Pustule et encore moins en Max Petpuant. Quant à Caro, elle lui en voulait, sans que Laura sache exactement pourquoi.

— Alors, qui pense que je dois en référer au directeur ? Levez la main !

Personne ne se manifesta, au grand étonnement de Laura. Paul Pustule se préparait à lever le doigt lorsque Kaja, qui était assise à côté de lui, lui lança un chapelet d'injures assorti d'un bon coup de coude dans les côtes. Il préféra donc s'abstenir. Rebecca Taxus marqua un temps d'arrêt. Elle ne s'attendait visiblement pas à cette réaction, mais ne désarmait pas pour autant.

— Bon, la deuxième solution, alors ! Qui opte pour la clémence ?

Treize mains se levèrent en même temps. Paul Pustule hésita un peu, mais un coup de coude bien placé le décida. Non seulement c'était un fort en thème et un lèche-botte, mais en plus, un lâche ! Qu'importe, puisque toute la classe soutenait Laura.

La professeur de mathématiques hocha la tête.

— Très bien, si c'est ce que vous voulez...

Puis, s'approchant tout près de Laura et la regardant droit dans les yeux :

— Tu t'en sors bien, cette fois-ci ! Mais ne crie pas victoire trop vite, je te coincerai la prochaine fois ! Et je ne manquerai pas d'informer la direction. Il faudra alors que tu en assumes les conséquences. C'est bien compris ?

Laura avala sa salive sans rien répondre. Le visage de Taxus s'empourpra.

— Je t'ai demandé si tu avais bien compris ? répéta-t-elle, furieuse, en sifflant comme une vipère.

— Oui, répondit Laura tout bas.

— Parfait ! Nous sommes donc d'accord ! Retourne t'asseoir.

Laura regagna sa place, mais avant même qu'elle s'assoie, la voix de Pinky Taxus résonnait de nouveau.

— Au fait, Laura, une chose encore !

La jeune fille s'immobilisa. Le rictus arrogant qui se dessinait sur le visage de la professeur ne laissait présager rien de bon.

— Tu comprendras que, compte tenu de cette performance grandiose, je ne puisse que te mettre un zéro, n'est-ce pas ? dit-elle d'un ton méprisant.

Laura sentit une colère froide monter en elle. Elle savait qu'elle méritait ce zéro, mais pourquoi Taxus trouvait-elle utile d'en rajouter une couche ? Lançant un regard assassin au professeur, Laura se mordit les lèvres pour ne pas lui lancer : *Pauvre imbécile !*

Il se produisit alors quelque chose de tout à fait extraordinaire : le visage de Pinky Taxus se tordit de colère et elle hurla à l'adresse de Laura :

— Ne t'avise pas de me faire de telles réflexions ! s'exclama-t-elle d'une voix menaçante.

Ses yeux noirs lançaient des éclairs. Laura était sidérée : comment avait-elle pu deviner ses pensées ? Comment était-ce possible ?

La jeune fille sentit naître en elle un atroce soupçon.

CHAPITRE 10

Pensées étrangères

iss Mary Morgain regardait Laura d'un air grave :

— Allons, dis-moi ce que tu as sur le cœur !

Elle surveillait la cour pendant la récréation, lorsqu'elle avait vu surgir Laura au milieu du brouhaha et du joyeux désordre des élèves.

— Il est possible que je me trompe, mais j'ai l'impression que Pinky... madame Taxus peut lire dans mes pensées.

— C'est exact, dit Miss Mary avec un sourire doux.

— Mais alors, cela signifie que...

Laura s'interrompit brusquement, horrifiée par cette idée.

— Tu as deviné juste, Laura. Rebecca Taxus appartient aux Puissances des Ténèbres, et elle n'est malheureusement pas la seule.

— Non ? Il y en a d'autres à Ravenstein ?

— Oui, aussi bien parmi les professeurs que parmi les employés.

— Qui ? s'enquit Laura en regardant avec inquiétude Miss Morgain.

— C'est à toi de le découvrir toute seule, répondit Miss Mary doucement. Ne crains rien : dès que tu maîtriseras un tant soit peu tes dons, ce sera un jeu d'enfant pour toi.

Laura n'était absolument pas convaincue. La professeur lui donna une tape amicale sur l'épaule.

– Crois-moi, Laura. Tu veux qu'on fasse un test ?

– Un test ? répéta-t-elle, perplexe. Quel genre de test ?

– Un test de lecture de pensées ! C'est moi qui vais t'initier dans cette matière.

– Euh !... Mais comment fait-on, au juste... Je veux dire, comment fait-on pour lire dans les pensées des autres ?

– C'est justement pour cela que je suis là, dit Miss Mary en encourageant Laura d'un grand sourire. Ce n'est pas si difficile que cela. Le plus important est d'arriver à se mettre à la place de l'autre, à appréhender ses sentiments, ses espoirs secrets, ses peurs, mais en éliminant tout obstacle et sans se laisser influencer par sa propre opinion ou par ses propres préjugés. Tu comprends ?

– Oui, je crois. En somme, il faut oublier ce qu'on pense de l'autre ou ce qu'on ressent pour lui ?

– Exactement. C'est plus difficile qu'il n'y paraît. Mais si on y arrive, le plus dur est fait. Viens, essayons si tu veux. Tu vas peut-être pouvoir découvrir ce que pensent les autres élèves, tes camarades de classe, par exemple.

Elles se mirent à déambuler dans la cour de récréation. Elles arrivèrent près d'Alexander Haase qui discutait bruyamment avec d'autres garçons. Miss Mary regarda Laura.

– Allez, dis-moi ! Qu'est-ce qu'Alex peut bien penser ?

Laura posa son regard sur son camarade aux cheveux bruns coiffés en brosse. À quoi pensait-il en cet instant ? Elle le fixa, comme si elle avait voulu le transpercer des yeux. Elle eut tout à coup une idée.

– Alex pense... au Bayern Munich ? demanda-t-elle.

La professeur hocha la tête, visiblement satisfaite.

– C'est exact. Il pense au match de samedi prochain contre le Borussia Dortmund, et il espère naturellement que le Bayern l'emportera. C'est bien, Laura, très bien. Tu vois, ce n'est pas sorcier !

Mary Morgain avait raison. Alexander Haase se promenait, même dans l'internat, avec un maillot de supporteur du Bayern – qui dépassait en ce moment sous sa grosse veste d'hiver – et parlait du matin au soir exclusivement de football.

Ce fut moins évident pour Laura de trouver ce qui se passait dans la tête de Mister Cool. Philipp était appuyé avec désinvolture contre l'une des statues de lion ailé qui flanquaient l'entrée du château. Il portait un blouson Jack Wolfskin et avait, en dépit de la saison, des lunettes de soleil Gucci sur le nez. Ce dernier point ne rendait pas la tâche facile, car Miss Mary avait bien expliqué à Laura qu'il fallait regarder dans les yeux de l'autre pour réussir à lire dans ses pensées. Laura fit quand même une tentative.

– Mister Cool se demande en ce moment si… euh… si Caro trouve son blouson super.

La professeure éclata de rire.

– Pas mal, Laura, mais ce n'est qu'à moitié vrai. Philipp se demande vraiment si une fille le trouve cool, mais il ne s'agit pas de Caro.

– Non ?

– Non, répondit Miss Mary qui se contenta de sourire pour elle-même.

Laura se trompa complètement pour Max Petpuant. Ce n'était d'ailleurs pas étonnant : elles étaient à peine arrivées à sa hauteur que le gros patapouf se retourna brusquement vers Laura pour lui faire une grimace.

– Tu veux ma photo ou quoi, espèce de… de…

Puis le tas de graisse tourna les talons et s'éloigna, les joues en feu.

– Alors, Laura, qu'est-ce que Max pensait ? demanda Miss Mary avec un regard énigmatique.

– Il me semble que son visage en disait suffisamment long : que je suis une petite idiote et qu'il va chercher un moyen de me mettre en boule.

– Faux, Laura, complètement faux !

– Vraiment ?

– Oui. Max pensait plutôt le contraire.

– Ah bon ? Mais qu'est-ce qu'il pensait exactement ?

– À toi de le trouver, répondit Miss Mary alors que retentissait la sonnerie. Et n'oublie pas que nous nous retrouvons après le déjeuner dans la salle de la Tour !

Sur ce, la professeur regagna le bâtiment de l'internat.

***

Un épais rideau de brume noir recouvrait la Forteresse des Ténèbres qui se dressait en lisière du Marais du Soufre. Une nuée de corbeaux tourbillonnait au-dessus des merlons. Leurs cris stridents remplissaient l'air, traversant même la muraille de l'antre dans laquelle Syrine s'était retirée.

Le lieu, situé au cœur de l'édifice, avait des allures de caverne. Assis près d'un grand feu qui plongeait la pièce dans une clarté vacillante, Borboron, impassible, prêtait l'oreille au récit de l'étrange femme. Lorsque Syrine eut terminé, le Prince des Ténèbres hocha la tête, satisfait.

— Tu as fait du bon travail, Syrine. Je savais que je pouvais compter sur toi ; tu ne m'as pas déçu !

Le pâle visage de la femme se fendit d'un sourire triomphant. Elle s'approcha d'un pas vif.

— Ce n'est que le début, Borboron ! Depuis que je suis en possession de la Roue du Temps, la Lumière qui permettait à Elysion de déjouer mes pouvoirs perd de jour en jour de sa force.

Syrine se saisit du pendentif en or qu'elle portait autour du cou, et le dévora littéralement des yeux.

— Les démiurges de la Lumière ont forgé, au commencement des mondes, deux de ces amulettes dans le même or que celui de la Coupe. Elles octroient de grands pouvoirs à ceux qui les possèdent. Elles les soutiennent dans leur quête de la Coupe, dès que celle-ci vient à disparaître. Elysion – puisse-t-il croupir dans les profondeurs des ténèbres ! – en possède une. Mais celle-ci – et elle brandit alors la Roue juste devant le visage du Prince Noir – se trouvait depuis des temps immémoriaux sur l'Étoile des Hommes. Et maintenant, maintenant – elle est à moi ! À moi !

Ses doigts crochus se refermèrent sur le bijou, ses yeux brillant d'un éclat machiavélique.

— Je serai bientôt en mesure de commander au Cristal-Devin, et alors, Borboron...

Un démon des Ténèbres pénétra à cet instant sous la voûte, interrompant Syrine qui se précipita aussitôt sur l'homme à la cape pourpre.

— M'as-tu apporté ce que je t'avais demandé ?

Pour toute réponse, le démon tira de dessous sa cape une fiole d'aspect ordinaire, qu'il tendit à la femme blême. Le liquide qu'elle contenait ressemblait à de l'eau. Syrine s'empressa de déboucher le flacon qu'elle porta à ses narines.

– Cela ne sent rien, constata-t-elle, désappointée.

Elle posa un regard interrogateur sur le démon des Ténèbres.

– C'est vrai, approuva l'homme de sa voix de fausset. Mais ainsi, personne ne remarquera que tu as mélangé quelque chose à sa boisson !

– Et cette substance est vraiment aussi puissante que tu le prétends ?

Un nuage de colère obscurcit le visage du mage noir.

– Garde-toi bien de mettre en doute mes pouvoirs !

– Calme-toi ! fit Syrine d'un ton subitement doux et mielleux. Je ne suis... qu'une femme ignorante, comme tu as pu si justement le constater à l'instant.

Perplexe, le démon des Ténèbres regarda fixement son interlocutrice : parlait-elle sérieusement, ou cherchait-elle à se moquer de lui ? Toujours est-il qu'il poursuivit sur un ton un peu radouci.

– Le breuvage a déjà fait des milliers de fois ses preuves, chez nous et sur l'Étoile des Hommes. Une seule goutte suffit à tuer. La victime meurt alors dans des souffrances que tu n'es même pas capable d'imaginer !

– Bien ! Très bien !

Les yeux de Syrine brillèrent à nouveau de démence.

– Alors, le destin d'Elysion est scellé – et même l'Eau de la Vie ne pourra plus rien pour lui !

***

La salle de la tour occupait un étage entier, tout en haut du donjon. Les fenêtres, donnant sur les quatre points cardinaux, offraient un panorama magnifique sur le château et ses environs. Par beau temps, on pouvait voir à des kilomètres, et même parfois distinguer dans le lointain, au sud, les sommets enneigés. Mais ce soir, le ciel était gris et nuageux, et un voile de brume dissimulait la vue. Peu importait ! Ce n'était pas pour admirer le paysage que Mary et Laura se retrouvaient dans ce lieu habituellement dévolu à d'autres activités, comme les réunions du groupe de danse par exemple, de l'ensemble de guitares ou encore du club de théâtre que Miss Mary dirigeait. Laura jouait dans la troupe ; il était naturel, donc, que la professeur ait choisi ce lieu pour donner à son élève des cours de lecture de pensées. On ne les y dérangerait pas, et personne ne trouverait étrange de les voir se retirer dans cet endroit pour y travailler en toute tranquillité.

Mary Morgain enseignait l'anglais et le français. Elle était une des enseignantes les plus appréciées de l'établissement, car elle savait rendre les cours attrayants et drôles, alors que d'autres se cantonnaient dans des exercices fastidieux. Même Dschingis, le super-prof de SVT, ne lui arrivait pas à la cheville. À cela s'ajoutait que Mary n'avait jamais un mot plus haut que l'autre, tant elle s'efforçait d'être juste avec chacun. Pas étonnant que les plus grands flemmards et les pires cancres se transforment chez elle presque en élèves modèles ! Même Max Petpuant devenait, durant ses cours, doux comme un agneau. Alors qu'avec les autres professeurs il restait toujours fidèle à sa réputation, pendant les cours d'anglais et de français, il se tenait bien, et il ne fallait que rarement ouvrir grand les fenêtres pour aérer. Miss Mary était adorée par la majorité des collégiens, ce dont bien peu de professeurs pouvaient se vanter, Rebecca Taxus encore moins que les autres. Et Laura savait désormais pourquoi.

La jeune fille marchait de long en large. Elle finit par s'arrêter devant Miss Mary, assise sur une chaise au milieu de la salle.

— Il y a une chose que je ne comprends pas, s'emporta Laura avec fougue. S'il y a, à Ravenstein, d'autres personnes qui appartiennent aux Puissances des Ténèbres, pourquoi ne me le dites-vous pas...

— Ne me le dis-tu pas ! l'interrompit Miss Mary.

Interloquée, Laura regarda sa professeur.

— Pourquoi ne me le dis-*tu* pas ! reprit la jeune femme. Entre sentinelles de la Lumière, nous nous tutoyons et nous

nous appelons par nos prénoms. Nous ne faisons exception à cette règle ancestrale que lorsque nous nous adressons à des personnes particulièrement respectables, comme par exemple au professeur Morgenstern !

— Mais tout à l'heure, dans la cour... intervint Laura.

— Nous n'étions pas seules, il y avait les autres professeurs et les élèves. Devant eux, nous conservons les formes habituelles de politesse. Tout le monde n'a pas besoin de savoir ce qui nous lie, ajouta Miss Mary en souriant.

— Oui... d'accord... Miss... euh, pardon, Mary.

— Tu t'y habitueras vite, Laura. Mais pour en revenir à ta question : nous ne te le disons pas, parce que c'est à toi d'apprendre à les reconnaître à travers leur comportement.

— Mais... pourquoi faire tant de mystères ?

— Parce qu'il faut que tu apprennes toute seule.

Laura fronça les sourcils.

— Mais quand même, cela simplifierait tellement les choses !

— Non, Laura, tu te trompes et je vais essayer de te le faire comprendre en prenant un exemple. Il paraît que tu as des problèmes en mathématiques, en particulier avec les règles de trois, n'est-ce pas ?

Laura devint écarlate.

— Supposons donc que tu ne parviennes pas à résoudre un exercice. Qu'est-ce qui te sera le plus utile ? Que quelqu'un te donne le résultat ? Ou que quelqu'un te montre la démarche à suivre pour trouver la bonne solution ?

Laura n'hésita pas une seconde. L'horrible cours de mathématiques était encore trop présent à son esprit.

— Que quelqu'un me montre la démarche à suivre pour trouver la solution, bien sûr.

— Tu as entièrement raison. Peu importe d'ailleurs le résultat, puisqu'il se limite à un exercice donné. En revanche, il faut que tu comprennes comment on l'obtient : tu seras alors en mesure de résoudre d'autres problèmes. C'est un peu la même chose ici. Un jour ou l'autre, tu seras confrontée à des gens que tu n'as encore jamais vus, des gens qui te sont étrangers. Si tu n'es pas capable de déceler leurs intentions derrière le masque qu'ils arborent, tu encourras un grand danger. Nous ne pouvons pas t'épauler en permanence. C'est pour cette raison-là que tu dois absolument apprendre à reconnaître la vraie nature des hommes, afin de savoir très vite si tu as affaire à des alliés ou à des ennemis. Tu comprends, maintenant ?

Laura acquiesça. Non seulement elle avait compris ce que voulait dire Miss Mary, mais elle venait aussi de comprendre une autre chose :

— Se peut-il que le professeur Quintus Schwartz fasse aussi partie de nos ennemis ?

— Bravo, Laura ! Tu apprends vite ! À mon avis, le professeur Quintus Schwartz est bien plus dangereux que Rebecca Taxus.

— Il sait aussi lire dans les pensées ?

— Non, fit Miss Mary en secouant la tête. Les soldats des Ténèbres et nous, les sentinelles de la Lumière, sommes logés à la même enseigne. Seuls ceux qui sont nés sous le signe Treize disposent de tous les pouvoirs hérités de nos ancêtres. Les autres ne maîtrisent qu'un seul don. Quintus Schwartz est, par exemple, un véritable maître de la télékinésie – il est à l'origine de bien des malheurs.

Morgain Mary s'interrompit, et Laura crut lire sur son visage comme de la pitié.

— Que veux-tu dire par là ?

— N'en parlons pas maintenant, tu l'apprendras bien assez tôt. Et puis, ce qui est arrivé est arrivé, nous ne pouvons rien y changer.

Laura eut soudain le pressentiment que cet événement mystérieux dont Mary ne voulait pas lui parler maintenant était en étroite relation avec elle. Et elle redoutait déjà le moment où elle apprendrait la vérité.

La professeur arracha Laura à ses réflexions.

— Allez, nous devons commencer. Tu as encore tellement de choses à apprendre, et le temps presse.

— Je sais, mais peux-tu encore répondre à une question ?

Mary Morgain acquiesça.

— Si vous êtes si sûrs que la Coupe de la Lumière est cachée à Ravenstein, alors, pourquoi n'avez-vous pas encore réussi à la trouver ?

— Parce que nous avons affaire à des adversaires particulièrement habiles. Nous supposons qu'ils ont usé d'un artifice que nous ne connaissons pas pour dissimuler la Coupe. Les redoutables démons des Ténèbres sont des mages noirs dont l'art diabolique a déjà donné bien du fil à retordre aux défenseurs et aux sentinelles de la Lumière. Ils ont sans doute jeté un sort rendant invisible la Coupe à nos yeux.

— Et pourquoi est-ce justement à moi qu'il incombe de la trouver ?

— Tu sais désormais que tu possèdes des facultés très particulières, qui ne sont toutefois pas encore entièrement développées : c'est pourquoi le sortilège n'a pas autant de prise sur toi.

— Comment cela ?

— C'est simple. Tout moyen employé à une certaine fin ne peut être efficace que dans un contexte donné. Des gouttes pour le nez ne peuvent être efficaces que si tu as le nez bouché. Si tu as mal au ventre, elles ne te seront d'aucune utilité. De la même manière, toute action visant à troubler ou à aveugler un défenseur de la Lumière ou des sentinelles aguerries aura beaucoup moins d'effet sur un apprenti.

Laura réfléchit un moment. L'argument était convaincant. Puis, une autre idée lui vint à l'esprit.

— Je suppose que tu es aussi douée pour lire dans les pensées que Taxus, peut-être plus encore ?

Miss Mary acquiesça.

— Alors, pourquoi n'as-tu pas lu dans ses pensées ? Pinky Taxus sait sûrement où la Coupe est cachée…

— Oui, elle connaît certainement la cachette de la Coupe, tout comme le professeur Schwartz, d'ailleurs. Mais…

— Mais quoi ?

— Elle sait se protéger efficacement. Si tu maîtrises cette technique, personne ne pourra plus avoir accès à tes pensées, quand bien même il serait un grand maître en la matière.

— Vraiment ? Et comment cela fonctionne-t-il ?

— Tout d'abord, il te faut éviter tout contact visuel direct. Si tu regardes quelqu'un dans les yeux, tu lui facilites l'accès à tes pensées. Ne dit-on pas que les yeux sont le miroir de l'âme ?

— Maman disait cela, dit Laura en proie tout à coup à une immense tristesse.

— Tu vois à quel point elle avait raison ! Évite donc tout contact visuel et ne pense à rien, tout simplement.

— Comment cela ? Ne penser à rien ?

— Oui, à rien du tout.

— Mais… ce n'est pas possible !

— Si, Laura, c'est possible, à condition de s'entraîner. Nous allons d'ailleurs commencer le cours par un exercice de ce type. Assieds-toi.

Intriguée, Laura s'assit sur une chaise en face de la jeune femme.

— Ferme les yeux et laisse libre cours à tes pensées, lui ordonna Miss Mary d'une voix douce.

Laura n'opposa aucune résistance.

— Quelles que soient les pensées que tu as, prends-les comme elles viennent, n'essaie pas de les influencer d'une quelconque manière ni de les mener dans une direction donnée. Laisse-les couler dans ta conscience, calmement et lentement comme un grand fleuve. Ne leur oppose aucune résistance. Tu remarqueras au bout d'un moment qu'elles décroissent, jusqu'à ne plus former qu'un petit filet d'eau qui ne tardera pas à tarir.

Laura suivait les instructions de Mary à la lettre. Elle devait et voulait apprendre très vite tout ce dont elle aurait besoin. C'était le seul moyen de résister aux Puissances des Ténèbres. Si elle ne se donnait pas de mal, le Gardien de la Lumière mourrait, les Puissances des Ténèbres triompheraient et le Néant Éternel régnerait !

Ses pensées se mirent à danser à un rythme infernal dans sa tête, s'élançant dans une sarabande endiablée. Laura comprit qu'elle s'y était mal prise.

Elle ouvrit les yeux, désespérée. Mary souriait. Elle avait suivi la moindre pensée de la fillette qui, résignée, haussa les épaules.

– Ce n'est pas possible. Ce n'est pas possible de ne penser à rien.

– Tu crois ?

– Oui, rétorqua Laura qui s'entêtait.

– Alors, tu dois avoir raison, dit Mary Morgain d'une voix atone. Il faut dire que tu as essayé pendant pas moins de quarante-cinq secondes. Ce n'était que ta première tentative, certes, mais si tu n'y es pas arrivée du premier coup, il est certain que tu n'y arriveras jamais... Jamais...

Laura avala sa salive. Mary avait raison : comment pouvait-elle être aussi impatiente, aussi butée et aussi trouillarde ?

La professeur prit un air soucieux.

– Pour l'instant, tu t'y prends mal, Laura. Mais ce n'est pas de ta faute, car ne penser à rien est bien plus difficile qu'on le croit. C'est toutefois possible. Tu dois t'y entraîner, avec assiduité et persévérance, encore et encore. Et un beau jour, tu le feras automatiquement, sans même y penser. Ferme les yeux et essaie encore une fois.

Mary Morgain implora presque du regard la fillette qui ferma les yeux et laissa ses pensées couler. Elle sentit un grand calme l'envahir.

Un immense calme.

CHAPITRE 11

Une métamorphose terrifiante

a balle de tennis rebondit contre le panneau et retomba sur l'arceau du panier, le filet déchiré frémissant légèrement. Indécise, elle hésita encore à deux reprises avant de sortir du panier pour tomber par terre.

— C'est trop bête ! grommela Lucas en hochant la tête. Elle a failli rentrer !

Debout sur le terrain de basket aménagé derrière le gymnase, il regardait, impuissant, la balle-de-match-de-Boris-Becker-à-Wimbledon qui venait de rater sa cible une nouvelle fois.

— Loupé ! constata Kaja, appuyée au poteau du panier.

Elle adressa un sourira moqueur au garçon visiblement déçu, tout en croquant à belles dents une barre de chocolat.

— Tu as perdu, ajouta-t-elle en mastiquant. Tu avais parié que tu marquerais six points, mais tu n'en as réussi que cinq sur dix.

— Il s'en est fallu de peu, tu dois le reconnaître !

Même si Lucas feignait l'indifférence, il était vexé d'avoir perdu son pari, surtout contre Kaja.

— Quelle déveine ! reprit le garçon. Selon les lois de la probabilité, parmi les trois balles ayant touché l'arceau, une au moins aurait dû rentrer dans le panier. Or, les trois sont retombées à l'extérieur !

— Eh oui, elles sont tombées à côté. Tu me dois une tablette de chocolat.

Kaja jubilait : il avait perdu.

— Ça va, QI-de-moineau, siffla Lucas sur un ton agressif. Ce n'est pas la peine de la ramener. (Il consulta sa montre.) Je ne comprends pas ce que fabrique Laura. C'est elle qui a eu l'idée de ce rendez-vous. Tu sais pourquoi ?

Kaja secoua la tête :

— Non, elle a seulement dit que c'était important, qu'elle avait une mission à nous confier.

Étonné, Lucas regarda la fillette aux cheveux roux.

— Une mission ? Quel genre de mission ?

— Aucune idée ! Elle n'a rien dit d'autre.

— Curieux, ronchonna Lucas.

Pour tromper son impatience, il fit rebondir sa vieille balle de tennis, puis il fixa le panier, visa et lança. La balle décrivit une courbe parfaite sous le ciel couvert de l'après-midi et tomba pile au milieu du panier.

— Gagné ! Quelle vacherie, maugréa Lucas. Maintenant que ça ne compte plus, ça marche !

Kaja s'abstint de commentaires et grimaça en regardant droit devant elle.

— Qu'est-ce qu'on fait ? On rejoue ? lui demanda Lucas.

Mais déjà Laura arrivait.

— Excusez-moi, fit-elle, hors d'haleine, ça a duré plus long-temps que je ne le pensais.

— On l'a remarqué, rétorqua son frère sur un ton bourru. Qu'est-ce que tu faisais ?

Laura se demanda si elle devait mettre ses deux amis au courant. Non, il ne valait mieux pas, pour l'instant en tout cas.

— En fait, j'étais avec Mary Morgain. Nous avions des choses importantes à nous dire.

— Ah bon ? reprit Lucas.

La ride sur son front se creusa. Il ne la croyait pas. Kaja vint à la rescousse.

— De quoi avez-vous parlé ?

Laura, prudente, regarda de tous côtés. Personne. Elle se

retourna alors vers ses amis et commença à raconter à voix basse.

— Écoutez-moi ! Supposons que vous vouliez cacher ici, à Ravenstein, quelque chose de valeur, une chose qui vaudrait très cher, où la mettriez-vous ?

Lucas et Kaja la regardèrent d'un air perplexe. Ils réfléchirent à toute vitesse. Kaja pinça les lèvres. Lucas fit rebondir sa balle par terre. L'instant d'après, il avait une proposition à lui faire.

— Je la cacherais dans le Bois du Bourreau, dans la vieille crypte.

— Ah ça, certainement pas ! Ça pue là-dedans ! s'écria Kaja.

— Raison de plus, c'est la cachette idéale ! rétorqua vivement Lucas.

Kaja ne comprit pas tout de suite.

— Que veux-tu dire par là ? lui demanda-t-elle.

— L'odeur est tellement infecte que personne n'a envie d'y aller. La vieille tombe paraît donc une cache idéale. Si personne n'y va, personne n'y fera de découverte.

Kaja acquiesça après un bref instant de réflexion.

— Oui, bien sûr.

Son visage renfrogné s'éclaircit, puis elle fit une suggestion :

— Et sur la petite île ?

Elle faisait allusion à l'île qui se situait sur le Lac aux Sorcières, au sud du château. Les poissons qui frayaient par centaines dans ses eaux claires venaient améliorer de temps à autre l'ordinaire de l'internat. Les rives étaient bordées de jeunes roseaux et de vieux saules, et il y avait même, à un endroit, une plage de sable fin. C'était un lieu agréable l'été par les jours de forte chaleur. Les élèves de Ravenstein venaient s'y baigner et y faire de la planche à voile. En hiver, quand le lac était gelé, ils pouvaient y pratiquer le patin à glace ou le hockey. La couche de glace commençait généralement à se former en décembre dès les premiers jours de grand froid, comme cela avait été le cas cette année. Mais la nuit dernière il y avait eu une tempête, la température s'était radoucie, et le lac avait dégelé.

La petite île était recouverte d'une végétation sauvage, composée essentiellement de ronces, d'orties et de plantes vénéneuses. Dès leur arrivée à Ravenstein, les internes du collège étaient prévenus et avaient interdiction de se rendre sur l'île. Mais il y avait toujours des téméraires qui ne se laissaient pas décourager par ces avertissements et qui allaient explorer l'île en secret. De ces excursions, ils rapportaient en règle générale un bien maigre butin : des écorchures et des égratignures, de fortes démangeaisons et de vives éruptions, dues aux herbes vénéneuses et à une variété de genévrier sauvage.

Trois ans auparavant, un incident particulièrement fâcheux s'était produit : après une nuit passée sur l'île, un élève avait évoqué, à son retour, de curieux phénomènes optiques. Il aurait vu des silhouettes fugitives. Immédiatement après, il avait eu une forte poussée de fièvre accompagnée de délires, avec des séquelles, et il avait perdu la vue momentanément. Mais, depuis, les élèves évitaient l'île.

Donc Kaja avait raison : l'île pouvait également être une cachette de choix.

— Oui, dit Laura. Il ne faut pas négliger cette éventualité. D'autres idées ?

— Et les caves du château ? demanda Kaja. Elles doivent être gigantesques. Ou peut-être encore la salle des tortures ?

— Es-tu sûre, seulement, qu'il y en ait une ?

— Non, pas vraiment. Mais s'il y en avait une, il faudrait en tenir compte, n'est-ce pas ?

Le visage de Laura se fit songeur. Au fond, pourquoi pas ? Les cachettes possibles sont multiples dans une vaste cave comportant d'étroites entrées et d'innombrables salles, réduits et oubliettes.

— Si je ne m'abuse, dit Lucas pensivement, il me semble bien avoir lu quelque part que Reimar von Ravenstein...

— Tu parles de celui qui a fait construire le château ?

— Exacto !

Lucas inspira profondément avant de se lancer dans une tirade pontifiante :

— Reimar von Ravenstein, dit le Chevalier Cruel, né en l'an de grâce 1111, fit ériger, dès son retour de la deuxième croisade en Terre Sainte, une imposante statue le représentant à cheval...

Laura l'interrompit sans scrupule.

– Eh, oh !

Lucas aurait dû se douter qu'elle n'allait pas le laisser discourir pendant des heures. Par ailleurs, tout le monde connaissait l'histoire de Reimar von Ravenstein. Il n'y avait donc pas lieu d'en rebattre les oreilles de ses auditrices.

– Épargne-nous ton exposé, ronchonna-t-elle, et viens-en au fait.

Lucas prit une mine renfrognée.

– D'accord, dit-il, vexé, si l'histoire de notre internat ne vous intéresse pas !...

Laura et Kaja levèrent presque simultanément les yeux au ciel. Lucas finit par comprendre qu'il ferait mieux de ne pas en rajouter. Il poursuivit, avec plus de simplicité :

– O.K., O.K. Le sire Reimar n'a pas seulement ramené de Terre Sainte une grande quantité d'or et d'argent, mais également ment un architecte maure. Un homme de génie qui, en plus de mosquées célèbres et de palais fameux, avait conçu les plans de nombreuses enceintes fortifiées des Templiers. Mais, bien sûr, ce qui est moins connu, c'est que Reimar von Ravenstein n'avait pas seulement chargé cet architecte réputé de construire le tombeau dans le Bois du Bourreau, mais...

Il laissa la phrase en suspens, regarda les deux fillettes et attendit leur réaction en se délectant de leur curiosité.

– Et alors ? demanda Laura qui voulait connaître la suite.

Lucas eut un sourire narquois. Laura dut se retenir pour ne pas sortir de ses gonds.

– Bon, maintenant, continue, Lucas ! Ne nous torture pas plus longtemps ! ajouta-t-elle avec une menace contenue dans la voix, tant son frère pouvait parfois lui porter sur les nerfs.

– Donc il l'avait aussi chargé d'aménager une chambre secrète dans laquelle il pouvait mettre en sécurité les précieux trésors ramenés de Terre Sainte.

– Vraiment ? s'étonna Laura. Et en plus, tu sais où cette chambre se trouve ?

– Probablement quelque part dans les caves du château. Mais je ne sais pas où. Je ne les ai pas visitées.

– Formidable, Lucas ! le félicita Laura. Cette chambre est, à coup sûr, une super-cachette. Si cet architecte était aussi extra-ordinaire que tu le racontes, alors il a aussi sûrement veillé à tout faire pour qu'elle soit difficile d'accès.

– Ce serait logique.

Laura ne l'avait manifestement pas habitué aux compliments.

– Il faut qu'on la trouve ! poursuivit Laura.

– La trouver ? Mais comment faire ? s'enquit Kaja qui semblait soudain avoir peur.

– Je ne sais pas encore, répondit Laura. Je vous le dirai plus tard, annonça-t-elle en jetant un rapide coup d'œil à sa montre. D'ailleurs, aujourd'hui, nous n'avons plus le temps de nous lancer dans des recherches. Nous allons bientôt dîner. Ensuite j'aurai une foule de choses à faire. Je propose que nous nous revoyions demain, juste après les cours.

Le feu crépitait dans la cheminée, éclairant par intermittences le visage épuisé du professeur Aurélius Morgenstern. Engoncé dans son vieux manteau, il était assis à une grande table et regardait droit devant lui.

Il paraissait indifférent à ce qui l'entourait : à la lumière dégagée par le lumignon au milieu de la table, aux bougies qui brûlaient, disposées sur la petite commode, et enfin à Laura assise en face de lui.

La jeune fille observa avec inquiétude le directeur dont l'état de santé s'était considérablement dégradé. Combien de temps encore pourrait-il tenir sur ses jambes ? Il était curieux, vraiment étonnant même, que les médecins n'aient toujours pas identifié la cause du mal.

Pourquoi le professeur se refusait-il à aller dans une clinique ? Pourtant ce serait le meilleur moyen de savoir de quoi il souffrait, et comment le soigner. Pourquoi donc Aurélius Morgenstern s'obstinait-il ?

Soudain, un soupçon s'empara de Laura : et si le professeur avait contracté une maladie qui n'était pas normale ? Et s'il souffrait dès que le Gardien de la Lumière, lui aussi, était atteint ? Peut-être était-ce la raison pour laquelle aucun médecin ne pouvait le sauver ? Mais oui ! C'était forcément ça ! Et cela signifiait donc que...

Laura retint son souffle ; elle voyait bien où cette pensée la conduisait. Si l'état de santé du professeur suivait l'état de santé du Gardien de la Lumière, alors, la conclusion était logique : si le Gardien de la Lumière venait à décéder, le professeur ne tarderait pas non plus à mourir.

Le professeur s'éclaircit la voix.

— Laura, nous l'avons eue aussi, l'idée d'une salle du trésor.

— Et vous avez découvert quelque chose ?

Le professeur hocha la tête :

— Non.

— Dommage, reprit Laura, avec une pointe de déception dans la voix.

— Tu m'as mal compris, lui expliqua Morgenstern. Bien sûr que nous l'avons découverte ! Certes il nous a fallu du temps pour mener à bien cette recherche. C'est Percy qui l'a trouvée en se reportant aux anciens plans de l'architecte maure. Heureusement pour nous, la salle du trésor et son unique accès figuraient sur ces plans.

— Mais alors ?...

— Mais après avoir découvert le passage secret et l'avoir exploré, nous avons soudain compris qu'il ne servirait à rien de pénétrer dans la salle du trésor.

— Mais pourquoi donc ? intervint Laura qui ne cachait pas sa surprise.

— Parce que l'unique accès est condamné. À trente mètres de l'entrée, les parois se sont effondrées, un énorme éboulis de pierres et de gravas barre le passage — et ce, depuis bien longtemps, comme nous avons pu le constater.

— La Coupe ne peut-elle pas quand même se trouver dans la salle du trésor de Reimar von Ravenstein ?

Morgenstern secoua la tête.

— Non, Laura. Réfléchis. La Coupe de la Lumière a été dérobée voilà un an, dans le labyrinthe de la Forteresse du Graal à Hellunyat. Ensuite, au solstice de l'hiver dernier, on

149

l'a fait sortir d'Aventerra par la Porte Magique pour l'apporter sur notre Terre et on l'a dissimulée quelque part ici à Ravenstein. Or, l'accès à la salle du trésor de Reimar était obstrué bien avant : puisque personne ne pouvait plus y pénétrer, on n'a pas pu y entreposer la Coupe.

La jeune fille ne put masquer sa déception.

– C'est clair comme le jour, murmura-t-elle.

Le professeur s'efforça de sourire. Son visage fatigué se détendit.

– Maintenant, revenons au cours, proposa-t-il.

Il plongea la main dans la poche de son manteau, et lorsque ses doigts noueux en ressortirent, ils tenaient une boule en bois, peinte en blanc, de la grosseur d'une balle de tennis. Morgenstern posa la boule sur la table et regarda Laura avec insistance.

– Concentre toutes tes pensées et toute ton énergie sur cette boule. Fais-la rouler par la pensée sans la toucher !

Laura était perplexe. Elle regardait le professeur en ne sachant que croire.

– Comment cela serait-il possible ? interrogea-t-elle, incrédule.

– Du simple fait de la concentration de tes pensées. Les pensées ne sont rien d'autre que de la production d'énergie, et l'énergie est ce qui met en mouvement la matière, comme tu dois l'avoir appris en cours de sciences.

– Oui, mais quand même. Ce n'est pas vraiment possible !

– Mais si, Laura, ça l'est. Le phénomène de télékinésie est connu depuis bien longtemps. Il a été vérifié maintes et maintes fois. Les services secrets se sont livrés à des expériences, et les forces armées de nombreux pays ont tenté d'utiliser ces ressources à des fins militaires. Sur Aventerra, on connaît la télékinésie depuis la nuit des temps. Elle fait partie, là-bas, des savoirs anciens. C'est pourquoi elle est communiquée à ceux qui sont les sentinelles. Toi aussi tu peux l'apprendre, mais il faut t'exercer. Et ce n'est pas aussi difficile que tu pourrais le penser. Regarde !

Aurélius Morgenstern dirigea les yeux sur la boule de bois qui était devant lui sur la table. Il se concentra, excluant de ses pensées tout ce qui n'était pas cette boule blanche, ce petit globe semblable à une balle de tennis. Son regard s'immobilisa, ses paupières cessèrent de battre. Laura voyait une étrange énergie s'accumuler dans les pupilles.

Il se produisit alors une secousse qui ébranla la boule, une simple touche qui suffit à la mettre en route. Comme mue par une main invisible, elle roula lentement, progressivement, traversant la table pour s'arrêter pile devant Laura.

Laura assistait à la scène, les yeux écarquillés. C'était incroyable ! Elle considéra le professeur avec la plus vive stupéfaction. Celui-ci lui fit un signe d'encouragement.

– Allez, maintenant, c'est ton tour.

Laura obtempéra. Elle fixa la boule devant elle. *Vas-y !* pensat-elle. *Avance !* Mais rien ne se produisit. La boule blanche ne bougea pas, restant rivée à la table. Comment cela pourrait il marcher ? Il y avait un truc comme pour les tours de magie ? Morgenstern ne lui avait pas encore tout dit.

Le professeur, impatient, fronça les sourcils de contrariété.

– Reprends-toi, Laura. Ne pense qu'à ce que tu dois faire. La boule se soumettra à ta volonté.

Il n'y avait donc aucun truc ! Laura s'éclaircit la voix, s'agita sur sa chaise, puis fixa de nouveau la boule de bois. Elle essaya de se concentrer pour ne plus voir que la boule. Rien d'autre. Elle l'imaginait déjà en mouvement.

D'abord hésitante, puis roulant franchement sur le plateau de la table, en direction du professeur. Elle ne voyait plus que cette boule. Et elle commençait effectivement à tourner lentement sur elle-même.

Laura sentait le sang cogner dans ses tempes. Elle fut prise d'un léger vertige. Elle avait chaud à la tête. Oui ! Là ! Une légère oscillation, à peine marquée. La boule venait de bouger ; elle pivota sur elle-même et se mit effectivement en mouvement. Comment était-ce possible ? Elle n'avait jamais rien réussi de tel jusqu'à présent ! La boule en bois s'arrêta brusquement. Elle avait à peine parcouru quatre ou cinq centimètres et déjà toute la magie s'était envolée.

Laura ne comprenait pas ce qui avait pu causer cet arrêt soudain. Qu'avait-elle bien pu faire de travers ? Déconcertée, elle baissa les bras en poussant un grand soupir.

– Je n'y arriverai pas ! s'écria-t-elle, découragée.

Aurélius Morgenstern lui lança un regard réprobateur.

– Si tu n'y crois pas, évidemment tu n'y arriveras pas !

– Mais c'est difficile !

– Ce n'est pas difficile, Laura. C'est, au contraire, l'un des exercices les plus faciles qui soient. Bien plus aisé, par exemple, que celui-ci…

Aurélius Morgenstern tourna la tête de côté, regardant le chandelier à trois branches posé sur la commode et fixant de ses yeux la bougie du milieu. Il lui suffit d'un instant pour la souffler : la flamme vacilla, puis s'éteignit.

Ébahie, Laura secoua la tête. Mais comment le professeur s'y prenait-il ? Un sourire se dessina sur le visage du vieil homme.

– L'exercice suivant est encore plus ardu.

Il se concentra sur la boule de bois se trouvant devant Laura, sur la table. La jeune fille eut l'impression que les yeux du professeur et les pupilles se rétrécissaient. Il fixa la boule avec une intensité comme s'il avait voulu la transpercer. Il ne fallut que quelques instants pour qu'elle tressaille. Laura retint son souffle sans s'en apercevoir. La boule s'éleva au-dessus de la table et se déplaça comme tirée par des fils invisibles ! Elle monta de plus en plus haut, avant de s'immobiliser en l'air.

Bouche bée, Laura tendit les mains vers la boule qui évoluait à près d'un mètre au-dessus de la table.

– Non, je n'y crois pas ! murmura-t-elle, subjuguée.

À peine ces mots avaient-ils franchi ses lèvres que la loi de l'attraction terrestre reprenait ses droits. La boule retomba comme une pierre sur la table. L'impact eut une telle force que la boule fit éclater le bois. Laura se tourna vers le professeur Morgenstern affalé sur sa chaise. Il avait perdu connaissance.

Laura se précipita vers l'homme qui gisait inconscient et se pencha au-dessus de lui, inquiète. Le professeur respirait encore et son cœur battait toujours. Il pouvait s'agir d'une faiblesse passagère.

– Mary ! appela Laura. S'il te plaît, Mary, vite !

La porte s'ouvrit à la volée. Mary Morgain entra et alla directement examiner le patient. Elle écouta sa respiration et prit son pouls, souleva une paupière et inspecta la pupille. Elle parut rassurée.

– N'aie crainte, Laura. Ce n'est qu'un léger évanouissement. Il va bientôt revenir à lui. Je m'en occupe. Va te coucher maintenant, c'est ce que tu as de mieux à faire. Bonne nuit, Laura.

– Bonne nuit, Mary.

Avant de sortir, Laura se retourna encore une fois. Le professeur n'avait pas repris connaissance. Mary Morgain mettait sous son nez une petite bouteille. Quand Laura vit le visage du vieil homme, ses atroces soupçons se confirmèrent : le professeur était bien plus malade qu'elle ne l'avait supposé. Le professeur Aurélius Morgenstern était en danger de mort.

***

Le Gardien de la Lumière gémissait doucement. Paravain s'approcha de son chevet et, préoccupé, se pencha sur lui.

– Qu'avez-vous, messire ? lui demanda le jeune chevalier. Souffrez-vous ?

Mais le Gardien de la Lumière ne répondit pas. Inconscient, il gisait sur le lit de sa chambre austère.

– Répondez donc, messire ! l'exhorta Paravain d'une voix implorante.

Aliénor, assise sur un tabouret près d'Elysion, s'éclaircit la voix.

– Il... il ne peut plus vous entendre, dit la jeune fille avec quelque hésitation. Le somnifère à base de petite centaurée que je lui ai préparé a fait tomber la fièvre, mais l'a également fait sombrer dans un profond sommeil.

– Mais cela ne va pas le sauver ! s'emporta le chevalier. Tu vois bien qu'il s'affaiblit d'heure en heure !

Aliénor baissa la tête, rouge de confusion.

– Pardonnez-moi, messire, murmura-t-elle. Mais je ne puis

en faire davantage. Je ne suis qu'une novice, je ne connais pas tous les secrets des plantes.

Au comble du désespoir, Paravain secouait la tête et se martelait le front de son poing.

– Si seulement Morwena était là, gémit-il. Elle pourrait sûrement lui venir en aide...

Aliénor avala sa salive sans dire mot, tandis que le chevalier faisait nerveusement les cent pas dans la chambre. Soudain, des pas pressés se firent entendre dans le corridor. Quelques instants plus tard, la porte s'ouvrait grand, livrant passage à une femme vêtue de blanc.

– Morwena ! Enfin !

Le chevalier parut soulagé. Il se dirigea vers la guérisseuse et la serra dans ses bras.

– Impossible de faire plus vite, Paravain, j'ai été retenue.

La guérisseuse se dégagea de l'étreinte du chevalier. Puis elle jeta un coup d'œil au Gardien de la Lumière.

– Comment va-t-il ? demanda-t-elle.

– Elysion s'affaiblit d'heure en heure. Si tu ne parviens pas à l'aider, alors je ne vois pas qui... dit-il, le visage empreint de désespoir.

La guérisseuse l'encouragea d'un sourire.

– Je ferai ce qui est en mon pouvoir. J'ai apporté là un breuvage très particulier que l'on confectionne dans le pays d'où je viens, dit-elle en tirant une flasque en argent.

Elle s'approcha d'Elysion. Aliénor fit place à la guérisseuse en lui adressant un sourire cordial.

– Salut à vous, Morwena, dit-elle.

Mais Morwena n'accorda aucune attention à la jeune fille. En hâte, elle se saisit du gobelet de terre cuite sur la table et y versa le contenu du flacon, le mélangeant au reste du narcotique qui s'y trouvait. Puis elle glissa la main sous la tête d'Elysion qu'elle souleva.

– Mais vous allez le réveiller, maîtresse ! s'exclama Aliénor, préoccupée.

Morwena passa outre cette objection.

– Plus vite il boira cette potion, mieux ce sera !

Elle porta le gobelet aux lèvres du Gardien de la Lumière pour lui donner à boire. Étonnée, Aliénor regardait sa maîtresse lorsqu'une petite araignée glissa sur Elysion et s'apprêtait à sauter sur le bras de la guérisseuse.

– Disparais ! cracha Morwena d'un ton impérieux en repoussant l'inoffensive bestiole.

À cet instant, Aliénor comprit que quelque chose clochait.

– Attention, messire ! cria-t-elle à Paravain, tout en s'élançant pour ôter le gobelet des mains de la femme.

Le gobelet alla se briser sur les dalles de pierre dans un grand fracas. Le contenu se répandit sur le sol. Quelques gouttes coulèrent près du lit d'Elysion sur la peau de mouton, d'où une fumée noire s'éleva immédiatement en émettant un bruit bizarre. L'élixir démoniaque avait fait de gros trous dans la peau de bête.

Paravain tira l'épée de son fourreau et se rua sur la fausse Morwena qui se métamorphosa en une femme à la chevelure brune et au visage livide :

– Tu ne m'attraperas pas, bouffon que tu es ! s'écria-t-elle furieuse.

D'un mouvement vif comme l'éclair, elle évita le coup d'épée qu'allait lui assener le chevalier, puis, éclatant d'un rire strident, elle courut à la croisée et traversa la vitre. Le verre éclata en mille morceaux qui retombèrent sur le sol en tintant. Paravain était comme paralysé. Aliénor, tout aussi perplexe, ne parvenait pas à comprendre ce qui venait de se passer.

Puis tous deux se précipitèrent à la croisée et regardèrent en bas dans la cour du château. Ils s'attendaient à y trouver le corps désarticulé de la femme, étendu sur le sol, mais ils ne virent qu'une ombre sombre glissant sur le sol.

Paravain et Aliénor regardèrent alors dans le ciel et aperçurent un immense volatile ayant le visage et la poitrine d'une hideuse vieillarde, mais l'allure et le plumage d'un vautour géant : une harpie !

Des relents épouvantables assaillirent leurs narines lorsque la créature démoniaque se rapprocha d'eux. Avec un rire hystérique qui les fit frémir, elle passa devant la fenêtre.

Paravain brandissait son épée que déjà la harpie avait changé de cap et, de ses gigantesques ailes, s'élançait dans le ciel.

CHAPITRE 12

L'île du Lac aux Sorcières

e lendemain, il se mit à pleuvoir.

De lourds nuages s'amoncelèrent haut dans le ciel. Quand ils déversèrent leur pluie, un déluge s'abattit sur le château de Ravenstein. Le jour d'après ne valut guère mieux. Une tempête arriva dans la matinée et les averses redoublèrent. Des rafales poussèrent de violentes trombes d'eau qui firent se courber tous ceux, assez inconscients, pour se risquer dehors. La pluie tombait si dru que les vêtements les plus épais étaient insuffisants pour se protéger.

Le sol fut bientôt complètement détrempé, la terre gorgée d'eau. Les ruisseaux, qui murmuraient au fond des vallées, se transformèrent en des torrents impétueux dont le bouillonnement s'entendait de loin. Ils submergèrent les berges et inondèrent la contrée. Même le Lac aux Sorcières, alimenté par deux de ces cours d'eau, connut une forte crue. Les intempéries durèrent trois jours entiers. La pluie ne cessa qu'au soir du troisième jour.

Lorsqu'à son réveil Laura regarda par la fenêtre, le ciel s'était éclairci. Un pâle soleil d'hiver filtrait à travers les nuages. Laura reprit espoir, même si elle avait perdu trois jours. Trois jours durant lesquels elle avait été condamnée à l'inaction et n'avait pas pu partir à la recherche de la Coupe. Or, le temps pressait.

En réalité, elle n'avait pas été totalement inactive. Elle avait assisté au cours de Mary Morgain. Et une fois, même, elle était parvenue à vider son esprit et à ne penser à rien ou, du moins, à presque à rien. Cet état n'avait duré que quelques instants, après quoi toutes sortes de pensées l'avaient de nouveau assaillie, mais c'était une première étape et, depuis, Laura était persuadée qu'elle arriverait à lire dans les pensées.

En revanche, ses connaissances en télékinésie faisaient peu de progrès. Le cours du professeur Morgenstern était particulièrement pénible à suivre. Étant malade, il devait en effet sans cesse s'interrompre de plus en plus fréquemment. Il s'affaiblissait de jour en jour et s'évanouissait souvent. Miss Mary avait beau lui dire de se ménager et d'annuler son cours, le professeur ne voulait pas en entendre parler. Il était le dernier Gardien à connaître la télékinésie et, s'il n'instruisait pas Laura, qui d'autre pourrait la lui enseigner ? Miss Mary ayant compris que toutes les objections seraient vaines, elle laissait le professeur agir à sa guise.

Le premier cours sur le voyage astral qu'avait suivi Laura avait été un échec complet. Au bout de quelques minutes, elle était totalement perdue. Percy Valiant lui avait remis un vieil ouvrage intitulé *Du voyage astral et d'autres mystères surprenants* écrit par un certain professeur docteur Moebius Sandmann. Il s'agissait, selon Percy, d'un livre fondamental.

— C'est exactement comme quelqu'un qui apprend à conduire : il doit se familiariser avec les règles du code de la route d'abord. De la même façon, tu dois approfondir les fondements théoriques de cet art si particulier.

Percy en était là de ses explications lorsque Madame Pissepierre apparut pour l'inviter à se rendre chez le directeur qui souhaitait l'entretenir d'une question soi-disant urgente : le tournoi annuel de basket-ball qui se déroulerait à Pâques !

Percy objecta qu'il avait mieux à faire. Madame Pissepierre ne se laissa pas amadouer. Le professeur de gymnastique dut obtempérer, bon gré mal gré. Le cours de Laura n'eut donc pas lieu.

Laura s'était certes plongée avec un vif intérêt dans la lecture du livre, mais même après en avoir lu quatre cents pages, elle n'était toujours pas arrivée à comprendre exactement comment tous ces voyages astraux pouvaient fonctionner. Cela n'avait rien d'étonnant : cette capacité à vivre un événement qui se déroulait dans un autre temps et en un autre lieu était si fantastique qu'elle échappait à la raison humaine. La pratique de cet art était extrêmement difficile à maîtriser.

Avec toutes ces nouvelles occupations, Laura disposait de fort peu de temps pour préparer l'interrogation, cruciale, de mathématiques. Si elle obtenait une mauvaise note, elle n'aurait pas la moyenne, et l'éventualité d'un redoublement se préciserait. Rebecca Taxus n'allait sûrement pas choisir des exercices faciles dans le seul but de simplifier la tâche de Laura ! Elle compliquerait au contraire les choses à plaisir. Si Laura devait redoubler à la fin de l'année, elle serait alors forcée de quitter l'internat et il y aurait ainsi une sentinelle de moins à Ravenstein.

Mais Laura prit la décision de donner la priorité à sa mission. Retrouver la Coupe de la Lumière passait avant tout. Si Aventerra disparaissait et si le règne du Néant Éternel s'imposait, qu'adviendrait-il de l'existence de la Terre ? Il importerait alors bien peu qu'elle ait suivi les cours de l'école ! Et plus important encore : sans cette Coupe, elle ne retrouverait plus jamais son père, l'être le plus cher au monde.

Le vendredi suivant, après le déjeuner, Sayelle appela Laura sur son téléphone portable pour la prévenir qu'elle s'absenterait les prochains jours, car elle devrait partir en voyage pour interviewer un éminent économiste. Laura et Lucas ne pourraient donc pas aller passer le week-end à la maison et devraient rester à l'internat. Laura faillit sauter de joie à l'annonce de cette nouvelle.

Malheureusement, même quand le déluge eut cessé, les recherches s'avérèrent impossibles : le parc et les environs de Ravenstein étaient si détrempés que les pieds s'enfonçaient dans le sol quasiment jusqu'aux chevilles. Laura dut donc attendre que le terrain soit redevenu à peu près sec, ce qui, là encore, lui fit perdre un temps précieux. Le troisième week-end de l'Avent s'écoula sans qu'elle puisse en tirer profit. Laura était contrariée.

Elle n'avait plus très envie de consacrer ce temps disponible aux révisions de mathématiques.

Elle se raccrochait à l'espoir qu'en apprenant à lire dans les pensées d'autrui, elle parviendrait à temps à savoir comment entrer dans le cerveau de Paul Pustule. Ce génie des maths aurait sûrement les bonnes solutions à tous les problèmes ! Même si elle n'en lisait qu'une partie, cela lui permettrait de réussir la meilleure interro depuis des années. Laura se réjouissait en secret de l'expression ahurie qu'aurait Pinky Taxus en découvrant les résultats de l'examen.

Le dimanche après-midi, Laura reçut – ou, du moins, faillit recevoir – de Percy son premier cours pratique.

– Tu dois essayer « d'entrer dans le tunnel », lui expliqua son professeur dans le gymnase.

Laura devait avoir eu une drôle d'expression, car Percy ne put réprimer un éclat de rire.

– Bonne coureuse de fond comme tu l'es, tu devrais pourtant connaître cette expression.

Laura comprit alors ce que Percy entendait par là. Entre coureurs, on parlait de « tunnel », mais aussi de « zone » ou de « flash », pour désigner l'état dans lequel on se trouvait quand on effectuait des courses longues et épuisantes. À partir d'un certain stade, on oubliait la fatigue et on continuait de courir. Beaucoup avaient l'impression d'être sur une sorte de nuage, comme libérés de la pesanteur. D'autres s'imaginaient planer et parvenaient à un tel état d'euphorie qu'ils ne pouvaient s'empêcher de recommencer pour retrouver ces sensations.

Percy lui expliqua qu'il fallait être dans ces dispositions pour envisager le voyage astral. Laura le regarda, perplexe.

– Vous... euh... tu... bafouilla-t-elle, hésitant encore entre le tutoiement et le vouvoiement. Tu penses que l'on peut se mettre dans cet état sans avoir fourni un effort intense ?

– Bien sûr, grâce à des techniques respiratoires très précises. Essayons ensemble.

Cela marcha mieux que Laura ne l'avait imaginé. C'était d'autant plus facile qu'elle avait effectivement déjà éprouvé cette transe quand elle courait.

– Formidable ! la complimenta Percy dans un débordement d'enthousiasme. Décidément, tu sembles douée naturellement pour ces voyages astraux.

Percy allait lui expliquer un autre exercice lorsqu'Attila Morduk fit irruption dans le gymnase.

– Le professeur Schwartz vous cherche partout, lui dit-il tout de go.

Quand Percy voulut savoir pour quelle raison, Attila répondit par un grognement, avant d'ajouter :

– Je n'en sais rien du tout. Mais, à votre place, j'irais le voir tout de suite. Si le professeur Schwartz vous trouve tous les deux ici, ça va barder.

Percy n'appréciait pas cette perturbation, qui était évidemment l'œuvre des Puissances des Ténèbres, mais il dut obtempérer. Attila Morduk lança un dernier regard sombre à Laura, quitta la salle de sport en compagnie de Percy et laissa la jeune fille en proie à une peur soudaine.

Il ne faut pas plaisanter avec ce type, songea-t-elle. *Pas étonnant qu'il exécute les basses œuvres du professeur Schwartz !*

Le vent avait tellement soufflé que, le lundi, tout était sec et l'on pouvait enfin sortir se promener. Mais lorsque Laura proposa à Kaja d'aller, après le repas, au Lac aux Sorcières, celle-ci ne manifesta pas le moindre enthousiasme.

– Au Lac aux Sorcières ? Aujourd'hui ? Mais nous avions décidé, il me semble, de revoir nos maths, non ?

– Nous pourrons toujours le faire demain. Allez, Kaja…

– Je ne te comprends pas, Laura, vraiment pas. Tu sais pourtant à quel point cette interrogation est importante pour toi. Au lieu de réviser, tu es tout le temps fourrée chez Miss Mary ou avec Percy. Et, par-dessus le marché, tu rends visite aussi au professeur Morgenstern. En quoi peux-tu être utile au professeur Morgenstern ? Alors à quoi ça rime ?

Laura, excédée, prit une expression obtuse.

– Tu n'y comprends rien, dit-elle en détachant les syllabes.

– Alors, explique-moi ! Je ne suis tout de même pas idiote au point de ne rien comprendre, à condition évidemment que tu aies de bonnes explications.

Laura se mordit les lèvres. Kaja comprendrait peut-être, après tout ? Peut-être fallait-il qu'elle lui raconte toute l'histoire. D'autant qu'elle avait besoin de son aide et aussi de celle de Lucas. Le moment viendrait de toute façon où elle devrait tout leur révéler. Alors, pourquoi pas tout de suite ? Autant mettre un terme à leurs questions incessantes.

Mais Laura se ravisa. Elle ne pouvait pas encore se confier à Kaja, pas plus qu'à Lucas. L'histoire était si étonnante qu'ils ne la croiraient pas. Pour ce qui était de Lucas, c'était une certitude. Quant à Kaja, il y avait de fortes chances.

— Bien sûr, que l'interro est importante, lâcha Laura. Je te promets qu'on se mettra à réviser dès demain, mais, pour l'instant, on peut bien aller jusqu'au lac, si tu n'as rien contre ?

Kaja ne répondit pas, elle regardait pensivement Laura.

— Alors, que fait-on ? s'impatienta Laura. Tu viens ou tu ne viens pas ?

Une heure après, les trois amis se retrouvaient sur le ponton où accostaient les bateaux, non loin de la plage. Les planches, humides et noires, ployaient un peu sous leur poids. Le ciel au-dessus du Lac aux Sorcières avait une couleur de plomb en fusion. Un fort vent ridait la surface de l'eau. Deux barques étaient amarrées à la jetée de bois, dansant de ci de là et tirant sur leurs amarres, comme impatientes de prendre le large.

La petite île se situait à deux cents mètres environ de la rive. À cette distance, les broussailles qui la couvraient semblaient former une muraille compacte, masquant tout accès, étouffant tout bruit. Le silence devenait presque inquiétant. Kaja pâlit en voyant l'eau s'agiter.

— Faut-il vraiment que nous fassions cette traversée ? Et sans toi, qui plus est ?

Laura eut un hochement de tête.

— Excuse-moi, Kaja. Mais depuis l'accident…

Elle s'interrompit, bouleversée par le souvenir de ce jour terrible qui lui revint avec la même intensité que s'il s'était produit hier. Une peur sans borne l'envahit aussitôt. Elle revit l'eau s'engouffrer en trombe dans l'auto, monter rapidement, de plus en plus haut, et sa mère, coincée derrière le volant, qui se débattait en tentant désespérément d'enlever la ceinture de sécurité.

Anna Leander avait seulement pu détacher la ceinture de sécurité de sa fille et au dernier moment pousser celle-ci hors de la voiture qui coulait. Laura revoyait encore le rivage vers lequel de toutes ses forces elle avait nagé. Elle savait aussi qu'elle avait tourné la tête pour regarder... Mais ce qui était arrivé ensuite, elle ne pouvait plus se le rappeler. Sa mémoire avait eu pitié d'elle en effaçant les images terribles.

Tout ceci avait eu lieu huit ans auparavant, mais rien qu'en y pensant, Laura ressentait une étrange angoisse oppresser sa poitrine.

— Tu penses à l'accident ? lui demanda doucement Kaja.

— Oui, répondit Laura. Depuis que maman s'est noyée, j'ai une peur panique de l'eau.

Kaja posa sa main sur l'épaule de son amie.

— Bon, Laura, ça va aller ?

— Viens, Kaja, il est temps, lui dit Lucas. On y va !

Il alla au bord de la jetée et monta dans l'un des canots qui oscilla fortement. Pourtant, le garçon ne pesait guère plus de quarante kilos. Il s'installa sur le banc, attrapa les deux avirons et lança à Kaja un regard autoritaire.

— Alors, qu'est-ce que tu attends ?

Kaja échangea avec Laura un regard interrogatif. Elle ne paraissait toujours pas acquise à l'idée d'aller sur l'île. Laura lui adressa un signe d'encouragement.

— Tu n'as pas besoin d'avoir peur, lui dit-elle. Lucas est avec toi.

Kaja haussa les épaules.

— Puisque tu le dis !

En s'efforçant de sourire, Kaja se tourna vers l'embarcation. Lucas poussa la barque contre la jetée. Malgré cela, lorsque Kaja sauta dedans, le canot tangua fortement. Elle poussa un cri et perdit l'équilibre. Seule la réaction de Lucas, qui l'attrapa par le col de son anorak, permit à la jeune fille de ne pas passer par-dessus bord et tomber dans l'eau glacée.

— Ouf, fit Kaja en regardant Lucas avec un sourire embarrassé. Merci beaucoup !

— Bon, allons-y, répliqua Lucas en lui faisant signe de s'asseoir à l'arrière.

Kaja prit place avec précaution et s'agrippa des deux mains à la barque, lançant un regard anxieux à son amie restée sur la jetée. Lucas fit un signe à sa sœur.

— Largue les amarres, s'il te plaît !

Laura se pencha, défit les nœuds des cordages, qu'elle lança à Lucas et, dans le même élan, poussa légèrement le bateau. L'embarcation glissa aussitôt sur l'eau du lac. Ballottée par les flots agités, elle tangua et roula sous le regard toujours plus anxieux de Kaja. En quelques gestes précis, Lucas parvint à rétablir la barque et mit le cap sur l'île.

Il tira sur les avirons, les plongea dans l'eau, les en ressortit, manœuvrant en cadence, comme s'il n'avait rien fait d'autre de toute sa vie.

Laura, debout, immobile sur la jetée, observait, soucieuse, son frère et son amie. Même en sachant que Lucas était un rameur hors pair, elle ne pouvait se défaire d'un sentiment de malaise.

Quelques minutes plus tard, le bateau avait atteint l'île. Lucas longea la rive à la recherche d'un endroit propice où accoster, exercice difficile pour ne pas dire totalement impossible. Un entrelacs de ronces, d'aubépines et de prunelliers formait une haie de piquants tout autour de l'île, si serrés, si emmêlés les uns aux autres, qu'ils paraissaient pratiquement infranchissables. Kaja et Lucas durent en faire le tour avant de trouver enfin une petite anse plus facile d'accès.

La coque du canot frotta sur les galets puis sur le sable. Lucas sauta dans l'eau avant de hisser la barque sur la plage et de la tirer plus haut sur un talus. D'un geste vif, il tendit sa main à Kaja pour l'aider à descendre, comme un gentilhomme dans un film de cape et d'épée.

Kaja hésita : devait-elle accepter de se faire aider ? Elle finit par prendre sa main et sortir du bateau.

— Merci.

— Il n'y a pas de quoi, lui répliqua Lucas.

Un peu plus, et il allait rougir. Il retira vite sa main, tourna le dos à la jeune fille et contempla, perplexe, les alentours faits de broussailles inextricables, de bouleaux dégarnis et de jeunes sapins.

Lucas se fraya un chemin dans les fourrés, et Kaja ne le lâchait pas d'une semelle. Ils n'avaient parcouru que quelques mètres quand Kaja poussa un « Ouille ! ». Elle avait accroché ses cheveux dans une ronce dont elle n'arrivait pas à se débarrasser. Elle lui montra ses mains, égratignées jusqu'au sang. Quant à son visage, il était à peu près dans le même état.

Lucas regarda, à son tour, ses mains lacérées par les branchages de pruneliers, de mûriers et d'églantiers. Il aida Kaja à se libérer des branches.

Ils ne pouvaient aller plus loin. Les fourrés étaient à présent si touffus que même un serpent n'aurait pas réussi à s'y frayer un passage. Lucas avait beau regarder, il ne voyait nulle part de passage ni de chemin leur permettant de traverser les broussailles pour rejoindre le centre de l'île.

Le jeune garçon, déçu, secoua la tête. Ils avaient parcouru une dizaine de mètres, mais ils ne pouvaient aller au-delà, même si les buissons étaient un peu moins épais à cet endroit. Découragé, il regarda Kaja.

— Il faudrait une machette ou une serpe pour avancer.

Kaja fronça les sourcils.

— Quelqu'un l'a peut-être déjà fait ?

Lucas secoua de nouveau la tête.

— Ça se verrait, Kaja. Laura a bien dit que la cachette a été aménagée il y a un an tout au plus ?

— Oui, et alors ?

— Eh bien, si quelqu'un avait dégagé un chemin, on devrait pouvoir retrouver des traces de son passage. La végétation ne repousse pas aussi vite !

Même si elle n'était pas très douée en botanique, Kaja savait que le garçon avait raison. En douze mois, même des plantes à croissance rapide n'auraient pas pu reboucher entièrement le sentier. Or, les broussailles n'avaient pas gardé la moindre trace d'un quelconque passage.

— Tu as raison, Lucas, dit Kaja, dont la déception s'entendait à sa voix.

— Viens, on repart !

Lucas allait rebrousser chemin quand il s'immobilisa soudain.

— Surprenant ! s'exclama-t-il pensivement.

Kaja ne comprenait pas de quoi Lucas parlait, jusqu'au moment où elle vit ce qui avait provoqué l'étonnement du garçon : à quelques mètres de là, une étrange plante noueuse menaçait d'étrangler un frêle bouleau. Kaja n'en avait jamais vu de semblable.

Tel un serpent, elle s'enroulait à l'arbre, avec ses grandes feuilles grasses d'un vert irréel. Mais ce qui frappait le plus, c'étaient les luxuriantes corolles, d'un rouge vif, avec de longs pistils jaunes.

Laura regarda avec surprise son frère.

— Qu'y a-t-il là de si curieux ? demanda-t-elle.

Lucas fit une mimique. Il était debout sur le ponton et montrait à Laura la fleur rouge qu'il avait cueillie sur l'île avant de repartir.

— Tu me demandes cela sérieusement ? fit-il tandis que Laura le regardait d'un air dubitatif. Réfléchis donc : une fleur qui éclot en plein mois de décembre, c'est quand même plutôt inhabituel, non ?

Laura se donna une légère tape sur le front.

— Évidemment ! Comment n'y ai-je pas pensé !

— C'est ce que je te disais : QI-de-moineau ! se moqua Lucas avant de poursuivre sur un ton sérieux. Ce qui est encore plus cocasse, c'est qu'il s'agit là d'une *Alamania punicea*. Or, cette plante ne pousse pas par chez nous, on ne la trouve d'ailleurs nulle part en Europe.

Kaja et Laura le regardèrent, surprises. Qu'est-ce que cela pouvait bien signifier ?

— L'*Alamania punicea miraculosa* est l'une des espèces d'orchidées les plus rares qui ne vit que sous les tropiques. Mais le plus étonnant encore...

Il ménagea une petite pause pour mettre les fillettes un peu plus à la torture. Kaja, l'air exaspéré, lui agrippa le bras.

– Mais parle !

Un sourire traversa le visage du jeune garçon. Il était toujours surpris par la rapidité avec laquelle les filles se mettaient en colère.

– Le plus stupéfiant donc est que l'*Alamania punicea miraculosa* passe pour avoir disparu même au Mexique, sa région d'origine, depuis des centaines d'années déjà !

– Quoi ? s'étonna Kaja. Mais ce n'est pas possible !

– C'est effectivement très étrange, reconnut Laura. Or, tu viens juste de la cueillir sur l'île, n'est-ce pas ?

– Oui, répondit Lucas. Et il y en a d'autres.

– Et qu'en tires-tu comme conclusion ?

Lucas haussa les épaules.

– Aucune idée. Je ne trouve aucune explication satisfaisante.

Kaja affichait sa perplexité. Si même Lucas, toujours dix fois plus fort que les autres – ou en tout cas au moins neuf fois – ne trouvait pas d'explication, qui serait en mesure de le faire ?

– Et vous êtes sûrs que personne ne peut avoir caché quoi que ce soit sur l'île ? demanda Laura.

– Exacto, répondit Lucas. Avec la meilleure volonté du monde, je ne vois pas comment ce serait possible.

L'espace d'un instant, Laura regarda devant elle en silence. Le clapotis de l'eau venait frapper doucement le ponton, un canard cancanait dans les roseaux, et quelques moineaux piaillaient en cherchant leur pitance. Laura paraissait réfléchir, puis elle opina du chef.

– Si la cachette n'est ni dans la chambre du trésor ni sur l'île, dit-elle en détachant les mots, alors il ne nous reste plus qu'une seule possibilité.

Elle défia ses amis du regard. Kaja ne comprit pas immédiatement. Mais quand elle prit conscience de ce à quoi son amie pensait, l'angoisse altéra ses traits.

– Oh non, gémit-elle, il faut vraiment y aller ?

– Je crains que nous n'ayons pas d'autre choix, déclara Laura gravement. Puis elle tourna les talons et s'en alla.

***

Morwena mourait de soif. Sa langue collait à son palais. Sa réserve d'eau était épuisée depuis des heures et elle n'avait toujours pas atteint les confins du désert. Pourtant, la Gorge des Ténèbres ne devait plus être très loin.

Fiancefée, sa bicorne, souffrait aussi de cette chaleur insupportable. Elle avançait péniblement dans le sable profond du désert. Morwena se dressa sur les étriers et scruta l'horizon. Au-delà de l'énorme nuage de sable qui lui barrait la vue, elle crut distinguer au loin l'aiguille rocheuse, se détachant sur le ciel, qui marquait la fin du désert et le début de la Gorge des Ténèbres.

Morwena rassembla son courage et invita Fiancefée, d'une légère pression des jambes, à aller de l'avant. Soudain, elle découvrit le sable rampant. La guérisseuse en fut saisie d'effroi. Son cœur se mit à battre la chamade. Ces sables, toujours à l'affût, représentaient pour les voyageurs le plus grand danger dans un désert déjà redoutable. Ils s'approchaient de leur victime sans bruit pour l'avaler : ils l'aspiraient et la faisaient disparaître dans leur gorge béante. Leur appétit et leur soif de sang ne connaissaient aucune limite.

Terrorisée, Morwena se retourna vers le sable rampant qui suivait sa bicorne à quelque distance. Celui-ci ne se donnait même pas la peine de se cacher. Il la poursuivait, la gueule ouverte. Fiancefée l'avait remarqué, car elle hennissait et forçait l'allure.

Morwena était désespérée. Les sables rampants étaient capables de suivre un cheval sans effort. Accoutumés à la vie dans le désert, ils bougeaient beaucoup plus vite que toutes les autres créatures. Mais les sables rampants ne vivaient que dans le désert.

Si Morwena parvenait à atteindre la Gorge des Ténèbres, elle y serait à l'abri. Il fallait garder espoir, car elle s'approchait à grands pas de son but. Par chance, le sable rampant était seul. Quand ils chassaient en meute, il était pratiquement impossible de leur échapper.

Fiancefée poussa de nouveaux hennissements. La guérisseuse se pencha en avant et murmura à l'oreille de la bicorne des mots pour l'apaiser.

– Tout doux... Nous y sommes presque. Restons sur nos gardes et tout ira bien.

Mais Fiancefée n'était toujours pas rassurée. Malgré son épuisement, la bicorne, effrayée, frémissait et hennissait. Morwena se retourna, et c'est alors qu'elle remarqua un deuxième sable rampant. Il se rapprochait terriblement vite, à la perpendiculaire.

Encore plus grand que le premier, il paraissait aussi plus vorace. La gueule grande ouverte, il s'approcha de la bicorne, se tenant prêt à bondir pour l'aspirer. D'un bond vif, Fiancefée esquiva. Morwena put entendre comme un sifflement de déception sortir du fond de cette gorge monstrueuse. Enhardi par l'assaut de son congénère, le premier sable se rapprocha. Il commençait déjà à glisser derrière, quand la bicorne, astucieuse, fit un écart. De nouveau, la guérisseuse crut entendre un bruissement, mais cette fois-ci la chaleur ne pouvait nullement en être la cause – le son venait plutôt de toute une meute de sables rampants, tapie dans une dune : cinq, six, bientôt sept, fonçant droit sur Morwena et sur sa monture.

Quelques instants plus tard, la cavalière et sa bicorne se retrouvèrent encerclées par les sables rampants. Morwena fit face aux gueules béantes aux profondeurs insondables, d'où sortaient des cris avides.

Étrangement, les sables ne les attaquaient pas. Pareils à des loups affamés, ils restaient là à acculer leurs victimes, s'en rapprochant pour essayer de mordre les jarrets de la bicorne, avant de faire de brusques bonds en arrière. On aurait dit qu'ils voulaient d'abord s'amuser un peu, certains que leurs proies ne pourraient de toute façon pas leur échapper.

CHAPITRE 13

Dans le Bois
du Bourreau

e Bois du Bourreau était fidèle à sa légende. Son allure fantomatique était accentuée par le manque d'entretien, et se manifestait dès l'étroit chemin forestier qui le traversait.

Cela faisait des années qu'on ne l'entretenait plus : aucune coupe, pas de plantation. Personne ne se préoccupait plus des dégâts que pouvaient y occasionner les tempêtes et les multiples intempéries.

Personne ne venait enlever les arbres déracinés ni évacuer les branches mortes tombées sur le sol. La nature restait ainsi, livrée à elle-même. Au fil du temps, le bois s'était transformé en une forêt vierge et dense. Les majestueux arbres centenaires – surtout les chênes, les hêtres, les pins, les épicéas – formaient une masse compacte, s'élevant dans le ciel gris que l'on pouvait encore apercevoir par instants à travers les frondaisons. Les gros troncs étaient recouverts de mousse et de lierre. Les branches ployaient sous le poids de tout un entrelacs de rameaux et de lianes. Du sol tapissé de feuilles mortes jaillissaient de hautes fougères avec leurs frondes aux teintes brunes.

L'après-midi ne faisait que commencer, mais il régnait déjà dans le bois une lumière crépusculaire. Les amis, de plus en plus inquiets, suivaient l'étroit chemin menant à la crypte. Kaja jetait des regards anxieux autour d'elle et même Laura et Lucas paraissaient très tendus.

Le bruit de leurs pas était amorti par l'épais tapis d'aiguilles de pin et de feuilles mortes. Une odeur de moisissure et de décomposition flottait dans l'air. Le sous-bois bruissait, crissait, chuchotait et craquait, même s'il ne semblait abriter ni homme ni bête.

Étrange, se dit Laura, *il n'y a même pas d'oiseau, on n'entend pas le moindre pépiement. Évidemment, en hiver les oiseaux ne chantent pas comme en été, mais tout de même !*

Elle découvrit cependant des formes inquiétantes qui planaient au-dessus des arbres et des bosquets. Étaient-ce des ombres ? Ou des esprits agitant le bois : ceux des chevaliers de Ravenstein, peut-être, ou bien ceux des suppliciés ?

Autrefois, une clairière aménagée dans la forêt avait servi de lieu d'exécution. Parmi les malheureux condamnés, de nombreux innocents avaient trouvé la mort là – particulièrement lorsque régnait le seigneur Reimar von Ravenstein. Un fragile indice ou la déclaration d'un témoin suborné suffisait alors à régler le compte d'un pauvre gaillard ou d'une pauvre femme. Et si d'aventure le Chevalier Cruel en personne en voulait à quelqu'un, alors le sort de celui-ci était scellé : le bourreau faisait son office, sans même qu'un tribunal ait à prononcer de jugement.

Depuis cette lointaine époque, on racontait dans la région toutes sortes de légendes effrayantes sur les esprits de ces innocents exécutés qui, disait-on, cherchaient vengeance et hantaient les lieux sans repos. À l'internat, tout un chacun prenait un malin plaisir à colporter ces horribles histoires. Les habitants de Ravenstein affirmaient les entendre parfois hurler, et certains disaient connaître quelqu'un qui disait les avoir vus ou entendus. Laura était au courant de ces rumeurs, mais elle n'y avait jamais cru, même si elle se disait qu'il n'y avait jamais de fumée sans feu…

Soudain, Kaja poussa un cri. Elle s'était arrêtée, comme pétrifiée, le visage livide.

– Que t'arrive-t-il ? lui demanda Laura, surprise.

– Tu n'as rien entendu ?

– Quoi donc ? reprit Laura qui remarqua alors que son amie frissonnait de tout son corps.

– Ce cri effroyable, répondit Kaja. Ce cri terrifiant. Comme... comme s'il venait d'un esprit.

– Tu dérailles ! lui rétorqua Lucas sans se départir de son sang-froid. Tu te fais des idées.

– Je vous assure que non !

– Alors, peux-tu me dire pourquoi Laura et moi n'avons rien entendu ?

– Je n'en sais rien ! fit Kaja, sur la défensive. Le cri était à peine audible. Pourtant, je peux t'assurer que je l'ai nettement entendu.

– Affabulations ! objecta le garçon, avant d'ajouter en grimaçant : quand on a peur, on ne réfléchit plus et on se met alors à croire à n'importe quoi.

Kaja le regarda d'un air mauvais.

– Tu oses insinuer que j'ai eu peur ? lui demanda-t-elle sur un ton menaçant.

– J'admire ta facilité à renverser la situation. En tout cas, pour un QI-de-moineau, se moqua-t-il, tu es drôlement futée !

– Tu... tu ne vas pas bien ? rétorqua Kaja à Lucas, espèce d'ab...

Laura coupa court :

– Eh, dites donc, vous deux, redescendez sur terre. Vous n'êtes pas au jardin d'enfants !

Kaja émit un son étouffé, parut vouloir dire quelque chose, mais elle se ravisa. Elle lança simplement un regard assassin à Lucas, qui répliqua par une grimace de son cru.

– Cessez donc ces gamineries ! ordonna Laura, furieuse. Il nous reste encore quelque chose à faire, d'accord ?

– D'accord, répondit Kaja en ravalant sa salive et en opinant de la tête.

Laura se retourna vers son frère.

– Alors ? demanda-t-elle.

Lucas fit l'offusqué, mais se résigna.

– Parfait, finit-il par dire.

– Bon, maintenant, on avance !

Peu de temps après, ils virent les murs du vieux tombeau se dessiner de loin à travers les arbres. À moitié écroulés, ils ne donnaient pas envie de s'approcher. Laura se rappelait vaguement avoir vu, quelque temps auparavant, une ruine semblable sur un tableau ancien. Sayelle les avait traînés, elle et son frère, dans un musée. Elle y avait remarqué une toile, la seule et unique qui l'ait impressionnée. La sépulture représentée avait eu sur elle un effet incroyable – presque aussi fort que la vue de ce tombeau dans le Bois du Bourreau. Mais Laura ne se souvenait plus du nom du peintre.

Sans s'en rendre compte, la jeune fille ralentit. Kaja et Lucas eurent également une hésitation. Les décombres des murs effondrés baignaient dans une lumière fantomatique, et les arbres aux alentours paraissaient encore plus vieux et plus hauts que ceux de la forêt.

Malgré la pénombre, Laura distingua les touffes de gui dans les cimes. Il devait bien y en avoir une centaine, peut-être même davantage, qui se balançaient au gré du vent. Elle eut l'impression qu'elles étaient comme animées d'une vie, telles des sentinelles muettes, des ombres aux aguets.

N'importe quoi ! se dit Laura. Elle se força à avancer quand soudain elle s'immobilisa.

– Vous avez remarqué ce froid ?

– Oui, fit Lucas, c'est comme si, d'une seconde à l'autre, la température avait chuté, et qu'il gelait.

Lucas devait avoir raison, car soudain leur haleine se condensa jusqu'à former de petits nuages de givre, et l'air glacé les saisit. Ils se mirent à grelotter en dépit de leurs anoraks.

Laura était déconcertée. Qu'est-ce qui pouvait avoir causé une telle chute de température ? Cet air glacé venait-il de l'intérieur de la sépulture ? Voulant en avoir le cœur net, elle avança vers l'entrée, lorsqu'un bruit lugubre retentit.

Surprise, Laura leva le nez et ressentit instantanément un froid encore plus vif. Les boules de gui au sommet des arbres se déformaient. Elles s'animaient et, en quelques instants, se transformèrent en de gigantesques corbeaux noirs comme la nuit. Les oiseaux de mauvais augure s'envolèrent avant de se disperser en poussant ces cris lugubres que Laura avait déjà entendus lors de sa chevauchée. Puis ils plongèrent en piqué. D'innombrables paires d'ailes firent entendre leur battement assourdissant coupé de croassements stridents. Des plumes noires tourbillonnaient dans l'air ; les trois amis s'écartèrent les uns des autres et rentrèrent instinctivement le cou dans les épaules. Les cris des oiseaux déchiraient leurs tympans. Ils redoutaient que les volatiles ne les assaillent de leurs becs acérés.

Mais il n'y eut pas d'attaque. Une voix d'outre-tombe s'éleva du fond des bois.

– Par le diable, que venez-vous faire ici ?

Laura se retourna et aperçut une silhouette près d'un vieux hêtre. Elle était apparue soudain, comme venue de nulle part. Au premier coup d'œil, Laura ne parvint pas à savoir s'il s'agissait d'un être ou d'une chose – mais elle avait plutôt allure humaine. On aurait dit une créature à deux têtes, l'une munie d'une paire d'yeux aux reflets verts, tandis que l'autre était pourvue d'un œil unique jaune, pareil à celui d'un cyclope.

Kaja resta sans voix. Laura ne respirait plus. Elle crut que son cœur allait lâcher, mais il se mit à cogner de plus belle.

***

La bicorne était à présent à bout de forces. La fuite éperdue devant l'assaut des sables remuants l'avait épuisée.

Les tourbillons de sable se rapprochaient, ouvrant déjà leurs gosiers et les refermant tandis que de tous côtés la meute rabattait les proies et les encerclaient, de plus en plus étroitement, pour donner l'assaut final.

La bicorne était prise au piège. Elle attendait sur ses pattes, debout, sans broncher, le coup de grâce.

Morwena aussi paraissait sur le point de s'avouer vaincue. Elle contemplait les cieux en se préparant à mourir lorsque soudain retentit à ses oreilles le cri de l'aigle, reconnaissable entre tous, et du plus haut de l'azur : Flèche-Ailée fondit sur la guérisseuse.

Un sifflement traversa les airs, celui d'une longue flèche enflammée qui filait droit sur la bicorne, la frôla. Morwena regarda stupéfaite le projectile se ficher dans la gueule ouverte du sable rampant le plus proche. Aussitôt après, des gerbes de flèches en feu surgirent et se plantèrent dans les bouches des monstres.

Les sables rampants hurlèrent de terreur et de fureur. Il n'y avait rien au monde qu'ils redoutaient davantage que le feu, car le feu faisait fondre le sable. En un instant, ils délaissèrent leur proie et prirent la fuite. Leurs hurlements de rage furent couverts par un bruit de sabots. Morwena aperçut Paravain qui arrivait à bride abattue, entouré de ses Chevaliers Blancs, et elle eut un sourire de soulagement.

– Il s'en est fallu de peu ! lança-t-elle aux chevaliers qui l'entouraient maintenant. Soyez infiniment remerciés !

– Ce n'est pas nous que tu dois remercier, c'est lui ! déclara Paravain en désignant l'aigle qui tournoyait majestueusement au-dessus d'eux. Flèche-Ailée est venu m'avertir du danger que tu courais. Et nous sommes arrivés juste à temps.

La guérisseuse hocha la tête.

– Quelques instants plus tard, et nous étions perdus. Mais maintenant, à cheval, avant qu'il ne soit trop tard pour Elysion !

***

Laura sentait son cœur cogner à grands coups. Elle finit par reconnaître l'homme devant elle : c'était Albin Ellerking le jardinier, avec, sur son épaule, Groll son chat. Dans l'obscurité, Laura les avait pris pour un affreux monstre. Groll dressa sa queue, arrondit son dos et feula.

Laura était pétrifiée et se demandait d'où ces deux-là pouvaient bien sortir et pourquoi elle ne les avait pas remarqués plus tôt. Et que leur voulait le jardinier ?

Albin Ellerking leva les yeux et regarda dans le ciel les corbeaux qui continuaient de croasser à tue-tête en planant au-dessus des trois amis. Il leva la main droite, et instantanément les oiseaux se turent et partirent se poser sur les branches. En l'espace de quelques instants, ils reprirent leur aspect de touffes de gui dans les cimes.

Puis il y eut un grand moment de silence. Plus un battement d'aile, plus un souffle de vent, plus le moindre bruit. Le sous-bois était muet. Il se déroula néanmoins un phénomène étrange que Laura ne fut pas prête d'oublier : le museau de Groll remua et le chat se mit à parler.

— Dois-je prévenir le directeur ? demanda le chat en empruntant le ton de voix de son maître.

Laura n'en croyait ni ses yeux ni ses oreilles. Albin Ellerking ne bougeait pas les lèvres, regardant les enfants d'un air absent.

Comment était-ce possible ? Comment pouvait-il détenir un tel pouvoir sur les corbeaux ? Comment un chat pouvait-il parler ? C'était invraisemblable — à moins qu'ils n'aient partie liée avec les Forces des Ténèbres…

Avant même que Laura ait pu approfondir ses réflexions, Groll poursuivit son discours :

— Ou bien préférez-vous disparaître à jamais au fond de la tombe et tenir compagnie aux esprits des chevaliers de Ravenstein ?

Tandis qu'il parlait, d'étranges sons leur parvinrent du tréfonds de la tombe, un peu comme si quelqu'un rassemblait toutes ses forces pour respirer. Immédiatement après retentit un épouvantable hurlement.

Les esprits ! Les esprits des défunts chevaliers !

Laura, n'y tenant plus, tourna les talons et se lança dans une fuite éperdue. Elle courut plus vite qu'elle ne l'avait jamais fait de toute sa vie. Partir, s'en aller ! C'était la seule idée qui lui venait à l'esprit, sortir de cette maudite forêt.

La jeune fille entendait derrière elle les pas précipités de ses amis. Elle ne tenait pas à regarder si Albin Ellerking et Groll s'étaient lancés à leur poursuite. Partir, quitter cet endroit à tout prix, lui martelait une voix intérieure.

Il était pourtant peu vraisemblable que le jardinier leur ait emboîté le pas. En effet, Laura ne se souvenait pas de lui comme d'un homme agile. De plus, il boitait légèrement, mais qui sait, après tout…

À cette seule pensée, Laura accéléra encore l'allure. Le cœur battant, le souffle court, elle continuait de courir toujours plus vite, toujours plus loin.

Elle eut l'impression de mettre un temps fou pour atteindre la lisière du bois. Une fois là, elle s'arrêta, se plia en deux, cala les mains sur ses genoux pour reprendre haleine. Lucas haletait lui aussi. Quant à Kaja, elle allait s'écrouler d'une seconde à l'autre : on aurait dit une locomotive à vapeur asthmatique.

– Je n'arrive pas à y croire ! lança Kaja, révoltée, après avoir retrouvé son souffle. Quand je pense que vous ne vouliez pas me croire ! Je vous avais pourtant dit que j'avais entendu un hurlement !

Ni Laura ni Lucas ne répondirent. Le garçon se contenta de regarder devant lui, l'air hagard. Sa sœur croyait deviner ce qui le préoccupait : il cherchait fébrilement une explication logique aux évènements qui venaient de se dérouler quelques instants plus tôt, mais son esprit scientifique ne résolvait pas l'énigme.

– En tout cas, une chose est sûre : si quelqu'un me racontait une chose pareille, je le prendrais pour un cinglé ! finit-il par dire. Laura, tu sais ce qui se passe ici ?

Laura jaugea son frère. Avait-il un soupçon ? Était-il préférable de lui fournir dès à présent quelques explications ? Le moment était-il venu de l'initier ? Fallait-il mettre aussi Kaja au courant ?

– Eh, dis, je t'ai posé une question ! s'impatienta Lucas.

– Comment pourrais-je le savoir ? fit Laura en haussant les épaules, d'un air d'indifférence.

Lucas ne la croyait pas. Le pli, qui marquait comme toujours son incrédulité, se creusa un peu plus : il était persuadé qu'elle en savait davantage. Laura devait donc l'amener à changer de sujet.

– Et si les corbeaux avaient alerté Albin Ellerking ? lança Laura.

– Ce serait plausible. Quand j'y pense, je crois que c'est même tout à fait vraisemblable, renchérit Lucas. Sinon, pourquoi serait-il apparu aussi soudainement ?

– Tu as raison, Lucas, approuva Kaja. Le jardinier n'avait rien à faire là.

Laura se mordit les lèvres, perdue dans ses pensées.

– Saurais-tu, par hasard, si les corbeaux dorment la nuit ? demanda-t-elle à son frère.

– C'est possible. Pour autant que je sache, le *corvus*, plus couramment appelé corbeau, n'est pas un oiseau de nuit, ce qui signifie qu'il doit effectivement dormir la nuit.

Kaja regardait Laura d'un air intrigué.

– Pourquoi tiens-tu à savoir cela ? lui demanda-t-elle.

– Eh bien, répondit Laura en détachant les mots, c'est tout simple. Si les corbeaux dorment la nuit, alors ils n'avertiraient pas Albin Ellerking si nous allions de nuit au tombeau.

Kaja regarda fixement Laura comme si elle avait perdu la raison.

– Tu es devenue folle ? Ne va pas imaginer que je vais revenir ici, ne serait-ce qu'une seule fois, et, de surcroît, la nuit !

Laura ne répondit rien, regardant son amie d'un air calme et grave. Kaja comprit subitement.

– Figure-toi que je n'ai pas envie de mourir ! s'emporta-t-elle.

Laura se mura dans le silence.

– Kaja a raison, intervint Lucas. Si Ellerking nous dénonce à la direction, alors le professeur Schwartz aura un bon motif pour nous punir. Nous n'avons aucun intérêt à prendre le risque d'un avertissement.

– Bof ! répliqua Laura. Un petit avertissement de rien du tout, qu'est-ce qu'on en a à faire ?

– Un, ça va. Mais au deuxième, c'est autre chose, rétorqua patiemment Lucas. Quintus Schwartz n'aura que l'embarras du choix : il peut envisager le renvoi de l'internat. Tu tiens vraiment à ce qu'on en arrive là ?

Laura regardait Lucas, le front soucieux. Il avait encore raison. L'adjoint du directeur lui avait formellement interdit d'aller jusqu'à la vieille tombe. Et Quintus Schwartz n'aurait pas le moindre scrupule à son égard si elle commettait la plus petite entorse au règlement de l'école. Il lui infligerait, au contraire, la sanction la plus dure qui soit. D'un autre côté, il fallait qu'elle explore cette tombe, elle n'avait pas le choix.

Lucas remarqua que ses arguments n'avaient aucun effet sur sa sœur.

— Laura, tant que nous ne savons pas ce qui se trame là-bas, c'est beaucoup trop dangereux. Et la cachette que tu cherches n'est tout de même pas importante au point que nous risquions notre vie !

Le visage de Laura s'empourpra.

— Tu ne piges rien à rien ! s'écria-t-elle. Pour retrouver papa, je suis prête à prendre tous les risques. Tous, tu m'entends ?

Laura se rendit compte, un peu tard, qu'elle en avait trop dit. Lucas était perplexe. Il transperça sa sœur du regard.

— Papa ? Mais qu'est-ce que papa vient faire là-dedans ?

Laura s'en voulait d'avoir été si impulsive. C'était bête de sa part d'avoir laissé échapper une chose pareille. Heureusement, son frère ne pouvait pas deviner ce qu'elle avait réellement voulu dire. Faisant un pas vers Lucas, elle le regarda de ses grands yeux et lui mit la main sur l'épaule.

— Fais-moi confiance, juste un peu, Lucas, dit-elle, s'il te plaît.

Son frère comprit qu'elle devait avoir de bonnes raisons pour ne pas lui en dire plus. En temps normal, il n'aurait pas renoncé si facilement, aurait voulu approfondir la question, et persévéré jusqu'à obtenir une réponse satisfaisante.

— D'accord, fit-il à voix basse.

Laura lui sourit d'un air reconnaissant.

— Il doit bien y avoir un moyen d'accéder au tombeau sans être vu, reprit-elle sur un ton sérieux.

Kaja fit une drôle de tête.

— Évidemment, dit-il. Nous n'avons qu'à devenir invisibles, c'est simple, non ? décréta Lucas avec un sourire radieux.

Laura était hors d'elle.

— Très drôle, vraiment !

Mais en fait, oui, comment n'y avait-elle pas pensé plus tôt ? C'était effectivement la solution ! Et voilà pourquoi son père y avait fait allusion. Laura rayonnait de joie.

— Mais oui, Lucas, bien sûr, c'est la solution. Viens, je dois filer d'urgence à la bibliothèque.

— La bibliothèque est fermée à cette heure-ci, objecta Lucas.

— Et après ? fit Laura. Bon, allez, maintenant, viens !

CHAPITRE 14

Sous l'hypnose du serpent

a nuit tombante avait jeté un voile d'un gris anthracite sur le château de Ravenstein. La lune avait levé sa faucille argentée au-dessus du parc. Au loin, à l'ouest, le ciel renvoyait quelques dernières lueurs orangées. Mais Laura, Lucas et Kaja n'accordaient aucune attention au spectacle.

Ils s'étaient accroupis dans le parc derrière le tronc d'un vieux chêne, leurs yeux rivés sur la petite maison en pierre grise à proximité d'un hêtre, masquée en partie par une grande branche de noisetier. Elle ne devait pas compter plus de deux ou trois pièces. La façade de la maisonnette était percée de deux fenêtres assez petites. Une lumière crépusculaire filtrait à travers les carreaux bordés de curieux rideaux.

Sur le côté, on distinguait une autre fenêtre et, plus loin, une porte basse en bois. Le toit était recouvert de bardeau. Des volutes de fumée s'échappaient de la cheminée et s'élevaient dans le ciel qui s'assombrissait.

Au temps de Reimar von Ravenstein, l'aumônier du château avait vécu quelque temps dans cette maison, pas très longtemps en fait, car ce pieux serviteur de Dieu avait osé reprocher à son seigneur ses manières peu conformes à l'enseignement divin, de sorte que dès le lendemain, le bourreau avait eu le loisir d'exercer sa sinistre besogne.

Au fil des siècles, ces murs avaient connu les habitants les plus divers. Depuis un temps immémorial, c'était Attila Morduk, le concierge de l'internat, qui y logeait.

L'appel d'un chat-huant retentit à travers le parc. Au pied du chêne, quelque chose se glissa furtivement sous l'épais tapis de feuilles. Était-ce une souris ? Kaja ne put réprimer une grimace et fut prise d'un léger malaise.

– Dis donc, Laura, je ne sais vraiment pas si c'est une si bonne idée…

– Bien sûr que si, c'est même notre seule chance.

– Et si, malgré tout, le concierge ne s'en va pas ?

– Il va s'en aller, dit Laura, fais-moi confiance. À cette heure-ci, Attila Morduk monte au château pour y boire un schnaps avec le cuisinier.

– Chut, siffla Lucas, taisez-vous un peu !

Il se rencogna encore davantage contre le tronc du chêne et montra d'un geste la maison. La porte d'entrée s'ouvrit et la silhouette massive d'Attila Morduk s'encadra sur le seuil.

– Je ne vous l'avais pas dit ? leur murmura Laura.

L'homme sortit à l'air libre, fermant la porte derrière lui, et se mit en route.

– Super ! chuchota Lucas.

– Quoi donc ? souffla Kaja.

– Il ne l'a pas fermée à clé, fit observer le jeune garçon.

– Il veut boire son schnaps sans perdre un instant, commenta Laura.

Le concierge ne sembla pas remarquer qu'il était observé. À grandes enjambées, il remonta le sentier sinueux qui menait de son antre isolée au château en passant par le parc.

Ses longs bras ballants de chaque côté de son corps massif, il avançait dans un balancement de vieux loup de mer. Soudain, il se mit à siffler un air. Laura n'en croyait pas ses oreilles : le sombre et hargneux

Attila jouait une mélodie joyeuse. Quelques instants plus tard, le concierge avait disparu, avalé par l'obscurité. Le champ était libre.

Laura donna une bourrade à chacun de ses amis.

– Allons-y, chuchota-t-elle. C'est le moment.

Lucas jeta un coup d'œil à sa sœur. Quelque chose semblait le retenir.

– Est-ce que je ne ferais pas mieux de partir ? demanda-t-il.

Laura secoua la tête avec énergie.

– Non, sûrement pas, gardez les yeux ouverts et faites attention à ce que personne ne vienne vous surprendre ; vous savez ce que vous aurez à faire ensuite ?

– Bien sûr ! fit Lucas.

Kaja souhaita bonne chance à Laura.

La jeune fille se redressa et regarda de tous côtés avec prudence. Personne en vue. Laura prit une profonde inspiration et se mit à courir. Elle fila, vive comme un écureuil, en prenant bien soin de rester à couvert. Encore quelques instants, et elle aurait atteint la porte.

De leur cachette à l'abri du chêne, Lucas et Kaja observaient Laura. Lucas, inquiet, se rongeait les ongles. Kaja, l'esprit ailleurs, farfouillait dans sa poche. Elle en retira une tablette de chocolat, déchira le papier d'emballage et mordit dans la barre. Elle ne remarqua même pas à quoi était fourré le chocolat, car ses pensées étaient tournées tout entières vers Laura.

Laura regarda encore de tous les côtés. Puis elle saisit la poignée et pesa dessus doucement. La porte en bois s'ouvrit dans un léger grincement. La jeune fille se glissa sans bruit à l'intérieur de la petite maison.

Après avoir refermé la porte, elle commença par ne rien y voir du tout, car l'obscurité était complète. Elle n'osa pas allumer la lumière, de crainte d'être repérée aussitôt. Il faisait chaud à en suffoquer dans cette chaumière, et une étrange odeur assaillait le visiteur. Laura eut beau renifler, elle ne parvint pas à l'identifier. C'était une mauvaise odeur avec des relents de moisissure et des remugles de pourriture. Mais il y avait encore autre chose que Laura ne pouvait identifier : cela sentait le... *danger...*

Même si l'idée lui paraissait déroutante, c'était la seule qui lui était venue à l'esprit pour désigner cette exhalaison douceâtre qui flottait dans la chaumière de Morduk.

Au bout de quelques instants, ses yeux s'étaient accoutumés à l'obscurité. Les contours des meubles dans le séjour d'Attila commençaient à se dessiner dans le noir : des armoires et des étagères aux murs, une table et des chaises au milieu.

La pièce n'avait pas de plafond. Elle était ouverte jusqu'en haut, vers le toit pentu porté par de nombreuses poutres apparentes. Une étrange forme noueuse s'enroulait autour d'une des solives, sans que l'on puisse distinguer ce que c'était. Un cordage ? Une chambre à air ?

Laura fit un pas en avant, puis un autre, en hésitant. Elle se tenait à la cloison pour ne pas heurter par mégarde une chaise en progressant à l'intérieur de la pièce et ne pas se trahir par un bruit intempestif. Elle fit encore un autre pas, et c'est alors qu'un sifflement la fit sursauter et la figea d'effroi. Tout juste un mètre devant elle, un serpent s'était dressé.

Un cobra. L'un des reptiles les plus irritables.

Sa gueule était grande ouverte, sa langue fourchue avait jailli et son sifflement était si menaçant que Laura, le souffle coupé, fut complètement paralysée par la peur.

La tête du cobra se balançait, comme s'il avait eu l'intention de chercher l'endroit idéal pour attaquer et porter la blessure fatale. Dans quelques secondes, il injecterait le venin mortel dans le corps de la jeune fille.

Déjà, la tête s'élançait dans un mouvement de fouet lorsque Laura comprit que le serpent se trouvait dans un vivarium.

Laissant échapper un soupir de soulagement, elle se calma. *Quelle idiote j'ai été ! Comment ai-je pu éprouver cette peur panique alors que le serpent était enfermé dans une cage vitrée ?*

Lors de son attaque, le serpent était allé cogner durement de la tête contre le verre. Bien sûr, il ne s'était pas laissé rebuter par si peu et il avait relancé son attaque. Mais, cette fois, Laura ne fut nullement décontenancée.

Le vivarium était posé sur une grande étagère qui prenait toute la longueur du mur. Il y en avait d'autres avec toutes sortes d'animaux : des reptiles, pour la plupart, mais aussi des araignées et des scorpions qui ne l'impressionnèrent pas. Elle ne pouvait toutefois se défaire d'une sensation d'oppression. Attila

Morduk était un drôle de personnage pour apprécier la compagnie de bêtes aussi répugnantes. Cela correspondait néanmoins assez bien à l'idée qu'elle se faisait du bonhomme.

À présent, Laura comprenait d'où provenait cette étrange odeur : des animaux eux-mêmes sans doute, mais vraisemblablement aussi de leur nourriture. Ces bêtes ne mangent que des souris vivantes et des charognes. Elle en avait la nausée.

Puis Laura découvrit, près de la fenêtre, sur la cloison d'en face, le tableau des clés aux formes tarabiscotées. Il devait s'agir de celles du bâtiment de l'internat. Il y avait donc forcément la clef de la bibliothèque.

Elle traversa en hâte la pièce. Le plancher grinça doucement. Au même moment, quelque chose comme une étrange pelote s'anima sur une poutre, se tourna et se déforma, et une sorte de corde plus grosse que le bras se déroula et glissa lentement le long de la solive : un boa géant venait de s'éveiller ! Il coulissa lentement sans un bruit sur la poutre en bois qui passait juste au-dessus de la fenêtre.

Finalement, le serpent s'immobilisa et allongea vers le bas sa tête conique. Tout doucement, presque avec circonspection, il oscillait. Il regardait Laura avec ses yeux jaune orangé et dardait sa langue avec un léger sifflement. Le boa, en train de flairer sa proie, aurait tôt fait de l'identifier.

Laura ne se doutait pas du danger. Elle examinait les rangées de clés accrochées au tableau en fronçant les sourcils.

Zut, où est donc celle de la bibliothèque ? Comment la reconnaître ? Tandis que Laura réfléchissait, la mort rampait à moins de deux mètres d'elle.

Kaja prit une bouchée. Une première, une deuxième, avant de glisser le morceau entier de chocolat dans sa bouche.

– Combien de temps allons-nous attendre encore ? demanda-t-elle en mâchant, la bouche pleine.

– Aucune idée, lui répondit Lucas.

Il tourna son regard vers la maison que l'on ne distinguait presque plus. De lourds nuages s'amoncelaient dans le ciel. De nouveau, un chat-huant appela, puis une cloche toute proche sonna trois fois. Lucas jeta un coup d'œil à sa montre. Dix heures moins le quart. Il fallait que Laura se presse s'ils voulaient tous être revenus à temps avant l'extinction des feux au pensionnat.

Le garçon, le nez en l'air, aperçut alors une demi-douzaine de petites ombres voletant sans bruit au-dessus du toit de la chaumière et filant vers les cimes des arbres du parc.

Des chauves-souris. Étrange. Habituellement, les chauves-souris hibernent... Que venaient-elles faire ici en plein mois de décembre dans le parc de Ravenstein ? Très curieux. Presque aussi surprenant que le comportement de Laura ces derniers jours.

Lucas ne quittait pas des yeux les volatiles. Tels de sombres fantômes, ils passaient entre les grands arbres pour rejoindre le château. Il les vit encore décrire des cercles au-dessus de la tour de l'est avant de disparaître.

Vivaient-elles sous le toit de la tour ? Au même moment, Lucas fut saisi d'effroi, car il aperçut le concierge quitter le bâtiment de l'internat pour revenir chez lui.

Lucas, alarmé, donna un coup de coude à Kaja et lui montra la silhouette qui s'avançait. De frayeur, Kaja cessa de mâcher. Apparemment, Attila Morduk avait hâte de se retrouver au chaud. Il ne mettrait guère de temps à atteindre son logis.

***

Le Gardien de la Lumière gisait sur son lit, tandis que Paravain, atterré, s'adressait à la guérisseuse.

– Tu ne peux vraiment rien faire pour lui ? lui demanda-t-il, incrédule.

Morwena tourna son regard vers le malade et revint au jeune chevalier.

– Désolée, Paravain, mais tu sais bien que notre science est démunie face aux ravages que cause l'Épée Noire. Je peux calmer les douleurs d'Elysion et faire baisser sa fièvre. Mes breuvages lui assureront des nuits paisibles ; il se pourrait que j'empêche même ses forces de décliner pendant quelque temps. Mais le guérir...

Elle s'interrompit, secouant la tête avec résignation. Ses yeux doux révélaient toute sa détresse. Elle s'éclaircit alors la gorge et poursuivit, à voix basse :

– Je ne peux pas le guérir. Seule l'Eau de la Vie pourrait le sauver. Rien d'autre.

Morwena baissa les yeux. Elle prit un linge qu'elle voulut humidifier dans la jatte, lorsqu'elle s'aperçut qu'il n'y avait presque plus d'eau dedans.

La guérisseuse se retourna vers Aliénor qui se trouvait tout près du lit d'Elysion.

– Pourrais-tu m'apporter un peu d'eau, Aliénor ?

– Bien sûr, dit la jeune fille en saisissant le récipient.

Alarik rattrapa sa sœur en chemin.

– Eh bien, qu'a-t-elle dit ?

Aliénor, troublée, se contenta de secouer la tête.

– Ce n'est pas possible ! s'exclama le jeune homme. Il faut qu'elle fasse quelque chose !

Aliénor hocha de nouveau la tête.

– Morwena dit qu'elle ne peut pas le guérir. Que seule l'Eau de la Vie le pourrait...

– Je n'y crois pas ! coupa Alarik. Ce n'est pas possible, elle est guérisseuse, c'est même la meilleure d'Aventerra !

Le jeune homme donna sur le sol un tel coup de pied que Swippi, effrayé, alla se nicher dans un coin.

Aliénor posa la main sur l'épaule de son frère pour le rassurer :

– Cela ne sert à rien, Alarik. Morwena a aussi peu envie que nous qu'Elysion meure. Pourquoi soutiendrait-elle le contraire si elle pouvait lui venir en aide ?

Alarik prit un air distant.

– Je n'en ai aucune idée. Mais pourquoi donc Paravain nous a-t-il caché si longtemps l'état d'Elysion ? Parce qu'il a cru que nous étions trop jeunes pour admettre la vérité ? Peut-être que Morwena aussi en était persuadée ? À moins qu'elle ne redoute quelque chose ? Un danger ?

Aliénor eut une expression de surprise.

– Tu le penses réellement ?

– Cela se pourrait bien, non ? Tu connais les adultes. Avant de faire quoi que ce soit, ils pèsent longuement le pour et le contre au lieu d'agir.

La jeune fille regarda son frère pensivement.

– Mais que devons-nous faire ?

– Je l'ignore, Aliénor. Je ne sais qu'une seule chose : *moi*, je ne vais pas rester là, sans rien faire. Je ne vais pas tergiverser.

– Réfléchis avant d'entreprendre quoi que ce soit, je t'en prie ! fit Aliénor en regardant son frère d'un air suppliant. Et avertis-moi avant.

Alarik sourit à sa sœur en se voulant rassurant :

– N'aie crainte, je réfléchirai avant d'agir, et je te mettrai dans la confidence, je te le promets, Aliénor.

***

La clé de la bibliothèque. Laquelle pouvait être cette fichue clé ?

Certes toutes étaient dotées d'un porte-clés avec des inscriptions dans une écriture bizarre, en lettres gothiques. Laura se souvenait que son arrière-grand-mère, la grand-mère de son propre père, morte depuis longtemps, écrivait comme ça.

Marius Leander avait retrouvé dans la cave de leur maison quelques cahiers remplis d'histoires écrites par sa grand-mère, mais quand Laura avait voulu les parcourir, elle avait vite renoncé.

C'était étrange, car Attila Morduk ne pouvait pas connaître cette écriture qu'on n'utilisait plus depuis bien longtemps. À moins qu'il ait connu cette époque-là ? Mais cela aurait signifié qu'il aurait plus de cent ans. Laura repoussa vite cette idée, car le concierge n'avait guère plus de cinquante ans.

La jeune fille finit par découvrir la clé qu'elle cherchait, en admettant que le mot figurant sur le porte-clés fût bien « bibliothèque ». Si ce n'était pas le cas, il faudrait envisager autre chose pour entrer.

Laura s'en empara. Elle la fit glisser dans la poche de son anorak, puis se tourna vers la porte. Elle s'apprêtait à sortir, lorsqu'elle aperçut deux points orange luisant dans l'obscurité. Tels des lucioles, ils oscillaient lentement dans sa direction. Elle tressaillit. Elle comprit ce que c'était lorsqu'elle se trouva nez à nez avec les yeux d'un gigantesque serpent ! Un boa. Laura se figea. Le reptile la fixait. Il était en train de chercher à l'hypnotiser.

Laura voulait partir, mais elle ne parvenait tout simplement pas à détacher son regard de ces deux pointes de braise. Elle était comme paralysée. Elle savait qu'elle devait prendre la fuite au plus vite, si elle voulait échapper à l'étreinte mortelle de l'étrangleur. Mais elle n'y arrivait pas. Le boa ne la quittait pas des yeux. Sa tête se rapprocha. Sa langue fourchue jaillit de sa gueule avec un léger sifflement et s'avança doucement vers le visage de la fillette. Laura ne broncha pas. Le gigantesque reptile aux écailles luisantes ne tarderait pas à l'enlacer, à l'étrangler jusqu'à ce que mort s'ensuive. Or, Laura ne bougeait pas, elle regardait la mort en face.

Kaja, effrayée, avait vu le concierge qui revenait. Attila Morduk n'était plus qu'à une vingtaine de mètres de la porte de sa maison, mais Laura était toujours à l'intérieur ! Kaja donna une bourrade à Lucas.

– Vas-y, fais quelque chose ! lui demanda-t-elle d'une voix plaintive. Nous devons l'avertir, sinon elle va se faire pincer !

Lucas improvisa une sorte de porte-voix avec ses deux mains autour de sa bouche. Il prit une longue aspiration et imita à la perfection le hululement d'une chouette.

Laura ne bougeait toujours pas. Elle restait là, plantée, comme enracinée dans le sol, regardant le serpent dans les yeux. La langue du boa effleura le bout de son nez, mais elle ne ressentit rien. Elle ne voyait que les yeux du serpent qui brillaient dans le noir tandis que le gigantesque corps du reptile ondulait et glissait de la poutre en formant une sorte de lasso vivant au-dessus de sa tête.

Soudain de très loin, un appel retentit dans le subconscient de Laura.

N'était-ce pas le cri d'une... chouette ?

De nouveau retentit le hululement de l'oiseau de nuit. Et c'est alors qu'elle se souvint de ce signal dont ils avaient convenu en cas de danger, si quelqu'un s'approchait. Laura recouvra ses esprits, sortit de sa torpeur et vit soudain le danger qu'elle courait. Une fraction de seconde avant que le boa ne dénoue son corps pour l'attaquer, Laura fit un bond de côté et se rua sur la porte.

Mais au même moment, elle entendit des pas devant la maison, comprenant qu'il était trop tard. Attila Morduk paraissait serein et content de lui. Un sourire béat, si rare chez lui, éclairait sa face de lune. Et il avait toutes les raisons d'être de bonne humeur : il serait bientôt dans son lit et s'endormirait.

Le concierge saisit la poignée de la porte. Il entendit soudain un bruit dans son dos. Qu'était-ce encore ? Sûrement pas une souris, pas plus qu'un autre animal, il en était certain. Méfiant, il se retourna et scruta les alentours sans parvenir à découvrir quoi que ce soit. Il n'y avait rien. Rien d'autre que des arbres, des buissons et des bosquets.

Il devait s'être trompé. Attila Morduk se retourna et ouvrit la porte. Sa main tâtonna pour trouver l'interrupteur. Il alluma le plafonnier qui dispensait dans la pièce une faible lumière. Attila était aussi économe chez lui que dans l'internat.

Laura se tenait debout derrière le battant de la porte, n'osant même pas respirer, retardant l'instant où elle serait découverte, car, dès qu'Attila Morduk fermerait la porte, il se retrouverait face à face avec la fillette. Mais, dans la précipitation, elle n'avait pas trouvé de meilleure cachette.

Attila Morduk saisit la poignée de la porte qu'il s'apprêtait à refermer, lorsque son regard aperçut le boa suspendu à la poutre. Un léger sourire éclaira sa mine d'ordinaire si sombre. Il se dirigea vers le serpent.

– Cléopâtre, ma belle, dit-il avec douceur, que fais-tu donc ici ?

Avec une prévenance dont nul ne l'aurait cru capable, il détacha le majestueux serpent de la poutre, le chargea sur ses épaules, gratta et caressa le corps couvert d'écailles. Cléopâtre agita affectueusement sa langue.

Puis Attila se pencha sur elle, arrondit les lèvres et appliqua un baiser sonore sur la gueule ouverte du boa.

Laura, tremblante, ferma les yeux de dégoût. Partagée entre la peur et l'écœurement, elle frissonna de tout son corps. Elle parvint enfin à se ressaisir pour s'enfuir sur la pointe des pieds.

Sauvée ! Merci, Cléopâtre !

Pourtant, à peine Laura s'était-elle enfuie, qu'Attila Morduk fit une grimace. Il se redressa et contempla la porte par laquelle la fillette avait disparu. Puis il alla à la fenêtre, tira les rideaux de part et d'autre, regarda dehors dans l'obscurité, et un sourire satisfait se dessina sur sa face de pleine lune.

Il n'était pas encore dix heures lorsque Laura, Lucas et Kaja atteignirent le bâtiment de l'internat. À la hâte, ils enjambèrent les marches et disparurent sous le porche.

Aucun d'entre eux ne remarqua que le géant, l'atlante de pierre, avait tourné sur eux ses yeux et les suivait d'un regard soucieux. Ils traversèrent le vestibule. Personne en vue. Comme d'habitude, ils se séparèrent au-dessous du tableau.

– Bonne nuit et à demain ! clama Lucas.

– Bonne nuit ! répondirent Laura et Kaja en se dépêchant de prendre l'escalier qui menait à l'aile réservée aux filles.

Kaja s'appuyait de la main gauche à la rampe de pierre, car son bref sprint entre la maison d'Attila et le bâtiment de l'école l'avait épuisée.

– À minuit, j'irai dans la bibliothèque, Kaja, tu viens avec moi ? s'enquit Laura.

– Tu n'as pas eu assez d'émotions pour ce soir ? protesta son amie, le souffle court. Tu devrais t'estimer heureuse qu'Attila Morduk ne t'ait pas attrapée ; il s'en est fallu de peu.

Laura grimaça.

– Je sais, mais il ne m'a pas eue. Pourquoi aurais-je moins de chance dans la bibliothèque ?

Kaja secoua la tête. Comment Laura pouvait-elle être aussi butée et pourquoi fallait-il qu'elle prenne toujours des risques ? Pourquoi n'avait-elle de cesse de braver le danger ? Kaja n'arrivait pas à le comprendre. Car il était strictement interdit aux élèves de l'internat de pénétrer dans la bibliothèque en dehors des heures d'ouverture. Le directeur adjoint, Quintus Schwartz, le leur avait d'ailleurs rappelé expressément. Laura ne comprenait-elle pas ce que cela signifiait ?

– Et s'ils te prennent sur le fait ? demanda Kaja. Tu sais ce qui se passera ensuite.

– Tu te fais inutilement du souci, Kaja. Qui pourrait bien me surprendre ? À minuit, tout le monde dort. Les professeurs aussi. Par ailleurs, personne n'est au courant de mes projets.

Elles entendirent des pas précipités. Ce n'était que Mister Cool qui descendait l'escalier. Il était si pressé qu'il dévalait les marches deux par deux. En apercevant les jeunes filles, il leur adressa un signe.

– Faites attention ! leur dit-il en passant devant elles sans s'attarder. Pinky Taxus rôde dans le coin.

L'instant d'après, il avait déjà disparu. Laura et Kaja se regardèrent, effrayées.

– Il est déjà dix heures ? demanda Kaja.

– Aucune idée.

Laura n'avait pas de montre sur elle. Lorsque les deux filles furent parvenues au troisième étage, Laura explora prudemment le long corridor qui desservait les chambres. Il n'y avait personne en vue. Pas de Rebecca Taxus. Personne.

À la lumière des plafonniers, les armures des chevaliers dans leurs niches sombres paraissaient nettement moins menaçantes.

Les jeunes filles passèrent dans le couloir et se glissèrent en silence dans leurs chambres. Mais à peine touchèrent-elles leur but qu'elles tressaillirent d'effroi. Rebecca Taxus venait de surgir et leur barrait le chemin. Sans doute les avait-elle épiées de derrière une armure.

Kaja fixait la professeur avec anxiété. Laura, en revanche, gardait les yeux rivés au sol.

L'enseignante était comme d'habitude entièrement vêtue en rose. Ses mèches à la mode rasta, dans les tons roux, descendaient comme des serpents sur ses épaules. Elle croisa ses bras sur sa poitrine et considéra avec froideur les deux gamines.

– Bonsoir, mesdames.

– B'soir, bredouilla Kaja.

Taxus retroussa la manche de sa veste et consulta sa montre d'un air songeur. Son front se plissa.

– Vous avez de la chance, constata-t-elle, deux minutes plus tard et j'aurais été dans l'obligation d'informer le professeur Schwartz.

À cet instant, Taxus remarqua que Laura cherchait à éviter son regard.

– Regarde-moi quand je te parle ! dit-elle, furieuse.

Un serpent ! pensa Laura. *Elle siffle comme les reptiles d'Attila Morduk.* Rien qu'en y repensant, Laura frissonna.

Sans un mot, elle releva la tête et remarqua que la professeur de mathématiques la dévisageait, la mine sombre.

Ne pas penser ! se dit Laura. *Ne pense surtout pas à ce que tu as l'intention de faire.*

Rebecca Taxus ne quittait pas son élève des yeux.

Laura avala sa salive. Elle se sentait mal. Ce regard fixe, froid et aigu qui la transperçait comme un scalpel : Laura avait l'impression que Rebecca Taxus était en train de disséquer son cerveau.

Ne pas penser ! Ne pense surtout pas à ce que tu vas faire...

La voix de l'enseignante était étonnamment douce. Presque lénifiante.

– Je ne sais pas pourquoi, mais j'ai comme l'impression que tu es indécise, n'est-ce pas, Laura ?

Elle guettait la moindre réaction de la jeune fille, mais Laura ne répondit pas. Les questions se bousculaient dans sa tête. Qu'est-ce que Rebecca Taxus entendait par là ? Était-elle déjà au courant ?

– Tu ferais bien mieux de réviser tes maths au lieu de vadrouiller comme ça, poursuivit Taxus. Après-demain, il y a un devoir extrêmement important.

Elle continuait de regarder Laura.

– Et tu sais que tu ne dois pas le rater, dit-elle avec un petit sourire au coin des lèvres.

La jeune fille ne répondait toujours pas. Le visage de Rebecca Taxus se rembrunit. Sans un mot, elle tourna les talons et s'en alla avec un air sombre.

Kaja, avec inquiétude, la regarda s'éloigner.

— Tu as remarqué comment elle t'a dévisagée ?

— Je vois mal comment j'aurais pu faire autrement.

— Il vaudrait mieux que tu n'ailles pas à la bibliothèque, Laura. Je crois que Pinky Taxus se doute de quelque chose. Je t'assure !

Laura secoua la tête

— Sûrement pas ! rétorqua-t-elle. J'ai fait exprès de ne penser à rien.

— Hein ?... Penser à rien ? Dis-moi, franchement, Laura, tu te prends pour une pythie ? Ce serait sympa que tu m'expliques.

— On verra ça plus tard, Kaja. En tout cas, je suis sûre que Rebecca Taxus n'a pas deviné que j'ai la clé de la bibliothèque. Allez maintenant, on y va ! J'aimerais dormir jusqu'à minuit.

Laura avait enfilé son anorak rouge par-dessus son pyjama pour se rendre à la bibliothèque. Une fois arrivée devant la porte, elle jeta des regards à droite, à gauche et derrière elle : personne en vue. Elle pouvait donc y aller.

Elle glissa la clé dans la serrure et la tourna doucement. Elle entendit un léger cliquetis lorsque le pêne joua. Laura poussa un léger soupir de soulagement. Elle enfonça alors la poignée, et la porte s'ouvrit en grinçant.

La salle avait été jadis le lieu de fastueux banquets et de prestigieux bals, mais, depuis la fondation de l'internat, elle hébergeait la bibliothèque qui, au fil du temps, n'avait fait qu'accroître ses acquisitions.

Laura mit un bon moment à habituer ses yeux à l'obscurité. Chaque bruit et chaque odeur étaient comme amplifiés. Le tic-tac de la pendule résonnait plus fort qu'à l'ordinaire. L'odeur du vieux papier et de l'encre d'imprimerie lui chatouillait le nez.

Il n'y avait pas le moindre éclairage dans la bibliothèque. Les rideaux des deux grandes fenêtres sur la façade avaient être ouverts, mais la nuit était tellement sombre à l'extérieur que Laura ne voyait absolument rien.

Les contours des hauts rayonnages chargés de livres se détachaient lentement entre les travées qui se succédaient sur toute la longueur. Les murs étaient également tapissés d'étagères, d'armoires et de tables de lecture.

Laura regarda autour d'elle, déconcertée. Par où commencer ses investigations ? Où ce « brouillard », dont son père lui avait parlé, pouvait-il se trouver ? Elle n'en avait pas la moindre idée. Et la bibliothèque était vaste.

Pire encore : *que* devait-elle chercher, *quelle chose ?* À quoi donc pouvait ressembler un « brouillard » et qu'entendait-il par « brouillard » ?

Laura ne savait pas exactement ce qu'elle cherchait, ni où elle devait repérer la chose en question. L'affaire n'était pas simple. Elle passa lentement les étagères en revue en regardant attentivement de tous les côtés. Peut-être ce mystérieux brouillard avait-il trouvé refuge derrière ces livres. Peut-être s'était-il posé sur une des étagères ?

Laura eut une idée : puisque la première lettre du mot brouillard est un B, peut-être serait-elle bien inspirée de chercher les livres commençant par cette lettre ? Il fallait bien commencer par un bout, alors autant essayer.

Elle se précipita vers l'étagère correspondante, entre le A et le C, lorsqu'elle entendit un bruit qui la terrifia. La porte grinçait ! Et immédiatement après, elle entendit des pas.

Il fallait qu'elle se cache, et vite. Laura, se sentant traquée, chercha fébrilement autour d'elle une cachette, sans succès. Ni les étagères ni les tables ne s'y prêtaient. Inutile d'essayer. Elle ne tarderait pas à être découverte !

Le plafonnier s'alluma. Laura, brusquement éblouie, ferma les yeux un instant. En les rouvrant, elle remarqua, à quelques pas de la table, une petite armoire, haute d'un mètre cinquante et flanquée de deux petites portes : l'armoire d'Amélie Bröselsam, la bibliothécaire de Ravenstein, qui avait l'habitude d'y suspendre sa veste ou son manteau, d'y déposer son chapeau et d'y mettre tout son fourbi personnel.

Laura s'y précipita. Par chance, le meuble n'était pas fermé à clé. Les cinq étagères à gauche étaient encombrées de tout un bric-à-brac. Dans la penderie à droite, il n'y avait qu'une veste de laine démodée avec des pièces de cuir aux coudes, suspendue à côté d'une horrible blouse-tablier parsemée de fleurs.

Laura se faufila rapidement entre les deux vêtements et referma la porte sur elle. Moins d'une seconde plus tard, elle entendait les voix se rapprocher.

Laura colla ses yeux contre la petite clayette de la porte qui, sans lui fournir une vision panoramique, lui permit de reconnaître d'emblée les deux visiteurs : Quintus Schwartz et Rebecca Taxus.

Ils n'étaient plus qu'à quatre mètres de Laura, inspectant la bibliothèque, manifestement sans trouver ce qu'ils cherchaient.

— Tu es bien sûre que Laura Leander voulait venir ici ? demanda le professeur Schwartz

— Absolument sûre, zézaya Pinky Taxus, passablement irritée par la question de son collègue. Pour ce qui est de lire dans les pensées, il n'y a pas plus douée que moi, tu devrais tout de même le savoir, Quintus !

Le professeur Schwartz lui posa la main sur l'épaule pour l'apaiser.

— Ne te fâche pas, Rebecca. Peut-être s'est-elle simplement cachée quelque part lorsqu'elle nous a entendus.

Les deux enseignants se répartirent la tâche : Schwartz arpenta une partie de la bibliothèque, tandis que Taxus s'occupait de l'autre. Laura suivait, tendue, chacun de leurs mouvements. Il faisait chaud dans la petite armoire, suffocant même. L'odeur d'eau de Cologne imprégnée dans la veste d'Amélie Bröselsam lui chatouillait les narines. Elle ne se laissait pas distraire pour autant.

Les deux professeurs examinaient lentement les étagères et regardaient attentivement entre les livres, sous les tables, et même sous les longs rideaux qui tombaient jusqu'au sol.

Laura ne put réprimer une grimace lorsqu'elle s'aperçut que Schwartz et Taxus interrompaient leurs recherches. Ils se rejoignirent pile devant sa cachette. Elle retint son souffle en transpirant et elle craignait d'éternuer à tout moment.

— Désolé, dit le professeur Schwartz, mais je n'ai pas réussi à trouver la moindre trace de Laura Leander.

— Zut, jura Rebecca Taxus en sifflant comme un serpent.

Ou bien nous sommes arrivés trop tard, ou bien elle est encore ici. À moins qu'elle ne se soit finalement ravisée.

Le professeur Schwartz fit une mine renfrognée.

– Peut-être que tu as raison, dit-il. Tu n'as pas réussi à savoir ce qu'elle venait chercher ici ?

Rebecca Taxus secoua la tête en roulant des yeux furibonds.

– Non ! siffla-t-elle. Cette greluche apprend beaucoup plus vite que je ne m'y attendais. L'enseignement porte ses fruits.

– Par tous les diables de l'enfer ! s'exclama Quintus Schwartz.

Le professeur donna un coup de pied dans une table, puis un coup de poing dans une étagère qui vacilla. Les livres glissèrent sur les planches. Laura entendit soudain le directeur adjoint haleter et chercher sa respiration. Il prit dans sa poche le spray qu'il utilisait en cas de crise d'asthme et vaporisa le fond de sa gorge.

Lorsqu'il se tourna de nouveau vers sa collègue, Laura remarqua que subitement ses yeux avaient changé de couleur. *Ils étaient devenus rouges !*

Ce phénomène n'avait duré qu'une fraction de seconde, mais Laura était sûre qu'elle ne l'avait pas rêvé : les yeux du professeur Schwartz avaient bien viré au rouge incandescent. *Rouge incandescent comme l'enfer !*

Le soldat des Ténèbres fixait sa complice.

– Nous devons d'urgence entreprendre quelque chose contre cette petite peste, dit-il avec froideur. Elle est en train de compromettre nos plans.

– Tu sais bien, Quintus, que c'est impossible, pas maintenant. Nos lois nous interdisent de nous en prendre à nos adversaires durant leur scolarité. Même les sentinelles se tiennent à cette règle. D'ailleurs...

Elle s'interrompit alors et se rapprocha du professeur Schwartz. Elle le regarda avec un sourire enjôleur et lui caressa l'avant-bras.

– D'ailleurs, il ne reste plus que quelques jours avant le solstice d'hiver. Or, d'ici là, je serais bien étonnée qu'elle retrouve la Coupe !

Le professeur Schwartz la regarda, furieux. Puis il secoua la tête. Il était dans une colère noire.

– Ce n'est pas sûr ! Nous avons pratiquement atteint notre but. Il ne faut pas compromettre notre victoire. Rebecca, nous n'avons pas le choix, il va falloir l'éliminer.

Laura tressaillit. *Non ! Ils n'y pensent pas sérieusement... Ils ne vont tout de même pas me... tuer ?!*

Laura avait le cœur qui battait à tout rompre. Elle chercha à reprendre son souffle et plaqua la main sur sa bouche pour masquer le bruit de sa respiration. Elle avait terriblement envie d'éternuer. Laura se boucha le nez, mais cela ne servit à rien. Au contraire, la démangeaison devint insupportable. Elle était perdue. Elle se pinça alors les narines et retint son souffle.

– Je te comprends, Quintus. Mais nous n'avons pas le droit de le faire. C'est interdit par nos lois.

– Tu as raison, bien que...

Le professeur Schwartz fit une courte pause et fixa pensivement l'enseignante. Lorsqu'il se remit à parler, sa physionomie avait pris une expression fourbe.

– Cela *nous* est interdit, effectivement, Rebecca, mais d'autres peuvent le faire pour nous !

Taxus le regarda avec surprise. Elle finit par comprendre les intentions de son collègue.

– Génial, Quintus ! Tu es *tout simplement génial !* dit-elle, admirative, avant d'éclater de rire.

Le professeur Schwartz se mit à rire lui aussi. Ils s'éloignèrent. La lumière s'éteignit et le silence retomba dans la bibliothèque.

Laura n'en pouvait plus. Elle laissa échapper un premier éternuement, suivi d'un deuxième. La jeune fille resta blottie encore quelques instants dans sa cachette, avant d'ouvrir la porte et de sortir de l'étroite armoire.

Son front était couvert de sueur. Elle avait des fourmis dans les pieds et ses genoux tremblaient. Quelques instants plus tard, elle s'était déjà complètement ressaisie. Elle se remit à ses recherches, mais elle ne trouva rien.

198

Pas même le plus petit indice sur le mystérieux brouillard. Durant un instant, elle crut être sur la bonne piste. Elle se rappela, en effet, une vieille gravure sur cuivre suspendue au mur, et, tout près, un morceau d'enduit de la grosseur d'un poing qui s'était détaché de la paroi. Sur cette gravure figurait précisément une représentation de l'entrée de vieille tombe dans le Bois du Bourreau. Peut-être fallait-il y voir un indice ? Mais lorsque Laura eut décroché la plaque de cuivre, elle fut déçue. Il n'y avait rien derrière le tableau. Absolument rien.

Elle comprit qu'il était absurde de chercher à l'aveuglette. Cela ne la mènerait à rien, la bibliothèque était bien trop vaste. Sans aucun indice, fût-il minime, elle ne trouverait jamais ce mystérieux brouillard.

Jamais.

CHAPITRE 15

Une double surprise

e lendemain, après le déjeuner, on frappa à la porte. Laura et Kaja venaient juste de s'installer dans leur chambre avec la ferme intention de commencer leurs devoirs. Laura fut surprise, car elle n'attendait personne. Elle interrogea Kaja du regard, mais son amie se borna à hausser les épaules.

Laura alla ouvrir la porte de la chambre. C'était Percy Valiant. Laura le regarda, étonnée.

– Que se passe-t-il, Percy ?

Percy s'inclina galamment.

– Puis-je te demander de bien vouloir me suivre, très chère Laura ?

La jeune fille en fut éberluée.

– Te suivre ? Mais le cours d'escrime est prévu pour ce soir, je me trompe ?

Percy secoua la tête.

– Mais pas le moins du monde, Mademoiselle, tu ne te trompes nullement. Néanmoins, pourrais-je te demander de bien vouloir te joindre à moi et me faire l'insigne honneur de ta compagnie ?

– Que… Qu'as-tu en tête ?

Le professeur de gymnastique faisait bien des mystères.

– Sois patiente, Laura, s'il te plaît, et ta curiosité sera récompensée. Une surprise ne reste une surprise que si l'on ne sait pas ce qu'elle vous réserve. Et maintenant, dépêche-toi, le temps presse. Il nous faut être de retour avant la tombée de la nuit. Je t'attendrai sur le parking.

Il allait partir, lorsqu'il se ravisa :

— Je te conseille de te vêtir chaudement !

Sur ce, il tourna les talons et s'en alla. Laura le regardait avec étonnement. *Qu'est-ce que Percy peut bien me vouloir ?* Perdue dans ses pensées, elle retourna à son bureau.

— Qu'est-ce qu'il lui prend ? demanda Kaja.

— Aucune idée, mais je crois que je ne vais pas tarder à le savoir.

— Tu t'en vas ?

— Évidemment !

— Je pensais que nous réviserions ensemble l'interro de maths. Tu sais pourtant que c'est important.

— Oui, bien sûr, mais ce que Percy a en tête est sûrement tout aussi important. Sinon, il ne serait pas venu me déranger en plein dans mes révisions !

Le visage de Kaja se rembrunit.

— Mademoiselle Laura doit savoir ce qu'elle fait, dit-elle en contrefaisant l'intonation de Percy.

— Eh, dis, ne fais pas cette tête, Kaja ! Ce ne sera sûrement pas long. Dès mon retour, nous réviserons ensemble les maths.

Kaja la considéra d'un air dubitatif.

— Promis ?

— Promis !

Le visage de son amie s'éclaira.

— D'accord. Bon, allez, va-t'en ! Et amuse-toi bien ! Je me demande vraiment ce que vous allez faire…

Kaja sortit du tiroir de son bureau une tablette de chocolat aux noisettes et au bon lait des Alpes. En deux ou trois gestes vifs, elle déchira l'emballage, cassa un gros morceau de chocolat qu'elle fourra dans sa bouche. À peine y avait-elle goûté que ses yeux chavirèrent de plaisir : l'univers de Kaja était rentré dans l'ordre. La douceur du fondant avait suffi à faire reculer la menace de l'interro de maths.

Laura enfila à la hâte ses bottes, son anorak et sa casquette. Puis elle quitta la chambre en vitesse.

Le trajet dans la Peugeot brinquebalante de Percy ne dura pas longtemps. Au bout de cinq minutes, il mit son clignotant, quitta la grand-route et obliqua dans un étroit chemin carrossable, qui menait à une ferme isolée. Il n'y avait aucune autre maison à perte de vue.

Laura regarda avec étonnement son professeur de sport.

– C'est bien dans cette ferme que ton cheval est en pension ? demanda Percy.

Il esquissa un sourire mystérieux.

– Patience, Laura, sois patiente…

Devant l'écurie stationnait un van pour le transport des chevaux. Percy gara sa voiture juste à côté, coupa le moteur et descendit. Laura sortit à son tour. Elle ferma la portière et suivit Percy qui se dirigeait droit vers l'entrée des écuries. À distance, Laura sentit la forte odeur des chevaux et des litières. Cela lui fit aussitôt penser à Tempête, et elle en eut un pincement au cœur.

Un homme se tenait à l'entrée des écuries, tirant goulûment sur sa pipe fichée au coin de sa bouche. Des volutes de fumée s'élevaient dans la grisaille de l'après-midi. Laura le reconnut aussitôt. C'était Kastor Dietrich, le fermier chez qui ils avaient mis Tempête en pension.

– Ça alors ! s'exclama-t-elle en regardant l'homme âgé. Que faites-vous donc ici ?

Le visage buriné par les intempéries s'éclaira d'un sourire bienveillant.

– Bonjour, ma petite demoiselle, la salua-t-il, nous nous connaissons ?

Laura le regarda d'un air étonné.

– Mais bien sûr que nous nous connaissons. Vous êtes Monsieur Dietrich...

– C'est exact, l'interrompit l'homme en souriant.

– Et mon cheval se trouve dans votre écurie !

– Ça aussi, c'est juste ! concéda-t-il.

– Alors, vous devriez me reconnaître !

Elle secoua la tête avec une légère irritation. Il n'était pas possible que Monsieur Dietrich manque de mémoire à ce point ! Il n'était tout de même pas assez vieux ni malade pour avoir de pareils trous de mémoire. Soudain, elle eut un doute. Elle plissa les yeux et regarda Monsieur Dietrich avec méfiance.

– Dites, vous voulez me faire marcher ?

L'homme retira sa pipe de la bouche et rit de bon cœur.

– Mais non, bien sûr que non ! Pourquoi je m'amuserais à ça ?

– Mais vous savez bien qui je suis : Laura Leander !

Le fermier secoua la tête.

– Non, absolument pas, dit-il avec le plus grand sérieux. C'est la première fois que je vous vois.

– Ah bon...

Laura ne comprenait plus rien. Elle chercha du regard Percy Valiant qui avait suivi l'échange avec un sourire en coin.

– À quoi joue-t-on ? lui demanda-t-elle, un peu énervée. Soit vous vous moquez tous les deux de moi, soit je suis complètement idiote.

– Ça, certainement pas !

La voix assurée qui avait prononcé ces mots venait de l'écurie. Laura, surprise, se retourna et vit alors l'homme qui émergeait de l'obscurité. Un deuxième Kastor Dietrich en sortait !

Les yeux de Laura s'écarquillèrent. Devant elle se tenaient deux Kastor Dietrich. Il n'y avait aucun doute possible : c'était deux fois le même homme, aussi semblables l'un à l'autre que deux œufs mis côte à côte. Jusqu'à leurs pipes qui étaient exactement pareilles.

Le Dietrich, qui venait de sortir des stalles, la salua aimablement.

– Bonjour, Laura. Puis-je te présenter mon frère, Nikodemus, mon jumeau ?

Laura hocha la tête et se frappa le front.

– Eh zut, qu'est-ce que je suis bête ! râla-t-elle, vexée.

Kastor Dietrich souriait avec indulgence.

– Ne t'en fais pas, Laura. Tu n'es pas la première à nous

confondre. Mais tu n'as pas envie de jeter un coup d'œil à l'intérieur ?

Laura regardait Percy d'un air interrogateur. Il n'avait peut-être pas l'intention de lui faire visiter les écuries. Pourtant, Percy lui fit un signe d'encouragement.

– Oui, Laura, c'est pour cette seule et unique raison que nous sommes venus !

– Ah bon ?

Laura s'apprêtait à entrer pour voir les stalles lorsque soudain elle remarqua l'odeur. Elle huma l'air comme un animal. Elle recommença, pour en être sûre. Non, elle ne s'était pas trompée, cela sentait bien la neige ! Or, il faisait huit degrés, et la météo avait annoncé une chute de la pression atmosphérique, de la pluie dans les prochains jours. Donc, elle ne devrait pas sentir la neige…

– Sentez-vous la même chose que moi ? demanda-t-elle à Kastor Dietrich.

– Quoi donc ?

– On dirait qu'il va y avoir de la neige…

Mais Kastor Dietrich se borna à hocher la tête.

– Non, je ne sens rien. (Il jeta un regarda à son frère.) Et toi ?

Mais Nikodemus secoua également la tête.

– Non, Kastor. Je ne sens rien.

Kastor se retourna vers Laura en haussant les épaules.

– Je suis désolé, mais tu dois te tromper.

– Hum…, grogna la fillette, pourtant absolument sûre d'elle.

Cette odeur flottant dans l'air lui disait qu'il y aurait de la neige bientôt. D'un air pensif, elle entra dans les stalles.

Avant même que Laura voie Tempête dans le fond de son box, l'animal l'avait reconnue et la salua d'un hennissement. C'était bien son Tempête ! Laura se précipita.

Tempête, l'oreille dressée, se tenait tout près du vantail, s'ébrouant, soufflant et grattant le sol de ses sabots. Laura tira le loquet, ouvrit la porte et alla vers son cheval, dont elle flatta la longue encolure et caressa affectueusement le large chanfrein.

– Eh, mon grand, murmura-t-elle, c'est bon de te revoir.

Tempête laissa échapper un nouveau hennissement. Les trois hommes vinrent s'encadrer dans l'embrasure de la porte du box et eurent le même sourire satisfait en regardant la jeune fille et sa monture.

– C'était une bonne idée, Percy. Une idée tout simplement formidable !

Kastor Dietrich envoya une bourrade affectueuse dans l'épaule du professeur de sport. Laura se retourna et regarda les hommes avec surprise.

– Vous vous connaissez depuis longtemps, apparemment ?

Ils sourirent tous les trois.

– Oui, dit Percy, et c'est une grande joie pour moi de connaître ces hommes illustres.

Laura fronça les sourcils. Puis, soudain, elle comprit : Kastor Dietrich et son frère jumeau faisaient partie des sentinelles.

Comment n'y ai-je pas songé plus tôt, se reprocha-t-elle. *Voilà donc pourquoi Kastor était au courant de mon anniversaire et savait que j'étais née sous le signe du Treize !*

– Parfaitement ! confirma Kastor. C'est exactement ce que tu supposes, Laura.

Kastor pouvait donc lire aussi dans les pensées. Et Nikodemus ?

Un sourire glissa sur les traits de ce dernier. Il avisa la porte du box et se concentra dessus. Quelques instants après, celle-ci tourna sur ses gonds et se referma comme poussée par une force invisible.

– Cela vous suffit-il comme explication ? demanda-t-il.

Laura fit une moue.

– Évidemment, que cela me suffit !

Mais il restait quand même quelque chose qu'elle ne comprenait toujours pas : pourquoi Percy avait-il décidé de mettre Tempête en pension chez Nikodemus ?

– Tu ne le devines pas, Laura ? répondit le professeur. Premièrement, Tempête ne manquera de rien ici. Deuxièmement, il fera la connaissance de Salamar. (Il indiqua le box voisin abritant un superbe cheval blanc, qui fixait Laura avec curiosité et se mit à hennir comme pour confirmer ces dires.) Troisièmement, la ferme de Nikodemus est bien plus près de Ravenstein que celle de son frère.

Laura reprit une expression maussade.

– Je sais, mais de Hohenstadt, c'est beaucoup plus loin pour moi.

– Effectivement. Mais je n'ai pas fait cette démarche par hasard. Ne me demande pas de te donner des explications claires pour l'instant, mais je suis persuadé que tu vas avoir besoin de ton cheval pour accomplir ta mission. D'ailleurs, à partir de maintenant, nous allons nous consacrer exclusivement au combat à l'épée et nous allons monter sérieusement à cheval.

***

Tu n'as plus toute ta raison, Alarik !

Aliénor, hors d'elle, allait et venait, furieuse contre son frère.

– C'est beaucoup trop dangereux !

– Mais il faut bien, pourtant, que quelqu'un entreprenne quelque chose, rétorqua-t-il sur un ton plein d'arrogance.

Aliénor hésita avant de répondre. Elle examina l'écuyer qui était assis à ses côtés sur le banc devant l'hôpital. Dans le jardin, les guérisseuses cultivaient toutes sortes de plantes, à partir desquelles elles prépareraient des médicaments, des onguents et des pommades. Plus loin, le forgeron frappait son enclume, les bêtes s'agitaient dans l'enclos et les serviteurs s'apostrophaient. Mais le frère et la sœur n'entendaient rien des bruits des tâches quotidiennes qui se poursuivaient comme à l'accoutumée, en dépit de la menace planant sur Hellunyat.

Alarik pensait à autre chose. Les jambes repliées sous son menton, les bras passés autour des genoux, il regardait droit devant lui d'un air sombre. Ses cheveux blonds lui tombaient sur le front, sillonné de rides irrégulières.

Swippi était juché sur son épaule et croquait une pomme de senteur qu'il tenait délicatement entre ses pattes. Deux colombes blanches descendirent dans le ciel voilé de l'après-midi et se posèrent près du banc pour picorer dans les plates-bandes. Le jeune écuyer ne se laissa pas distraire par leur manège.

Aliénor, soucieuse, observait son frère. Perdue dans ses pensées, elle jouait avec ses lourdes nattes blondes qui lui descendaient jusqu'aux reins. Pour finir, elle toussota et posa doucement sa main sur le bras de l'écuyer.

– Réfléchis-y encore, Alarik. La forteresse des Ténèbres est fortement gardée : ni Paravain ni les Chevaliers Blancs n'ont jamais réussi à y pénétrer. Alors, toi, comment comptes-tu t'y prendre ?

Le jeune homme se détendit et un sourire malicieux éclaira son visage.

– J'y ai bien réfléchi. D'abord les Forces des Ténèbres ne s'attendent pas à ce que quelqu'un vienne tout seul les affronter dans leur repaire. Et, en tout cas, pas un écuyer.

– Et après ?

– Ensuite, ils n'imagineront pas que je puisse passer par le Marais du Soufre !

– Par le Marais du Soufre ?

Aliénor, remplie d'effroi, pâlit. L'espace d'un instant, elle crut que son cœur allait cesser de battre. Swippi laissa tomber sa pomme comme s'il avait compris ce dont il retournait. Il faillit glisser de l'épaule d'Alarik, mais se retint d'un battement d'ailes.

Aliénor connaissait le marais insalubre, situé à la frontière entre le Pays d'Or, la principauté de son père, et le royaume des princes des Ténèbres. Tous les gens raisonnables prenaient soin de l'éviter.

– C'est de la folie, Alarik ! Les marécages ont englouti tous ceux qui s'y sont aventurés. Sauf les moins chanceux, qui, eux, avaient déjà péri, empoisonnés par les effluves de soufre.

Tandis que Swippi déployait ses ailes et atterrissait pour reprendre la pomme sur le sol, Alarik considérait sa sœur d'un air grave.

– Mais comprends donc que c'est précisément là ma chance : c'est justement à cause de cela que la muraille de la Forteresse des Ténèbres donnant sur le marais n'est pas gardée, ou très peu.

– En quoi cela peut-il t'aider ? Tu n'atteindras pas même l'enceinte si tu cherches à passer par le marais !

Sous l'effet de l'inquiétude, Aliénor avait élevé la voix. Alarik secoua la tête.

– Il y a un sentier qui permet de les franchir. Silvan a d'ailleurs réussi à plusieurs reprises à revenir sain et sauf d'une traversée du marais.

– Silvan ?

– Oui, le coureur des bois. Tu te rappelles qu'il a séjourné plusieurs étés de suite au château de notre père. Je suis souvent parti avec lui à travers bois et champs. Et Silvan m'a appris toutes sortes de choses utiles pour la vie dans la nature.

– T'a-t-il montré le chemin à travers les marécages ?

Alarik ne répondit pas.

– Ce que je veux savoir, c'est s'il t'a montré le chemin à travers le marais ? répéta Aliénor avec impatience.

La jeune fille prit une profonde inspiration et fit une moue sceptique.

– Admettons même que tu réussisses pour de bon à entrer sain et sauf dans la Forteresse des Ténèbres, que feras-tu après ?

– C'est pourtant évident, tu ne vois pas ?

Alarik agitait son doigt sous le nez d'Aliénor.

– Si les soldats des Ténèbres ont dérobé la Coupe, il y a forcément quelqu'un dans la forteresse qui sait où la Coupe a été cachée !

– Et après ?

– Si je peux les observer en secret, alors je parviendrai peut-être à grappiller quelques informations sur la cachette.

– Peut-être, mais c'est infiniment trop dangereux ! le supplia Aliénor. Ne fais pas ça, Alarik, je t'en conjure !

Alarik se contenta de fixer le parterre d'herbes aromatiques sans mot dire.

– Ta décision est prise si je comprends bien ? demanda-t-elle d'une toute petite voix.

L'écuyer regarda sa sœur d'un air décidé.

– Oui, et personne ne pourra m'en empêcher.

Aliénor eut de la peine à ravaler son émotion. Des larmes sourdaient sous ses paupières.

– Puis-je au moins t'aider d'une manière ou d'une autre ?

– Oui.

Alarik ôta Swippi de son épaule et le tendit à sa sœur.

– S'il te plaît, fais bien attention à Swippi durant mon absence. Et d'ailleurs...

Il s'interrompit, réfléchit quelques instants, avant de poursuivre :

– Je vais partir après la tombée de la nuit – et cela m'aiderait beaucoup si tu ne parlais de mon projet à personne. À personne, et surtout pas à Paravain. S'il entend parler de mon plan, il me fera ramener ici sur-le-champ !

**

Laura et Percy galopaient à travers les prés et les champs qui s'étendaient au pied des collines. Salamar et Tempête débordaient d'énergie. À peine les cavaliers leur lâchaient-ils les rênes que les deux étalons filaient au triple galop. Ils semblaient vouloir se mesurer à la course, allongeant leurs foulées et accélérant l'allure.

Percy dut mettre un terme à la cavalcade. Il tira sur les rênes de Salamar, et Laura fit de même pour Tempête qui, au début, résista à sa cavalière, puis se soumit et revint au pas. Les deux chevaux blancs escaladèrent, côte à côte, un étroit chemin, à un rythme plus paisible pour leurs cavaliers.

Laura scrutait l'horizon où le gris du ciel se confondait avec le gris de la terre. Des nuées de brouillard flottaient dans le lointain, s'étiraient au-dessus des champs et enveloppaient le château de Ravenstein, en haut de la colline.

Soudain Laura huma de nouveau cette odeur de neige. Étrange... Les thermomètres et les bulletins météorologiques indiquaient qu'il ne neigerait pas, ce que confirmait la présence du brouillard. Pourtant, cela sentait la neige. Alors, pourquoi avait-elle cette impression ? Elle ne trouvait aucune explication. Les lointains bancs de brume vinrent distraire ses pensées.

Elle raconta à Percy ses recherches de la nuit dernière dans la bibliothèque. Quand elle eut fini, son professeur de sport lui adressa un regard réprobateur.

— Ton inconscience est sans borne, la gronda-t-il. J'ai des sueurs froides à la pensée que les soldats des Ténèbres auraient pu te capturer !

— Je sais bien, Percy, lui dit Laura à mi-voix. Mais qu'aurais-je pu faire ? Papa n'aurait sûrement pas parlé de ce « brouillard », si cela n'avait pas d'importance, tu ne crois pas ?

Percy réfléchissait.

— Sans doute. Mais malheureusement Marius a oublié de te donner des informations. S'il l'avait fait, cela aurait simplifié les choses !

— Il l'aurait sûrement fait, objecta Laura, vexée. Mais il n'en a pas eu le temps.

— Je veux bien le croire, mais cela ne nous aide guère, dit-il, toujours perplexe. La bibliothèque est gigantesque et je n'ai aucune idée de l'endroit où tu pourrais chercher ce brouillard.

Laura le regardait pensivement. Au visage soudain grave de Percy, elle comprit que son professeur de sport ne savait pas quel conseil lui donner.

Ils continuèrent leur promenade en silence. L'air bruissait du vent léger, du souffle des chevaux, du grincement assourdi du cuir, du frottement des harnais. Dans le lointain, un corbeau croassait et un renard glapissait hardiment.

Que dois-je faire à présent ? se demandait-elle. *Si Percy ne peut pas m'aider, qui donc alors le fera ? Et que se passera-t-il si je ne trouve pas ce brouillard ?*

De nouveau elle sentit cette forte odeur de neige — et soudain elle eut une idée. *Mais oui ! C'était ça la solution !* Tout excitée, elle tira sur les rênes de son cheval et, radieuse, se tourna vers Percy.

— Je sais, Percy, je sais comment nous pouvons trouver le petit brouillard !

Percy immobilisa son cheval et la regarda, étonné.

— Explique-moi ?

– C'était stupide de notre part de ne pas y avoir pensé plus tôt, poursuivit-elle

Percy, plissant le front, cherchait à deviner, puis soudain il comprit ce que Laura avait en tête :

– Non, non et non ! Enlève-toi cette idée de la tête, Laura ! Tu n'as pas encore le niveau requis pour entreprendre un voyage astral. Ce serait trop dangereux pour que je puisse en prendre la responsabilité.

Laura, plutôt vexée, gonfla les joues, leva les yeux au ciel.

– Bon sang, Percy !

Le professeur hocha la tête en prenant un air grave.

– N'oublie pas que tu n'es encore qu'une disciple. Tu n'as parcouru qu'une distance infime, à peine quelques pas, sur le long chemin qui doit te mener à la connaissance.

– Oui, bon, mais j'ai déjà étudié de bout en bout le livre du professeur Moebius Sandmann !

– Ce n'est rien que de la théorie !

– Bien sûr, mais les premiers exercices, je les ai bien réussis, Percy, c'est toi-même qui me l'as dit !

Le professeur se rembrunit.

– Ne crois pas que tu arriveras à me faire céder. Je ne te donnerai pas mon accord.

Laura allait sortir une repartie bien sentie, mais elle se retint. Cela ne servirait à rien. Percy ne se laisserait pas fléchir. Il fallait essayer de le convaincre par d'autres moyens.

– Et qu'arrivera-t-il si nous ne trouvons pas le brouillard, nous ne pourrons pas découvrir la Coupe ? demanda-t-elle en essayant de rester calme.

Percy fronça les sourcils.

– C'est une éventualité et ce serait tragique.

Il se tut quelque temps en regardant fixement devant lui, perdu dans ses réflexions. Laura reprit espoir. Percy poursuivit.

– Je crois qu'il y a un autre problème, Laura. En l'occurrence, nous savons que ton père a dissimulé le brouillard dans la bibliothèque, mais malheureusement nous ne connaissons ni le jour ni l'heure où il l'a fait.

– Si ! rétorqua Laura. Il m'a confié qu'il avait eu le temps de le faire avant qu'ils ne l'attrapent. Cela doit donc avoir eu lieu le jour où il a disparu.

— Le jour du solstice d'hiver, c'est à cela que tu penses ?

— Exactement ! Et comme il était encore là au dîner, cela doit s'être passé plus tard. Juste après le repas ou durant la nuit.

— Et si tu te trompais ?

— Je ne me trompe pas, Percy. Sûrement pas.

Laura fixa son professeur avec insistance. Mais, à sa grande déception, il secoua la tête.

— Non, Laura, je ne suis pas d'accord, il y a trop de risques. Tu sais que tu ne seras pas en mesure de sortir de ton voyage astral par tes propres forces. Or, si tu rencontres un obstacle, tu ne pourras pas revenir.

Laura sentit sa gorge se nouer. Elle toussota et lança à Percy un regard désemparé. Elle semblait être au bord des larmes.

— Laisse-moi, au moins, faire une tentative, l'implora-t-elle. Rien qu'une seule. Si tu es près de moi, tu pourras veiller sur moi.

— Je peux faire attention à ton corps seulement, qui, lui, va rester dans le présent. Mais quand tu transiteras, je n'aurai pas la moindre influence.

Laura ravala son émotion. Elle avait conscience qu'elle était en train de se lancer dans une aventure extrêmement dangereuse, mais elle voulait néanmoins tenter l'expérience.

— S'il te plaît, Percy, supplia-t-elle, s'il te plaît !

Le professeur de sport considérait en silence son élève.

— S'il te plaît, Percy, répéta-t-elle de son ton implorant.

Finalement, Percy Valiant se laissa amadouer.

— Soit ! Mais seulement si tu me fais le serment exprès de ne jamais tenter une action, quoi qu'il t'arrive durant ton voyage à travers le temps. Promis ?

— Promis !

Ils sautèrent à bas de leur selle, attachèrent les chevaux au tronc d'un arbre déraciné par les intempéries des derniers jours et s'assirent sur une grosse branche.

— Tu prends des risques énormes, Laura, l'avertit-il encore, fais extrêmement attention. Il en va ni plus ni moins de ta vie.

Laura ravala sa salive. Bien sûr que c'était dangereux, d'autant qu'elle n'avait jamais testé ses capacités dans cette discipline. Elle n'avait jamais effectué de voyage astral à travers l'espace ou le temps. Elle ne savait même pas, ayant à peine eu le temps de s'exercer, si cela fonctionnerait. Mais il ne lui restait pas d'autre choix : elle devait essayer.

Percy lui tapota l'épaule en signe d'encouragement.

– Alors, allons-y. Mais tiens-t'en à ce que tu as lu et à ce que je t'ai indiqué en cours, et aie confiance dans la force de la Lumière.

Laura s'efforça d'arborer un sourire confiant.

– Maintenant, ferme les yeux et concentre toutes tes pensées et toute ton énergie sur l'époque et sur le lieu de ton choix. Dès que tu feras corps avec tes pensées, essaie de te détacher de toi-même, laisse-toi juste aller et remets-t'en entièrement au Flux Éternel des Temps.

Laura ferma les yeux et se concentra, chassant toutes les pensées de son esprit jusqu'à devenir complètement et exclusivement habitée par le but de son voyage. L'instant d'après, elle ne percevait plus rien du monde autour d'elle. Elle n'entendait plus les chevaux qui s'agitaient.

Seule la voix pénétrante de Percy parvenait à son oreille. Il proféra une très ancienne formule incantatoire par laquelle, depuis la nuit des temps, les sentinelles entamaient leur voyage astral :

S'écoule le temps, je l'appelle,
S'écoule le temps, qu'il me saisisse,
S'écoule le temps, je m'ouvre à lui,
S'écoule le temps, qu'il m'engloutisse...

Laura remarqua que la voix de Percy s'éloignait et disparaissait dans le lointain. Une agréable sensation de chaleur envahit son corps et, alors, elle vit la Lumière, claire et rayonnante, qui l'enlaça et s'éleva en tourbillonnant de plus en plus vite autour d'elle.

Laura se trouvait exactement au centre de cette spirale de lumière. Elle avait l'impression de faire corps avec elle, éprouvait une sensation de chaleur intense, de fièvre tout en se sentant étrangement légère comme l'air, aérienne. Elle sut, alors, qu'elle était sur la bonne piste.

Soudain, la lumière s'éclipsa et la température chuta. Laura se retrouva dans l'obscurité. Sentant un léger courant d'air frais sur ses joues, elle ouvrit les yeux et vit qu'elle avait atteint son but.

CHAPITRE 16

Le voyage astral

aura se tenait dans l'ombre de la muraille. Inspectant les parages, elle comprit qu'elle se trouvait dans la cour du château de Ravenstein. Aucune fenêtre n'était éclairée. Il devait être tard, sans doute près de minuit. La nuit était claire et glacée. La lune pâle, presque pleine, déjà haut dans le ciel, baignait les lieux d'une lumière blafarde. Le paysage tout entier disparaissait sous un épais manteau de neige. Voilà pourquoi elle avait senti cette forte odeur de neige dans l'après-midi — contrairement à Kastor et à Nikodemus Dietrich.

Le froid transperçait Laura malgré son anorak épais et son bonnet. Elle grelottait. Elle eut un sourire de satisfaction en se souvenant que, l'après-midi du dernier solstice d'hiver, il avait d'abord neigé et qu'ensuite la température avait fortement chuté. Tout indiquait donc qu'elle avait choisi le jour adéquat.

La fillette jeta un coup d'œil à l'entour. La neige tombée n'avait pas encore été foulée. Elle secoua la tête, incrédule : comment avait-elle bien pu parvenir dans cette cour ? Prudemment, elle avança d'un pas et son pied inscrivit dans la neige une empreinte.

C'était à peine croyable : tout ceci n'était pas seulement un rêve, mais appartenait réellement au passé, dans lequel elle venait de retourner !

Incroyable ! pensa Laura. Cela marchait vraiment. Il est réellement possible d'accomplir des voyages astraux !

Soudain, il lui sembla entendre dans le lointain des croassements de corbeaux. Elle tendit l'oreille. Aucun doute. Du Bois du Bourreau s'élevait les cris des Oiseaux de la Mort. Lucas s'était donc trompé : les corbeaux ne dormaient pas la nuit.

C'est à cet instant qu'elle vit l'homme. Il se trouvait encore à une certaine distance, et tout dans son comportement indiquait qu'il était en fuite. Il sortait du bois et prenait la direction du château en courant comme un forcené. Son long manteau virevoltait comme une traîne derrière lui.

Laura se rencogna davantage encore dans l'obscurité. Il ne fallait en aucun cas qu'on la voie. Elle remarqua alors les poursuivants : trois silhouettes sombres qui talonnaient le fugitif. Il avait encore une légère avance sur eux, mais les malfrats se rapprochaient de plus en plus. Lorsqu'ils furent plus près, Laura les reconnut à leurs armures noires.

Elle ne put réprimer son étonnement. Qu'est-ce que cela pouvait donc signifier ? Était-elle remontée trop loin dans le temps ? De chevaliers en armures noires, il n'y en a plus un seul au château de Ravenstein depuis belle lurette. Avait-elle fait quelque chose de travers ?

Le fugitif avait, à présent, presque atteint l'esplanade. Laura pouvait entendre son souffle haletant et le bruit de ses bottes qui s'enfonçaient à chaque foulée dans la neige profonde. Un rayon de lune tomba sur le visage émacié de l'homme – et Laura le reconnut tout de suite.

Papa !

Laura en eut le souffle coupé. Elle ressentit un besoin effréné de courir vers son père et de lui sauter au cou.

Elle allait faire un pas en direction de Marius Leander quand l'avertissement de Percy Valiant lui revint à la mémoire : quoi qu'il puisse arriver durant ton voyage à travers le temps, tu ne dois, en aucune façon, t'immiscer dans les événements.

Laura s'arrêta en plein élan. *Il est sans doute préférable que je m'en tienne aux recommandations de Percy*, se dit-elle en se renfonçant prestement dans l'ombre. Debout, collée contre le mur, elle suivit en retenant son souffle le spectacle qui se déroulait sous ses yeux.

Marius Leander abordait l'angle de la muraille. L'étroit sentier qui suivait le bâtiment de l'internat sur toute sa longueur avait été déblayé. Marius allait s'y engager lorsque soudain il se ravisa. Il s'arrêta brusquement et disparut derrière l'épaisse haie de troènes qui bordait le chemin. Le martèlement des pas de ses poursuivants se rapprochait déjà lorsque Marius Leander remarqua soudain les empreintes profondes que ses pieds laissaient sur le sol. Après avoir effacé tant bien que mal les traces qui auraient pu le trahir, il réussit à se mettre à l'abri juste à temps.

L'instant d'après, ses poursuivants surgissaient à l'angle. Ils s'arrêtèrent, interloqués. Où était passé l'homme qu'ils recherchaient ? Ils se regroupèrent et se concertèrent. De là où elle était, Laura pouvait entendre l'agressivité de leurs propos. La jeune fille retint son souffle.

Manifestement il ne leur venait pas l'idée de fouiller la haie, alors qu'ils se trouvaient juste devant. L'un des hommes en armure noire adressa un signe à ses compagnons en montrant, à quelque distance de là, le chemin qui bifurquait au coin du bâtiment. Pensant que Marius s'était enfui par là, ils se précipitèrent dans cette direction.

Laura eut un soupir de soulagement. Son père avait réussi à les induire en erreur !

Marius Leander se risqua à sortir des buissons. Il jeta un regard dans la direction prise par ses poursuivants et s'élança dans l'escalier conduisant à la porte d'entrée. Quelques secondes après, il avait disparu dans le bâtiment de l'internat.

Laura resta blottie encore quelques instants contre la muraille. Elle s'assura que les hommes en armures noires n'avaient pas rebroussé chemin. Personne. On n'entendait même plus le cliquetis de leurs cuirasses.

Elle sortit de l'ombre, traversa la cour en vitesse et fila vers l'escalier. La neige crissait sous ses pieds. Lorsque Laura pénétra dans le hall, son père avait disparu. Elle se doutait pourtant de l'endroit où il avait pu aller : la bibliothèque. Le long corridor qui menait à la salle de lecture était plongé dans la pénombre. L'éclairage de nuit ne diffusait que très peu de lumière. Un sentiment oppressant assaillit Laura.

Le cœur battant, elle se glissa le long du corridor. Lorsqu'elle s'approcha de la bibliothèque, elle vit qu'elle avait deviné juste. Certes aucune lumière ne brillait dans la salle, mais la porte était entrebâillée. Laura pressa le pas, s'élança vers la porte et la poussa avec précaution. Puis elle franchit le seuil et jeta un coup d'œil circonspect dans la pénombre de la bibliothèque.

Marius Leander était agenouillé au pied de la cloison opposée, non loin du guichet de prêt où, d'habitude, officiait Amélie Bröselsam avec son sourire de vautour. Laura ne pouvait pas voir ce que son père faisait. Le dos tourné, il était accroupi près du mur. Laura s'apprêtait à le rejoindre lorsqu'elle entendit soudain des pas. Elle fit demi-tour et passa la tête par la porte. Son cœur bondit quand elle aperçut les trois hommes en armures noires au bout du corridor. Ils se dirigeaient à grands pas vers la bibliothèque. Ils se rapprochaient très vite. Trop vite !

Laura se réfugia dans la salle de lecture et, bien que Percy Valiant lui ait répété qu'elle ne devait s'immiscer à aucun prix dans les événements qui se déroulaient, elle ne put s'empêcher d'alerter son père.

– Attention, papa !

Marius Leander se redressa et regarda avec surprise autour de lui. À ce moment-là, les trois Chevaliers Noirs apparurent à l'entrée, découvrant aussitôt Marius.

– Capturez-le ! lança leur chef.

Ils dégainèrent leurs épées et s'approchèrent de Marius.

Marius Leander était pris au piège. Il se défendit vaillamment, cherchant de toutes ses forces à se dégager de leur emprise, mais il n'avait aucune chance de leur échapper. Les Chevaliers Noirs s'emparèrent de lui et lui ligotèrent les mains dans le dos. Deux hommes glissèrent leur bras sous les aisselles de Marius qu'ils traînèrent jusqu'à la porte. Le troisième homme leur emboîta le pas.

Lorsque le groupe passa devant le couloir qui desservait les rayonnages livres où Laura se tenait cachée, elle vit que les forbans avaient bâillonné son père.

Laura, effrayée, se renfonça entre les étagères. *Comment puis-je aider papa ? Dois-je les attaquer ? Mais comment pourrais-je venir à bout de trois hommes lourdement armés ?*

Les malfaiteurs et leur captif avaient presque atteint la porte quand le troisième d'entre eux s'immobilisa soudain, tourna la tête et regarda en direction de Laura.

Avait-il remarqué quelque chose ? Vu Laura ? Elle n'osait pas bouger, son cœur battant à tout rompre, si fort qu'elle craignit qu'il l'entende.

Le troisième homme s'attarda encore un moment avant de se détourner et d'aller rejoindre ses compagnons à la porte.

Laura poussa un soupir de soulagement. Elle se redressa et heurta du coude un gros livre qui fit du bruit en tombant sur le parquet. Le choc fit l'effet d'un coup de feu dans le silence de la nuit. Déjà le troisième homme revenait sur ses pas et tirait son épée. Il se dirigea droit sur l'étagère derrière laquelle Laura se dissimulait.

L'instant d'après, il avait découvert la jeune fille tremblante. Il se pencha sur elle avec un sourire triomphal.

Laura leva les yeux sur lui et fut saisie d'effroi à la vue de son œil. Le chevalier avait un troisième œil au milieu du front qui dardait sur elle un regard aussi féroce que ses deux autres yeux. Laura recula pas à pas jusqu'à se trouver dos au mur.

Le monstre à trois yeux fixait Laura qui ne pouvait pas détacher son regard du sien. Elle s'attendait à ce qu'il l'abatte. Mais le troisième homme ne se pressait pas. Jaugeant sa victime, il semblait jouir de la peur de la jeune fille. Pour finir, il leva son épée. Il allait la tuer.

– Non ! cria Laura. Non, s'il vous plaît, non !

Mais cela ne servit à rien. Le Chevalier Noir frappa, la lame siffla en s'abattant. Mais Laura s'était déjà volatilisée.

La lame de l'épée rencontra le mur, juste à côté de la gravure sur cuivre représentant la vieille tombe. Des étincelles jaillirent et la paroi s'effrita. Surpris, le gaillard regarda devant lui. Il ne comprenait pas ce qui s'était produit : n'avait-il pourtant pas fixé Laura de ses propres yeux, de ses trois yeux ?

Laura entrevit une lumière de plus en plus intense, qui l'aveugla. Puis le rayonnement faiblit. De légers bruits parvenaient à son oreille comme provenant du lointain. Elle ne pouvait encore distinguer de quoi il s'agissait, mais les sons se précisaient de seconde en seconde. Enfin, elle entendit une voix.

– Laura ! suppliait la voix. Allez, Laura, parle !

Elle ouvrit les yeux... sur Percy. Le professeur, blême d'inquiétude, l'assaillit de questions :

– Tu te réveilles ? Tout va bien ? Qu'est-il arrivé ? Parle !

Laura se redressa et, un peu perdue, regarda autour d'elle. Elle était assise sur le tronc d'un arbre déraciné. L'après-midi était bien avancé ; Tempête et Salamar étaient attachés aux basses branches et broutaient tranquillement.

Percy la regarda en face. Laura n'en croyait pas ses yeux. Comment était-elle arrivée ici ? Et que faisait là Percy avec les chevaux ? Elle avait tout oublié. C'est ce qu'elle croyait, lorsque soudain elle se souvint. Oui, elle avait accompli un voyage astral, et elle avait réussi ! En revanche, elle ignorait la façon dont elle avait pu reprendre pied dans la réalité. Elle ne pouvait que se livrer à des suppositions.

Encore mal assurée, elle tourna son regard sur Percy.

– Hum... c'est toi qui m'as sortie de mon rêve ?

Le jeune homme aux cheveux blonds acquiesça.

– Oui, tes cris m'ont alerté. J'ai cru ta dernière heure arrivée !

Laura réfléchit un instant, les yeux perdus dans le vague. L'effroi qu'elle avait éprouvé se lisait encore sur son visage.

– C'était épouvantable, Percy. J'ai eu une peur folle. J'ai vraiment cru que j'allais mourir.

Elle en tremblait encore. Percy la dévisageait, attendant impatiemment ses explications.

– Qu'est-il arrivé ? La grande aventure dans laquelle tu t'es embarquée a-t-elle au moins été couronnée de succès ?

– Oui !

Laura hocha la tête, incapable de dire quoi que ce soit d'autre. Extrêmement lasse, elle se sentait vidée de ses forces, incapable de réagir, épuisée. C'était pire que d'avoir couru un dix mille mètres. Elle bâillait à s'en décrocher les mâchoires et pouvait à peine tenir debout. Dans son hébétude, elle se tourna vers Percy

– Mais que m'arrive-t-il ? demanda-t-elle en faisant un terrible effort pour parler. Je suis si fatiguée tout d'un coup. Complètement fourbue.

– Je sais, Laura. Je t'avais prévenue dès la première heure de cours. Moebius Sandmann consacre un chapitre entier de son livre à ce phénomène, comme tu t'en souviens, sans doute. Chaque voyage dans le temps éprouve terriblement l'organisme. Au retour, on est complètement exténué. C'est le prix à payer quand on effectue un voyage astral.

Laura ne l'entendait déjà plus. Elle n'avait qu'une envie : dormir. Percy Valiant dut l'aider à se hisser sur la selle. Durant tout le trajet du retour jusqu'à l'écurie, Laura se cramponna au pommeau de sa selle, chancelant dangereusement. Même Tempête sembla comprendre que sa cavalière était très fatiguée. Le cheval posait prudemment un sabot devant l'autre, évitant tout écart brusque. La jeune fille faillit tomber à plusieurs reprises, heureusement que Percy était là pour la rattraper de temps en temps.

Lorsqu'ils furent revenus au château, Percy voulut accompagner Laura jusqu'à sa chambre, mais elle déclina son offre. Une fois dans le hall, elle prit congé de son professeur.

– Merci, Percy, merci beaucoup, mais tu n'as pas besoin de m'accompagner jusqu'en haut.

Il la laissa, à contrecœur, s'éloigner.

– Tu ferais mieux d'aller au lit le plus vite possible, ajouta-t-il en partant. De bonnes heures de sommeil te remettront d'aplomb.

Il prit congé en s'inclinant galamment et quitta le bâtiment de l'internat. Laura se dirigea vers l'escalier en titubant de sommeil. Elle n'avait pas encore atteint le premier étage qu'elle regrettait déjà d'avoir refusé l'aide de Percy. Elle se sentait de plus en plus faible, chaque pas lui coûtait un effort surhumain. S'agrippant des deux mains à la rampe, elle se hissa ainsi de marche en marche. Lorsqu'elle eut enfin atteint le palier, elle fit une pause. Essoufflée, elle se laissa tomber au sol et appuya son dos à la rampe.

Il n'y avait personne pour l'aider. Les élèves étaient probablement occupés à faire leurs devoirs dans leurs chambres et les enseignants à cette heure de la journée se trouvaient rarement dans le bâtiment principal. Quant à appeler au secours, elle n'en avait pas la force. Elle était dans un état épouvantable. Elle entendit soudain des pas à l'un des étages supérieurs. L'espoir revenant, elle leva les yeux et ouvrit les oreilles. Les pas se rapprochèrent. Quelle chance ! Quelqu'un allait pouvoir lui donner un coup de main.

Malheureusement, ce n'était que Max Petpuant qui descendait l'escalier.

– Quelle poisse ! pesta Laura en silence. Je ne vais sûrement pas lui demander de l'aide.

Elle frémissait à la seule pensée que les doigts gras et boudinés du garçon la touchent. L'idée que ce gros lard la soutienne pour franchir les deux étages et demi qui la séparaient de sa chambre lui donnait la nausée.

Lorsque Max Petpuant remarqua Laura, il resta interdit. Il ne se départit pas pour autant de son air niais.

– Qu'est-ce que tu fabriques là, Laura ? Tu marches à quatre pattes ?

Laura ne lui répondit pas, se bornant à lui jeter un regard mauvais.

– Que dirais-tu si je te tenais compagnie ? ajouta le gros garçon.

Il partit d'un grand éclat de rire. On aurait dit un âne qui braie.

Laura le foudroya du regard. Elle s'apprêtait à lui renvoyer une répartie cinglante lorsqu'elle se rendit compte soudain qu'elle était capable de lire dans les pensées de Max, en tout cas dans certaines d'entre elles.

Or, à l'instant, il se disait qu'elle était drôlement mignonne. *Je ne vois vraiment pas ce que Ronnie peut avoir contre elle. Mais, si je suis gentil avec elle, à coup sûr, il me le fera payer.*

Laura n'en revenait pas. Elle se serait attendue à tout, sauf à cela. *Alors, si Max est désagréable avec moi, c'est uniquement parce qu'il a peur de Ronnie Riedel ?*

Il ne lui serait jamais venu à l'esprit, pas même en rêve, que c'était là le motif de l'attitude désagréable de Max Petpuant à son égard. Elle éprouva comme de la sollicitude pour lui, mêlée à de l'agacement pour sa lâcheté.

— Eh, oh, Petpuant, dit-elle abruptement.

Le rire du gros garçon s'arrêta net. Il la regarda méchamment.

— Attention à ce que tu vas dire !

— Du calme, Petpuant, je voulais juste te poser une question.

— Une question ?

— Toute simple : à quoi te sert ta tête, Petpuant ?

Max prit une expression étonnée :

— Euh ?

Laura eut un sourire :

— Eh bien, je vais te le dire : tu as une tête parce que, si tu n'en avais pas, il pleuvrait dans ta gorge.

Le jeune garçon la regarda, consterné.

— Je pensais bien que ce serait un truc du genre, dit-il, vexé, avant de partir en vitesse.

Laura le regarda s'enfuir et ne tarda pas à regretter de s'être moquée de lui. *Ce n'est pas malin de ta part, Laura*, pensait-elle. *C'est déjà assez dur pour lui d'être le souffre-douleur de Ronnie, il était inutile d'en rajouter.* Elle se hissa péniblement sur le palier et décida de s'excuser auprès de lui à la prochaine occasion et de ne plus l'appeler Petpuant.

Enfin, au bout de dix bonnes minutes, elle parvint tant bien que mal jusqu'à sa chambre.

Kaja était assise à son bureau, plongée dans la lecture d'un livre scolaire tout en grignotant pensivement des barres de chocolat. Quand elle entendit Laura, elle se retourna et lui adressa un regard réprobateur.

— Où étais-tu donc passée ? On n'a plus beaucoup de temps, pour l'exercice de maths....

C'est seulement à cet instant que Kaja remarqua l'état de son amie. D'un bond, elle se leva et se précipita au-devant de Laura qui titubait vers son lit.

— Qu'y a-t-il ? Que s'est-il passé ?

Mais Laura n'avait pas la force de répondre.

— J'te raconterai... plus tard, murmura-t-elle en se laissant tomber tout habillée sur son matelas.

Inquiète, Kaja l'examinait.

— Qu'est-ce que tu as, Laura ?

Elle voulut hocher la tête, mais n'en eut pas la force.

— Rien de grave, Kaja, souffla-t-elle indistinctement, je... je ne... juste... dormir...

Ses yeux se fermèrent, sa tête roula sur le côté et, l'instant d'après, elle émettait un léger ronflement.

Debout près du lit, Kaja regardait Laura avec étonnement. Elle se pencha sur son amie, la prit aux épaules et la secoua avec douceur.

— Laura, réveille-toi, Laura !

Mais son amie ne réagit pas. Kaja lui retira son anorak, ses chaussures et ses chaussettes. Elle voulut lui ôter son pull-over, mais son amie était un tel poids mort que Kaja n'y parvint pas. Elle étendit une couverture sur Laura et la laissa dormir. Ne pouvant rien faire de plus, elle se rassit à son bureau et rouvrit le livre de classe. Rien qu'en imaginant la tête de la prof de maths le lendemain lors de l'interro, elle avait la nausée. Elle reprit un morceau de chocolat pour oublier. Mais Kaja se faisait du souci pour son amie : pour elle, le devoir de maths serait forcément une catastrophe.

***

Morwena tira derrière elle la porte de la chambre et se dirigea vers Paravain, debout près de la grande table de la salle du trône. Il la regardait, plein d'espoir. Mais la guérisseuse n'avait pas réussi à éradiquer le mal qui rongeait les entrailles d'Elysion. Son pouvoir se limitait seulement à atténuer ses maux.

Le chevalier se laissa choir sur un siège. Il sentait la colère sourdre en lui. Dans sa rage impuissante, il serra les poings, frappa la table et se martela le front. Morwena lui posa la main sur l'épaule, sans dire un mot, et attendit qu'il se fût calmé. La douceur de cette main posée eut un effet apaisant sur Paravain. Quelqu'un partageait ses inquiétudes et ses angoisses. Il se reprit, respira un bon coup, se leva et s'approcha de la commode pour prendre un carafon de vin. Il s'en versa un verre et en proposa à Morwena :

Elle refusa d'un signe de tête.

– Je ne m'y fais pas non plus, dit-elle en l'encourageant d'un sourire. Ne te gêne pas pour moi, Paravain. Boire ne peut pas te nuire.

Le chevalier lui rendit son sourire.

– Alors, me voilà rassuré !

Paravain se saisit du gobelet, en but une gorgée et reposa le carafon sur la commode. Il se dirigea lentement vers la croisée et regarda pensivement au-dehors l'obscurité qui avait envahi le plateau lointain de Calderan. Le ciel était limpide. Rien n'entravait le regard en direction des deux lunes d'Aventerra. L'Étoile des Hommes brillait d'un éclat bleuté tandis que la Lune d'Or paraissait d'un jaune terne. Sept jours s'écouleraient d'ici à ce qu'elle rayonne de toute sa lumière.

Et sept nuits.

Il me reste exactement sept jours pour trouver la Coupe de Lumière. C'était peu, en comparaison des treize lunes depuis lesquelles les Forces des Ténèbres recherchaient cette Coupe sur l'Étoile des Hommes. Tant d'efforts avaient été consentis. Une question taraudait le jeune chevalier : s'il ne leur avait pas été possible durant tout ce temps de trouver la Coupe, comment, lui, pouvait-il espérer que sa quête serait récompensée en sept jours ? Cette entreprise n'était-elle pas absurde ? Tout espoir n'était-il pas vain ?

Paravain promena ses yeux sur la plaine baignée de nuit. S'il ne se trompait pas, les Brumes Noires avaient encore gagné du terrain. Déjà une bonne moitié du plateau était noyée dans une nappe de brume impénétrable qui s'élevait dans le ciel, comme une immense bête malfaisante se préparant à attaquer.

Paravain savait que le Néant Éternel se cachait sous cette brume. Un frisson parcourut son dos. Les Brumes Noires avaient beau être encore à bonne distance de la Forteresse du Graal, il en ressentait déjà nettement le froid qui s'en dégageait.

Paravain entendit des pas légers. Morwena, debout à ses côtés, regarda au-dehors. Elle scrutait, impassible, les Brumes

Noires, puis elle mit sa main sur l'épaule du chevalier et le fixa droit dans les yeux :

– Tu as peur, n'est-ce pas ?

Paravain hésita à répondre, mais, pour finir, il acquiesça :

– J'ai beau faire confiance à la Lumière, Morwena, si rien ne se produit d'ici peu, alors il n'y aura plus d'espoir, plus le moindre.

Le bruit d'une porte qui s'ouvrait l'interrompit. Il se retourna. Aliénor, la disciple de Morwena, sortait de la chambre d'Elysion en emportant une grande cuvette. Elle se dirigea presque sans bruit vers l'office. Comme chaque soir, elle se rendait aux cuisines pour y prendre de l'eau. Ses nattes blondes dansaient doucement tandis qu'elle traversait la salle d'un bon pas. La jeune fille avait déjà presque atteint la porte lorsque Paravain l'interpella :

– Un instant, Aliénor !

La jeune fille s'arrêta, étonnée :

– Oui, messire ?

– Peux-tu m'envoyer ton frère, s'il te plaît ?

Aliénor blêmit :

– Alarik ?

– Bien sûr, Alarik, qui d'autre ?

Elle regarda, désemparée, le chevalier.

– ... Le euh... la... Je crains qu'il ne puisse pas venir.

– Pourquoi donc ?

Paravain était visiblement surpris.

– Parce que... parce que... euh, balbutia la jeune fille.

– Allez, exprime-toi ! s'impatienta le chevalier.

– Parce que... parce qu'il est déjà couché et qu'il dort sûrement.

Un sourire de soulagement passa sur le visage de la jeune élève.

– De si bonne heure ?

Aliénor opina vivement. Résigné, le chevalier haussa les épaules.

– Bon, eh bien, dis-lui qu'il vienne me voir demain sans faute. Dès l'aube, tu me l'envoies, compris ? J'ai quelque chose d'important à voir avec lui.

CHAPITRE 17

La cachette de la bibliothèque

Le silence était complet, on n'entendait pas une mouche voler.

Toute la classe suait sang et eau sur l'exercice de maths. Seuls le léger froissement du papier, le crissement des stylos parcourant les feuilles d'exercices et le claquement des hauts talons de Rebecca Taxus sur le parquet troublaient cette quiétude.

L'enseignante passait lentement à travers les rangées. Tel un rapace à l'affût d'une proie, elle jetait sa tête de droite à gauche et transperçait du regard ses élèves. Où que Rebecca promenât ses yeux, elle ne rencontrait que des visages pensifs et anxieux. Quelques-uns montraient déjà des signes de panique et de désespoir.

Bien... Très bien ! Pinky Taxus eut un sourire satisfait. Elle avait concocté des exercices si difficiles que la plus grande partie des élèves ne pourrait les résoudre. Et, en tout cas, certainement pas Laura Leander.

Soudain, la tête de Rebecca Taxus se dressa :

– Alex! cria-t-elle. Alexander Haasse ! Que je t'y prenne encore une fois et ton compte sera bon, tu m'entends !

Kangou, ainsi qu'on surnommait le dénommé Alexander, était assis à côté de Paul Pustule. Même si, habituellement, il se défendait plus qu'honorablement en maths, il peinait ce jour-là.

Il avait résolu tout juste la moitié des exercices et n'avait pas la moindre idée de la manière dont il traiterait les autres. Dans l'urgence, il avait cherché de l'aide auprès de son camarade, jetant de temps à autre un regard furtif sur la copie de son voisin qui avait déjà fini.

Mais lorsque celui-ci découvrit le manège, il mit sa chaise de travers, poussa sa copie à l'autre extrémité et la cacha derrière son bras de façon à ne plus laisser aucune chance à Kangou de copier, à moins que ce dernier ne se lève et ne regarde par-dessus l'épaule de son condisciple, mouvement qui naturellement n'échapperait pas à l'enseignante.

Kangou préféra en rester là. Pinky Taxus lui collerait sans scrupule un zéro s'il persistait à essayer de « pomper ». Excédé, il roula des yeux furibonds et se remit au travail. En même temps, il se jura de se venger de Paul Pustule à la prochaine occasion. Cette misérable vermine paierait son égoïsme !

Clic clac, clic clac.

Pareils au tic-tac d'une horloge, les hauts talons de Rebecca martelaient le sol tandis qu'elle passait dans les rangs et se rapprochait du bureau de Kaja et Laura.

Laura ne remarqua pas la professeur. Elle fixait sa feuille d'un air presque détaché et se sentait fatiguée, vidée. Elle avait pourtant dormi plus de douze heures la nuit précédente, mais, au matin, elle n'avait pas entendu le réveil sonner, et c'est Kaja qui avait dû la secouer pour la réveiller. Laura aurait largement préféré dormir.

À l'instant même, elle aspirait de tout son être à retrouver son lit : dormir et surtout ne rien faire d'autre.

Le devoir de maths... le temps passait. Lorsque Laura jeta un coup d'œil sur la liste des questions, elle remarqua qu'elle n'avait encore trouvé aucune des solutions. Mais comment l'aurait-elle pu ? Elle n'avait pas la moindre idée de la manière dont résoudre ces maudits exercices. Elle ne comprenait pas même le sens des questions ! Laura avait le cerveau vide et la tête ailleurs. Elle ne se sentait pas en état d'avoir la moindre idée, et naturellement elle ne réussissait pas non plus à lire les pensées du voisin. Or, si son cerveau demeurait vide et si ses neurones ne se remuaient pas d'ici la fin du cours, si elle n'était pas capable de résoudre au moins l'un des exercices, cela se terminerait par un zéro pointé.

Laura soupira. *Peut-être aurais-je dû écouter Percy et renoncer à effectuer ce voyage astral ?* D'un autre côté, ces expériences étaient extrêmement importantes. Mais elle ne s'était pas doutée, malgré les avertissements de Percy, qu'elles occasionneraient une telle dépense d'énergie.

Laura tourna la tête et loucha sur Kaja. Son amie, penchée sur sa feuille, écrivait fébrilement. Manifestement Kaja était en mesure de résoudre les problèmes.

Je vais copier sur elle, pensa Laura. *Même si la prof me voit. De toute façon, zéro pour zéro, ça m'est égal !*

Kaja lui toucha discrètement la jambe. Laura comprit aussitôt. Sa camarade déplaça sa feuille vers le milieu de la table afin que Laura puisse mieux voir. Laura se pencha légèrement sur la droite, lorsque soudain un parfum de femme lui chatouilla les narines. Au même instant, elle entendit tout près un toussotement marqué.

Elle tressaillit et leva les yeux. Son professeur de mathématiques se tenait debout à côté d'elle et la regardait d'un air accusateur.

– À ta place, Laura, je n'essaierais même pas, c'est compris ? siffla-t-elle sèchement. Sinon tu sors, et tout de suite. D'ailleurs, je vais vous séparer.

Laura soutint le regard insistant de Rebecca Taxus. Elles n'échangèrent pas un mot, mais Laura avait compris que ce n'était pas une menace en l'air. Rebecca Taxus jeta un coup d'œil à sa montre.

– Plus que dix minutes, Laura. Tu bayes aux corneilles ou tu réfléchis ?

Laura ne répliqua pas. Arborant un sourire plein de suffisance, Taxus poursuivit son parcours à travers la classe.

Clic clac, clic clac.

Mais l'enseignante ne quitta plus Laura des yeux jusqu'à la fin de l'interrogation.

Quand la sonnerie retentit, la feuille d'exercice de Laura était intacte, aussi vierge qu'au début.

De la colère ! Laura ne ressentait rien d'autre que de la rage froide. Elle attrapa un galet plat sur la berge et le lança de toutes ses forces au loin dans l'eau grise du Lac aux Sorcières. La pierre ricocha deux fois, trois fois, avant de disparaître au fond de l'eau.

— C'est anormal ! cria-t-elle sur un ton à mi-chemin entre la colère et le désarroi. C'est anormal, que nous ayons dû faire cet exercice. Et aujourd'hui, en plus !

Lucas la regarda, éberlué. Les nuages sombres dans le ciel se reflétaient et se déformaient dans les verres de ses lunettes.

— Je ne comprends pas, Laura. Quelle différence que ce soit aujourd'hui ou demain ? Ça n'aurait rien changé ! D'ailleurs, cela faisait longtemps que tu étais au courant de la date !

Laura leva les yeux au ciel. Elle vit alors les visages désemparés de Lucas et de Kaja qui se tenaient debout près d'elle le long de la berge. Il lui revint à l'esprit que son amie et son frère ne pouvaient absolument pas comprendre ce qui la préoccupait. Ils ne savaient rien de son voyage astral de la veille et n'avaient pas non plus la moindre idée de ce qui se tramait au château de Ravenstein.

— Lucas a raison, ajouta Kaja, c'était juste un coup de malchance, hier. Tu étais crevée.

Laura acquiesça.

— Tu es peut-être malade ? s'enquit Kaja, soucieuse. Il y a beaucoup de rhumes en ce moment.

— Non, non, ce n'est pas ça, reprit Laura.

— C'est quoi, alors ? lui demanda son frère en la regardant attentivement, avec sa petite ride qui se creusait comme toujours sur le front.

— Je ne sais pas, rétorqua Laura en éludant la question, je sais seulement que je risque de redoubler. Avec un zéro en maths, ça me paraît inévitable.

— Oh, voyons, Laura, la consola Kaja, ça n'ira pas jusque-là. Tu n'as tout de même pas raté tous les exercices ?

— Mais si ! Une fois, j'ai cru trouver une solution, mais ce n'était pas la bonne. En fait, je n'ai pas résolu un seul problème !

Tandis que Laura se penchait pour ramasser une autre pierre

qu'elle fit ricocher sur l'eau, Kaja et Lucas échangèrent un regard perplexe.

— Oublie l'interro de maths, lui dit Kaja. Cela peut arriver que l'on ait un jour un passage à vide. Mais d'ici à la fin de l'année, il reste encore pas mal de temps.

Laura ne répondit pas, se bornant à regarder devant elle d'un air sombre. Lucas revint une nouvelle fois à son rôle préféré : celui du maître de classe avisé.

— Kaja a raison : la moyenne de l'année ne repose pas sur une seule note à une seule épreuve, mais sur le quotient résultant de tous les exercices additionnés, divisés par le nombre d'interrogations.

C'en était trop ! Laura explosa :

— Taisez-vous donc à la fin, ce n'est pas vous qui serez renvoyés de l'internat ! Je ne peux plus supporter vos discussions. Vous vous écoutez parler. Vous palabrez autant que Sayelle. Vous me mettez hors de moi, rien qu'avec votre ton de voix.

Vexés, Kaja et Lucas se turent. Furieuse, Laura lança une pierre dans l'eau, fit les cent pas, avant de s'arrêter et de regarder l'eau qu'une légère brise frisotait. De petites vagues venaient lécher leurs bottes. Un canard au vol lourd vint se poser. Un voile de brume transparent enveloppait la petite île dont les contours se modifiaient sans cesse au gré du vent.

Lucas interrogea Kaja du regard. Encouragé par la fillette, il alla s'asseoir auprès de sa sœur. Laura ne lui accorda aucune attention.

Lucas toussota légèrement, puis il reprit :

— Je peux comprendre que tu sois en colère, mais il ne faut pas que tu abandonnes tes efforts. Tu as oublié ce que papa nous a toujours dit ?

Laura sursauta et regarda attentivement son frère qui souriait.

— Je vois que tu te rappelles. C'est quand on s'avoue vaincu qu'on court à la défaite. Il l'a toujours dit quand nous étions au trente-sixième dessous, quand nous rencontrions des obstacles. Papa serait sûrement déçu si tu laissais tomber maintenant sans rien faire.

Laura ravala son émotion. Elle se retourna et contempla en silence le lac. Lucas avait raison, elle ne le savait que trop bien. Il avait toujours raison. Lorsqu'elle regarda son frère, ses yeux étaient embués de larmes.

— Merci de me l'avoir rappelé, Lucas, dit-elle d'une voix étranglée. Et excusez-moi de vous avoir enguirlandés tout à l'heure...

— Bon, bon, ça va, répondit Lucas.

— Ne t'inquiète pas, reprit Kaja en souriant gentiment et en caressant le bras de Laura.

Laura essuya vite ses larmes et tenta de sourire.

— Je m'engage à travailler tous les jours avec toi, Kaja !

— Super ! se réjouit Lucas.

Mais Kaja paraissait toujours aussi sceptique.

— C'est promis, Laura ?

— Promis, mais attention, vous deux, vous devez aussi me faire plaisir : j'attends de vous quelque chose en échange, d'accord ?

***

Alarik émergea de l'ombre des arbres et arrêta sa monture à l'orée du bois. Le bai brun s'ébroua. Bien que la petite race de chevaux fût particulièrement endurante, l'animal semblait reconnaissant de cette halte que lui concédait son cavalier pour la première fois depuis qu'ils avaient quitté Hellunyat. Ils avaient chevauché toute la nuit et toute la matinée.

La crainte que Paravain ne découvre son plan avait poussé Alarik à chevaucher toujours plus loin. Mais maintenant qu'il avait franchi les monts du Dragon et qu'il avait atteint les confins du Pays d'Or, il se sentait en sécurité.

Il leva la main au-dessus de ses yeux pour se protéger du soleil tandis qu'il scrutait anxieusement l'immense chaudron que formait la vallée en contrebas.

Lorsque le paysage familier du royaume paternel s'offrit à ses yeux, le jeune homme respira plus librement. La vue sur cette contrée fertile était dégagée jusqu'à l'horizon. Les Brumes Noires n'avaient pas encore atteint sa patrie.

Ce n'était pas sans raison que ces terres s'appelaient le Pays d'Or : des vergers regorgeant de fruits, des prés à l'herbe grasse et d'épaisses forêts aux arbres majestueux, dont les cimes paraissaient caresser le ciel, baignaient dans la lumière dorée. Le soleil scintillait sur le fleuve qui s'écoulait au creux de la vallée.

Pourtant Alarik savait que ce spectacle était trompeur. Si finalement Elysion succombait aux Ténèbres Éternelles, les Brumes Noires envahiraient la contrée pour y faire régner le Néant Éternel.

Le jeune homme prit la gourde dans la sacoche de sa selle et en but quelques gorgées. Lorsqu'il eut étanché sa soif, il replaça l'outre en cuir et tourna son regard vers le Château aux Mille Reflets, où résidait sa famille.

En pensant à ses parents, à ses frères et à ses sœurs, Alarik éprouva une peine subite. Depuis qu'Aliénor et lui avaient quitté le château pour répondre à l'appel d'Elysion, il n'avait plus foulé le sol de son pays natal, ni revu ceux qu'il aimait. Son regard nostalgique s'arrêta sur le château. Et Alarik éprouva une envie presque irrésistible de rendre visite à ses parents ainsi qu'à ses frères et sœurs. Hélas, le temps pressait.

Son objectif était bien plus au sud : par-delà le Marais du Soufre qui bordait l'horizon. Si grande que fût l'acuité de son regard, il ne parvenait pas à relever la moindre trace de la Forteresse des Ténèbres. Il ne pouvait même pas distinguer les marécages. Mais, à peu près à leur emplacement, stagnait au-dessus du sol un nuage jaunâtre d'émanations très toxiques de soufre que le marais rejetait en permanence et qui asphyxiaient quiconque s'aventurait dans ces lieux.

Alarik fit une grimace involontaire. *Il vaudrait peut-être mieux que je m'en retourne*, se demanda-t-il subitement. Pourtant, il ne doutait pas de la justesse de son plan. Durant ses chevauchées nocturnes, il avait souvent eu l'occasion d'y réfléchir et il était arrivé à la conclusion qu'il valait mieux agir plutôt que d'attendre. Mais Aliénor avait raison : l'entreprise comportait des dangers et même de gros risques, d'autant qu'il connaissait à peine le chemin à prendre pour traverser le marais, contrairement à ce qu'il avait prétendu devant sa sœur pour la rassurer. À la vérité, Silvan ne lui avait parlé du sentier secret qu'une seule et unique fois. Et cela remontait à si longtemps qu'il s'en souvenait à peine. Il devait néanmoins essayer, l'enjeu était trop important.

Alarik s'apprêtait à repartir lorsqu'il entendit le cri perçant du Grolff dans la forêt derrière lui. Le jeune homme n'avait encore jamais vu à quoi ressemblait cette créature, mais il savait que les habitants du Pays d'Or n'en parlaient qu'à voix basse. Alarik en était venu à penser que personne n'avait peut-être jamais rencontré un Grolff. Ni son père, qui était pourtant un homme d'expérience, ni sa mère, personne. Nul n'avait d'ailleurs pu lui décrire cet être censé vivre en lisière des forêts. Au Pays d'Or, pourtant, tous savaient à quoi s'en tenir lorsque le Grolff poussait son cri. La grand-mère d'Alarik l'avait prévenu quand il était encore un enfant : celui qui entend ce cri doit s'attendre à un malheur. À un terrible malheur, et parfois même à la mort.

Et Alarik avait cru chacune de ses paroles.

***

Mademoiselle Amélie Bröselsam leva les yeux du livre qu'elle lisait, poussa ses lunettes sur la pointe de son nez, regarda par-dessus les verres en demi-lune et examina Laura de son regard de vautour soupçonneux.

La jeune fille, debout près du guichet des prêts, venait de consacrer cinq minutes complètes à la lecture apparemment passionnante d'ouvrages volumineux rangés sur l'étagère devant elle. Le panneau indiquant cette section de la bibliothèque portait l'inscription « Histoire de l'art - Byzance ». Cet intérêt subit n'avait pas manqué d'éveiller la méfiance de Mademoiselle Bröselsam.

La bibliothécaire à l'allure de vieille fille, qui avait déjà vu se succéder des générations d'élèves à Ravenstein, était au courant de tous les trucs et de toutes les ruses.

Au fil des ans, elle avait développé un flair quasi infaillible, notamment pour les forfaits que méditaient les internes. Comme, par exemple : arracher en douce une page illustrée à un volume, dérober une vidéo ou un CD, retirer d'un livre d'art les photos de femmes nues ou les illustrations d'un livre de médecine traitant de la sexualité, ces ouvrages rencontrant un grand succès auprès de la gent masculine de Ravenstein...

C'est pourquoi chez Amélie Bröselsam tous les clignotants s'allumaient dès qu'un jeune s'approchait des rayonnages fatidiques. Mademoiselle Bröselsam ressentait presque physiquement quand quelque chose n'allait pas. Elle devinait quand « ce n'était pas normal » selon son expression favorite.

Or, qu'une gamine de treize ans se plonge plus de cinq minutes d'affilée dans l'antiquité byzantine au point de parcourir des ouvrages poussiéreux en y mettant autant de passion que pour ces magazines incroyablement vulgaires de rock-pop, voilà qui était hautement suspect !

Amélie Bröselsam tourna la tête et jeta un coup d'œil à la pendule qui égrenait son tic-tac : il était cinq heures moins cinq. Elle se tourna vers Laura et se racla la gorge ostensiblement.

– Nous allons fermer dans cinq minutes, ma petite !

Laura se retourna très vite, comprenant immédiatement le sous-entendu. Elle avait l'air de quelqu'un pris en flagrant délit – mais de quoi ?

– Hum..., commença-t-elle, c'est que... je... oui, je sais.

Amélie Bröselsam battit des paupières. Le doute persistait.

– Je peux vous aider, peut-être ? s'enquit-elle en prenant un ton aussi neutre que possible.

Laura secoua la tête. Elle le fit juste un peu trop rapidement, au gré d'Amélie Bröselsam.

– Non, non, euh... c'est très aimable à vous, mais... je... vais m'en sortir toute seule.

Puis elle tourna le dos à la bibliothécaire et concentra de nouveau son attention sur les dos des livres comme si elle ne parvenait pas à calmer sa soif de lecture. Mademoiselle Bröselsam grimaça. Sa bouche de tortue s'arrondit. Les sillons autour de ses yeux se creusèrent encore davantage.

À ce moment-là, Kaja s'avança vers le guichet et accapara l'attention de la bibliothécaire.

— Pardonnez-moi, mais où puis-je trouver des livres sur les dinosaures ?

Mademoiselle Bröselsam regarda la jeune fille avec surprise.

— Là-bas derrière, dans l'angle — où seraient-ils, sinon ? rétorqua-t-elle, piquée au vif.

Kaja secoua la tête.

— C'est bien ce que je croyais — mais ils n'y sont pas.

Mademoiselle Bröselsam pinça les lèvres et la regarda, offusquée.

— Mais, mon enfant, c'est impossible ! Tous les ouvrages consacrés à la préhistoire et à la haute antiquité sont rangés là depuis des années. Ils n'ont pas changé de place.

Kaja hocha à nouveau la tête.

— Je vous assure qu'ils n'y sont pas, j'ai regardé.

— Ce n'est pas normal ! protesta Amélie Bröselsam.

Indignée, la bibliothécaire posa son livre et se leva en retirant ses lunettes suspendues à son cou par une chaînette d'argent. Les binocles se balancèrent sur sa poitrine pigeonnante qui tendait son chemisier à ruchés.

Elle se dirigea avec son air guindé à l'autre bout de la bibliothèque. Sa jupe plissée, longue et grise, virevoltait autour d'elle. Kaja fit signe à Laura. Puis elle emboîta le pas à la bibliothécaire qui, sans se douter de rien, traversait la salle.

À peine eurent-elles disparu derrière les rayonnages que Laura fila vite vers le mur, à l'endroit où elle avait vu son père lors de son voyage astral. Elle se mit à genoux et examina de plus près le plancher.

Au premier abord, elle ne remarqua rien. Les lattes du parquet et les plinthes au mur n'avaient rien d'anormal.

En vitesse, elle les tâta, explorant le moindre recoin, à la recherche d'une saillie ou d'une cavité. Mais il n'y avait rien. Absolument rien. *Ce n'est pas possible*, se dit-elle, *papa ne s'est pas agenouillé là sans raison*. Rapidement elle tapota les planches du bout des doigts. Aucune ne sonnait creux. Elle eut plus de succès avec la plinthe, qui rendait un son différent. En y regardant de plus près, Laura remarqua qu'effectivement la planchette était un peu décollée de la cloison.

À la hâte, elle essaya de tirer la plinthe et de la détacher de la paroi, mais ne parvint pas à la faire bouger. Même pas d'un millimètre. Et cette bibliothécaire qui pouvait revenir d'un moment à l'autre ! Amélie Bröselsam regarda, stupéfaite, l'étagère. Celle-ci était surchargée de tous les ouvrages possibles et imaginables sur toutes les espèces connues ou inconnues des animaux de la préhistoire, avec des collections entières sur les dinosaures. Les livres n'avaient pas changé de place.

L'énergique demoiselle se retourna et regarda Kaja d'un air réprobateur.

– Les livres sont ici. Je veille toujours à ce qu'ils soient remis à leur place.

Kaja allongea un drôle de museau et prit une expression étonnée.

– Je ne comprends pas, dit-elle en prenant un air innocent, j'aurais juré qu'ils n'étaient pas là. J'ai dû me tromper d'étagère. Merci beaucoup, en tout cas, Mademoiselle Bröselsam.

La bibliothécaire parut ne pas savoir à quoi s'en tenir. Elle n'arrivait pas à deviner si la fillette lui disait la vérité ou non, mais finit par acquiescer.

– Bon, mais la prochaine fois, tu me feras le plaisir de mieux ouvrir les yeux, compris ?

Kaja eut grand-peine à réprimer un sourire.

– Bien sûr, mademoiselle, répondit-elle avec une soumission feinte.

Un sourire de satisfaction se dessina sur la face de vautour de Mademoiselle Bröselsam qui fit volte-face et partit, jabot au vent, pour le guichet aux prêts. Elle n'avait pas parcouru trois mètres que Kaja la rappelait déjà.

– À propos, Mademoiselle ?...

Amélie Bröselsam s'arrêta net.

– Oui ?

La voix avait pris une inflexion menaçante.

– Où... où peut-on trouver quelque chose sur les velociraptors et sur les brontosaures ?

La bibliothécaire crut manquer d'air. Elle se mit à haleter comme un dragon asthmatique. Calant les mains sur ses hanches, elle fixa la fillette d'un air courroucé.

— Katharina Löwenstein, ça ne va pas ? s'échauffa-t-elle. Si tu n'es même pas capable de trouver ça toute seule, que viens-tu faire dans notre internat ?

Sans attendre la réplique de la fillette, elle se détourna et repartit vers sa place.

Laura haletait. Ses doigts étaient coincés entre le mur et la plinthe. Elle ne parvenait pas à les dégager. Elle avait horriblement mal. Elle s'était cassé un ongle, ouvert un doigt. Il y avait du sang sur le crépi. La jeune fille avait beau se démener, pousser, tirer, la plinthe ne bougeait pas d'un pouce.

Il faut que j'y arrive ! Il le faut ! Elle reprit haleine, cala ses jambes au mur, saisit son poignet droit avec sa main gauche et tira de toutes ses forces. Son joli minois s'empourpra et grimaça de douleur. Elle jura. Mais la plinthe ne bougea pas d'un pouce.

Laura abandonna. Elle souffla. Déçue, elle se pencha et heurta la plinthe en faisant un faux mouvement. Un léger déclic se fit entendre. La planche joua sur toute la longueur et s'ouvrit sans autre effort. Laura découvrit alors une petite ouverture dans le mur.

Mademoiselle Bröselsam se trouvait à la hauteur des derniers rayonnages, à cinq mètres, tout au plus, du guichet, quand Lucas surgit soudain, venant d'un couloir adjacent, et se posta sur son chemin.

— Mademoiselle Bröselsam ! l'apostropha-t-il d'un air innocent.

Amélie tressaillit, porta la main à son cœur en cherchant sa respiration.

— Ce ne sont pas des choses à faire, reprocha-t-elle à Lucas. Tu m'as fait une de ces peurs !

— Pardon, fit Lucas d'une voix charmeuse avant d'ensorceler la bibliothécaire de ses grands yeux bleus à faire fondre les résolutions les plus fermes.

Amélie Bröselsam ne pouvait pas y rester insensible. Ses traits sévères se détendirent.

— C'est bon, Lucas, dit-elle d'une voix plus douce. Que puis-je faire pour toi ?

— Où puis-je trouver la définition de Hawking sur le continuum de l'espace et la singularité des trous noirs ?

— Pardon ? fit la bibliothécaire dont les yeux chavirèrent.

— Où puis-je trouver la citation de Hawking sur le continuum de l'espace et la spécificité des trous noirs ? répéta Lucas sans se départir de son regard enjôleur.

Mademoiselle Bröselsam parut enfin comprendre ce qu'il voulait. Elle lui adressa son sourire, qui restait celui d'un vautour, et lui caressa affectueusement la joue. Lucas fit un saut en arrière avec une grimace que la bibliothécaire ne remarqua heureusement pas.

— Excuse-moi. Mais à vrai dire je ne m'attendais pas à ce qu'un élève de ton âge se préoccupe de questions scientifiques de haut niveau, que même des terminales ont des difficultés à comprendre. Viens ici, mon petit, je vais te montrer.

Laura se pencha davantage et enfonça la main dans l'ouverture étroite et tâtonna du bout des doigts le renfoncement – et soudain elle sentit quelque chose. Un petit objet, dur, un peu rugueux, un peu comme un caillou. Elle l'attrapa et le sortit avec précaution.

C'était effectivement une pierre, qui devait mesurer dans les trois centimètres de diamètre ; elle s'était manifestement détachée d'un bloc plus gros.

Une des faces était lisse tandis que l'autre présentait des irrégularités. Sur la face lisse figuraient des inscriptions que Laura ne sut pas d'emblée déchiffrer. Le temps pressait trop pour s'en occuper. Il lui fallait encore trouver le petit brouillard. Elle replongea sa main dans la cachette.

Amélie Bröselsam sourit aimablement à Lucas en lui montrant le grand rayonnage devant eux.

— C'est là, mon jeune ami, c'est là que tu devrais trouver de quoi satisfaire ta curiosité scientifique.

– Super ! s'exclama Lucas, ravi. Et merci beaucoup pour tout !

– De rien. Mais, s'il te plaît, dépêche-toi. Nous allons bientôt fermer. Je n'ai pas le temps de te donner un coup de main. Il faut d'abord que je fasse le rapport de la journée. Mais si tu reviens demain, je pourrai me consacrer à toi.

Elle se pencha, tout sourire, sur Lucas. Les effluves douceâtres de son parfum assaillirent les narines du garçon. Elle lui tapota encore une fois la joue en signe d'au revoir et partit.

Lucas s'ébroua. Il sortit un mouchoir de sa poche de pantalon et s'essuya la joue.

La grande aiguille de la pendule au mur avança d'un cran et indiqua cinq heures moins une.

Laura n'y prêtait pas attention. La tête collée contre la cloison et l'avant-bras enfoncé dans le creux du mur, elle cherchait le petit brouillard. Croyant avoir déjà inspecté chaque millimètre carré, elle était sur le point d'abandonner lorsque le bout de ses doigts effleura un objet lisse et froid. Elle parvint non sans mal à le saisir et à l'extraire de son logement.

À sa grande déception, il s'agissait seulement d'une petite bouteille d'allure anodine en verre soufflé de couleur verte. Guère plus grosse qu'un téléphone portable, elle était couverte de poussière et de saleté, et fermée par un bouchon.

Mais de brume ou de brouillard, pas la moindre trace !

Déçue, elle posa la flasque près du morceau de pierre et poursuivit ses investigations.

Elle entendit alors dans son dos les pas de la bibliothécaire qui approchait.

En hâte, Laura glissa ses deux découvertes dans la poche de son pantalon, repoussa la plinthe contre la cloison et voulut se relever. Mais Amélie Bröselsam était déjà là.

CHAPITRE 18

Le brouillard chuchotant

es flammes du feu dans la cheminée proje-taient des ombres dansantes sur le visage livide de Syrine.

La voyante scrutait le globe de cristal posé sur la table de-vant elle. La boule, grosse comme la tête d'un enfant, brillait de mille feux. À l'intérieur flottait un nuage impénétrable de brouillard noir qui s'élevait en spirale.

Soudain, il se mit à tournoyer plus rapidement et s'éclaircit pour laisser apparaître un paysage miniature. Syrine inclina la tête. Ses yeux fébriles brillèrent et ses lèvres moqueuses s'étirèrent.

– Cet imbécile ! Comment peut-il croire qu'il puisse échap-per à notre vigilance !

Borboron se pencha par-dessus les épaules de la femme et regarda le cristal. Bien qu'il ait eu déjà l'occasion, à maintes reprises, de se persuader des pouvoirs de Syrine, il ne pouvait s'empêcher d'admirer à chaque fois la précision avec laquelle la boule de cristal restituait une scène même lointaine.

Le Prince Noir connaissait ce paysage à la frontière du Pays d'Or qu'il entrevoyait dans la boule. Un jeune homme galopait plein sud et filait tout droit sur le Marais du Soufre.

Les pupilles écarlates de Borboron s'enflammèrent lorsqu'il s'adressa à la voyante. Sa voix caverneuse prit une inflexion menaçante.

– Tu penses réellement qu'il manigance quelque chose contre nous ?

– Naturellement ! fit Syrine avec une moue méprisante. Pourquoi, sinon, se serait-il aventuré dans la région ? Celle-là même que, d'habitude, lui et tous ceux de son espèce évitent comme la peste noire ?

Le visage de Borboron se rembrunit.

– J'ai bien peur que tu aies raison, Syrine. Je vais dépêcher mes cavaliers pour qu'ils lui préparent la réception qu'il mérite, annonça-t-il en se grattant pensivement le menton.

Comme piquée par une tarentule, Syrine bondit littéralement de son siège.

– Non ! s'écria-t-elle, d'une voix rauque pareille à celle d'un félin. Je vais m'occuper du garçon personnellement, je vous le promets. Lorsque j'en aurai fini, cet imbécile regrettera d'être né. Et encore, à condition qu'il survive à notre rencontre !

La voyante jeta un regard féroce à Borboron. Puis elle partit d'un rire sardonique qui retentit dans la pièce avec une telle violence que même le Prince Noir en tressaillit.

***

Laura haletait. Éberluée, la bibliothécaire regardait la jeune fille à genoux. Mais l'expression de vautour se peignit à nouveau sur ses traits.

– Bon sang, qu'est-ce que tu fais là ?

– Euh... c'est à moi que vous parlez ?

– Oui ! répondit Amélie Bröselsam d'un ton sévère. À qui d'autre ? Que fais-tu ici, Laura ?

– Euh..., répondit Laura pour la seconde fois. Je... eh bien...

Elle cherchait fébrilement un prétexte pour se justifier tandis que la bibliothécaire la considérait avec une suspicion croissante. Il vint enfin à Laura une explication plausible.

– Je... euh... mon lacet de soulier s'était défait... et je l'ai relacé, et voilà !

Elle souriait à Mademoiselle Bröselsam, mais d'un sourire un peu trop forcé. La bibliothécaire parut complètement prise au dépourvu par la simplicité de cette explication. Étonnée, elle regarda Laura dans les yeux, examina les chaussures de celle-ci, puis revint au visage de la jeune fille.

— Voyez-vous cela, fit-elle d'une voix neutre, puis elle tourna les talons et repartit à sa place.

La grande aiguille marqua le douze sur le cadran.

— On ferme, déclara Amélie Bröselsam.

Kaja avait la mine défaite. Hochant la tête, elle considérait les deux découvertes que Laura avait posées sur son bureau.

— Tu n'as rien trouvé de plus ?

Laura, presque résignée, haussa les épaules.

— Non, il n'y avait rien de plus dans la cachette.

— Que t'attendais-tu donc à y découvrir ? lui demanda Lucas en la dévisageant avec insistance, le front barré de sa ride habituelle.

— Euh... fit Laura en regardant son frère avec surprise. Pourquoi cette question ?

— Tu ne vas tout de même pas nous faire croire que tu as lancé cette manœuvre de diversion pour rien ? Tu devais avoir une bonne raison que je serais très curieux d'apprendre.

Laura hésita. Elle gonfla ses joues, pinça ses lèvres, puis laissa échapper l'air bruyamment.

— Eh bien, c'était... juste à cause de papa.

— À cause de... papa ?

Le front de Lucas se plissa encore plus profondément.

— Oui... à un moment, je ne sais plus quand exactement, il a parlé de la bibliothèque, où se trouverait une cachette secrète. C'est ce que je suis allée chercher. Parce que... eh bien, parce que je croyais qu'il y aurait peut-être là un indice. Par exemple, de l'endroit où il pourrait être. Ou quelque chose de ce genre.

— Vraiment ? fit Lucas sur un ton dubitatif. Et c'est maintenant que cela te revient ? Au bout d'un an ?

— Et pourquoi pas ?

Laura arbora un sourire innocent. Mais Lucas n'était manifestement pas dupe. Il interrogea du regard Kaja qui visiblement ne croyait pas un mot de ce qu'avait dit Laura.

Lucas se tourna de nouveau vers sa sœur et la regarda avec gravité.

– Ça suffit maintenant, Laura ! Arrête de nous prendre pour des imbéciles et raconte-nous ce qui se passe.

Laura ne savait plus trop ce qu'elle devait faire. Son regard allait et venait de son frère à son amie qui boudaient chacun de leur côté. Mais Laura voyait leur attente. *Fais-nous donc confiance, Laura !* Seulement voilà, aucun des deux ne soufflait mot. On n'entendait que le timbre clair du tic-tac du réveil sur la table de nuit de Kaja. Et du dehors, venant du terrain de basket, montait le bruit assourdi des joueurs. Laura tergiversait, le regard rivé sur le bureau.

– Je vous ai déjà tout expliqué, il n'y a rien d'autre à en dire, murmura-t-elle d'une voix à peine audible. Pourquoi ne me croyez-vous pas ?

Elle prit le morceau de pierre et examina la gravure. Sauf erreur de sa part, il s'agissait du fragment d'un bas-relief ; deux chevaliers montaient le même cheval, et autour d'eux des mots en langue étrangère étaient inscrits en arc de cercle. Seule la moitié supérieure du médaillon était encore en bon état, celle où figuraient les armures des chevaliers, la tête et le chanfrein du cheval. Tout le reste, son corps, ses jambes et les mots inscrits dans le bas manquaient.

Laura plissa les yeux pour déchiffrer. En vain. Les lettres n'avaient aucun sens pour elle. En tout cas, elle n'en comprenait pas le message. Elle tendit la pierre à son frère :

– C'est du latin ?

Sans dire un mot, Lucas prit le morceau et l'examina.

– Vous avez une loupe ? demanda-t-il alors sans distraire son regard de la pierre.

Kaja retira du tiroir de son bureau une loupe qu'elle tendit à Lucas. Le garçon prit son temps pour examiner l'inscription, puis donna sa réponse.

– Il est fort probable que ce soit du latin. Il s'agit vraisemblablement d'une réplique d'un sceau ancien, mais je n'en suis pas tout à fait sûr. Il faudrait d'abord que je puisse faire quelques recherches.

Laura acquiesça, et Lucas glissa le fragment dans la poche de son pantalon. Kaja remit la loupe dans le tiroir et se laissa tomber sur la chaise. Visiblement énervée, elle hochait la tête : toute cette excitation pour un vieux bout de pierre et une vieille petite bouteille ! Une bouteille apparemment vide, de surcroît !

Elle attrapa la flasque et ôta le bouchon. Ensuite, elle ferma l'œil gauche et approcha le goulot de l'œil droit qu'elle garda ouvert.

– Il n'y a rien du tout là-dedans !

Kaja renversa la bouteille. Pas une goutte n'en sortit.

– C'est bien ce que je vous avais dit.

Dépitée, elle rendit à Laura la bouteille et le bouchon.

– Tu n'as plus qu'à la mettre à la poubelle. C'est inutile de la garder.

Laura était visiblement mécontente, elle aussi, du tour qu'avait pris l'affaire. Elle s'apprêtait à reboucher la bouteille lorsqu'un son curieux se produisit à l'intérieur. On aurait dit comme un bâillement, faible, mais distinct. Laura, effrayée, reposa vite la flasque sur le bureau et s'écarta.

L'insignifiante petite bouteille se mit soudain à osciller imperceptiblement. Un léger sifflement se fit entendre, puis de la fumée s'échappa du goulot. Une sorte de vapeur blanche qui s'amoncela comme un petit nuage, enfla et s'éleva pour atteindre bientôt le plafond.

Les yeux écarquillés, Laura fixait l'épais nuage blanc. Lucas se tenait tout près d'elle. Lui aussi était éberlué. Il se demandait ce qui allait se passer ensuite. Kaja avait, de son côté, bondi de sa chaise à la hâte et, blottie dans l'angle opposé de la pièce, s'était réfugiée sur son lit. Cela devenait réellement inquiétant.

C'est alors que de cette vapeur s'éleva une voix, ou plutôt un murmure, enroué, assourdi, allant des basses aux aiguës. Mais, en dehors de ces étranges changements de ton, sa façon de s'exprimer était encore plus surprenante.

– Que me voulez-vous, maîtresse, que me voulez-vous ? demandait la voix avec un effet d'écho.

Laura lança un regard interrogateur à Lucas, tout aussi perplexe qu'elle.

– Hum... dis-moi, qui es-tu ? demanda-t-elle avec douceur.

– Je m'appelle Fumerol. Je suis un brouillard chuchotant... brouillard chuchotant.

Le visage de Laura s'éclaira avant de redevenir grave.

– Un brouillard chuchotant ? répéta-t-elle en arquant les sourcils.

– C'est cela même, oui... cela même, chuchota la voix humble qui sortait du brouillard.

– Et qu'est-ce donc qu'un brouillard chuchotant ?

– Nous autres, brouillards chuchotants, remontons à la nuit des temps ; nous sommes dévoués à nos seigneurs et maîtres. Nous nous tenons en permanence à leur service dès qu'il s'avère utile de nous tirer de notre sommeil. Oui, quel que soit le moment. Maîtresse, que puis-je faire pour vous... faire pour vous ?

Laura était déconcertée. Elle regarda son frère, qui haussa les épaules. Kaja se contentait de hocher vigoureusement la tête. Elle paraissait avoir encore peur. Laura eut alors une idée. Se tournant vers la brume, elle lui demanda gaiement :

– Peux-tu me dire où se trouve la Coupe de la Lumière ?

La réponse lui revint sans l'ombre d'une hésitation.

– Je te demande bien pardon, maîtresse, mais je ne sais pas, non... ne sais pas.

– Non, vraiment non ?

Le sourire et l'espoir s'éclipsèrent du visage de Laura.

– Non ! repartit le brouillard. Avez-vous un autre souhait, maîtresse... un autre souhait ?

– Euh... fit Laura, troublée. Non. Mais cesse de m'appeler maîtresse !

– Si tel est votre souhait... votre souhait, qu'il en soit ainsi. Là-dessus, je vais devoir me retirer... me retirer...

Un bâillement sonore sortit du nuage. De nouveau, on entendit un léger sifflement, et le brouillard chuchotant rentra dans le goulot, comme s'il avait été aspiré par la bouteille. En l'espace de quelques instants, toute trace de vapeur avait disparu. On n'entendit plus qu'un ronflement au fond de la bouteille. Un ronflement bruyant, qui ne cessa que lorsque Laura enfonça le bouchon dans le goulot.

Ébahi, Lucas secouait la tête. Reprenant ses esprits, il fit un pas vers sa sœur. Son visage était un reproche vivant. La ride sur son front s'était accentuée comme jamais jusqu'alors.

– Je crois que tu nous dois une explication, Laura ! Que se passe-t-il ?

Kaja, à son tour, bondit de son lit et alla droit sur Laura en lui lançant un regard sombre.

– Lucas a raison, dis-nous enfin de quoi il s'agit.

Laura hésitait encore, mais elle savait qu'elle n'avait plus d'autre choix. *Il va falloir que je les initie à mon secret, sinon c'en sera bien fini de leur belle amitié !*

– Eh bien, d'accord.

À cet instant, on frappa à la porte. Surprise, Laura se retourna.

– Oui ?

La porte s'ouvrit et Magda entra dans la pièce. Elle regarda ses amis et fut étonnée de l'expression de Kaja.

– Suis-je arrivée trop tôt ? demanda-t-elle. Nous avions dit que nous jouerions à *Tomb Raider* quand Laura serait à son cours d'escrime.

Laura jeta un coup d'œil à la pendule sur la table de nuit de Kaja.

– Oh là là, bientôt six heures. Il est grand temps que je me sauve.

Elle ouvrit la porte de son armoire à toute vitesse et prit son sac de sport. Alors qu'elle cherchait son masque et son fleuret, Lucas lui prit le bras.

– Eh, dis donc, tu ne vas pas filer comme ça ?

Laura se mordit les lèvres. *Bien sûr*, pensa-t-elle. *Il a raison. Je ne peux pas les laisser ainsi, lui et Kaja, sans explication.* Elle se tourna vers Magda.

– Tu peux me rendre un service ?

Magda haussa les épaules en attendant la suite.

– Pourrais-tu aller trouver Percy dans le gymnase et lui dire que j'aurai un quart d'heure de retard ?

Magda sursauta, aussi en colère que si Laura lui avait demandé de plonger dans l'eau glacée.

– Qu'est-ce que tu imagines, nom d'un chien ? Dehors il fait un froid de canard !

Elle ne cherchait pas un prétexte : il faisait effectivement de plus en plus froid. Il fallait des vêtements chauds. Or, Magda ne portait qu'un fin sweat-shirt.

– Prends mon anorak, lui proposa Laura.

Magda jeta un coup d'œil à l'anorak rouge, suspendu à un portemanteau dans l'armoire. Puis elle interrogea Kaja du regard. Celle-ci l'encouragea et ajouta :

– S'il te plaît, Magda, nous avons encore des choses à éclaircir.

– Bon, d'accord, dit-elle d'une voix morose.

Elle enfila l'anorak et sortit.

Une fois que Magda eut quitté la pièce, Laura leur raconta l'histoire. Elle les initia au grand mystère qui régissait l'univers, qui reliait la Terre à Aventerra, la plus ancienne des planètes.

Elle leur parla des sentinelles de la Lumière et des princes des Ténèbres ; des armées de la Lumière et des troupes des Ténèbres, du combat éternel entre le Bien et le Mal, et de la mission qui lui avait été confiée.

***

Depuis la tombée de la nuit, Alarik sentait les émanations qui s'élevaient du Marais du Soufre.

L'odeur d'œuf pourri s'imposait davantage à chaque foulée de son cheval. L'écuyer suivait un sentier étroit qui, au travers des champs inondés, devenait de plus en plus boueux. Le bai brun, épuisé et trempé, fumait. Il était revenu au pas. Ses sabots, en s'enfonçant et en se dégageant du sol spongieux, faisaient comme des bruits de succion.

Au détour d'un bosquet de saules et d'aulnes, Alarik arrêta sa monture et découvrit le marais devant lui. La puanteur était asphyxiante. Le dangereux nuage formé d'émanations de soufre et de gaz toxiques stagnait au-dessus du marécage, dessinant une masse jaune moutarde qui tranchait sur la noirceur du paysage.

Alarik crut soudain apercevoir au loin une petite lumière. Quelqu'un se serait-il aventuré dans le marais ? Mais la flammèche mystérieuse disparut l'instant d'après, pour reparaître un peu plus tard à un autre endroit.

Alarik frémit. Il n'ignorait pas l'origine de ces points lumineux : les esprits du marais traquaient quiconque se hasardait dans leur royaume, le détournaient de son chemin et l'égaraient. Les malheureux, abusés par ces lumières, couraient à une mort certaine. Alarik ne se laisserait pas duper. Silvan l'avait averti.

L'écuyer plissa les yeux et chercha le saule pleureur foudroyé, dont le coureur des bois lui avait parlé. C'est à cet endroit-là que s'amorçait l'unique chemin qui permettait de traverser le marais sans encombre. Le jeune homme finit par découvrir l'arbre. Il le reconnut aussitôt à son tronc fendu en deux, dont une des parties avait pourri tandis que l'autre avait prospéré comme si de rien n'était, avec de solides branches et un abondant feuillage.

Alarik mit pied à terre et attacha sa monture à un arbre. Lui laissant suffisamment de mou pour aller brouter et se détendre, il passa sa main dans la crinière broussailleuse et caressa l'encolure.

– Bonne chance, mon bai ! Je m'en vais vers la Forteresse des Ténèbres.

Le cheval releva la tête, s'ébroua à deux reprises et suivit attentivement son maître qui se dirigeait vers le saule. Les branches pendaient jusqu'au sol en formant une treille de feuillages et de rameaux.

Alarik s'arrêta près de la grosse souche et posa la main sur l'écorce noueuse comme s'il voulait toucher quelque chose de ferme et de rassurant avant de s'aventurer dans le marais. Les vapeurs pestilentielles étaient si asphyxiantes qu'il plaqua son mouchoir sur sa bouche et sur son nez. Le passage de la terre ferme au marais était à peine perceptible.

Le sol était caché par toutes sortes de plantes, d'herbes folles et de joncs. Tout doucement, Alarik avança le pied droit et s'enfonça jusqu'à la cheville dans la boue que les broussailles masquaient. Il retira son pied et regarda les alentours. Des gaz remontant du fond du marais bouillonnaient, saturant l'ouïe, l'odorat et la vue. Il entendit au loin un crapaud coasser.

– Tu verras deux pierres posées l'une sur l'autre, lui avait dit Silvan. Elles marquent le départ du sentier qui traverse le marais. De là, dirige-toi plein sud, jusqu'au moment où tu tomberas sur un bouleau isolé.

Alarik vit les pierres, mais, au-delà, le paysage ne se distinguait nullement de celui qu'il avait déjà parcouru. Rien n'indiquait que la terre y était ferme. Au contraire, le terrain semblait même beaucoup plus fangeux. Mais sa mémoire lui jouait peut-être des tours. Le chemin se situait peut-être ailleurs. Les pierres n'étaient peut-être là que pour l'induire en erreur ?

Alarik hésita, mais il n'avait pas le choix. Soit il avait raison et alors le sentier le mènerait jusqu'à la forteresse, soit il avait tort et alors il ne parviendrait jamais aux confins d'Aventerra. Respirant un grand coup à travers son mouchoir plaqué sur son visage, le jeune homme s'avança dans l'inconnu.

***

Le château de Ravenstein était plongé dans la plus profonde obscurité, bien qu'il ne fût pas encore dix-huit heures. Il n'avait pas neigé, mais l'hiver transformait chaque jour davantage le paysage. Il faisait très froid, la température avoisinait zéro et l'air était humide. Des nappes épaisses de brume s'accrochaient aux murs du château et s'étiraient dans le parc, enveloppant les arbres et les arbustes, et les réduisant à de vagues silhouettes.

Soudain, au beau milieu, une sorte de tache rouge aux contours imprécis se mit à bouger lentement. C'était Magda qui traversait le parc pour se rendre au gymnase.

Elle regrettait d'avoir accepté de jouer le messager par ce froid pénétrant qui lui glaçait le sang malgré l'anorak chaud que Laura lui avait prêté. Elle avait rabattu la capuche sur son visage, mais le brouillard givrant lui pinçait les oreilles et les joues.

– Plus jamais je n'accepterai une chose pareille, se jura-t-elle. C'est la dernière fois que je me laisse avoir !

252

Les contours de la statue émergèrent subitement du brouillard. Le Chevalier Cruel se dressait dans la brume, tel un terrifiant géant. Magda frissonna un peu et s'enfouit davantage dans son anorak.

La jeune fille avait dépassé la statue lorsqu'elle entendit dans son dos un bruit étrange. Un crissement sourd. Le frottement d'une pierre rugueuse sur une autre. Le grincement lui donna la chair de poule. Elle s'arrêta et fit volte-face.

Quelque chose clochait. Le brouillard l'empêchait de voir la statue. Soudain la nappe se dissipa. Et ce que Magda découvrit alors la terrifia.

Le chevalier de pierre n'était plus sur son cheval. La monture avait perdu son cavalier ! La jeune fille n'en croyait pas ses yeux.

Et voilà que le bruit se faisait de nouveau entendre, un bruit de frottement entre deux pierres, comme un bruit de silex, puis elle entendit des pas qui se rapprochaient inexorablement et s'arrêtèrent juste derrière elle.

Tremblant de peur, Magda se retourna lentement et découvrit l'horrible Chevalier Cruel qui se dressait devant elle et la fixait de ses yeux de pierre. Sa lourde épée ballottait à sa ceinture. Lorsqu'il leva sa main, le même grincement sinistre se fit entendre.

Magda poussa des cris d'effroi qui retentirent dans le parc et qui furent aussitôt étouffés, exactement comme s'ils avaient été tranchés en plein vol.

La chambre était plongée dans un silence total que seul venait rompre le tic-tac de la pendule. Kaja, assise sur son lit, fixait Laura d'un air incrédule. Elle paraissait ne pas comprendre ce que Laura et Lucas venaient de lui raconter. Elle continuait de secouer la tête comme si elle voulait se persuader qu'elle ne rêvait pas. Finalement, elle sortit une tablette de chocolat du tiroir de son bureau, en cassa un morceau qu'elle mit pensivement dans sa bouche.

Soucieux, absorbé dans ses pensées, Lucas tournait le dos à l'armoire de Laura. Kaja rompit le silence.

– Le Gardien de la Lumière va donc mourir si tu ne parviens pas à découvrir la Coupe ?

Laura leva la tête et considéra son amie avec gravité.

– Oui, et le professeur Morgenstern aussi. Leur destin à tous les deux est indissociablement lié. Seule l'Eau de la Vie pourrait les sauver. Ce qui est terrible, c'est que le temps est compté. Je n'ai plus que quelques jours pour trouver la Coupe de Lumière.

– Pourquoi cela ?

– Parce qu'il faut d'abord ramener la Coupe à Aventerra. Et, pour cela, il faut franchir la Porte Magique.

– Bon et puis après ? Où est le problème ?

Kaja reprit un nouveau carré de chocolat.

– C'est simple : la Porte Magique n'apparaît que durant les nuits des solstices. Du coucher au lever du soleil. Or, le prochain solstice est le vingt et un décembre. Après, la porte se refermera, jusqu'en mars. Et nul ne pourra plus entrer à Aventerra – ni en ressortir. D'ici là, il est probable que le Gardien de la Lumière, ainsi que le professeur Morgenstern, seront déjà morts depuis longtemps.

Kaja cessa de sucer son chocolat. Tout le sérieux de la situation venait manifestement de lui sauter enfin aux yeux.

Les secondes s'égrenaient l'une après l'autre dans un silence complet.

– En théorie, c'est tout à fait possible, intervint alors Lucas.

Sa sœur le dévisagea avec une certaine surprise.

– Quoi ?

– Qu'Aventerra existe et que l'on puisse faire des voyages astraux. Les deux choses sont reconnues possibles en l'état actuel des avancées de la physique moderne. Je me rappelle avoir lu un article de Stephen Hawking disant qu'il pourrait exister jusqu'à dix univers parallèles, mais, pour ce qui est de la coexistence du passé et du présent...

– Lucas ! le coupa abruptement Laura. Je n'ai guère besoin de tes explications scientifiques et des thèses soutenues par ce Hawk-quelque-chose ! Je sais que ça marche, je l'ai ressenti dans mon propre corps, tu comprends ?

– Bon, bon ! concéda Lucas. Je ne le mets pas en doute. J'ai simplement cherché une explication rationnelle à ces phénomènes qui sortent de l'ordinaire – tu le reconnaîtras toi-même !

– Phéno-quoi ? demanda Kaja, le nez au vent.

Lucas commença à lui expliquer patiemment.

– Phé-no-mènes, eh toi, l'ignorante ! C'est le nom que l'on donne aux manifestations qui sont perceptibles par les sens.

Mais il eut tôt fait de reprendre son ton professoral :

– Et, au cas où cela t'intéresserait, sache que la phénoménologie est l'étude et la description des particularités perceptibles par les sens, tandis que le phénoménalisme enseigne que toutes les choses ne peuvent être décrites qu'à travers ce que nos sens captent.

– Ah bon ? fit Kaja d'une voix traînante, en levant les yeux au ciel.

Lucas feignit de ne rien voir.

– Mais pourquoi es-tu si sûre que les Chevaliers Noirs ont emmené papa sur Aventerra ? s'informa-t-il auprès de Laura.

– C'est pourtant évident, Lucas. Il avait sûrement découvert où la Coupe était cachée et les Chevaliers Noirs n'ont pas voulu prendre de risque. D'autre part, ils voulaient certainement empêcher que papa me forme pour devenir une sentinelle de la Lumière. D'habitude, en effet, ce sont les parents qui se chargent de l'éducation et de la formation de leurs enfants.

– Et pourquoi ne l'ont-ils pas tout simplement... ?

Lucas s'interrompit, incapable de prononcer l'effroyable mot.

– Pourquoi ne l'ont-ils tout simplement pas tué ? s'efforça-t-il de dire, d'une voix étranglée.

Laura ravala son émotion.

– Je me le suis demandé, moi aussi. Le professeur Morgenstern est persuadé qu'ils le retiennent en otage. C'est ce qu'il m'a dit lorsqu'il était encore conscient. Ils retiennent papa pour pouvoir faire pression sur moi pour le cas où je parviendrais quand même à trouver la Coupe et à sauver le Gardien de la Lumière.

– Oui, bien sûr, dit Lucas d'une voix blanche, en secouant

vivement la tête. Sayelle va nous prendre pour des fous si nous lui racontons tout ça !

– C'est pour ça, intervint Laura, que nous ferions mieux de nous taire.

Elle regarda la pendule. Celle-ci indiquait déjà six heures et demie.

– Bon, là, il faut vraiment que je parte.

Elle rassemblait à la hâte ses affaires d'escrime quand une question lui traversa l'esprit.

– Magda n'est pas encore revenue. Que fabrique-t-elle ? demanda Laura à Kaja.

– Aucune idée. Peut-être en avait-elle assez de jouer sur son ordinateur ?

Laura fronça les sourcils.

– C'est possible, mais elle aurait pu quand même rapporter mon anorak, non ?

Lorsque Laura pénétra dans le gymnase, Percy Valiant s'apprêtait à en sortir. Il avait une mine renfrognée et paraissait de méchante humeur. Même la vue de Laura ne suffit pas à éclairer son visage, au contraire.

Mais qu'est-ce qui lui prend ? se demanda Laura, surprise, tout en l'apostrophant.

– Percy !

Le professeur d'éducation physique, impassible, répliqua d'un ton moqueur.

– Et voici venu le temps des complots et des mystères, comme dit le poète. Te voilà donc ? Pourquoi dois-je subir encore ta présence aujourd'hui !

Il était vraiment de mauvais poil. Mais pour quelle raison ?

– Percy, arrête, ce n'est pas parce que j'arrive un peu plus tard que ce que Magda t'a dit, que tu dois aussitôt me tomber dessus ! Nous pourrons prolonger la séance, si tu veux, suggéra Laura pour l'amadouer.

– Et d'un, prolonger est impossible aujourd'hui. Et de deux, je n'ai pas vu Magda !

– Quoi ? s'exclama Laura, interloquée. Tu peux répéter ça ?

– Je n'ai pas vu Magda, répéta-t-il. Ce n'est quand même pas compliqué à comprendre ?

Laura était abasourdie. Elle laissa tomber son sac de sport et fixa Percy d'un air incrédule.

– Magda ne t'a pas mis au courant ?

Percy secoua la tête.

– Non, elle ne m'a pas fait cet honneur. Pas plus que toi, d'ailleurs !

Laura, effrayée, suffoquait. Après avoir repris son souffle, elle plaqua ses mains devant son visage. Une pensée terrifiante venait de lui traverser l'esprit. *Il doit être arrivé quelque chose à Magda !*

– Vite, Percy, dépêchons-nous ! cria-t-elle en proie à la panique. Il faut aller chercher Magda.

CHAPITRE 19

Une agression mystérieuse

e brouillard s'était dissipé, mais il faisait une nuit d'encre. Ni lune ni étoiles pour percer l'épaisse couche de nuages. Les rares lampadaires du parc étaient si espacés que des zones entières restaient plongées dans l'obscurité.

Par chance, Percy ne s'était pas laissé gagner par la panique comme Laura. Il avait rassuré la jeune fille. Il s'était d'abord préoccupé des lampes de poche avant de partir à la recherche de Magda. À l'aide de torches qui perçaient les ténèbres de leurs rais de lumière, Laura et son professeur de sport progressaient à distance l'un de l'autre, en scrutant le chemin qui menait du gymnase à l'internat.

Ils faisaient le tour des arbres en les éclairant, examinaient les broussailles au bord du chemin et continuaient à appeler Magda. Mais ils n'obtenaient aucune réponse et ne trouvaient aucun indice qui puisse les mettre sur la piste.

De loin, Laura aperçut la statue du chevalier de pierre dans l'obscurité. À sa vue, elle éprouva comme d'habitude un sentiment de malaise.

S'arrêtant, elle dirigea lentement le faisceau de sa lampe de poche sur le monument. Le rond de lumière claire effleura le cheval, parcourut le corps massif du cavalier et s'attarda sur son visage de granit.

C'est alors que Reimar von Ravenstein, clignant de l'œil gauche, lança un regard menaçant à Laura. La jeune fille hurla de terreur et laissa tomber sa lampe. Percy se précipita vers elle.

– Laura, que se passe-t-il ?

Elle fixait la statue en tremblant.

– Le... le chevalier, il m'a regardée...

– Le chevalier ? demanda Percy d'un ton dubitatif, tout en ramassant la lampe de poche et en examinant Laura. Puis il braqua sa torche sur le visage du chevalier.

Laura s'était trompée. Immobile, Reimar von Ravenstein avait le regard perdu dans le lointain. Son visage était figé. Aucun muscle ne bougeait, ses lèvres étaient serrées. Et, bien sûr, il ne clignait pas des yeux.

– Viens, dit Percy, entraînant Laura doucement. Allons chercher plus loin.

Ils laissèrent la rotonde derrière eux et empruntèrent le chemin qui, plus loin, enjambait les douves et conduisait jusqu'au bâtiment de l'internat. Au bout de quelques pas, Laura se retourna pour éclairer une nouvelle fois le visage du chevalier. Celui-ci n'avait pas bougé. Son expression était inchangée.

J'ai vraiment dû me tromper, pensa Laura.

– Magda ! Magda !

Les appels du professeur de sport l'interrompirent dans ses réflexions.

Quand ils franchirent le pont au-dessus des fossés, les planches craquèrent sous leurs pas. Laura se pencha par-dessus le tablier du pont et éclaira les douves en dessous qui devaient bien faire quatre à cinq mètres de profondeur. Il en montait une forte odeur d'humidité. Un épais amas de feuilles couvrait le fond des fossés. Les tempêtes de l'automne les avaient poussées là où elles pourrissaient désormais. Soudain, quelque chose de rouge brilla dans le faisceau de lumière.

Laura se pencha davantage, dirigea sa lampe de poche droit sur la tache rouge et scruta les douves.

– Magda ! cria-t-elle, terrifiée. Pour l'amour du ciel, Magda, réponds !

Les douves du château avaient été creusées presque à la verticale. Ils entreprirent d'y descendre en s'agrippant aux touffes et aux racines. À mi-pente, Laura glissa et dérapa. Elle poussa un cri, ses mains cherchèrent désespérément une prise, mais elles battirent dans le vide, et Laura dévala toute la pente sans pouvoir s'arrêter. Par chance, sa glissade fut amortie par le tapis de feuilles.

Magda gisait au fond des douves. Sa cuisse gauche formait un angle bizarre avec sa jambe, apparemment cassée. Alarmés, Laura et Percy se penchèrent sur la blessée. Magda était en vie et consciente. Elle gémissait et avait de la peine à respirer. Une blessure au front saignait abondamment et un filet de sang coulait aux commissures de sa bouche. Ses lèvres pâles tremblaient. Ses yeux disaient toute la peur, toute l'horrible peur qu'elle avait ressentie.

Laura lui caressa doucement les cheveux et tenta de la calmer.

– N'aie pas peur, Magda, tout va bien.

Magda se força à sourire. L'instant d'après, ses traits se figèrent à nouveau d'effroi. Elle avait dû vivre quelque chose de terrifiant pour être dans cet état. Ouvrant les lèvres, elle dit quelque chose que Laura ne parvint pas à comprendre. Alors Laura se pencha et tint son oreille tout près de la bouche de Magda.

– Le... le chevalier, hoqueta la jeune fille avec difficulté, il... il...

Magda eut un râle, et un flot de sang jaillit de sa bouche. Elle poussa un gémissement, ses paupières battirent désespérément avant de retomber, et sa tête roula sur le côté.

– Elle est morte ? demanda Laura d'une voix étranglée.

– Non, elle a perdu connaissance, mais elle est sûrement grièvement blessée. Il faut que nous appelions les secours.

La lumière bleue du gyrophare balayait la cour du château, ricochait sur les murs et frappait les visages blafards des élèves assemblés sur l'esplanade. Ils discutaient par petits groupes en observant le ballet des secouristes qui portaient la civière sur laquelle gisait Magda évanouie, un bandage autour de la tête. L'ambulance attendait, moteur tournant.

Un homme vêtu d'une veste orange fluorescente portant l'inscription « Urgences » en grandes lettres luminescentes marchait à côté du brancard. Il tenait à la main un flacon de plastique transparent alimentant la perfusion posée dans le bras de Magda. Les brancardiers glissèrent la civière dans le véhicule des premiers secours, et le médecin grimpa à bord. Il suspendit le goutte-à-goutte à un crochet, se pencha sur Magda, lui souleva les paupières et examina le fond de ses yeux avec une lampe de poche.

Les infirmiers claquèrent les portières et montèrent dans la cabine. L'instant d'après, toutes sirènes hurlantes, l'ambulance quittait les lieux.

Il n'y avait rien de plus à voir.

Les élèves suivirent le véhicule du regard jusqu'à ce qu'il eût disparu et que le hurlement de la sirène se fût estompé. Le bruit courait déjà que Magda avait été agressée et poussée par-dessus le parapet dans les douves. Mais par qui ? Qui donc ferait une chose pareille ? Et surtout : *pourquoi ?* Pour commettre un pareil acte, il fallait avoir un véritable motif. Bientôt les spéculations les plus surprenantes allèrent bon train.

Attila Morduk déambulait, le visage sombre, parmi les groupes que formaient les gens de Ravenstein. Cette foule agglutinée dans la cour lui déplaisait souverainement.

— Allez, maintenant, on rentre ! aboya-t-il. Il n'y a pas de quoi baguenauder ! Le dîner vous attend, allez, allez !

Les jeunes internes obtempérèrent à contrecœur aux injonctions du concierge. Ils rentrèrent en rouspétant.

Seuls Laura, Lucas, Kaja et Percy restèrent ensemble. Ils avaient été secoués par ce qui venait d'arriver à Magda. Percy estimait qu'elle avait eu de la chance dans son malheur. Il était intimement persuadé que la chute aurait pu être mortelle. L'épais tapis de feuilles au fond des douves l'avait amortie. Sur une surface plus dure, Magda se serait, à coup sûr, rompu le cou.

Kaja regardait avec angoisse leur professeur de sport.

— Magda va s'en sortir, n'est-ce pas ? demanda-t-elle enfin.

— Le médecin urgentiste m'a certifié que sa vie n'était pas

en danger. Mais, évidemment, il lui faudra du temps pour se rétablir complètement.

Kaja respira, soulagée. Laura n'avait toujours pas exactement compris ce qui s'était passé. Et, comme tous les autres, elle tournait et retournait sans cesse la même question : pourquoi ? Qui avait pu lui faire une chose pareille ?

Elle avait beau se creuser la tête, elle ne parvenait pas à trouver de réponse.

— Avant de perdre connaissance, elle a murmuré quelque chose au sujet d'un chevalier, dit-elle en se tournant pensivement vers Percy.

— Un chevalier ? l'interrompit Percy sur un ton inhabituellement dur.

— Oui. Que voulait-elle dire par là ?

Le professeur de sport était visiblement surpris et agacé.

— Je ne sais pas, aucune idée. Tu as peut-être mal compris.

Laura était pourtant sûre d'avoir bien entendu ce qu'avait dit Magda, et tout aussi certaine que Percy leur cachait quelque chose. Il avait un soupçon dont il ne voulait pas parler.

Laura se tourna vers Kaja et Lucas, sans toutefois quitter son professeur des yeux.

— Je ne comprends tout simplement pas pourquoi on s'en est pris à Magda. Et vous, qu'en dites-vous ?

Percy se contenta de hausser les épaules, et Lucas se mura dans son silence. Kaja gonfla ses joues et prit une mine décontenancée.

— Aucune idée, dit-elle.

Soudain, une lueur traversa le visage de Lucas.

— Mais oui, bien sûr ! s'écria-t-il. L'anorak !

Laura ne comprenait pas ce que cela signifiait.

— L'anorak ?

Son frère hochait la tête avec véhémence.

— C'est logique : Magda a pris ton anorak. On l'aura confondue avec toi. Elle a une silhouette qui ressemble à la tienne et, de plus, il faisait assez sombre dans le parc.

Éberluée, Laura considérait son frère. Ce qu'il disait n'était qu'une supposition. Néanmoins...

— Tous les jours à la même heure, je vais au gymnase... fit Laura en réfléchissant à haute voix.

— Exacto ! reprit Lucas. Un indice de plus à l'appui de ma démonstration.

Percy se creusait la tête. Finalement, il regarda Laura avec un air grave.

— Je crains que ton frère n'ait mis le doigt sur la vérité : c'est toi qui étais visée, Laura...

La jeune fille resta sans voix. C'était épouvantable, inconcevable. Elle en eut le vertige. Et le pire, c'est que Magda qui avait été la victime de cette terrible agression n'avait rien à voir avec tout cela !

Laura ravala péniblement son émotion. Ses yeux étaient embués de larmes lorsqu'elle se tourna vers Percy et murmura :

— La pauvre Magda. Et tout cela par ma faute. Si je ne lui avais pas demandé de t'avertir...

— Mais non, Laura, l'interrompit le professeur de sport. Tu n'es pas responsable.

Laura secoua la tête.

— Mais si ! rétorqua-t-elle obstinément. J'aurais dû y songer. Évidemment, les soldats des Ténèbres sont capables de commettre un tel forfait !

Les larmes lui montèrent aux yeux et coulèrent sur ses joues.

— Tout cela est de ma faute, dit-elle dans un hoquet. Et maintenant c'est Magda qui a trinqué.

Sur ce, elle tourna les talons et s'en alla. Lucas, l'air soucieux, suivit des yeux sa sœur.

— Attends, Laura ! s'écria-t-il, s'apprêtant à la suivre.

Mais Percy retint le garçon.

— Non, Lucas. Laura doit rester seule et réfléchir à tête reposée. Donnons-lui juste un peu de temps et, en attendant, allons dîner.

Quintus Schwartz et Rebecca Taxus se tenaient debout épaule contre épaule à l'angle de la fenêtre du local des professeurs. Dans l'obscurité ambiante, cachés derrière le rideau, ils contemplaient en silence la cour du château que traversaient

Percy Valiant, Lucas et Kaja, la mine pensive, en revenant vers l'internat.

Quintus Schwartz était furieux. Ses yeux rétrécis ne formaient plus que deux meurtrières étroites où les sombres pupilles s'étaient presque rétractées ; ses joues s'agitaient nerveusement et ses mâchoires ruminaient sans cesse. Il était vraiment hors de lui. Soudain, il se mit à respirer plus fort, ouvrit la bouche tel un poisson qu'on tire de l'eau et chercha son souffle. En hâte, il plongea sa main dans la poche de son pantalon, en sortit un petit spray pour asthmatique et se vaporisa le fond de la gorge. Une foi la crise passée et sa respiration revenue à la normale, le directeur adjoint fixa la prof de maths de son regard pénétrant.

– Par tous les diables, comment a-t-on pu arriver à cette situation ? lui demanda-t-il dans un chuchotement rauque, ses yeux virant au rouge.

Rebecca Taxus battit en retraite. Elle avait déjà vu de multiples fois dans les yeux de Quintus Schwartz les signes avant-coureurs caractéristiques de la montée de la colère, avec cet éclair de braise qui ne durait que quelques secondes, et cela ne manquait jamais de l'effrayer. Mais elle se reprit aussitôt. Et, tel un serpent en colère, se mit à siffler :

– Cet abruti ! Il n'a rien dans le crâne ! Il doit avoir confondu. Je ne peux pas me l'expliquer autrement.

Quintus Schwartz ne répliqua pas, se contentant d'observer Rebecca Taxus d'un air lointain. Le feu de l'enfer apparu dans ses yeux s'était éteint. Ses pupilles allaient et venaient au rythme de ses pensées. Quand, un instant après, il ouvrit la bouche, ce fut pour dire, d'un ton glacial :

– Veille à remettre de l'ordre dans tout cela, Rebecca. Encore une erreur comme celle-là et tu auras affaire aux princes des Ténèbres !

Sans attendre de réponse, il se leva, lui tourna le dos et franchit la porte sans la saluer. Rebecca Taxus le fixait, les lèvres serrées dans une expression peu amène. Tout à coup, les couettes façon rasta s'animèrent. Elles se dénouèrent dans un mouvement ondulé comme une demi-douzaine de vipères s'agitant autour de la tête de l'enseignante.

Un sifflement cinglant se fit entendre et expira presque aussitôt. La chevelure rougeoyante de Rebecca avait perdu de son flamboiement. Un juron lui échappa.

Puis elle se raidit, ferma les yeux et les rouvrit pour regarder pensivement droit devant elle. Rebecca Taxus semblait avoir eu une inspiration : un sourire de triomphe se dessina sur ses traits. Avant de quitter la salle des professeurs, elle lâcha entre ses dents :

— Tu n'échapperas pas au sort qui t'est réservé, Laura Leander ! Je le jure !

Laura était assise sur son lit, perdue dans ses pensées. Ses joues avaient conservé la trace des larmes. Sans cesse son esprit revenait à Magda.

— C'est injuste, murmura-t-elle à voix basse pour elle-même.

Un toussotement dans son dos la fit sursauter.

— Je sais que c'est difficile, Laura, lui dit Anna Leander tout bas. Mais est-ce une raison pour abandonner ?

La jeune fille fit un tour sur elle-même et regarda la photo accrochée au mur d'où sa mère la contemplait avec son doux sourire.

— C'est cela que tu veux, Laura ?

Une expression de désespoir passa sur le visage de Laura.

Pourquoi maman ne me comprend-elle pas ? pensait-elle, tourmentée. *Je n'y arriverai pas*, se plaignit-elle. *J'ai tout essayé, mais absolument tout ce que je fais va de travers. J'ai de mauvaises notes. Magda est à l'hôpital à cause de moi. Et je n'ai pas retrouvé la Coupe. Je n'en ai pas découvert la moindre trace. Tout cela ne sert à rien !*

Le sourire disparut du visage d'Anna Leander. Avec une extrême gravité, elle regarda sa fille droit dans les yeux.

— Tu trouves ? Alors, tout serait absurde ? Même la vie que j'ai menée, essayant de faire toujours ce que je devais faire ?

— Que veux-tu dire par là, maman ?

— Peut-être serais-je encore en vie si je m'étais révoltée contre mon destin, qu'en penses-tu, Laura ?

– Si seulement tu l'avais fait ! se plaignit Laura, désespérée. (De nouveau ses yeux se remplirent de larmes.) Tu me manques tant. Et papa aussi.

– Je sais. Toi aussi, tu me manques, Laura, et bien plus que tu ne te l'imagines. Et pourtant, si c'était à refaire, je le referais, je referais exactement la même chose !

Tout d'abord, Laura ne comprit pas.

– Pourquoi ? Ce serait bien mieux si nous pouvions tous de nouveau être ensemble.

Anna Leander secoua doucement la tête.

– Le prix à payer serait trop élevé, beaucoup trop. Pour l'instant, tu ne peux pas comprendre. Mais dans peu de temps mes paroles commenceront à prendre un sens. En tout cas, si tu n'abandonnes pas, Laura. Tu dois avoir confiance en toi et suivre la voie qui t'est montrée, même si cela te paraît difficile. Tu ne dois pas décevoir les espoirs qui ont été placés en toi, sinon tout sera perdu, et je me serai sacrifiée pour rien !

Anna fit une légère pause et sonda sa fille du regard. De la nostalgie, des regrets et une grande douleur se reflétaient dans ses yeux bleus.

– Porte-toi bien, Laura, lui dit-elle alors à voix basse.

– Toi aussi, maman, murmura la jeune fille. Toi aussi.

Les traits de la femme blonde s'éclairèrent d'un dernier sourire qui ne tarda pas à s'effacer, sans laisser la moindre trace sur le portrait photographique.

Laura éclata en sanglots, prit un mouchoir et essuya les larmes sur ses joues. Puis elle étendit lentement sa main droite vers le cadre contenant la photo jusqu'à le toucher légèrement. Laura caressa doucement le visage de sa mère et soudain ce fut comme si elle pouvait ressentir à travers le verre la chaleur du visage d'Anna Leander, comme si sa mère était encore vivante.

Mais elle avait dû rêver !

Lorsqu'on frappa à la porte, Laura ne savait plus depuis combien de temps elle regardait la photo de sa mère. Ayant perdu toute notion du temps, elle eut l'impression d'émerger d'un sommeil profond. Ahurie, elle regarda le réveil sur la table de nuit de Kaja. Bientôt huit heures.

– Oui ?

La porte s'ouvrit et Lucas passa la tête. En entrant dans la chambre, il la regarda d'un air interrogatif.

– Tu n'as pas faim ?

– Non, vraiment pas. Pourquoi ?

– Parce que tu n'es pas venue au dîner.

– Hum... non, non, répondit Laura.

Laura n'avait certes jamais été une boulimique comme Kaja, mais il était tout de même rare qu'elle saute un repas. Ce n'était pas normal. Ces derniers temps, sa sœur se comportait de manière étrange.

– Que se passe-t-il ? lui demanda Laura.

Lucas se souvint alors du motif de sa venue.

– Percy a découvert quelque chose d'intéressant, dit-il. Viens voir cela.

***

Aliénor avait déjà atteint la porte de l'office où étaient rangées les herbes rares lorsque la voix de Morwena parvint à ses oreilles.

– N'as-tu pas oublié quelque chose ?

– Ou... oublié ? bredouilla-t-elle. Que voulez-vous dire ?

La guérisseuse se tenait debout près de la table que deux chandelles éclairaient. Elle pilait dans un mortier une de ses préparations. Le visage sévère, elle fixait son élève.

– La décoction pour Elysion ? dit-elle tranquillement.

Aliénor rougit.

– Oui, bien sûr. Je te prie de pardonner ma négligence.

Elle alla chercher un récipient dans l'armoire, se hâta vers le puits où elle prit de l'eau. Lorsqu'elle l'eut rempli à moitié, elle mit un couvercle dessus et le rapporta dans les cuisines. En le posant sur le foyer, elle renversa par inadvertance un peu d'eau qui s'évapora en sifflant. Elle ajouta une bûchette dans le four, fila à l'armoire aux provisions et ouvrit le tiroir, où était entreposé le mélange d'herbes rares servant à préparer l'infusion d'Elysion. Elle prit à la hâte dans un sachet deux cuillérées d'herbes qu'elle versa dans un gobelet de terre cuite.

Morwena observait, l'air soucieux, les gestes brusques de la jeune fille.

– Qu'as-tu donc aujourd'hui, Aliénor ? lui demanda-t-elle.

Aliénor sursauta si vivement que l'on aurait dit qu'elle se sentait prise en faute.

– Pardon ? répondit-elle d'une voix mal assurée.

– Pourquoi es-tu si nerveuse aujourd'hui ? Cela ne te ressemble pas.

– Je ne suis pas nerveuse !

– Bien sûr que si, rétorqua Morwena avec douceur. T'était-il déjà arrivé d'oublier la décoction d'Elysion ?

Aliénor ne trouva rien à répondre. Elle fixait le sol d'un air embarrassé. Morwena interrompit son travail, posa le pilon dans le mortier et rejoignit son élève près du tour. De la main, elle releva le menton d'Aliénor en lui adressant un regard bienveillant.

– Dis-moi, Aliénor, qu'as-tu donc sur le cœur ? Tu sais que tu peux me faire confiance, tu le sais bien.

La jeune fille, gênée, baissa les yeux tandis qu'elle réfléchissait fébrilement. Elle ne pouvait tout de même pas lui avouer les projets d'Alarik, ni lui confier ses craintes, car Morwena mettrait à coup sûr Paravain dans la confidence.

– Vous vous trompez, maîtresse, lui dit finalement Aliénor en secouant énergiquement la tête. Il n'y a rien, rien du tout.

Morwena plissa les yeux et jaugea la jeune fille en pesant tout ce qui venait d'être dit. Elle écarta sa main du menton d'Aliénor.

– Bien. Tu n'as pas envie de parler. Je respecte ton silence. Mais sache-le : partager ses soucis est plutôt une bonne chose.

Sur ce, elle se détourna et reprit son travail.

Tandis que le bruit monotone du pilon lui martelait les oreilles et que les bûchettes éclataient dans le four, Aliénor souleva le couvercle du récipient. L'eau commençait à bouillir. L'arôme des herbes chatouillait les narines d'Aliénor : mandragore, fébrifuge, chardon du dragon. Cependant, la jeune fille n'y accordait guère plus qu'une attention passagère, car ses pensées allaient à Alarik.

Par chance, personne ne s'était aperçu qu'Alarik était parti. Au matin, elle était allée excuser son frère auprès de Paravain en prétendant qu'il ne se sentait pas bien et qu'il préférait rester couché ce jour-là. Ce mensonge lui avait mis le rouge aux joues, ce qui n'avait cependant pas éveillé les soupçons du chef des Chevaliers Blancs. Personne n'avait remarqué que la chambre d'Alarik était vide. Personne n'avait flairé leur secret – ce qui tenait du miracle si l'on songeait au comportement assez peu discret de Swippi.

Depuis qu'Alarik était parti, Swippi était devenu comme fou. C'était vraisemblablement l'absence de son maître qui lui arrachait à tout moment des cris à fendre l'âme. Même les friandises les plus délicieuses ne parvenaient pas à le faire changer d'humeur. Il n'arrêtait pas de gratter à l'huis de la chambre d'Aliénor et il avait tenté de s'enfuir par la fenêtre. Aliénor l'en avait empêché de justesse. Comme la chambre se trouvait dans un coin reculé de la forteresse, personne encore n'avait entendu les débordements de Swippi. Mais cela ne pourrait plus longtemps passer inaperçu.

Tout en attendant que l'eau se mette à bouillir pour pouvoir enfin la verser sur les herbes destinées à la décoction d'Elysion, Aliénor espérait ardemment que Swippi se serait fatigué entre-temps et qu'il se tiendrait désormais tranquille

**

Laura reconnut aussitôt la reproduction sur l'écran de l'ordinateur. Les deux chevaliers entourés de l'inscription en latin étaient identiques à ceux gravés sur le fragment qu'elle avait trouvé dans la bibliothèque.

La pierre était posée sur le bureau, près de la calculatrice. Un coup d'œil lui suffit à se convaincre qu'elle ne s'était pas trompée, la seule différence étant que sur l'écran le dessin figurait en entier tandis qu'il était incomplet sur la gravure.

Les compères, scotchés devant l'ordinateur dans la chambre de Percy, attendaient impatiemment l'apparition de la page d'Internet que leur professeur avait recherchée.

– C'est, sans conteste, le sceau des Templiers, comme le prouve l'inscription latine *sigillum militum xristi*, le sceau des soldats du Christ, affirma-t-il en désignant l'image qui venait d'apparaître.

Kaja fit une moue et fronça les sourcils.

– Les Templiers ? Jamais entendu parler.

– Qui étaient ces Templiers ? demanda Laura à son tour.

Lucas prit une inspiration. Il allait répondre lorsqu'il remarqua la mine sombre de Percy. Il garda donc le silence.

En deux clics, le professeur ouvrit une autre page. Le dessin d'une puissante armée de cavaliers apparut à l'écran. Les écus et les mantelets des chevaliers portaient de grandes croix, élargies aux pointes. Les bannières de l'armée, qui flottaient au-dessus de leurs têtes, étaient également ornées de cette croix.

– Les chevaliers du Temple regroupaient de pieux et nobles gens qui, à l'époque des croisades, avaient formé une alliance sacrée. Ils étaient partis en Terre Sainte, y avaient érigé de nombreuses forteresses et avaient combattu les Sarrasins. Mais, par-dessus tout, ils s'étaient donné pour mission de veiller sur le Saint Graal !

– Le Saint Graal ? répéta Kaja qui ne savait pas de quoi il s'agissait.

– Oui, dit Percy. C'est une Coupe précieuse qui, selon d'antiques sources, était censée contenir l'Eau de la Vie Éternelle. Nombreux sont ceux qui l'ont cherchée. Mais, jusqu'à présent, nul n'en a retrouvé la trace.

Laura plissa le front.

– L'Eau de la Vie Éternelle, c'est bien ce que tu as dit ?

Percy acquiesça.

– Alors, ce Graal était une sorte de Coupe de la Lumière ?

– Oui, Laura. La vérité se cache souvent sous l'apparence des choses.

Lucas attrapa le morceau de pierre sur la table, examina pensivement ce qui restait du sceau, puis se tourna vers Percy.

– Ce que je ne comprends pas, c'est comment, alors que les chevaliers du Temple s'étaient établis en Terre Sainte, ce sceau a pu arriver ici à Ravenstein ?

– L'explication est assez simple : Reimar von Ravenstein s'était jadis engagé pour quelque temps chez les Templiers.

– Parce qu'il voulait devenir gardien du Saint Graal ?

– Non, rétorqua Percy, parce qu'il voulait dérober le Graal.

– Vraiment ? s'étonna Lucas. Et il a réussi ?

Percy ne répondit pas immédiatement. Il saisit la souris et cliqua plusieurs fois pour faire apparaître à l'écran la magnifique Coupe. Bien que ce fût une reproduction en noir et blanc, on devinait la valeur inestimable de la Coupe en or, incrustée de pierres précieuses.

Laura se pencha un peu plus. Ses yeux brillaient d'un étrange éclat. La Coupe la fascinait.

– C'est cela, le Graal ? murmura-t-elle d'une voix où perçait de l'admiration.

Percy se détourna de l'écran et regarda la jeune fille.

– Bon, en tout cas, c'est ce qu'a cru notre Reimar. Il a donc dérobée la Coupe et apportée ici. Seulement, il ne s'agit que d'une copie. Lorsque le Chevalier Cruel but de cette eau, il fut affreusement puni pour avoir commis un tel forfait : son corps se mit à pourrir de l'intérieur.

Kaja, pétrifiée, porta sa main à sa bouche, et Lucas fixa le professeur avec une expression horrifiée.

Mais Laura prit la souris et cliqua sur l'icône d'impression. Lorsque l'imprimante commença à ronronner, elle se tourna vers Percy.

– D'où tiens-tu toutes ces informations ?

Un sourire apparut sur le visage de l'enseignant.

– De votre père. Vous le savez, pourtant : il était passionné par l'histoire de Ravenstein. Il a donc effectué beaucoup de recherches. Et comme nous partagions le même bureau, il m'a toujours tenu au courant du progrès de ses investigations.

– Et ensuite ? poursuivit-elle. Qu'est-il arrivé ? Reimar a-t-il pu être sauvé ?

Percy secoua la tête.

– Non, pas le moins du monde. Promis à une mort certaine, il fut une fois encore fidèle à sa sinistre réputation en ourdissant un plan diabolique : il décida non seulement de substituer la fausse Coupe au poison mortel, mais d'envoyer à la mort quatre de ses meilleurs chevaliers qui s'apprêtaient à prier pour son dernier repos.

Tandis que Kaja et Lucas échangeaient de nouveau des regards terrifiés, la reproduction de la Coupe sortait de l'imprimante.

Laura saisit la page imprimée, la plia et la mit dans sa poche. Ensuite elle se tourna à nouveau vers Percy Valiant.

– Comment s'y est-il pris ?

– Je n'en ai pas la moindre idée, répondit l'enseignant avec un haussement d'épaules. Ce qui est sûr, c'est que les quatre hommes ont disparu à jamais dans le tombeau. Et depuis lors...

– ... leurs esprits hantent les lieux, compléta Kaja.

Le professeur eut un sourire.

– Peut-être bien. En tout cas, c'est ce que l'on croit. Mais mon petit doigt me dit que ce n'est qu'une légende.

– Ce n'est pas vrai, Percy, ce n'est pas une légende, protesta Kaja. Nous avons nous-mêmes entendu des hurlements, n'est-ce pas ? ajouta-t-elle à l'adresse de Lucas qui approuva, puis de Laura qui acquiesça à son tour.

– C'est vraiment vrai, affirma Laura. Tout ce qu'il y a de plus vrai.

Mais Percy Valiant n'était pas pour autant convaincu :

– Je ne voudrais pas mettre en doute vos affirmations, mais, à coup sûr, ce n'est pas d'esprits qu'ils provenaient !

– Et de qui alors ? rétorqua Laura.

– Votre père a entrepris à maintes reprises des fouilles dans la tombe, mais il ne m'a jamais parlé d'esprits, vous pouvez me croire. Or il n'aurait pas manqué de m'en parler s'il en avait rencontré.

Sur ce, il tendit une main vers Lucas :

– Si tu voulais bien me faire l'amitié de me confier cette pierre ?

Lucas lui remit le fragment qui provenait de la bibliothèque. Percy le soupesa, le regarda de plus près et l'examina attentivement. Puis il tâta la surface, le mit sous son nez et le renifla. Quand Percy eut terminé son examen, il se tourna vers les enfants avec un hochement de tête circonspect.

— C'est sans conteste du marbre de Malte. Il n'y a, selon moi, pas le moindre doute. Ce fragment doit avoir été détaché de la chambre funéraire qui se trouve dans la vieille tombe. On ne trouve pas de marbre ailleurs dans le château.

— Ah bon ? fit Lucas, surpris. Et qu'est-ce...

Mais il ne put achever sa phrase. Au même moment, en effet, la porte s'ouvrait à la volée et Miss Mary faisait irruption dans la pièce. Elle paraissait dans un état de grande agitation et son visage était tendu. Quand elle aperçut Percy, elle fut rassérénée.

— Ah, toi au moins tu es là, je t'ai cherché partout.

Percy la regardait, soucieux. Dès le premier coup d'œil, il avait compris que quelque chose était arrivé. Il alla à sa rencontre :

— Qu'est-ce qui ne va pas, gracieuse Mary ?

L'expression angoissée revint sur les traits de l'enseignante. Elle regardait Percy d'un air implorant :

— Viens vite, s'il te plaît ! C'est le professeur, je me fais du souci pour lui.

Laura tressaillit. Tandis que Percy décrochait son manteau, puis l'enfilait, elle s'avança vers Miss Mary.

— Qu'est-il arrivé au professeur ? demanda-t-elle d'une voix cassée.

— Il a beaucoup de fièvre. C'est à peine s'il entend lorsqu'on lui parle. Et quand, de temps en temps, il répond, c'est pour dire des choses incompréhensibles. Ses paroles n'ont aucun sens.

Puis Mary, se détournant de Laura, fixa Percy avec insistance.

— Dépêche-toi...

— J'arrive tout de suite, rétorqua-t-il. Mes amis, je sollicite votre indulgence. Je ne peux, hélas, rester plus longtemps en votre compagnie. Le devoir m'appelle.

Sur ces mots, il suivit Miss Mary qui avait déjà franchi la porte.

Laura se demanda un instant si elle devait accompagner Percy, mais celui-ci, d'un signe de tête, lui fit comprendre que ce n'était pas nécessaire.

Une fois que leur professeur eut refermé la porte, les trois amis se regardèrent, désemparés.

– Et maintenant ? interrogea Lucas. Que faisons-nous ?

Kaja jeta un coup d'œil à sa montre.

– Rien du tout ! dit-elle. Il est déjà neuf heures et demie. Dans une demi-heure, ce sera l'extinction des feux. La seule chose qu'il nous reste à faire, c'est d'aller nous coucher. As-tu une autre idée, Laura ?

Laura ne répondit pas. Campée devant l'écran l'ordinateur, elle contemplait l'image du Graal. Au bout d'un moment, elle pivota, se passa la main sur le front et regarda pensivement droit devant elle.

– Si le fragment avec le sceau provient vraiment de la tombe... commença-t-elle, songeuse.

– Oui ? demanda aussitôt Lucas avec des yeux pleins d'espoir, car il devinait que sa sœur venait d'avoir une idée très précise.

– ... alors c'est peut-être là que la Coupe est cachée ?

Lucas fit une moue sceptique. Sa ride sur son front s'était creusée.

– Réfléchis un peu, reprit Laura. Lors du voyage astral, j'ai pu observer comment papa, ce soir du solstice d'hiver, revenait de la chambre funéraire en courant. J'ai vu les Chevaliers Noirs qui le poursuivaient. J'en ai alors conclu que papa avait vu là-bas quelque chose qu'il aurait mieux fait de ne pas voir.

– Oui, bien sûr, cela paraît convaincant, intervint Kaja qui avait suivi jusqu'alors les explications de Laura en se taisant.

– Et, avant que ses ravisseurs arrivent à le maîtriser, il a eu le temps de cacher ce « quelque chose » dans la bibliothèque. Je suis persuadée qu'il s'agissait de ce fragment de pierre.

– Sûrement ! ajouta Kaja. De quoi s'agirait-il d'autre, sinon ?

– Peut-être la fiole de brouillard ? fit Lucas. Le fragment pouvait se trouver là-bas derrière depuis des lustres.

Bien sûr, c'est une éventualité, se dit-elle, *mais il est tout aussi plausible que j'aie raison.*

– Pourquoi n'irions-nous pas voir cette tombe ? leur proposa-t-elle.

Elle attendait impatiemment leur réponse.

Lucas prit une expression butée.

– Tu as pourtant entendu ce que Kaja vient de dire. Il se fait tard, bientôt dix heures du soir. Si nous partons maintenant, nous ne pourrons pas être de retour pour minuit. Ce serait une grosse entorse au règlement.

Laura, prête à tout, le regarda d'un air réprobateur.

– Ah bon ? Le règlement aurait plus d'importance que papa, peut-être ?

Lucas se tut. Il savait que cela ne servait à rien de discuter avec sa sœur, aucun argument ne pourrait dissuader Laura. Kaja considérait son amie d'un air indécis.

– Je ne suis pas sûre de bien comprendre : tu penses vraiment que nous devrions aller visiter cette tombe ?

– Oui, bien sûr.

Kaja pâlit. Ses yeux s'agrandirent et ses taches de rousseur pâlirent.

– Maintenant ? À cette heure ? En pleine nuit ?

– Quand, sinon ? rétorqua Laura

– Oh, non… gémit Kaja. Jamais de la vie ! Plutôt mourir !

CHAPITRE 20

Le lémure hurleur

a lune avait surgi de derrière les nuages et inondait maintenant le Bois du Bourreau d'une lumière blafarde. Bien que les trois amis se soient déjà aventurés quelques jours auparavant dans ce secteur, Laura le trouvait plus inquiétant dans l'obscurité. Le bois semblait comme animé d'une vie mystérieuse. Les arbres centenaires se dressaient dans le ciel comme une armée de géants préhistoriques effrayants. On aurait dit que, de leurs innombrables branches, ils s'apprêtaient en silence à repousser l'ennemi. Les buissons et les taillis au pied des troncs majestueux ressemblaient à une armée d'orks sinistres et de trolls funestes, postés là pour bouter l'envahisseur. Des ombres étranges et dansantes se dessinaient sur le tapis de feuilles recouvrant le sol. Le bois n'était que bruits. Le sousbois résonnait de murmures et de chuchotis, de grondements et de ronflements, de craquements et de froissements dont il était impossible de cerner l'origine.

Les amis ne se lâchaient pas d'une semelle sur le chemin les menant à la crypte. Laura avait eu la présence d'esprit d'emporter des lampes de poche. Les trois puissantes torches métalliques éclairaient l'étroit sentier qui sinuait à travers la forêt profonde en direction de la crypte. De temps à autre, l'un d'entre eux braquait le faisceau lumineux sur les arbres et les taillis en bordure du chemin. Les plaques de mousse sur les troncs et les longues lianes tombant des arbres brusquement éclairés prenaient alors des allures fantomatiques et, de temps à autre, la lumière se réfléchissait dans une paire d'yeux brillants, sans doute ceux d'un animal à l'affût d'une proie, un renard peut-être ou un blaireau. Mais la forêt n'abritait peut-être pas que des animaux…

Kaja se tourna vers son amie :

– Es-tu certaine que les corbeaux dorment la nuit ?

Laura secoua la tête :

– Sûre, pas vraiment…

Kaja s'arrêta et regarda Laura d'un air angoissé.

– Pas vraiment ?! Mais… mais alors, ils vont immédiatement alerter Albin Ellerking !

Laura secoua à nouveau la tête et répondit sur un ton ferme.

– Mais non.

– Comment comptes-tu faire pour les en empêcher ?

– Moi, je ne compte rien faire, répondit Laura dont le visage s'éclaira d'un sourire. Mais notre ami s'en chargera !

Elle plongea la main dans la poche de son anorak – la grosse doudoune rouge, déchirée par endroits, n'était quasiment plus mettable depuis qu'elle l'avait prêtée à Magda et que celle-ci avait fait cette malencontreuse chute –, et elle en sortit le flacon de brouillard.

Intrigués, ses amis observèrent la fiole de couleur verte.

– Éteignez vos lampes, leur ordonna Laura.

Kaja et Lucas obtempérèrent aussitôt. Ils glissèrent les torches dans leurs poches. Laura fit de même, puis elle retira le bouchon en liège du goulot. Rien ne se produisit. Laura fronça les sourcils :

– Peut-être… qu'il dort ? fit-elle, songeuse, en tapotant doucement le verre du bout de son index.

Il ne fallut attendre que quelques secondes pour que s'échappe de la petite bouteille un filet de vapeur blanche. Fumerol s'épaissit pour former un gros nuage. Il bâilla à l'envi. Puis il prit la parole d'une petite voix enrouée.

– En quoi puis-je vous être utile, maîtresse ?

– Protège-nous, Fumerol. Enveloppe-nous afin que personne ne nous voie.

– Vos désirs sont des ordres !

On entendit un léger sifflement, puis un souffle qui ressemblait à une douce brise. Le nuage s'ébranla, changea de forme, s'étira, s'étendit lentement sur ses amis et s'entortilla autour des trois enfants jusqu'à les faire complètement disparaître sous une épaisse couche blanche.

– Cela vous convient-il, maîtresse ? s'enquit Fumerol.

– C'est parfait ! répondit une voix au milieu du brouillard. Allons-y maintenant !

Peu après, au moment où apparaissaient entre les arbres les contours fantomatiques du vieux tombeau, Laura aperçut dans les hautes frondaisons les boules de gui dont les sinistres corbeaux, les gardiens de la crypte, avaient pris l'apparence pour mieux garder l'entrée du tombeau.

Dès que le nuage de brouillard s'était formé au pied des arbres, les boules de gui s'étaient métamorphosées en corbeaux. Pour l'instant, ils semblaient sommeiller. Perchés sur leurs branches, ils avaient l'air de somnoler en toute quiétude. Leurs plumes noires se moiraient de reflets bleuâtres dans la lumière blafarde de la lune.

Soudain, quelques oiseaux de malheur s'agitèrent étrangement, et leurs yeux globuleux étincelèrent comme autant de points de lumière dans la nuit. Inquiets, ils se balancèrent d'un pied sur l'autre, agitèrent et déployèrent leurs ailes, tendirent le cou et scrutèrent le sol, à l'endroit où la nappe de brouillard progressait vers le tombeau. Quelques-uns ouvrirent le bec sans pour autant pousser de cris.

Tout était calme dans la chambre du professeur. Aurélius Morgenstern, couché dans son lit, dormait cependant d'un sommeil agité. Le front couvert de sueur, il tournait et retournait la tête sur son oreiller. Ses lèvres articulaient des mots, murmuraient des paroles à peine compréhensibles : « Laura… attention… Laura… »

Percy interrogea du regard Miss Mary qui, assise sur un tabouret, était à son chevet :

– Que veut-il dire par là ?

– Aurélius se fait du souci pour Laura, répondit Mary, angoissée. L'enjeu est de taille et on peut comprendre qu'il soit inquiet, même dans son état. La mission dont elle est chargée est périlleuse.

Percy cilla. Son front se plissa tandis qu'il observait d'un air préoccupé Miss Mary dont les cheveux auburn brillaient à la lueur de la bougie posée sur la table de nuit. Les herbes aromatiques, qui se consumaient dans la coupelle en terre cuite posée à côté du chandelier, dégageaient une forte odeur médicinale.

Aurélius Morgenstern se redressa brusquement dans son lit. Il ouvrit de grands yeux effarés en fixant un point quelque part au loin :

– Les chiens ! hurla-t-il en haletant. Les chiens de la nuit, ils vont la tu…

Il s'interrompit, s'efforça de retrouver son souffle, le visage altéré par l'angoisse. Percy et Mary échangèrent des regards anxieux. Mais, l'instant d'après, d'autres paroles s'échappaient de la bouche du professeur :

– Le loup… le loup noir ! Le loup…

Il s'arrêta à bout de force au beau milieu de cette phrase et s'effondra sur son oreiller. Ses yeux se fermèrent. Alarmée, Mary se pencha sur lui.

– Professeur, professeur !

Aurélius Morgenstern ne répondit pas, mais il respirait à présent plus calmement. Sa poitrine se soulevait et s'affaissait régulièrement. Mary Morgain se tourna vers Percy en lui montrant le verre sur la table de nuit :

– Il semblerait que la tisane calmante lui ait enfin fait de l'effet. Pourvu que la fièvre cède et qu'il passe une nuit relativement calme.

– Souhaitons-le… Il ne nous reste qu'à espérer.

Percy, songeur, regardait le professeur qui semblait avoir sombré dans un profond sommeil. Miss Mary secoua doucement la tête :

– Pour l'instant, nous ne pouvons plus rien pour lui. Je vais le veiller cette nuit. Quant à toi, tu ferais mieux d'aller te coucher, c'est la meilleure chose que tu puisses faire.

– Tu es certaine que je ne peux pas t'être utile à quelque chose ?

Miss Mary secoua encore la tête.

– Bien, dit Percy. Tu me préviens s'il y a du nouveau ! Promis ?

Mary Morgain sourit doucement :

– Promis, Percy. Allez, bonne nuit !

Percy Valiant lança un dernier regard en direction du malade et se dirigea vers la porte. Une fois sur le seuil, il s'immobilisa et se tourna encore une fois vers Miss Mary :

– Il faudrait peut-être mieux que j'aille voir ce que devient Laura.

– Laura ? répéta Mary Morgain, surprise. Pourquoi donc ?

Percy haussa les épaules.

– Je ne sais pas. J'ai comme un drôle de pressentiment.

Miss Mary jeta un coup d'œil sur sa montre.

– Il est déjà vingt-trois heures. Laura et Kaja sont couchées depuis longtemps déjà et dorment à poings fermés.

– Tu as sans doute raison. Pourtant…

– Que pourraient-elles faire d'autre ?

– Je ne sais pas, mais j'ai la curieuse intuition qu'elles sont allées jusqu'à la vieille crypte…

– À la vieille crypte ? s'exclama Mary, étonnée, en lui coupant la parole. Je n'y crois pas. Tous les élèves savent que c'est interdit, et Laura n'est pas suffisamment bête pour prendre le risque d'un renvoi. D'autant qu'elle perdrait aussi toutes ses chances de remplir sa mission. Et puis, en admettant qu'elle veuille s'introduire dans la crypte, elle n'aurait pas attendu la nuit noire pour le faire. Elle est beaucoup trop peureuse pour cela, et son amie l'est encore plus !

– C'est vrai, acquiesça Percy. Tu m'as déjà dit qu'elles ont cru entendre un revenant hurler.

– Tu vois ! répliqua Mary en souriant.

– Je me fais sans doute du souci pour rien, dit Percy en souriant à son tour.

– Certainement. Laura et ses amis sont suffisamment raisonnables pour ne pas se risquer dans une pareille aventure. Ils n'ignorent pas que c'est extrêmement dangereux !

La nappe de brouillard enveloppant les trois amis était enfin parvenue à l'entrée de la crypte. Ils sortirent l'un après l'autre de la nuée blanche et pénétrèrent dans la galerie qui menait à l'intérieur de la sépulture. Tandis que Kaja et Lucas allumaient leurs lampes de poche, Laura sortait la petite bouteille de sa veste. Elle se tourna vers Fumerol :

– Merci, Fumerol, tu peux aller te reposer maintenant, tu l'as bien mérité.

– C'est très généreux de votre part, maîtresse, très généreux ! répondit le brouillard tout en bâillant.

Puis il disparut dans un léger sifflement. Il n'était pas complètement rentré dans la bouteille qu'il ronflait déjà. Laura remit le bouchon sur le flacon qu'elle glissa dans sa poche. Puis elle rejoignit ses deux amis.

Kaja et Lucas éclairaient l'étroite galerie, apparemment très longue, qui s'enfonçait sous la terre. Ils n'en voyaient pas le bout. Les lampes projetaient des faisceaux dansants sur les moellons grossiers et sur les dalles du sol couvertes d'une poussière déposée par les siècles. Des toiles d'araignée, pleines de cadavres desséchés d'insectes, tombaient de la voûte.

Kaja fit une grimace écœurée :

– Berk !

Laura n'était guère plus rassurée. Ce n'étaient pas les mouches et les scarabées morts qui l'angoissaient, mais l'odeur montant du fond de la tombe. Une odeur de mort et de décomposition. Laura avala sa salive pour essayer de desserrer l'étau qui étranglait sa gorge. Elle prit son courage à deux mains, sortit sa lampe et l'alluma :

– Allez, on y va ! dit-elle en se mettant lentement en marche.

Après un bref instant d'hésitation, Kaja et Lucas lui emboîtèrent le pas. Les trois amis n'avaient pas fait dix mètres qu'un effroyable hurlement retentit. Il semblait provenir directement du fond de la galerie dans laquelle ils venaient de s'engager.

Même Laura qui, d'ordinaire, se laissait rarement impressionner, tressaillit d'effroi.

Kaja, en revanche, fut prise d'un véritable accès de terreur. Elle poussa un cri, et sa lampe tomba par terre en faisant un bruit de métal. Tremblant de tout son corps, elle s'accrocha à Laura comme une naufragée qui se sent couler à pic.

– Les…les…les… esprits ! bégaya Kaja, terrorisée. Vite, filons avant qu'ils ne nous attrapent !

– Kaja, calme-toi ! Tu as entendu ce qu'a expliqué Percy, il n'y a pas d'esprit ici, lui dit Laura en passant un bras autour de son cou.

– Il n'empêche que j'ai bien entendu ce que j'ai entendu ! répondit-elle avec un tremblement dans la voix avant de s'écrier à nouveau : Là ! tu entends !

Des hurlements terrifiants s'élevèrent encore, plus forts que les précédents, et un courant d'air froid balaya leurs visages. Ils eurent l'impression que des mains glacées venaient de les effleurer.

– Non ! s'exclama Kaja en se blottissant tout contre Laura.

Lucas se taisait. Il restait là, à côté des deux filles, sans perdre son sang-froid, et promenait consciencieusement le faisceau de sa lampe torche sur les parois de la galerie. Lorsque tout d'un coup un sourire éclaira son visage.

– Pas mal ! déclara-t-il.

Laura le regarda d'un air étonné :

– Comment ça, pas mal ?

Le garçon pointa sa torche vers le mur. Cinq mètres plus loin, la lumière de la lampe mettait en évidence une niche abritant une horrible tête de monstre, aux traits déformés et grimaçants, un faciès à vous glacer le sang.

– C'est quoi ? demanda Laura, apeurée.

– Un lémure, je pense. C'est le nom que donnaient les Romains dans l'Antiquité aux spectres des morts qui venaient tourmenter les vivants. Ils les enfermaient dans des statuettes afin de les empêcher de hanter les lieux et d'effrayer les gens.

Le lémure en pierre regardait bouche bée les enfants. L'instant d'après, il poussait à nouveau un tel hurlement que Kaja cria. Laura tenta de la rassurer et se tourna vers son frère :

– Ça fonctionne comment, ce truc ?

Lucas se dirigea vers le monstre. Il fit signe à sa sœur de le suivre. Laura ne bougea pas, car Kaja, qui refusait énergiquement d'avancer, la retenait de toutes ses forces. Lucas s'arrêta devant la figure grimaçante et pointa le doigt sur la bouche ouverte dont les lèvres épaisses formaient une embouchure presque ronde.

– Imaginez un tuyau d'orgue ou un goulot de bouteille, expliqua-t-il. Cette partie n'est que l'extrémité visible d'un conduit qui part de l'intérieur de la tête pour aller jusqu'à l'extérieur, à l'air libre.

– C'est donc de là que venait le courant d'air glacial que nous avons senti tout à l'heure ?

– Parfaitement, Laura.

– Mais d'où vient ce hurlement effrayant ?

– Très simple. Tout courant d'air passant à travers le tuyau produit périodiquement des vibrations avec des fréquences différentes, lesquelles engendrent ce bruit terrifiant dont le volume sonore est proportionnel au carré de l'amplitude phonique.

– Oui, et alors ? fit Laura en traînant sur les mots.

Perplexe, elle regardait Lucas qui arborait un sourire suffisant, sachant que les deux filles ne comprenaient rien à ses explications : les phénomènes compliqués sont, comme chacun sait, difficiles à expliquer clairement.

– Bref, j'imagine que le système sert avant tout à dissuader les visiteurs inopportuns ? tenta de résumer Laura.

– Ça tombe sous le sens, non ? Depuis l'Antiquité, on utilise ce procédé consistant à produire de terribles sons grâce à de l'air et du vent, pour effrayer les petites natures trouillardes ! Et, comme on peut le constater, ça marche à merveille ! ajouta Lucas en regardant Kaja d'un air malicieux.

La petite rouquine cherchait toujours à reprendre son souffle :

– Comment ça ? s'emporta Kaja. Qu'est-ce qui te fait dire ça ?

Lucas ne répondait rien, mais n'en souriait pas moins. Kaja était vraiment vexée.

– J'en… j'en étais sûre. Ça ne pouvait pas être des esprits ! Pas vrai, Laura ?

– Évidemment, répliqua Laura avec un sourire discret. Et maintenant avançons !

À la lueur des torches, ils s'enfoncèrent dans la galerie qui descendait en pente raide, zigzaguait et devenait plus étroite à mesure qu'ils progressaient. L'odeur putride y était étouffante. Les parois suintaient d'humidité. Les gouttes d'eau tombant de la voûte avaient formé par endroits des mares qu'ils évitaient comme ils le pouvaient.

Leurs investigations prirent fin brusquement dans les minutes qui suivirent.

Albin Ellerking était furieux, absolument hors de lui. Excédé, il shoota dans un caillou sur le chemin, s'emmitoufla dans son épais manteau et poursuivit sa ronde à travers le parc de Ravenstein. Groll, juché sur son épaule, épiait, à l'exemple de son maître, les environs d'un œil vigilant. Tout était calme, il n'y avait personne en vue.

Pas étonnant ! se disait le jardinier en colère. *Qui serait assez fou pour se promener dehors par une nuit si lugubre ? Personne – sauf moi, évidemment.* Habituellement, à cette heure-là, il était allongé depuis longtemps dans son lit douillet. Et voilà que maintenant, par la faute de cette vipère de Rebecca Taxus, il arpentait le parc en pleine nuit.

Après le dîner, elle l'avait pris à l'écart pour lui faire comprendre avec insistance qu'à partir de maintenant il devait redoubler de vigilance. Plus rien ne devait échapper aux yeux de lynx du gardien, plus rien ne devait venir contrarier ses projets. Elle l'avait donc chargé d'effectuer, dès l'heure du coucher, une ronde de nuit dans le parc autour du château afin de vérifier tout détail qui lui semblerait suspect.

– Personne ne doit s'introduire en secret dans la crypte, tu entends ! lui avait-elle sifflé dans les oreilles en le fixant de ses yeux froids de vipère. Et si cela devait malgré tout arriver, je n'aimerais pas être à ta place. Parce que je serais en colère, très en colère ! Et je ne serais pas la seule : Borboron enragerait lui aussi !

Albin Ellerking s'apprêtait à répondre quand il se ravisa. Il préféra ne rien dire, d'abord parce que cela n'aurait servi à rien, et ensuite parce qu'il savait que Taxus s'inquiétait inutilement. Jusqu'à ce jour, personne n'était parvenu à pénétrer dans la crypte à son insu. Les corbeaux avaient guetté les intrus et avaient donné l'alarme. Aucun individu ne pouvait tromper leur vigilance, que ce soit de jour comme de nuit. De surcroît, aucun élève ne se risquerait à aller dans l'obscurité jusque-là, ils étaient beaucoup trop peureux, surtout depuis que l'incident regrettable survenu à Alain Schmitt s'était ébruité.

Albin Ellerking ne put réprimer un sourire fielleux. Cette histoire avec Alain Schmitt, c'est lui qui en avait eu l'idée. Une brillante idée, en y repensant, mais cette vipère de Taxus ne l'en avait même pas remercié. Pas plus, du reste, que Quintus Schwartz. Ça se passait toujours comme ça : il accomplissait les sales besognes et ne récoltait, en échange, pas la moindre reconnaissance.

Le jardinier soupira. La vue des anciennes écuries abritant son minuscule logement tempéra ses esprits échauffés et le réconcilia quelque peu avec l'injustice du destin. Sa ronde touchait à sa fin. Dans quelques minutes, il serait dans son lit et sombrerait dans un sommeil bien mérité.

Ellerking se dirigeait vers l'entrée de la crypte lorsque Groll poussa soudain un premier grognement. Puis un deuxième. Surpris, le jardinier se figea sur place et tourna sur lui-même – c'est à cet instant-là qu'il remarqua les corbeaux. Ils tournoyaient très haut dans le ciel sombre au-dessus du Bois du Bourreau, pile à l'endroit où se situait la vieille tombe. Ils planaient en silence, mais, à leur comportement, Albin Ellerking comprit immédiatement qu'il se produisait quelque chose d'anormal.

– Il y a quelque chose de bizarre ici ? dit-il tout haut.

À défaut de trouver une explication plausible, Albin Ellerking décida d'aller voir sur place, deux précautions valant mieux qu'une. Il ne fallait pas prendre les propos de Rebecca Taxus à la légère. Et encore moins ceux de Borboron.

Les amis regardaient, perplexes, le mur qui leur barrait le passage.

– Étrange, constata Laura, songeuse.

– Tu l'as dit, renchérit Kaja. Je ne comprends pas pourquoi ils ont muré la galerie.

Laura secoua la tête :

– Je ne parle pas du mur.

– Alors de quoi parles-tu ?

– Est-ce que Magda n'a pas raconté dernièrement qu'un garçon – un certain Alain Schmitt, si je me souviens bien de son nom – était mort écrasé par un mur qui s'était effondré sur lui ?

– Oui, et alors ?

– Non, répondit Kaja qui venait de comprendre à l'instant même. Mais alors, cela voudrait dire que…

– Parfaitement ! Que quelqu'un a inventé cette histoire. Mais pourquoi ?

Personne ne répondit. Il y avait pour le moment des questions plus urgentes à résoudre. Les trois amis restaient désemparés devant le mur.

– Et maintenant, qu'est-ce qu'on fait ? demanda Kaja en regardant Lucas dont elle attendait une proposition.

Mais le garçon se taisait.

– Habituellement, tu as toujours une solution sous le coude, plaisanta Kaja. Bon, évidemment, quand une difficulté réelle se présente, il n'y a plus personne.

Lucas allait répartir sur le même ton quand Laura s'immisça dans la conversation.

– Hé, vous allez arrêter vos âneries, les interrompit-elle sèchement.

Les deux autres se turent. Laura se tourna vers le mur et promena sa lampe torche de haut en bas, tapotant la paroi et la caressant du bout des doigts. Puis elle sortit de sa poche le bout de pierre qu'elle avait trouvé dans la bibliothèque et le compara avec le reste du mur. Il était de la même couleur et de la même veine. Laura eut un sourire satisfait.

– Si je ne me trompe pas, ce mur est en marbre de Malte. Et d'après ce que Percy m'a raconté, la chambre mortuaire doit se trouver juste derrière.

– Ça semble logico, répondit Lucas. Reste à savoir comment on fait pour entrer là-dedans.

À défaut d'avoir une réponse, Laura éclaira le mur, parcourant le moindre recoin avec le faisceau lumineux sans pour autant remarquer quoi que ce soit de particulier. Tous les moellons se ressemblaient. Empilés les uns au-dessus des autres avec régularité, ils formaient une barrière infranchissable.

Subitement, elle avisa une petite encoche dans l'angle d'une pierre. L'entaille se trouvait à la hauteur de son genou, sur la partie extrême droite du mur. Elle s'accroupit et l'examina attentivement. Lucas et Kaja se placèrent derrière elle et dirigèrent le faisceau de leurs lampes sur l'endroit en question. C'est à cet instant-là que Laura comprit : le morceau qu'elle détenait venait de là puisque la partie supérieure de la pierre sculptée était manquante.

Et à cet endroit, exactement là où il aurait dû être une partie en relief, il y avait un petit trou. En dessous, on voyait bien le poitrail d'un cheval, ses jambes ainsi que celles de deux cavaliers en armure. La moitié de la figure sculptée était surmontée de quelques mots en latin. Laura sut immédiatement de quoi il retournait.

– Le sceau des chevaliers du Temple, chuchota-t-elle à ses amis surpris.

Elle tenait en main le morceau trouvé dans la bibliothèque. Aucun doute là-dessus, il s'agissait de la partie supérieure manquante de ce relief. Le morceau de pierre provenait bien d'ici. Laura réfléchit à haute voix :

– Qu'est-ce que cela signifie ? Pourquoi papa a-t-il emporté et caché ce fragment de pierre ?

Une idée lui traversa l'esprit. Elle tenta de replacer le morceau à sa place d'origine. Il s'enfonça dans le creux sans que cela pose de problèmes ou presque. Mais il n'épousait pas totalement la forme du trou, il ressortait d'un demi-centimètre et, malgré tous ses efforts, elle ne parvint pas à l'enfoncer davantage. Laura éteignit sa lampe et s'en servit comme d'un maillet. Elle donna alors un grand coup avec le manche de la torche sur la pierre qui entra complètement dans le mur, venant compléter le sceau. Rien ne permettait de voir que, quelques secondes plus tôt, un morceau manquait.

Un bruit terrifiant retentit au fond de la crypte. Laura se releva à la hâte et regarda les deux autres avec des yeux effarés. Le grondement approchait et enflait. Tout d'un coup, le mur devant eux s'ébranla.

Ils firent un bond en arrière et observèrent de leurs yeux agrandis par la peur le mur qui tremblait de plus en plus. De la poussière tombait de la voûte et, à la lueur de la lampe, ils apercevaient une multitude d'araignées qui s'empressaient de fuir. C'est alors que le sol sous leurs pieds se mit à vaciller, d'abord légèrement, presque imperceptiblement, mais on pouvait néanmoins le sentir.

Kaja saisit la main de Laura et la serra fermement. Ses doigts s'enfoncèrent dans la paume de sa main. Mais Laura ne s'en aperçut pas tant le phénomène étrange la fascinait : le mur bougeait. Il glissa d'abord lentement sur le côté, puis de plus en plus vite en en grinçant, jusqu'à ce qu'il disparaisse totalement à l'intérieur de la paroi. Puis ce fut le silence. Les tremblements et les grincements cessèrent.

La voie était libre.

Lorsque Laura dirigea le faisceau de sa lampe dans l'obscurité, elle découvrit la grande chambre mortuaire qui s'ouvrait devant eux. Au milieu trônait un énorme sarcophage. Ils avaient atteint leur but : ils se trouvaient en face de la sépulture de Reimar von Ravenstein.

– Incroyable ! s'écria Laura.

Lucas et Kaja poussèrent à leur tour des cris de joie, se sautèrent au cou et se mirent à danser.

CHAPITRE 21

Frayeurs dans la crypte

wippi !!!

Aliénor ne pouvait contenir sa colère.

– Par tous les dieux ! Espèce de sale bête, tu ne pourrais pas rester un peu tranquille !

Mais Swippi n'avait pas la moindre intention d'obéir. Il ouvrit son museau pointu et poussa un long cri qui rappelait le couinement inquiet d'un faon. Puis il déploya ses ailes de chauve-souris, voleta et fonça tout droit dans la porte de la chambre d'Aliénor où il alla se cogner. Il y eut un choc, et la bête tomba cul par-dessus tête dans un grand bruit. Swippi poussa encore un cri, mais cette fois, plus doux et plus plaintif que le précédent.

Aliénor se précipita vers la petite boule de poils :

– Tu l'as bien mérité. Tu n'avais qu'à être plus obéissant, le gronda-t-elle. Si tu continues comme ça, tu vas te rompre le cou ! Et, ce qui est plus grave encore, par ton attitude stupide, tout le château finira par savoir qu'Alarik a quitté Hellunyat !

L'animal regarda la fillette de ses yeux globuleux. Aliénor eut l'impression qu'il comprenait ce qu'elle disait. Elle lui caressa tendrement la tête, gratouilla ses petites oreilles rondes de nounours et le pelage de son dos.

– Voilà, c'est bien, Swippi. Pourquoi n'es-tu pas toujours aussi gentil ?

Aliénor se dirigea vers la table au milieu de la chambre, prit dans la coupelle de fruits une pomme qu'elle lui tendit. Swippi la saisit avec ses pattes de devant et la dévora gloutonnement. Il faisait plus de bruit en mangeant que ne l'auraient fait des cochons dans leur auge !

– Espèce d'idiot, si c'est ça que tu voulais, tu n'avais qu'à me le dire, au lieu de me casser les pieds ainsi, marmonna-t-elle sur un ton exaspéré.

Elle entendit dans le couloir des pas qui approchaient, s'arrêtèrent devant sa porte et se rapprochèrent davantage.

Swippi lâcha sa pomme, et avant même qu'Aliénor ait pu plaquer la main sur son museau pour l'empêcher de couiner, il avait déjà poussé un long cri plaintif.

– Chuttt !

Aliénor étouffa d'une main ferme les cris de la petite bête poilue. Trop tard : on frappa un coup violent à la porte qui trembla, et avant même qu'Aliénor ait eu le temps de dire « Entrez », le chevalier Paravain surgit.

– Excuse-moi, dit-il, mais je suis à la recherche de ton frère. Il n'est pas dans sa chambre et personne n'est capable de me dire où je peux le trouver. Alors, je me suis dit que peut-être…

Paravain s'interrompit et regarda Swippi dans la main d'Aliénor :

– Que fait Swippi avec toi ? Habituellement, il est toujours avec Alarik.

– Euh… c'est que… Alarik… il…

Paravain plissa les yeux d'un air méfiant.

– Qu'est-ce qui se passe avec Alarik ? Allez, parle !

Aliénor baissa les yeux. Ses joues s'empourprèrent et des larmes jaillirent dans ses yeux. Le Chevalier Blanc la transperça du regard.

– Aliénor, tu me caches quelque chose. Mais si tu tiens à la vie de ton frère, tu dois tout me dire.

La jeune fille ne desserrait pas les lèvres, mais elle finit par craquer. Elle vida son cœur en pleurant et raconta à Paravain les projets de son frère.

En écoutant ses aveux, le chevalier blêmit. Il regardait dans le vide en secouant la tête.

– Mais comment as-tu pu le laisser faire ça ? demanda Paravain en regardant la jeune fille d'un air réprobateur. Pourquoi n'es-tu pas venue me raconter cela plus tôt ?

– Parce que je lui avais promis de garder le secret.

Paravain poussa un soupir, arpentant la chambre d'un pas nerveux.

Lorsqu'il eut à peu près retrouvé son calme, il se campa devant Aliénor et lui dit, d'une voix douce qui s'éleva ensuite :

– C'est bien de vouloir tenir ses promesses, mais seulement lorsqu'on est sûr de ne pas mettre une personne en danger, tu comprends ! Or tu savais qu'Alarik prenait des risques !

Aliénor ravala sa salive. Ses joues ruisselantes de larmes étaient brûlantes.

– Mais il a affirmé qu'il connaissait le chemin dans le marais. Silvan, le coureur des bois...

Paravain lui coupa brusquement la parole.

– Quand bien même il en serait ainsi ! tonna-t-il en reprenant ses allers et retours dans la pièce. Même s'il est parvenu à traverser le marais sans encombre – ce dont je doute –, il n'a accompli que la première partie, la moins dangereuse, de sa folle entreprise ! Depuis que Borboron et les Puissances des Ténèbres détiennent la Coupe, ils disposent de pouvoirs dont Alarik ne peut même pas imaginer la puissance ! Comment pourrait-il sortir vainqueur de cette aventure ?

Le visage blême d'Aliénor trahissait l'immense peur qui s'était emparée d'elle :

– Mais... mais... mais, bégaya-t-elle, alors, il faut aller immédiatement à son secours !

– Oui, et tu comptes t'y prendre comment, Aliénor ? Le Marais du Soufre est à une journée de cheval d'ici. Comment pourrions-nous venir en aide à Alarik s'il est en danger ?

***

Laura, Lucas et Kaja pénétrèrent avec prudence dans la chambre funéraire. L'air y était confiné et on entendait des gouttes d'eau tomber à intervalles réguliers sur le sol. Les faisceaux des lampes torches s'agitaient dans l'obscurité. Bien qu'il fût difficile d'en apprécier exactement les proportions, Laura supposait que la salle mesurait une quinzaine de mètres de long sur une dizaine de mètres de large, avec une hauteur d'environ trois mètres cinquante.

Tandis que les trois amis s'approchaient du sarcophage, Laura promenait sa lampe sur les parois de la chambre. Tout ce que Percy leur avait raconté semblait exact. Les murs étaient entièrement couverts de marbre. Le cercueil de pierre posé à la verticale était confectionné dans le même matériau. Il était orné sur les côtés d'une suite de bas-reliefs sculptés figurant quelques scènes représentatives de la vie d'un chevalier. On pouvait aussi y voir le blason et les armes des Ravenstein. L'inscription sur le socle confirmait qu'il s'agissait effectivement de la dernière demeure de Reimar von Ravenstein.

— Nous devrions nous répartir dans la chambre afin d'en examiner chaque recoin, proposa Laura.

— Bonne idée, approuva Lucas.

— C'est vraiment utile ? demanda Kaja d'une voix craintive.

— Mais tu n'as aucune raison d'avoir peur. Les esprits détestent les rousses, plaisanta Lucas. Et les morts-vivants aussi.

— Lucas ! Arrête tes bêtises ! le sermonna Laura en se tournant vers son amie. Tu peux rester avec moi si tu préfères.

— Non, non, ça va aller…

Elle ne voulait pas prêter le flanc à la critique devant Lucas. Que pouvait-il bien d'ailleurs se passer ? De toute façon, en cas de danger, Laura et Lucas étaient dans les parages.

Kaja s'éloigna d'un pas hésitant du sarcophage tout en se retournant régulièrement vers ses deux amis qui partaient lentement dans la direction opposée.

Kaja tourna sa lampe et aperçut juste sous son nez une horrible bestiole : une grosse araignée répugnante suspendue à son fil. Elle poussa un cri d'effroi, comme si on venait de lui enfoncer une aiguille dans la peau, et recula jusqu'au moment où son dos heurta quelque chose qui semblait avoir la taille d'un homme. Il y eut un cliquetis de métal, et au même instant deux lourds bras en fer se posèrent sur ses épaules. Un monstre gigantesque s'apprêtait à la plaquer sur le sol ! Lorsque Kaja aperçut les phalanges jaunes du squelette sortant du manchon de fer, elle fut saisie de panique. Les doigts crispés ressemblaient aux horribles serres d'un rapace. L'idée que ces doigts se posent autour de son cou, se resserrent et l'étranglent, lui traversa alors l'esprit. Kaja poussa un cri strident.

Laura et Lucas se précipitèrent instantanément et découvrirent ce qui venait de se produire : en reculant, Kaja avait heurté une armure appuyée contre un mur qui avait basculé sur la fillette et l'écrasait maintenant de tout son poids. Le bras caparaçonné la retenait prisonnière.

Kaja poussa un soupir de soulagement en s'apercevant de sa méprise. Le monstre de fer n'était finalement qu'une vieille armure. Le heaume, sur lequel on pouvait encore voir quelques restes du panache usé, était tombé en avant et se trouvait à la hauteur de son visage. Elle tourna la tête lentement vers le casque, loucha, apeurée, sur la visière entrouverte et découvrit à l'intérieur un crâne blanchâtre sur lequel se trouvaient encore quelques lambeaux de peau desséchée. Il la regardait et lui souriait de sa bouche édentée. Une petite araignée sortit de l'orbite de son œil gauche, descendit sur l'épaule de Kaja, s'empressant de gagner le sol. Saisie d'effroi, la fillette poussa à nouveau un cri strident.

– Pas de panique, Kaja, lui dit Laura sans pouvoir s'empêcher de rire. Tu n'as aucune raison d'avoir peur, tout va bien !

Laura et Lucas saisirent l'armure, la décrochèrent du dos de Kaja et la déposèrent par terre. Puis Laura pointa son doigt sur le squelette qui se trouvait à l'intérieur de l'armure :

– Il ne peut plus te faire de mal, il est mort.

– Et celui-là aussi ! intervint Lucas.

Lucas éclaira avec sa lampe trois autres armures rouillées étendues sur le sol de la chambre funéraire, chacune d'elles abritant un squelette.

– Les quatre chevaliers disparus que Reimar von Ravenstein a entraînés avec lui dans la tombe ! constata Laura, songeuse.

Kaja, le visage blême, acquiesça. Elle avait retrouvé son calme et regardait, attristée, les trois corps d'armure couchés sur les dalles.

– Les pauvres ! soupira-t-elle. Comment sont-ils morts ?

Lucas et Laura échangèrent des regards désemparés.

– Et pourquoi leurs armures sont-elles si rouillées ? poursuivit Kaja.

– Mais c'est logico, non ? répliqua Lucas. Réfléchis donc un peu, espèce de QI-de-moineau : parce qu'elles sont là depuis des siècles et qu'il fait humide ici – ça me paraît évident, non ?

Kaja grimaça. La réponse ne semblait pas la satisfaire, mais elle se tut.

– O.K., on continue, fit Laura.

Cette fois, les trois amis poursuivirent leurs recherches ensemble. Ils parcoururent lentement la chambre sans s'éloigner les uns des autres. En promenant leurs lampes sur les parois, ils découvrirent une applique de fer forgé dans laquelle se trouvait un flambeau.

– Attends, je vais essayer quelque chose, proposa Lucas.

Il se dirigea vers l'applique, sortit un briquet de sa poche, l'alluma et approcha la flamme du flambeau. Et, de fait, il ne fallut que quelques secondes pour que la mèche imbibée de poix s'enflamme et rougeoie. La lumière vacillante éclaira les lieux faiblement, mais suffisamment pour qu'ils puissent constater que la chambre funéraire ne contenait qu'une seule sépulture : celle de Reimar von Ravenstein. Le Chevalier Cruel avait non seulement vécu seul, mais il reposait seul également, abstraction faite des quatre malheureux preux qui – certainement à leur corps défendant – lui tenaient compagnie dans son repos éternel.

C'est alors que Laura remarqua une lueur sur l'un des murs tout au fond de la chambre. Elle se dirigea immédiatement vers l'endroit. Ses amis lui emboîtèrent le pas.

Quelques secondes plus tard, elle comprit d'où provenait la lueur : une grande coupe placée sur un petit socle de pierre reposait dans une étroite niche creusée dans la pierre. Elle devait être en or pur, car elle scintillait de mille feux à la lueur de leurs lampes. Quant aux pierres précieuses incrustées, à moins que Laura ne se trompe, il devait s'agir de rubis et d'émeraudes.

Ils écarquillèrent de grands yeux admiratifs devant cette

coupe. Ils n'avaient encore jamais vu une aussi belle pièce d'or-fèvrerie.

– Wouahou ! souffla Kaja, émerveillée. Ça doit avoir beau-coup de valeur.

Puis, se tournant vers Laura :

– C'est la Coupe de la Lumière ?

Laura fit une moue sceptique :

– Hélas, non !

Elle fouilla dans son sac pour en sortir une feuille qu'elle avait imprimée à partir de l'ordinateur se trouvant dans le bureau de Percy. Elle la déplia et tendit à la hauteur de la coupe, qui se trouvait dans la niche, une reproduction de la copie du Graal qui avait causé tant de torts à Reimar von Ravenstein. Dès le premier coup d'œil, la différence sautait aux yeux.

– Ce n'est qu'une contrefaçon du Saint Graal qui fut la source de tant de malheurs pour le Chevalier Cruel, précisa Laura. Allez, avançons, peut-être aurons-nous la chance de finir par découvrir la véritable coupe.

Ils se séparèrent à nouveau et progressèrent chacun de leur côté dans la chambre funéraire. Mais, en dépit de toutes leurs recherches – ils inspectèrent chaque recoin, chaque niche, chaque fente et cherchèrent dans les murs une cachette secrète, tapotant sur les parois pour voir si elles ne recélaient pas une cavité –, ils ne trouvèrent aucune trace de la Coupe de la Lumière.

Déçue, Laura s'apprêtait à cesser les recherches lorsqu'elle se figea subitement et tendit l'oreille en se concentrant.

– Pssst ! lança-t-elle à ses amis. Vous avez entendu ?

Kaja et Lucas échangèrent des regards perplexes et froncè-rent les sourcils.

– Quoi donc ? demanda Kaja.

– Je ne sais pas exactement. On dirait qu'il y a de l'eau qui suinte… qui coule quelque part.

– N'importe quoi ! rétorqua Kaja en agitant une main. Tu entends des voix, c'est tout.

Néanmoins, Laura ne se laissa pas dissuader. Certaine de ne pas se tromper, elle fit quelques pas vifs vers la paroi, colla son oreille à même la pierre et écouta. Tout d'un coup, elle remarqua

297

que son frère était reparti vers la niche contenant la copie du Graal. En le voyant enfoncer tranquillement sa tête à l'intérieur afin d'examiner la coupe maudite, elle se redressa et s'écria :

— Attention, Lucas ! Souviens-toi de ce qu'a raconté Percy au sujet de l'horrible fin du chevalier. Je n'aimerais pas qu'il t'arrive la même chose !

Lucas lui fit signe de ne pas s'inquiéter :

— Pas de panique, je suis sur mes gardes, je ne touche pas à l'élixir !

Laura colla à nouveau son oreille contre le mur et concentra toute son attention. Aucun doute : elle entendait bien au loin un bruit ressemblant à de l'eau qui coule, comme un doux murmure, ou un chuchotis étouffé. Le bruit était trop vague pour pouvoir l'identifier véritablement. Il pouvait s'agir d'eau — ou de tout autre chose.

Mais de quoi ?

Laura rejoignit Kaja et Lucas qui se tenaient devant la copie du Graal.

— Il y a quelque chose qui cloche, dit-elle en fronçant les sourcils.

— Je suis bien d'accord avec toi, Laura ! s'exclama une voix haineuse dans son dos.

Les trois amis firent volte-face et découvrirent, à leur plus grand désarroi, Albin Ellerking sur le seuil de la chambre funéraire. Il les regarda d'un œil noir. Groll, son chat, perché sur son épaule, avait le poil hérissé et la queue dressée à la verticale. Les yeux diaboliques du félin étincelaient à la lueur des lampes. L'animal entrouvrit la gueule.

— Vous voulez que je vous aide ? feula le chat.

— Oh, non ! gémit Kaja. Qu'est-ce qu'on fait, Laura, maintenant ?

Laura n'en avait aucune idée. Inquiète, elle regarda le jardinier pénétrer dans la chambre d'un pas martial. Il prit la torche et avança en la brandissant vers eux d'un air menaçant. Ils reculèrent. Ellerking les repoussa dans un coin et les accula contre le mur. Laura tenta de se faufiler sur la droite. Mais Albin, sur ses gardes, agita sa torche allumée devant elle. La jeune fille fit un bond en arrière, réussissant à esquiver de justesse la flamme. Lucas fit, lui aussi, une tentative qui se solda par un échec encore plus cuisant que celui de sa sœur puisqu'il se brûla le lobe de l'oreille et y laissa une touffe de cheveux !

Un sourire malveillant illumina le visage d'Albin lorsqu'il s'aperçut qu'il avait blessé le garçon. Il s'approcha, le chat sur son épaule crachant comme un dragon furieux.

Kaja tremblait de peur :

– Laura, fais quelque chose ! Je t'en prie, fais quelque chose !

À cet instant, Laura eut l'idée de faire appel au brouillard chuchotant. Elle plongea à la hâte la main dans sa poche, saisit la petite bouteille et ôta le bouchon. Fumerol réagit plus rapidement que la fois précédente – il fusa du goulot comme s'il n'avait attendu que cela.

Le jardinier stupéfait se figea sur place et regarda avec de grands yeux le nuage de brouillard qui s'élevait. Même Groll était muet de surprise.

– Entoure-le de tes bras, Fumerol ! lui ordonna Laura. Fais vite !

– Vos souhaits sont des ordres, maîtresse, souffla docilement Fumerol. Des ordres !

La nappe de brouillard se dirigea sur le jardinier médusé et son chat, puis s'éleva en spirale autour d'eux jusqu'à ce qu'ils disparaissent complètement dans un voile épais. Seule sa torche brillait encore dans la brume, pareille à un gigantesque ver luisant.

– Par tous les diables ! jura en vain Groll qui, comme son maître, ne voyait plus rien.

Le jardinier tenta désespérément de sortir de cette gangue, mais sans succès. Soulagée, Laura pouvait observer comment Fumerol bloquait, en suivant ses mouvements, chacune des tentatives hésitantes du jardinier. Échapper au jardinier et à son chat n'était plus qu'un jeu d'enfant désormais.

Laura fit comprendre discrètement à ses amis qu'ils devaient la suivre. Elle posa son index en croix sur ses lèvres :

– Doucement ! Sans faire de bruit, s'il vous plaît !

Elle se glissa le long du mur et, juchée sur la pointe des pieds, se faufila devant le jardinier en direction de la sortie. Kaja et Lucas lui emboîtèrent le pas avec prudence. Ils ne firent quasiment aucun bruit.

Mais Groll, qui avait l'ouïe fine d'un félin, pouvait les entendre :

— Attention, ils tentent de s'enfuir ! lança-t-il à son maître. À gauche, plus, vers la gauche !

Albin Ellerking avança à tâtons et réussit à leur barrer le passage.

Zut !

Laura ne fit ni une ni deux et partit dans le sens contraire. Elle fit signe à ses amis qui la suivirent à pas feutrés de l'autre côté de la chambre funéraire.

— À droite, cracha le chat. Ils partent par la droite !

Et le jardinier, noyé et enrubanné de brouillard, fit un rapide bond vers la droite. Il crut un moment être capable de couper leur fuite, lorsque soudain il trébucha sur une des armures gisant par terre et s'effondra en faisant un raffut du tonnerre. La torche lui échappa, sortit du halo de brouillard et atterrit directement aux pieds de Laura.

— Par l'enfer, le diable et la mort ! miaula le chat dans le brouillard tandis que Laura s'empressait de ramasser la torche.

Elle l'éleva et se tourna vers ses amis :

— Vite, on file de là !

Lucas et Kaja ne se le firent pas dire deux fois.

Lorsque Laura et ses amis eurent enfin atteint la sortie du tombeau, elle lâcha la torche qui, tombant dans une flaque d'eau, s'éteignit instantanément en émettant un petit sifflement. Puis ils s'élancèrent à corps perdu, comme s'ils avaient eu des furies à leurs trousses.

Les grands corbeaux perchés sur les arbres s'éveillèrent subitement. Et les gardiens ailés s'égaillèrent en poussant des croassements assourdissants. Ils s'élevèrent dans la nuit à tire-d'aile et poursuivirent les fuyards qui se sauvaient en courant à travers le Bois du Bourreau. Laura, Kaja et Lucas pouvaient entendre les furieux battements de leurs ailes. Les sinistres croassements déchiraient leurs tympans, mais ils ne se retournèrent pas, continuant toujours droit devant eux. Ils rentraient la tête dans les épaules, s'attendant à tout moment à ce que le bec d'un oiseau vienne lacérer leur chair.

En très peu de temps, les cris des oiseaux perdirent de leur intensité et finirent même par se taire complètement. Laura jeta un coup d'œil en arrière. Les corbeaux avaient cessé de les poursuivre et rebroussaient chemin en direction du vieux tombeau. Cela faisait maintenant un bon moment que les murailles avaient disparu.

Vraisemblablement, les volatiles n'étaient chargés que de surveiller les parages de la tombe, se dit Laura. *Ils ne nous suivent plus parce qu'ils sont sortis de leur champ d'action. Enfin, qu'importe – l'essentiel est que ces horribles oiseaux ne s'occupent plus de nous.*

Si rien d'imprévu ne survenait, ils ne mettraient pas longtemps à traverser le Bois du Bourreau et à atteindre la lisière de la forêt.

Lucas la talonnait de près. Il semblait être en forme. Kaja, en revanche, traînait un peu derrière eux. Elle montrait des signes de fatigue dus au manque d'entraînement. Laura l'entendait haleter dans son dos. Elle ralentit donc l'allure jusqu'à ce que Kaja les ait rejoints.

– Ce n'est pas le moment de faiblir ! lui lança Laura pour l'encourager. Nous y sommes presque.

– Oui, oui ! répliqua la petite rousse, hors d'haleine. Ça va aller.

Mais plus les foulées de Kaja manquaient d'envergure et de légèreté, et plus elle s'essoufflait. On aurait dit une locomotive à vapeur victime d'une crise d'asthme ! C'est sans doute pour cette raison que Laura n'entendit pas la voix qui s'élevait au fond du bois, la voix lointaine et enrouée d'une personne qui chuchote.

– Arrêtez-vous, arrêtez-vous ! murmura la voix à travers les arbres. Attendez-moi, maîtresse, attendez-moi !

Laura fit signe à Kaja de poursuivre tandis qu'elle faisait une halte. Un sourire soulagé vint éclairer son visage au moment où elle reconnut la voix de Fumerol, le brouillard chuchotant.

Il surgit l'instant d'après en sinuant à travers les troncs, telle une tornade blanche slalomant entre les arbres pour rejoindre la jeune fille. En arrivant à la hauteur de Laura, il était hors d'haleine.

Laura plissa le front d'inquiétude :

– Que t'arrive-t-il ? Serais-tu épuisé ?

– Inutile d'en parler, maîtresse, vraiment inutile. Je manque un peu d'exercice et je ne suis plus habitué à me presser comme ça, vraiment plus habitué. Merci mille fois de m'avoir attendu, mille fois !

– C'est à moi de te remercier ! lui répondit Laura en souriant. Sans ton aide, Ellerking et son chat nous auraient attrapés.

– Ça va de soi, vraiment de soi ! haleta Fumerol sur un ton hautain. Mon premier devoir est de secourir ma maîtresse, de secourir ma maîtresse. Mais si vous aviez l'obligeance de me laisser regagner ma chambre, de me laisser regagner ma chambre… Je suis horriblement fatigué… – Il bâilla profondément – Horriblement fatigué.

Laura sortit la bouteille de sa poche, ôta le bouchon. Le brouillard chuchotant rentra dans le flacon à la vitesse du vent et, avant même que Laura ait refermé la bouteille, on l'entendait déjà ronfler. Laura glissa la fiole dans sa veste avec un sourire amusé. Puis elle rattrapa ses amis.

Albin Ellerking enrageait et grimaçait de douleur. Sa jambe gauche le brûlait affreusement. En trébuchant sur l'armure, il avait non seulement déchiré son pantalon sur le métal rouillé, mais s'était également fait une longue estafilade sur le tibia. Tout cela à cause de ce maudit brouillard qui l'avait privé de sa vision, au point d'en avoir perdu tout sens de l'orientation et de se cogner contre les murs autour de lui. Il était plein de contusions douloureuses. Par bonheur, le brouillard aveuglant avait subitement disparu.

Le jardinier continuait de jurer tout en boitant vers la sortie. *Ces maudits gosses ! Alors ça, ils vont me le payer – je vous le jure !*

Groll, qui était descendu de l'épaule du jardinier depuis un bon moment, devançait son maître de quelques mètres. Au sortir de la tombe, le chat resta en arrêt, fit le dos rond, redressa sa queue et feula comme un démon irascible.

Lorsqu'Albin Ellerking arriva à sa hauteur et jeta un coup d'œil empressé aux alentours, il comprit ce qui mettait Groll dans un tel état. Les enfants s'étaient volatilisés.

– Nom d'un chien !

Le jardinier tempêtait, son visage s'assombrit. Une idée lui traversa l'esprit, qui chassa momentanément ses sombres pensées. Il ne parviendrait pas à rattraper les enfants, mais ils ne lui échapperaient pas pour autant. Il en avait la certitude. Dragan et Drogur y veilleraient : ils étaient d'une efficacité redoutable, en toutes circonstances. Albin Ellerking eut un sourire plein de fiel. Puis il mit deux doigts dans sa bouche et prit une profonde aspiration.

Il régnait un profond silence dans l'obscurité de la nuit. Une douce brise soufflait à travers les branches des bosquets. Les feuilles gelées des plantations sur les parterres bruissaient légèrement. Les chiens de buis attendaient sans broncher.

La lune surgit de derrière les nuages au moment exact où un sifflement strident déchira le silence. Il venait du Bois du Bourreau et mourut au-dessus de la pelouse. Puis ce fut à nouveau le calme complet.

Soudain, les buissons de buis s'animèrent. Il y eut un bruit de feuilles et les petits arbres commencèrent à se métamorphoser. Les feuilles se liquéfièrent et s'amalgamèrent les unes aux autres jusqu'au moment où une pellicule verte hermétique recouvrit les deux chiens sculptés. Des grognements sourds et des halètements rauques accompagnaient la transformation des buis. La pellicule verte se modifia en un pelage noir et brillant sous lequel des muscles puissants torsadés de veines saillirent. Les yeux, quelques secondes auparavant encore inertes, étincelèrent subitement de fureur à la lueur de la lune. Les queues immobiles commencèrent soudain à s'agiter, les griffes de leurs pattes velues se détachèrent subitement de la pelouse et grattèrent la terre. Les deux inoffensifs chiens de buis venaient de se métamorphoser en deux dangereux molosses bien vivants.

Ils redressèrent leurs têtes, tournèrent leurs oreilles pointues face au vent et humèrent l'air. Ils ouvrirent leurs gueules et dévoilèrent leurs mâchoires de carnassier. De la bave coulait de leurs babines. Les chiens s'étirèrent une dernière fois, tendirent le cou, comme s'ils voulaient secouer définitivement le joug de leur existence végétale. Un second sifflement retentit dans le Bois du Bourreau. Alors Dragan et Drogur, dévoués aux Puissances des Ténèbres, partirent d'un bond en aboyant comme des forcenés.

CHAPITRE 22

La fille
de Typhon

larik rampait afin d'éviter d'inhaler les vapeurs nocives qui montaient du Marais du Soufre. Il avait mal aux genoux, aux mains et aux yeux brûlés par les émanations. Dans cette position anormale extrêmement fatigante, il ne pouvait pas progresser rapidement. Le garçon résistait néanmoins à la tentation de se redresser. Silvan lui avait bien expliqué qu'il devait toujours se tenir au ras du sol. Les conseils du coureur des bois s'étaient tous avérés justes, et ils lui avaient permis jusqu'à présent de traverser le marais sans encombre. Il avait parfois failli s'écarter, un peu, posant la main ou le pied en dehors du chemin. Ses bras et ses jambes s'étaient alors enlisés dans le sol bourbeux, mais Alarik avait toujours réussi à se maintenir sur la terre ferme.

Il ne sentait plus la puanteur du cloaque et ne voyait plus les bouillonnements en surface. Il avait également perdu toute notion du temps. Depuis quand était-il parti ? Il n'en savait rien, il avait l'impression que cela faisait une éternité. Pourtant, il n'apercevait pas encore le but de son périple.

Essoufflé, l'écuyer fit une pause, redressa légèrement le torse et scruta le brouillard. Il ne voyait tout au plus qu'à une dizaine de mètres. Le monde au-delà de son champ de vision se perdait dans des vapeurs jaunâtres toxiques qui s'épaississaient par moments avant de s'éclaircir à d'autres, en lui donnant à l'occasion un aperçu fugitif du marécage qui l'entourait. En dépit de tous ses efforts, il n'arrivait pas à distinguer quelque chose de précis.

Le garçon, voulant essuyer du revers de la main la sueur qui coulait sur son front, ne fit que souiller un peu plus son visage. Ses bras, ses jambes et ses vêtements étaient déjà couverts de boue. Mais Alarik s'en moquait. Il ne pensait qu'à une seule chose : atteindre au plus vite la forteresse de Borboron et empêcher la victoire des Ténèbres, même si l'espoir d'y parvenir s'amenuisait au fur et à mesure de son périple.

Il reprit sa position à quatre pattes et se remit à ramper. Il avançait sans se poser de questions lorsqu'il entendit un étrange bruissement au-dessus de lui, par-delà le nuage de soufre. Il crut reconnaître de puissants battements d'ailes.

Alarik retint son souffle, inclina la tête en arrière, scruta les vapeurs et tendit l'oreille. Mais il ne vit rien tant les vapeurs jaunâtres étaient impénétrables. Il allait poursuivre son chemin lorsqu'il entendit à nouveau l'étrange bruissement. Plus fort, cette fois, et puis subitement il entendit une femme partir d'un éclat de rire sardonique. Saisi d'effroi, l'écuyer tressaillit. Puis plus rien. Le marais bouillonnait toujours.

Alarik, perplexe, secoua la tête. *C'est incroyable !* se dit-il. *Je dois me tromper. Comment une femme aurait-elle pu se trouver dans le ciel au-dessus des nuages de vapeurs sulfureuses ? Il aurait fallu qu'elle soit capable de voler... Impossible. À moins que ce ne soit une harpie, une fille de Typhon !*

Alarik ne savait pas d'où sortait cette vision d'horreur qui venait de l'assaillir et le terrifiait déjà. Il accéléra l'allure. Dans la panique, il marchait plus à quatre pattes qu'il ne rampait vraiment. Il ne lui vint même pas à l'idée qu'il ne pourrait de toute manière pas échapper à une des filles de Typhon.

L'esprit paralysé par la peur, il poursuivit à l'aveuglette jusqu'au moment où les forces lui manquèrent. Il s'effondra. Il ne sentait même plus le froid et l'humidité qui transperçaient ses vêtements. Son cœur battait si fort que son pouls cognait dans ses tempes. Il avait l'impression d'avoir les bronches en feu. L'écuyer haletant peinait à reprendre haleine. Il était tellement préoccupé par son état qu'il faillit ne pas entendre la voix.

– Mais on dirait bien… un enfant ! Mes souhaits ont donc été exaucés.

La voix semblait amicale.

Surpris, Alarik se redressa, se retourna, regardant de tous les côtés. Ce n'est qu'à cet instant qu'il remarqua que les brumes s'étaient légèrement dissipées. Mais il ne voyait personne, hormis un étrange bouleau à quelques mètres de lui : ce devait être le fameux bouleau du marais à partir duquel le sentier bifurquait.

Il comprit donc qu'il avait déjà accompli la plus grande partie du chemin à travers le marécage. Alarik en oublia instantanément sa fatigue. Il allait y arriver ! Son projet n'était pas aussi fou qu'il ne l'avait cru.

La voix l'arracha à ses pensées. Le ton était cette fois franchement désagréable.

– Ce jeune homme manque vraiment d'éducation. Il ne dit même pas bonjour !

Alarik promena des yeux étonnés autour de lui sans pour autant apercevoir quiconque. Il ne voyait toujours que le bouleau du marais. Un petit bouleau, avec un tronc mince et une modeste ramure. Les branches s'agitaient doucement, bien qu'il n'y eût pas un souffle de vent.

– Mais que fais-tu donc là à bayer aux corneilles ? Pourquoi me regardes-tu avec un air si niais ?

Alarik comprit alors que c'était le bouleau qui parlait.

– Tu… tu… tu me parles ? bégaya-t-il de surprise.

– À qui parlerais-je, si ce n'est à toi ? demanda le bouleau en s'ébrouant. Vois-tu ici quelqu'un d'autre ? Dis-moi, mon garçon, qu'est-ce qui t'amène à moi ? poursuivit-il en se penchant jusqu'à ce que ses branches viennent presque toucher Alarik.

– Ce qui m'amène à toi ? Je ne suis pas venu te voir. Je me rends à la Forteresse des Ténèbres.

– Dommage ! regretta le bouleau en se redressant. J'espérais que tu me tiendrais compagnie, mais tu ne vaux pas mieux que les autres.

– Peux-tu m'indiquer le chemin qui mène à la Forteresse des Ténèbres ?

– Oui, répondit le bouleau en secouant à nouveau ses branches.

– Merveilleux ! s'exclama de joie l'écuyer.

– Mais je n'ai absolument pas l'intention de te l'expliquer maintenant, poursuivit avec malice le bouleau. Cela fait une éternité que je ne vois personne. Alors, je ne vais pas te lâcher comme ça !

Alarik allait répliquer lorsqu'il flaira une odeur infecte, des relents pestilentiels de putréfaction : la puanteur de la mort. Au même instant, l'air s'agita. Un volatile effrayant surgit du brouillard et fondit comme une flèche sur Alarik.

L'écuyer eut à peine le temps d'apercevoir le faciès hideux et le corps de la fille de Typhon que déjà la créature sortait ses griffes acérées de vautour. Alarik rentra la tête dans les épaules et fit un bond sur le côté. Il parvint de justesse à esquiver l'assaut, mais le souffle produit par les puissantes ailes du volatile le projeta à l'écart du chemin, si bien qu'il s'affala dans le marécage.

Alarik s'enfonçait lentement dans la boue en dépit des efforts désespérés qu'il déployait pour se hisser sur le chemin. La harpie avait fait demi-tour et revenait à la charge.

La fille de Typhon se maintenait en battant des ailes à la hauteur du visage d'Alarik qui s'enlisait toujours plus profondément. L'écuyer crut qu'il allait s'évanouir en voyant ce monstrueux oiseau flanqué d'une tête de vieille femme hideuse et d'un corps de vautour. Il avait l'impression de regarder le Mal en face. Et l'odeur nauséabonde que le volatile dégageait l'asphyxiait.

La harpie s'esclaffa :

– Tu n'as plus besoin désormais de demander ton chemin, espèce de bouffon ! Car il s'arrête ici ! Ici ! Ici !

Elle repartit d'un immense et terrifiant éclat de rire, déploya ses serres, éleva sa patte de dragon avant de l'abattre sur sa victime.

***

Les trois amis étaient enfin sortis du Bois du Bourreau et avaient atteint le parc. Lucas avait attendu les filles à la lisière et marchait maintenant à leurs côtés. Il avait mal à l'oreille, et ses cheveux sentaient légèrement le roussi.

Au-delà de la grande prairie dégagée, ils pouvaient déjà vaguement discerner les contours du château. Kaja poussa un soupir de soulagement. Elle voulut s'arrêter pour reprendre son souffle, mais Laura l'encouragea fermement à poursuivre ses efforts.

– On ne s'arrête pas ! ordonna-t-elle à son amie. Nous ne serons en sécurité qu'une fois dans le château !

Kaja continua clopin-clopant en soupirant. Elle n'en pouvait plus. Elle allait rouspéter, mais se ravisa en entendant des aboiements menaçants à proximité. Et, de fait, dans la minute qui suivit, ils virent surgir deux dogues de derrière les buissons qui bordaient la prairie. Les bêtes se dirigeaient droit sur eux. Kaja se figea d'effroi.

Bien que les chiens noirs fussent encore à quelques centaines de mètres, Laura avait compris le danger.

– Courez ! Courez à toute vitesse !

Laura saisit la main de Kaja et l'entraîna à fond de train. Lucas leur emboîta le pas. Il ne lui fallut que quelques secondes pour les devancer. Il fonçait à toute allure comme s'il s'agissait d'établir un nouveau record du monde. Et Kaja qui, quelques secondes auparavant, semblait être à bout de forces, avait retrouvé son allant face au danger. Elle courait néanmoins plus lentement que Laura qui, de son côté, avait l'impression de traîner un poids mort au bout de son bras.

Les chiens se rapprochaient.

Laura pouvait déjà entendre le bruit de leur souffle et celui de leurs griffes s'enfonçant dans la terre. Elle rassembla ses dernières forces :

– Plus vite, Kaja ! dit-elle, saisie de panique. Grouille-toi !

Laura était hors d'haleine, elle ne sentait plus ses jambes, mais elle trouva encore l'énergie d'accélérer le mouvement tandis que Kaja la freinait dans sa course.

Laura aperçut juste à temps une racine saillant sous la terre. Elle l'enjamba tout en prévenant son amie :

– Attention !

Trop tard. Kaja ne put l'éviter. Dans son élan, elle buta sur l'obstacle et s'étala de tout son long. Par chance, Laura avait lâché sa main, sinon Kaja l'aurait entraînée dans sa chute.

Une fois le premier moment de douleur passé, Kaja voulut reprendre sa course, mais les chiens venaient de la rattraper. Kaja sentit leurs dents effleurer sa nuque. *Aïe !*

Mais non, elle n'avait pas mal ! Quelle étrange sensation ! ? Elle leva de grands yeux étonnés vers les chiens et fut surprise de ne pas les voir. Ils étaient à l'arrêt plus loin, à quelques mètres d'elle, et ils aboyaient comme des enragés, furieux, semblait-il, que leur proie les observe tranquillement sans chercher à fuir. Mais Kaja n'était pas calme, elle était en fait littéralement paralysée, tétanisée de peur, incapable d'effectuer le moindre geste. Elle restait là immobile et regardait les chiens en appelant Laura à son secours :

– Laura ! À l'aide, Laura !

Laura n'eut pas une seconde d'hésitation : elle fit instantanément demi-tour et repartit en courant vers Kaja. Elle s'interposa entre elle et les molosses qui ne la lâchaient pas des yeux. Lucas, qui les devançait largement, revint lui aussi sur ses pas pour secourir les filles.

Lucas aida Kaja à se relever tandis que Laura maintenait les chiens à distance. Elle les regardait droit dans les yeux, fixant leurs pupilles voraces. C'est à cet instant précis qu'elle comprit son erreur.

Nous n'aurions pas dû nous enfuir, nous n'aurions jamais dû nous sauver comme ça, jamais au grand jamais, se dit-elle. *Laura, Laura, calme-toi ! Pas de mouvements brusques – il se peut qu'ils nous laissent partir.* Lorsque, tout d'un coup, une idée lui passa par la tête : si l'on peut lire les pensées de quelqu'un, on peut peut-être aussi lui suggérer des idées…

Laura inspira profondément et regarda les chiens d'un air ferme et résolu. *Allez-vous-en !* leur ordonna-t-elle par transmission de pensées. *Fichez le camp ! Fichez-nous la paix !*

Les chiens poussèrent un dernier grognement, découvrirent leurs crocs terrifiants sans manifester pour autant l'intention de passer véritablement à l'attaque. Bien au contraire même : quand Laura risqua un pas prudent vers eux, ils reculèrent.

Les espoirs de Laura se confirmaient : ça marchait ! Cela fonctionnait vraiment !

Elle fit un deuxième pas, et les chiens reculèrent d'autant. Ils paraissaient maintenant plus calmes, et leurs grognements étaient comme étouffés.

À ce moment-là retentit un nouveau sifflement dans la nuit. Les chiens tressaillirent et changèrent en un instant de comportement. Prêts à donner un nouvel assaut, ils aboyèrent en direction de la jeune fille. Leurs queues cinglaient l'air. Et, enfonçant leurs griffes dans le sol, ils s'apprêtaient, tels des panthères, à attaquer. Ils s'élancèrent d'un bond – mais s'arrêtèrent net dans leur élan. Au lieu de grogner férocement, ils geignaient timidement à présent. Les molosses noirs jetèrent des regards effarés en direction des enfants avant de tourner casaque dans la seconde suivante. Ils prirent la fuite à toute vitesse, la queue entre les jambes.

Kaja, Laura et Lucas échangèrent des regards interloqués. Qu'est-ce qui avait bien pu effrayer les monstres au point de les faire ainsi détaler ? Un terrible hurlement vint interrompre leur réflexion. Ils firent volte-face.

– Et avisèrent un loup – un grand loup noir qui accourait vers eux.

Laura comprit immédiatement d'où venait la bête féroce. C'était le loup représenté sur la peinture du hall d'entrée ! Elle en était certaine, même si cela paraissait impossible. *Tu dois te tromper,* se dit-elle. *Comment le loup de la toile pourrait-il avoir pris vie ?*

Le loup, qui s'avançait à grands bonds vers elle, était bel et bien vivant. Ses yeux jaunes brillaient dans l'obscurité. Il passa devant eux sans leur accorder la moindre attention et s'élança à la poursuite des chiens.

Kaja regardait devant elle d'un air absent.

– C'est incroyable, murmura-t-elle.

Elle hocha la tête et se tourna vers Laura.

– Tu as vu la même chose que moi ?

Laura acquiesça sans dire un mot.

— Je croyais qu'il n'y avait plus de loups depuis longtemps dans nos contrées, murmura Kaja.

— Ils ont en effet complètement disparu ! s'exclama Lucas sans l'ombre d'une hésitation, à nouveau tout à fait dans son élément. Le dernier loup a été tué dans le Bois du Bourreau au début du dix-neuvième siècle par le propriétaire de l'époque. Il aurait fait empailler et exposer la bête dans le salon de chasse.

— Mais s'il n'y a plus de loup de nos jours par ici, d'où vient alors celui-là ? réfléchit Kaja tout haut.

— Aucune idée, répondit Lucas en haussant les épaules.

— Qui sait si ce loup en était vraiment un ?

— Et ce serait quoi alors ?

— Un esprit…

— Un esprit ? s'étonna Lucas. Tu débloques. Premièrement, les esprits, ça n'existe pas. Et deuxièmement, c'est complètement impossible !

— Et pourquoi serait-ce impossible ? lança Kaja d'un air de défi. Après tout ce que nous avons vécu ces derniers jours, plus rien ne me paraît impossible.

— Ce n'était pas un esprit, dit Laura calmement.

— Évidemment, logico ! renchérit Lucas.

Mais une ride se creusa sur son front. Il regarda sa sœur d'un air incrédule.

— Et comment peux-tu en être aussi certaine ?

Laura s'apprêtait à raconter à ses amis le mystère de la vieille toile lorsqu'une meilleure idée lui vint à l'esprit.

— Suivez-moi, leur dit-elle, j'ai quelque chose à vous montrer.

***

Du sang coulait dans les yeux d'Alarik et l'aveuglait. La harpie l'avait manifestement blessé à la tête et il ressentait une douleur cuisante au front, comme si les serres du monstre lui avaient injecté un venin mortel.

L'hideuse créature ailée revenait à l'attaque. Elle l'atteignit cette fois à la joue : Alarik poussa un cri atroce de douleur.

La harpie partit d'un éclat de rire malveillant et siffla, de sa voix stridente de vieille femme :

– Espèce de bouffon ! Tu vas mourir ! Mourir ! Mourir ! Mourir !

Alarik comprit alors qu'il était perdu. Il était enlisé dans la boue jusqu'aux épaules. Il n'espérait qu'une seule chose désormais : que la fille de Typhon l'achève rapidement.

Mais la harpie n'avait pas l'intention, semblait-il, de le précipiter immédiatement dans l'au-delà. Ses assauts n'avaient apparemment pour but que de le torturer et de l'empêcher de remonter sur le sol ferme. Le monstre voulait se délecter du spectacle qu'il lui offrirait en s'enfonçant lentement dans le marais où il périrait étouffé dans d'atroces souffrances. Ce n'est qu'ensuite qu'il se jetterait sur lui et le dépècerait morceau par morceau pour le manger.

C'est une évidence, songea subitement Alarik. *Les harpies se nourrissent d'anguilles.*

La fille de Typhon s'apprêtait à attaquer. Ses yeux voraces étincelaient à l'instant où elle sortit ses serres. Elle allait lui asséner un nouveau coup de patte lorsqu'un cri retentit. Un cri si souverain et autoritaire que la harpie se détourna un instant de sa proie et, étonnée, chercha des yeux à l'entour celui qui avait crié de façon si étrange.

Flèche-Ailée venait d'apparaître dans le ciel.

L'aigle fendit les nuages et, pareil à une fusée, traversa la Porte Magique. Il arrivait toutes griffes dehors. Pointant en direction de l'immonde créature ses pattes pareilles à des lances, il alla planter ses puissantes serres dans les plumes de son adversaire tout en lui assénant au même moment un coup de son bec tranchant. La fille de Typhon ricana. Des plumes volèrent. Les deux ennemis se livrèrent un combat sans merci. L'aigle et la harpie, mus par une folle rage, combattaient corps à corps.

Il ne fallut que peu de temps pour que la harpie comprenne qu'elle n'était pas de taille à résister à la force phénoménale de Flèche-Ailée. Elle poussa un dernier cri et s'empressa de prendre la fuite à tire-d'aile.

Flèche-Ailée se lança à la poursuite de la monstrueuse créature afin de s'assurer qu'elle ne reviendrait pas une nouvelle fois harceler Alarik.

L'écuyer désemparé suivit du regard les oiseaux jusqu'à ce qu'ils disparaissent dans le ciel. Au moment où Flèche-Ailée était apparu, il se croyait perdu, mais l'aigle lui avait redonné du courage. Or le Messager de la Lumière venait de l'abandonner de nouveau à son triste sort. Flèche-Ailée aurait pourtant dû savoir qu'il ne s'en sortirait pas tout seul. Bien qu'il ait vu l'écuyer de Paravain enlisé jusqu'au cou dans le marais, quasiment incapable de faire un mouvement, il était reparti ! Le glas venait de sonner : la fin était annoncée !

Alarik se laissait aller au désespoir lorsque soudain il se reprit. Cela ne servait à rien d'accuser le destin. Il fallait l'accepter. L'écuyer ferma alors les yeux. Il consacrerait les dernières minutes de sa vie à penser à ceux qu'il chérissait : sa sœur Aliénor, son père et sa mère, ses autres frères et sœurs, Paravain et Morwena, ainsi que, bien entendu, Elysion, le Gardien de la Lumière. Il savait qu'il ne les reverrait plus. Ils allaient lui manquer lorsqu'il serait dans les Ténèbres Éternelles.

– Hé, le rêveur !

La voix de l'homme le prit au dépourvu. Alarik écarquilla les yeux et aperçut Silvan, le visage radieux. Le solide gaillard avec sa barbe de plusieurs jours, agenouillé au bord du chemin, se pencha vers l'écuyer et lui tendit la main.

– C'est bien toi ? s'enquit Alarik d'une voix incrédule.

– Évidemment que c'est moi, en chair et en os. Aurais-je l'air d'un revenant ?

– Mais, Silvan... d'où sors-tu si soudainement ?

– Flèche-Ailée m'a apporté un message de Paravain qui s'inquiétait de toi. Je me suis mis immédiatement en route. Allez, maintenant, serre les dents, parce que ça va faire mal !

Silvan attrapa les cheveux d'Alarik de ses gros doigts et le hissa hors du marais.

Alarik n'éprouva aucune douleur, lorsque le coureur des bois le sortit de la fange. Il était trop heureux. Il était sauvé, il vivrait ! Une fois sur la terre ferme, il regarda Silvan avec des yeux embués de larmes.

– Je ne te remercierai jamais assez, Silvan, dit-il encore dans un souffle avant de perdre connaissance.

***

Laura pénétra dans le hall d'entrée et s'aperçut à son grand soulagement qu'elle ne s'était pas trompée : le loup noir avait bien disparu du tableau. La dame en blanc se trouvait toujours seule dans la clairière.

Laura attira l'attention de ses amis sur la toile :

– Regardez ! Qu'en dites-vous ?

Lucas et Kaja observèrent la peinture attentivement. Ils échangèrent des regards perplexes, puis se tournèrent vers Laura :

– Aurais-tu la bonté de nous expliquer ce qu'il y a ? dit Lucas en plissant les yeux avec un air exaspéré.

– Qu'est-ce que je dois vous expliquer ? s'étonna Laura. Ça saute aux yeux, non ?

Interloquée, Laura les regarda. *Ils sont aveugles, ou quoi ?* se demanda-t-elle. *À moins qu'ils ne fassent semblant ?*

– Cessez de vous payer ma tête, maugréa-t-elle. Vous voyez aussi bien que moi ce qui s'est produit !

Kaja fixa à nouveau la toile, puis se tourna vers son amie sans rien dire. Mais dans ses yeux transparaissaient l'étonnement et l'incompréhension.

Lucas, en revanche, fit une moue agacée :

– Je ne vois pas de quoi tu parles. Et je ne sais pas non plus ce que tu cherches. Pour l'instant, d'ailleurs, je m'en fiche.

Il s'interrompit pour bâiller, retira ses lunettes et se frotta les yeux :

– Je suis épuisé, je vais me coucher, poursuivit-il en remettant ses lunettes. Bonne nuit, dormez bien ! Demain matin, Laura, tu y verras peut-être un peu plus clair.

Ceci dit, il tourna les talons et se dirigea en traînant les pieds vers le dortoir des garçons. Laura le regarda s'éloigner.

– O.K., Kaja, reprit Laura. Soyons sérieuses. Tu ne vas pas

me dire quand même toi aussi que tu n'as pas observé de transformations sur le tableau ?

Kaja secoua la tête d'un air ennuyé.

– Je crois que Lucas a raison. Nous sommes tous totalement épuisés. Il est grand temps d'aller au lit. Allez, viens, Laura !

Et sans attendre sa réponse, elle se dirigea vers l'escalier. Laura était désemparée. Effectivement, ni Kaja ni Lucas n'avaient remarqué que seule la dame en blanc figurait encore sur le tableau.

La jeune fille examina encore une fois la peinture. Non, il n'y avait aucun doute, le loup noir avait bel et bien disparu. Et si Lucas et Kaja ne voyaient pas la transformation, c'est qu'ils ne le pouvaient pas la voir, car ils ne faisaient partie des sentinelles. Ils ne percevaient que l'apparence des choses et étaient incapables de déceler ce qui se cachait en dessous. Une idée horrible lui vint alors à l'esprit : Lucas et Kaja n'étaient sans doute guère plus aptes à reconnaître la Coupe de la Lumière !? Peut-être leurs yeux ne pouvaient-ils pas déceler sa présence, de même qu'ils n'avaient pas vu le changement sur le tableau. Dans ce cas, comment pouvaient-ils l'aider dans ses recherches ?

Laura se sentit subitement seule et abandonnée. Et terriblement désarmée. Lorsqu'elle finit par rejoindre sa chambre, elle avait perdu tout espoir et elle avait peur. Peur d'échouer et peur de ne jamais retrouver la Coupe.

Laura s'éveilla en pleine nuit. Elle ne savait plus où elle se trouvait. Ce n'est qu'après un instant, en s'asseyant dans son lit et en regardant autour d'elle, qu'elle comprit qu'elle était dans sa chambre. Évidemment ! Où aurait-elle pu être si ce n'est là ?

La pluie battante frappait les vitres. Elle entendait Kaja ronfler sagement dans son lit. Le réveil sur sa table de nuit indiquait quatre heures.

– Oh, la barbe, plus que trois heures avant de se lever !

Laura était rompue de fatigue. Elle allait se blottir sous la couverture lorsqu'elle entendit des pleurs. Timides, certes, mais parfaitement distincts. Elle se redressa et jeta un coup d'œil étonné vers le lit de son amie. Mais Kaja dormait toujours paisiblement.

Mais alors, qui donc pouvait sangloter ainsi de manière si bouleversante ?

Laura regarda la porte – et soudain, elle eut la certitude que les pleurs venaient du couloir. Elle repoussa la couverture et sortit de son lit.

Lorsque Laura fut dans le couloir, elle ne put en croire ses yeux : une femme allait et venait devant sa porte. Elle portait une longue robe blanche et sanglotait. Laura ne l'identifia pas immédiatement parce qu'elle la voyait de dos. Mais lorsque la dame se retourna, Laura la reconnut : c'était Silva, la jeune femme du tableau. Son visage livide était empreint d'une profonde tristesse, et des larmes roulaient sur ses joues. Elle s'avança sans que Laura pût entendre le bruit de ses pas.

Silva ne semblait pas voir la jeune fille. Le regard, comme vide, tourné vers le sol, elle passa devant Laura avant de faire demi-tour quelques mètres plus loin pour repartir dans la direction opposée, sans jamais cesser de pleurer.

Laura était perplexe : que faire ? Comment expliquer que la femme représentée sur le tableau soit bien vivante devant elle ?

Laura hésita, mais finit par se décider à adresser la parole à la dame en blanc. Elle semblait avoir besoin de réconfort et de consolation :

– Qu'y a-t-il ? Qu'avez-vous ? demanda-t-elle d'une toute petite voix. Pourquoi pleurez-vous ?

Silva s'immobilisa, releva le visage et regarda Laura de ses yeux bleu foncé, brillants de larmes :

– Laura, cela n'a rien à voir avec toi ! répondit-elle d'une voix étranglée de sanglots. Tu penses que tu es capable de percer certains mystères, mais en réalité tu ne décèles guère plus de choses que ne le fit mon malheureux Hans !

Laura la regarda sans comprendre. Elle voulait demander des éclaircissements, mais Silva se tourna et repartit comme elle était venue. Laura entendit encore quelques petits sanglots alors que la dame en blanc avançait dans la pénombre du couloir avant de disparaître dans la cage d'escalier.

Laura resta encore un moment perplexe et troublée. Tout

devenait de plus en plus mystérieux, comme si cela ne l'était déjà pas assez...

***

Paravain scrutait l'obscurité par la fenêtre de la salle du trône. Le jeune chevalier ne voyait rien de ce qui se passait sur les hauteurs de Calderan. Ses yeux étaient vides et son visage trahissait la plus profonde perplexité. De toute sa vie, il ne s'était jamais senti aussi impuissant qu'en ces heures sombres. Complètement impuissant et condamné à l'inaction. Elysion, le Gardien de la Lumière, était mourant. Alors qu'Aventerra et l'Étoile des Hommes menaçaient de disparaître, lui, Paravain ne pouvait rien faire. Absolument rien.

Des pensées confuses agitaient l'esprit du chevalier. Il avait déjà beaucoup réfléchi et envisagé toutes sortes de solutions pour trouver le moyen d'engager une action. Mais il en était toujours arrivé à la même conclusion : il était incapable d'infléchir le cours du destin. La Coupe de la Lumière était cachée sur l'Étoile des Hommes, et le chemin pour y accéder lui était interdit. La Porte Magique était fermée. Il ne lui restait qu'une seule chose à faire avant qu'elle ne s'ouvre : attendre. Rien d'autre qu'attendre.

Cette attente le rendait malade. Et pis encore : il doutait de pouvoir faire obstacle à l'avènement du Néant Éternel. En définitive, son destin reposait entre les mains d'une jeune fille. De fait, Laura étant née sous le signe du Treize, elle disposait de pouvoirs tout à fait particuliers. Comme elle venait d'être admise récemment au sein des sentinelles, elle n'avait encore pas pu développer toutes ses facultés et ne détenait qu'une infime partie de ses pouvoirs magiques. Savait-elle déjà s'en servir ? Allait-elle échouer comme Alarik ?

En repensant à son écuyer, Paravain sentit les larmes sourdre sous ses paupières. Flèche-Ailée avait beau l'avoir averti que le jeune homme était sain et sauf et qu'il revenait en compagnie de Silvan, il était consterné. Comment Alarik avait-il pu, dans son désespoir, envisager une aventure aussi folle ?

Il n'osait même pas imaginer ce qui serait arrivé au jeune écuyer s'il était tombé entre les mains de Syrine ! Paravain était convaincu que cette mégère n'était autre que l'âme damnée de Borboron.

Toujours est-il qu'Alarik avait fait preuve de courage. Même si son entreprise s'était soldée par un échec, il avait prouvé qu'il était prêt à tout sacrifier, y compris sa vie, pour la cause de la Lumière.

Mais Laura avait-elle un caractère aussi bien trempé ? Le chevalier était inquiet. Ferait-elle preuve d'autant de courage ? Était-elle prête à risquer le tout pour le tout ou bien avait-elle déjà renoncé ? Leur destin était-il en vérité déjà depuis fort longtemps scellé tandis qu'ils espéraient encore être sauvés ?

Affolé par tant d'incertitudes, Paravain tenta une démarche qu'il n'avait pas osé accomplir jusqu'à ce jour. À la tombée de la nuit, il enverrait son ombre sur l'Étoile des Hommes. Cet être immatériel saurait s'introduire dans ce monde frère sans passer par la Porte Magique. Une fois là-bas, elle ne pourrait agir et serait réduite au rôle d'observateur. Néanmoins, à son retour, elle pourrait lui faire un rapport détaillé et au moins le rassurer sur les chances de sauver Hellunyat et l'Étoile des Hommes.

CHAPITRE 23

Le géant de pierre

u lever du jour, le ciel se dégagea. La pluie cessa, et les nuages se dissipèrent. Un soleil hivernal teintait l'orient de lueurs rosées. Les toits humides du château de Ravenstein étincelaient dans la lumière du matin.

Laura s'empressa d'avaler son petit-déjeuner et pria ensuite Percy Valiant de la suivre jusqu'au hall d'entrée. En face de la grande toile, elle lui raconta les événements de la nuit passée, évoqua la visite de la crypte, le loup noir qui les avait sauvés des sauvages attaques des chiens, et elle lui parla également de la dame en blanc, qui avait repris sa place sur la toile. Le loup était maintenant couché à ses pieds.

Rien n'indiquait que la femme et la bête avaient repris vie durant la nuit et que Laura les avait vus en chair et en os. L'espace d'un instant, elle pensa que Percy ne la croirait pas. Mais le professeur d'éducation physique ne remit pas en cause ses paroles : il était au courant du mystère de la malheureuse dame en blanc et du loup noir.

Silva vivait à la même époque que le Chevalier Cruel. Elle passait alors pour la plus jolie jeune fille de toute la contrée. Reimar von Ravenstein avait jeté son dévolu sur elle. Il voulait la prendre pour femme bien qu'elle fût depuis longtemps promise à un jeune homme. Comme Silva se refusait à lui et que, même sous la menace, elle ne se laissa pas convaincre de l'épouser,

321

Reimar voulut se venger. Il proféra une terrible malédiction à son encontre.

Laura regarda Percy avec de grands yeux étonnés.

— Il lui a jeté un sort ?

L'enseignant acquiesça :

— Non que Reimar fût un mauvais bougre, mais il était sous la coupe des Forces des Ténèbres. Il détenait toutes sortes de connaissances en magie noire dont il pouvait faire usage le cas échéant.

— Et cela, uniquement parce que Silva ne voulait pas se marier avec lui ?

— Oui. La malédiction allait réserver à la pauvre femme un tragique destin : elle fut enfermée dans un sombre cachot où elle se languit des journées entières. À la tombée de la nuit, elle se métamorphosait en un loup sanguinaire répandant l'effroi chez les habitants des environs de Ravenstein. Son fiancé, le fils d'un forestier, le dénommé Hans, ne la reconnaissant pas quand elle prenait l'apparence de la bête, la traquait sans pitié. La malheureuse en eut le cœur brisé.

Laura poussa un soupir compatissant :

— Pas étonnant qu'elle ait l'air toujours aussi triste. Mais elle a fini par épouser Reimar von Ravenstein ?

— Non ! Lorsqu'un an plus tard, il lui donna le choix soit de l'épouser soit de mourir, elle enjamba les créneaux de la tour pour se jeter sous ses yeux dans le vide. Or, juste avant de trouver la mort, Silva jeta un sort au Chevalier Cruel : il ne trouverait pas le repos tant que son horrible méfait n'aurait pas été vengé.

— Et ça ne s'est toujours pas produit jusqu'à ce jour ?

— Non ! répondit Percy en secouant la tête. Reimar von Ravenstein erre toujours comme une âme en peine. Mais d'après ce que tu viens de me raconter, il semblerait bien que Silva n'ait pas, non plus, trouvé le repos…

Laura, songeuse, regarda le professeur :

— C'est probable en effet. Ce que je ne comprends pas néanmoins, c'est…

Elle dut s'interrompre, car Mary Morgain arrivait en courant. Elle était sens dessus dessous, au bord du désespoir.

– Le professeur… commença Mary, mais la voix lui manqua et des larmes jaillirent dans ses yeux.

– Que se passe-t-il avec le professeur ? s'enquit Laura à la hâte.

– Il… fit Miss Mary, incapable d'en dire plus, en essuyant son nez et les larmes qui coulaient de ses yeux. Je crains que la fin ne soit proche. La fièvre est montée. Il est tombé dans une sorte de coma, et…

– Il faut immédiatement aller chercher un médecin ! l'interrompit Laura.

Percy Valiant la regarda avec un air attristé. Il comprenait l'inquiétude de la jeune fille :

– Cela ne servirait à rien, Laura. Aucun médecin ne peut lui venir en aide. Et tu le sais parfaitement !

Évidemment, évidemment que je le sais ! se dit Laura.

– Mais, malgré tout, nous ne pouvons pas rester là et le regarder mourir sans rien faire !

Une idée lui traversa l'esprit, et un léger espoir transparut sur son visage.

– Je sais ce que je vais faire ! s'écria-t-elle en proie à une excitation subite. Je vais chez le professeur Schwartz et je lui demande où se trouve la Coupe !

– Non seulement tu n'as aucune chance, mais en plus c'est absurde ! renchérit Mary. Le professeur Schwartz est le chef des Puissances des Ténèbres ; il ne lui viendrait jamais à l'idée de te dévoiler l'endroit où est cachée la Coupe.

Laura ne put réprimer un sourire en s'apercevant que les deux professeurs ne suivaient manifestement pas le cours de ses réflexions. Ils la regardèrent comme si elle avait perdu la raison.

– Mais Schwartz sait aussi que je n'ai pas terminé mon initiation, poursuivit-elle. Et c'est peut-être une aubaine pour moi…

En observant les mines perplexes de Mary et de Percy, Laura était certaine qu'ils n'avaient pas saisi ses arrière-pensées, ce qui était plutôt bon signe. Le professeur Schwartz mettrait peut-être lui aussi du temps à percer sa démarche.

– C'est pourtant simple, expliqua Laura. Quintus Schwartz

sait que je ne possède pas encore toutes les capacités des senti- nelles. Il sera donc vraisemblablement moins vigilant avec moi et ne dissimulera sans doute pas ses intentions, comme celles qu'il pourrait avoir à ton encontre, Mary. C'est plausible, non ?

Miss Mary fronça les sourcils. Le plan de Laura ne lui disait rien qui vaille. Quant à Percy, il paraissait tout aussi dubitatif :

— Je ne sais pas vraiment si tout cela est bien raisonnable, marmonna-t-il, mais cela vaut peut-être le coup d'essayer.

— Mais oui, bien sûr ! renchérit Laura d'un air triomphal.

Pourtant, dans les traits de Percy Valiant, elle vit sur-le-champ qu'il doutait de l'efficacité du stratagème.

Madame Pissepierre refusa tout net la demande d'entrevue de Laura avec le professeur Schwartz. Elle détourna son visage blanc comme un cachet d'aspirine du clavier de son ordina- teur que ses doigts aux ongles vernis de rouge maltraitaient et regarda la jeune fille avec un air offusqué.

— Je suis désolée, Mademoiselle Leander, mais c'est tout à fait impossible ! lui dit-elle de sa voix de souris. Les conseils de classe ont lieu dans deux jours, et le directeur est débordé par les préparatifs. Je ne dois le déranger sous aucun prétexte !

— Mais il faut absolument que je lui parle ! insista Laura sur un ton pressant. Je vous assure, Madame Pisse... euh !... Madame Lissepierre. C'est une question de vie ou de mort !

La gardienne inflexible du bureau du directeur regarda la fillette d'un air étonné.

— De vie ou de mort, dis-tu ?

Laura acquiesça d'un air grave.

— Tu pourrais peut-être me donner quelques explications... plus claires ?

— Hum... hum, balbutia Laura pour se laisser le temps de trouver un argument si possible convaincant, avant de se raviser, car elle préférait en rester à la vérité. Le professeur Morgenstern est mourant. Il se peut que Monsieur Schwartz puisse lui sauver la vie.

— Vraiment ? s'étonna Madame Pissepierre, visiblement perturbée.

Laura opina à nouveau du chef d'un air grave. Le visage de musaraigne devint encore plus livide qu'il ne l'était déjà.

– Pourquoi ne l'as-tu pas dit tout de suite ?

Elle se leva d'un bond, quitta son bureau pour aller frapper à la porte du directeur, derrière laquelle elle disparut. Elle réapparut quelques secondes plus tard.

– Tu peux entrer, Laura, dit-elle en allant jusqu'à lui tenir la porte. Le professeur Schwartz va te recevoir.

L'espoir de Laura de parvenir à attendrir le directeur adjoint pour l'amener à venir en aide à son collègue fut vite déçu. Lorsqu'elle demanda au remplaçant du directeur où se trouvait la Coupe, il feignit l'ignorance.

– La Coupe, demanda-t-il, intrigué, mais de quoi me parles-tu là ? De quelle Coupe ?

Laura sentit la colère l'envahir. Elle regarda en roulant des yeux furibonds le professeur de chimie, installé à son bureau derrière une montagne de papiers, qui feignait toujours l'ignorance.

– Vous savez pertinemment de quoi je parle. La Coupe de la Lumière, évidemment, de quoi d'autre pourrais-je parler ?

Le visage du professeur Schwartz s'assombrit. Mais la jeune fille, loin de se laisser intimider, soutint son regard perçant. Elle s'attendait à tout moment à voir étinceler ses pupilles noires d'un éclat diabolique. Mais rien de tel ne se produisit. Au contraire : l'enseignant se détendit en un clin d'œil, ce qui permit à Laura de lire les pensées qui s'agitaient derrière son front.

Cette petite morveuse, se disait-il, *ne va quand même pas croire qu'elle va me rouler aussi simplement que ça !*

Lorsqu'il répondit, sa voix était parfaitement sereine.

– Je suis désolé, Laura, déclara-t-il sur un ton presque compatissant, je ne sais vraiment pas de quoi tu parles.

Laura bondit de sa chaise en lui décochant un regard plein de reproches :

– Arrêtez de faire l'ignorant ! lui hurla-t-elle. Le professeur Morgenstern mourra si je ne trouve pas la Coupe…

Mais j'espère bien que tu ne la trouveras pas ! pensa le professeur Schwartz. Et Laura le lut dans ses pensées.

— … alors vous allez me dire où elle se trouve !

Ça t'arrangerait bien ! songea le soldat des Ténèbres sans l'exprimer ouvertement en jouant son rôle d'ignorant à la perfection.

— Je crains que tu ne te fourvoies ! lui rétorqua-t-il en hochant la tête en signe d'incompréhension, une fois que Laura eut repris place sur sa chaise. Je suis vraiment désolé, mais je n'ai vraiment rien à te dire, je ne comprends pas de quoi tu parles.

Et tu ne trouveras jamais la Coupe cachée dans la chambre du trésor de Reimar ! songeait-il en son for intérieur. *Pour que tu la découvres, il faudrait que tu sois plus intelligente que Morgenstern ou que Percy Valiant !*

Laura tressaillit. Ce n'était pas l'envie qui lui manquait de bondir à nouveau, mais en jubilant, cette fois.

Et voilà ! Ça a marché !

Elle s'efforça de ne laisser rien transparaître de sa joie. Et, ne voulant prendre aucun risque, elle continua de feindre la colère et redoubla de reproches :

— Vous ne pouvez pas laisser le professeur mourir comme ça ! Comment pouvez-vous rester là sans rien faire ?

Sa feinte avait réussi ! Le professeur Schwartz se crut même obligé de s'excuser une nouvelle fois :

— Crois-moi, lui dit-il avec un air navré, personne ne pourrait être plus ennuyé que moi si notre très estimé collègue Aurélius Morgenstern venait à disparaître — tu m'entends, Laura, personne !

Sur ce, il jeta un coup d'œil sur la pendule et lui montra la porte pour lui faire comprendre que l'entretien était terminé.

— Et maintenant, excuse-moi, mais j'ai du travail qui m'attend !

À présent que Laura avait obtenu les informations qu'elle était venue chercher, elle pouvait s'en aller. Parvenue à la porte, elle se retourna vers le directeur adjoint. Mais il s'était déjà replongé dans ses dossiers sans se soucier d'elle. C'était bien la preuve que Laura, par son attitude, n'avait pas éveillé en lui le moindre soupçon.

Parfait ! se réjouit Laura. *Désormais, on tient le bon bout.*

– Au revoir Madame Lissepierre ! s'écria Laura en croisant la secrétaire. Et encore, mille fois merci !

– De rien, susurra sur un ton hypocrite la secrétaire avant de retourner à son ordinateur.

Une fois dans le couloir, Laura se détendit. Youpi ! s'exclama-t-elle tout haut. Le visage radieux, elle serra le poing, bondit de joie avant de filer à toute allure. Dans sa précipitation, elle ne s'aperçut pas qu'on l'observait. La mine sombre de son poursuivant ne laissait rien présager de bon.

Laura eut du mal à attendre l'heure du cours d'éducation physique. Percy se réjouit en apprenant la nouvelle :

– Alors la Coupe serait dans la chambre du trésor de Reimar von Ravenstein ?

Laura acquiesça d'un hochement de tête.

– Tu en es tout à fait sûre ?

La jeune fille opina derechef.

– Laura, tu as mené l'affaire de main de maître !

Le professeur était fortement impressionné. Néanmoins, il dodelinait de la tête avec un air agacé :

– Mais quelle bande d'idiots avons-nous été pour nous laisser ainsi mener par le bout du nez ! Si la Coupe se trouve réellement dans les caves du château de Ravenstein, alors le prétendu effondrement du mur dans la galerie n'était qu'une ruse pour éloigner les visiteurs inopportuns.

– Ça m'en a tout l'air…

Laura jeta un coup d'œil rapide derrière elle afin de s'assurer que le reste de la classe n'entendait pas la conversation. Mais les élèves étaient loin derrière eux. Kaja et Max Petpuant jouaient les lanternes rouges dans ce défilé de coureurs. Aucun élève de 4e B ne pouvait rivaliser avec Laura toujours en tête du cross hebdomadaire. C'est avec une moue désabusée que toute la classe effectuait tranquillement le parcours à travers le parc, sans chercher à essayer de rattraper Percy et Laura. Pourtant, ces derniers ne se pressaient pas particulièrement et n'étaient pas hors d'haleine. Rien d'étonnant à cela puisque les autres se traînaient comme des escargots.

— Je crois que le scénario du mur effondré dans la tombe est une pure invention, confia Laura au professeur courant à ses côtés. Il est probable, aussi, que l'internat n'ait jamais compté au nombre de ses élèves le dénommé Alain Schmitt.

Percy en convint sans difficultés.

— Il me semble que tu as raison. J'ai examiné les dossiers d'inscription. Ce nom ne figure nulle part !

Ils tournèrent à l'angle du bâtiment principal et s'arrêtèrent devant l'entrée. Ils aperçurent au loin sur la pelouse le jardinier, immobile près des chiens de buis. Laura ne pouvait voir à cette distance ce qu'il faisait exactement, mais elle aurait parié qu'il conversait avec eux.

Et pourquoi pas après tout ? Elle avait souvent entendu dire que les jardiniers parlaient aux plantes, c'était soi-disant bon pour leur croissance. Alors pourquoi Albin Ellerking ne leur ferait-il pas un brin de causette ? Elle trouvait néanmoins étrange de le voir caresser presque tendrement leur dos.

Groll, son horrible chat, tournait dans ses jambes. Dès que l'animal aperçut Laura, il fit le gros dos, dressa la queue et poussa un furieux feulement dans sa direction. Il était trop éloigné pour que Laura puisse l'entendre. Mais de là où elle était, elle put percevoir la malveillance déclarée du félin. Groll ne l'appréciait pas, c'était plus que manifeste.

Était-ce véritablement étonnant ? Y avait-il un seul soldat dans les Forces des Ténèbres capable de se réjouir à la vue d'un Gardien de la Lumière ? Sans doute pas, mais la plupart d'entre eux s'entendaient mieux à cacher leur jeu que le chat borgne ! Laura ne lui accorda guère plus d'attention. Elle se tourna vers le professeur de sport.

— Nous allons tenter de nous introduire cette nuit dans la chambre du trésor, expliqua-t-elle.

Elle avait conçu son plan durant la dernière heure de cours.

— Mary et toi, vous allez venir avec nous pour nous aider à enlever les décombres ? lui demanda-t-elle.

Percy hocha la tête en signe de refus. Laura était déçue. Avisant la réaction de la jeune fille, il voulut se justifier :

– Je regrette vraiment, Laura, mais nous sommes invités ce soir à dîner chez le professeur Schwartz. Si nous n'y allons pas, nous ne ferons qu'accroître sa méfiance envers nous. Je ne sais pas si tu t'en es déjà aperçu, mais il nous fait surveiller.

Il désigna le jardinier d'un mouvement de la tête. C'est alors que Laura remarqua qu'Albin Ellerking ne cessait de leur lancer des coups d'œil furtifs. Il ne les lâchait pas des yeux. Et tout à coup, certains évènements étranges des jours précédents lui revinrent à la mémoire.

– Je n'y ai pas prêté attention, mais maintenant que tu en parles, ça me revient, dit-elle, songeuse. Ces derniers temps, j'ai moi aussi souvent eu l'impression d'être observée à la dérobée. À chaque fois que je me retournais pour vérifier, il n'y avait personne. Pourtant, j'avais le curieux sentiment d'être suivie. Tu crois que c'est possible, Percy ?

– Non seulement je pense que c'est possible, mais c'est de surcroît hautement probable ! Tu ferais mieux d'être sur tes gardes !

Sur ces entrefaites, ils avaient dépassé la façade du bâtiment principal. Avant de prendre la direction du gymnase, le professeur se retourna et cria :

– Eh, les bonnets de nuit, un petit effort ! Ne laissez pas vos pieds refroidir ! Il ne reste plus que quelques mètres !

Il n'entendit pour toute réponse que des halètements et des grognements indistincts. Pas un des élèves ne se donna la peine d'accélérer l'allure. Percy ne chercha pas à les convaincre. Ce n'était certainement pas en les contraignant davantage qu'ils éprouveraient du plaisir à courir. Soit l'envie venait d'elle-même, soit elle ne viendrait jamais.

Laura et Percy couraient côte à côte sur le petit pont de bois qui enjambait les douves du château. Ils s'engagèrent ensuite sur le chemin sinueux menant jusqu'à la grande statue et passèrent devant un bosquet. Ni l'un ni l'autre n'avisèrent la silhouette sombre tapie derrière le buisson. Il s'agissait d'Attila Morduk, le concierge, le chauve au visage sinistre, qui les observa jusqu'au moment où ils sortirent de son champ de vision.

Percy et Laura furent bien évidemment les premiers à atteindre le gymnase. Ils firent quelques étirements en attendant les autres.

Laura profita de l'occasion pour tenter une nouvelle fois de persuader Percy de les accompagner :

– Vous trouverez bien une excuse, vous n'êtes pas obligés d'aller précisément ce soir dîner chez le professeur Schwartz !

Mais il ne céda pas :

– Laura, je suis vraiment désolé, mais c'est impossible. Notre manœuvre n'échapperait pas au directeur adjoint qui ne manquerait pas alors de prévenir ses amis et les inciterait à redoubler de vigilance. Vos chances de pénétrer dans la chambre du trésor sans être remarqués seraient alors presque nulles ! Il est dans votre intérêt que nous nous rendions à cette invitation afin d'endormir sa vigilance !

– Tu as peut-être raison, Percy… Il faut absolument que nous pénétrions dans la chambre ce soir, car le temps presse. Mais si nous ne pouvons y accéder à cause des éboulements, alors je me demande comment nous ferons sans aide extérieure.

Le professeur la regarda avec un sourire plein de sous-entendus :

– Mais qui te dit que personne ne te viendra en aide ?

La jeune fille le regarda avec un air stupéfait. Puis elle fit un grand écart pour étirer ses muscles.

– Qui pourrait nous donner un coup de main ? Mary et toi, vous avez tous deux un empêchement. Quant à Aurélius Morgenstern, il est mourant. Qui d'autre ?

Percy attendit pour répondre ; il souriait toujours tranquillement. Une idée vint à l'esprit de Laura :

– Et Kastor et Nikodemus Dietrich ? Ils pourraient peut-être nous prêter main-forte ?

Le professeur secoua la tête.

– Ça, c'est vraiment impossible. Certains de leurs chevaux ont attrapé une maladie étrange. Ils sont trop occupés à les soigner.

– Zut ! s'exclama Laura, déçue, en se pliant en deux pour aller toucher la pointe de ses chaussures alternativement d'une main puis de l'autre. Donc, ce n'est même pas la peine d'essayer !

– Laura, tu ne vas quand même pas baisser les bras à la moindre difficulté ? Patiente jusqu'à ce que l'horloge sonne les douze coups de minuit. Ensuite, vous vous rendrez jusqu'à l'atlante, et tu dessineras de ta main trois cercles sur son socle.

Laura se redressa brusquement et regarda le professeur sans comprendre :

– Pardon ?

– Lorsque l'horloge sonnera minuit, va jusqu'à l'atlante et dessine trois cercles du bout des doigts sur son socle, répéta Percy avant de se tourner vers les élèves qui arrivaient les uns après les autres.

Mister Cool menait la troupe épuisée des pieds nickelés. Il s'effondra par terre en gémissant. Kangou et Franziska Turini, à bout de souffle, se plièrent en deux et calèrent leurs mains sur leurs genoux en haletant comme des asthmatiques. Laura craignit un instant de les voir vomir. Il manquait encore Kaja et Max Petpuant. Percy Valiant regarda son chronomètre :

– Dommage, dit-il gentiment. Si vous aviez couru encore un peu plus lentement, vous seriez entré dans le grand livre des records à la rubrique « La course d'endurance la plus lente de tous les temps » ! Mais je suis sûr que ce sera pour la prochaine fois...

La lune presque pleine brillait dans le ciel au-dessus de Ravenstein. Il faisait un froid à pierre fendre. Un vent d'est soufflant en rafales courbait les branches et balayait les feuilles mortes. Il régnait à l'intérieur du château le plus parfait silence. Aucune lumière n'éclairait les fenêtres.

Lorsque le premier coup de minuit sonna, la porte d'entrée bougea soudain. Elle s'entrouvrit pour laisser passer une silhouette emmitouflée dans une grosse veste et coiffée d'un bonnet de marin. La silhouette descendit les marches, s'arrêta au pied de l'atlante, se cacha dans l'ombre et attendit.

C'était Laura qui, impatiente, comptait les coups de l'horloge : *neuf... dix... onze... douze. Enfin !*

Elle inclina la tête en arrière et jeta un coup d'œil sur le visage de la gigantesque statue soutenant l'édifice. L'homme scrutait l'horizon avec un sourire énigmatique aux lèvres. Rien n'indiquait qu'il changerait jamais d'expression.

Comme Percy le lui avait recommandé, Laura inspecta les parages scrupuleusement. Elle ne remarqua personne. Mais pour avoir tiré la leçon des événements des jours précédents, elle passa une nouvelle fois les environs en revue sans pour autant découvrir quoi que ce soit.

Parfait, se dit-elle, *excellent. Je peux essayer.*

Elle ôta un gant et posa la paume de sa main à plat sur le socle gelé de la colonne. Le froid de la pierre envahit brutalement son corps. Elle eut un mouvement de recul et le souffle légèrement coupé.

Laura inspira profondément avant de reposer la main. Cette fois, sachant à quoi s'attendre, elle était prête à résister au froid. Pourtant, son cœur ne fit qu'un bond dans sa poitrine, et son pouls s'emballa. Mais sa réaction était moins due à la différence de température qu'à la vive émotion qui l'agitait. Elle reprit son souffle en s'efforçant de retrouver son calme avant d'oser enfin dessiner du bout de ses doigts trois cercles sur le socle.

Rien ne se produisit. Mais, peu de temps après, il y eut un grognement sourd suivi d'un crissement. L'atlante se mit à trembler, d'abord imperceptiblement, puis de plus en plus fort. Saisie d'effroi, Laura recula et observa le géant de pierre qui semblait commencer à prendre vie. Il frémissait, tressaillait. Ses bras bougèrent, d'abord lentement, puis de plus en plus vite. Le géant gémit en détachant ses mains du toit qu'elles soutenaient. La gigantesque statue parut rapetisser.

La jeune fille restait là, fascinée par le spectacle qu'offrait la métamorphose de l'homme sculpté dans la pierre. Lorsque le colosse eut fini de se tasser, il mesurait certes encore plus de deux mètres, mais il avait perdu son allure impressionnante de boxeur. Levant les bras vers le ciel, il étira tous ses membres en bâillant à l'envi.

Laura était médusée. Elle restait là, bouche bée, les yeux écarquillés, n'ayant toujours pas compris ce qui venait de se produire. Pourtant elle avait bien vu de ses yeux le géant s'éveiller à la vie.

Non, se disait-elle, *c'est impossible. Des choses de ce genre ne peuvent pas arriver !*

Les bâillements s'espacèrent, et le silence revint. L'ex-géant abaissa les bras et se tourna vers Laura. Lorsqu'il remarqua la stupéfaction de la fillette, son visage de pierre s'éclaira d'un grand sourire. Il s'inclina profondément devant elle avant de lui adresser la parole. Sa voix était étonnamment douce et mélodieuse :

— On m'appelle Portak le Colosse, je suis à votre service ! expliqua-t-il en s'inclinant à nouveau.

Laura restait là, ahurie, incapable de dire un mot. Elle regardait Portak avec des yeux admiratifs. Le colosse redoubla alors encore d'amabilité. Une lueur de satisfaction passa dans ses yeux gris :

— Mon prénom est Hugo, parce que j'aime faire des vers, poursuivit-il.

Laura n'ayant toujours pas retrouvé l'usage de la parole, Portak continua de monologuer gentiment :

— Si tu m'as réveillé, c'est sans doute que tu as besoin de moi ?

— Oui… oui… oui, bégaya Laura. Évidemment. Si tu pouvais venir avec nous, Por… Portak ?

Grâce au plan du bâtiment que Percy leur avait donné, ils trouvèrent sans difficulté le passage secret permettant d'accéder à la chambre du trésor. Laura, Lucas et Kaja éclairaient le passage avec leur lampe torche, suivis par Portak qui avançait d'un pas lourd.

La galerie voûtée était aussi étroite et tortueuse que celle qui menait à la sépulture de Reimar von Ravenstein, mais beaucoup moins humide. Selon toute vraisemblance, elles avaient été construites par le même architecte qui avait ici, pour le plus grand soulagement de Kaja, renoncé à placer ces horribles statuettes grimaçantes et geignardes.

L'architecte, originaire du pays des Maures, avait trouvé d'autres procédés pour dissuader les visiteurs inopportuns de pénétrer dans la chambre du trésor. Il avait savamment édifié un effondrement artificiel de la galerie, ainsi que les trois amis purent le constater. En effet, à peine avaient-ils parcouru quelques mètres en zigzag, qu'ils se retrouvèrent à l'endroit prétendument dangereux. L'éboulis de pierre était vraiment trompeur. La voûte et les murs étaient tombés sur cinq mètres ; des moellons et des débris de poutre s'amoncelaient à hauteur d'homme, barrant pratiquement le chemin. Pas étonnant, donc, que le professeur Morgenstern et Percy Valiant aient renoncé dans un premier temps à poursuivre leurs recherches.

Par chance, Laura et ses amis savaient à présent à quoi s'en tenir. Laura se tourna vers Portak en lui montrant le gigantesque amoncellement de pierres :

— Te serait-il possible de dégager un petit passage pour que nous puissions aller plus loin ?

Le géant de pierre s'inclina :

— Ce sera un plaisir ! répondit-il avec une extrême courtoisie avant de se diriger d'un pas pesant vers l'amas.

Il se mit immédiatement à l'ouvrage. Semblable à une pelleteuse mécanique, il déblaya les pierres de ses mains gigantesques. Des nuages de poussière se soulevèrent. Portak travaillait sans relâche. Sa force était telle qu'on aurait dit qu'il ramassait des fétus de paille ou des pierres factices en mousse.

Les trois amis se placèrent en retrait afin d'éviter les projections de toutes sortes. Laura observait de loin le géant qui dégageait la montagne de gravats à une vitesse incroyable. Quand il eut ménagé une première ouverture, il prit une énorme poutre et s'en servit comme d'un foret pour creuser un tunnel dont le diamètre atteignit en quelques minutes environ un mètre. Il fit alors une pause pour examiner son œuvre, puis il se retourna vers Laura qu'il ne vit pas.

— Mademoiselle, un peu de courage, sortez de votre cachette ! dit-il.

Sa grosse voix résonnait dans l'étroite galerie. Laura sortit du recoin où elle s'était réfugiée.

– Oui, Portak ?

Le visage du géant se fendit d'un large sourire.

– Si vous le souhaitez, je peux encore élargir un peu plus l'accès, proposa-t-il avec toujours autant d'enthousiasme.

La fillette hocha rapidement la tête.

– Non, non, ça suffit, c'est super ce que tu as fait, merci beaucoup, Portak.

Le géant lança la poutre sur le côté et s'inclina devant Laura. Là-dessus, il esquissa de sa main cyclopéenne un geste gracieux digne d'un gentilhomme à la cour de son roi.

– Je reste à votre disposition, quand bien même je devrais aller en enfer ! affirma-t-il sur un ton grave et solennel.

Laura ne put faire autrement que de sourire. Lucas et Kaja, qui venaient de sortir du coin où ils s'étaient repliés, étaient morts de rire, mais n'en montrèrent rien.

– Merci, merci beaucoup, Portak ! renchérit Laura en s'inclinant à son tour. Nous n'avons plus besoin de toi maintenant. Nous pouvons nous débrouiller seul.

Le géant fronça les sourcils et dodelina pensivement de son crâne massif, sans pour autant contredire Laura.

– C'est comme vous le souhaitez. Dans ce cas, je me retire et je file rapidement !

Il les quitta d'un pas pesant après s'être incliné respectueusement une dernière fois. Laura et ses amis regardèrent le sympathique colosse s'éloigner et disparaître au détour du couloir. Puis ils se glissèrent dans le passage qu'il leur avait ouvert.

Laura progressait dans le tunnel avec le plan dans une main et la torche dans l'autre. Sa lampe dessinait dans l'obscurité un rai de lumière vive qui dansait de temps à autre sur les parois de pierre et les dalles couvertes de sable et de poussière. L'air des caves du château était moins humide que celui de la vieille tombe, mais il était tout aussi étouffant et pestilentiel. Là aussi, il empestait la mort et la décomposition. Laura était légèrement écœurée.

Étrange, se dit-elle, *puisque personne n'est enterré ici.*

À la lueur de sa lampe, elle distinguait déjà le coude en épingle à cheveux qu'opérait la galerie à une bonne quinzaine de mètres. Elle s'arrêta, éclaira son plan pour vérifier le tracé. Satisfaite, elle hocha la tête et se tourna vers ses compagnons.

– Si le plan est exact, l'entrée de la chambre du trésor doit se situer immédiatement après ce tournant, expliqua-t-elle.

Elle replia le plan, le glissa dans la poche de sa veste et continua, lorsque subitement le sol se déroba sous ses pieds. Laura bascula et tomba dans le vide. Elle hurla, tendant ses bras vers le haut, cherchant désespérément à se raccrocher à quelque chose. La lampe lui échappa. Elle l'entendit dégringoler dans l'obscurité de l'abîme qui l'aspirait. Ses mains ne trouvaient aucune prise pour se retenir. Au dernier moment, sentant sous ses doigts une petite saillie, elle s'agrippa de toutes ses forces. Cette chute de quelques secondes lui avait semblé durer une éternité.

Quand elle jeta un regard en dessous d'elle, elle aperçut sa lampe encore allumée et se rendit compte qu'elle était suspendue à une dizaine de mètres au-dessus du vide. Laura n'avait pas remarqué dans le sol la trappe dérobée qui s'était ouverte sous son poids. Le fond du puits était hérissé de longues piques en fer dont les pointes aiguisées, déchiquetées et rouillées se dressaient vers elle. Laura, comprenant soudain ce qui l'attendait, poussa un cri d'effroi.

CHAPITRE 24

La chambre du trésor

Percy Valiant regarda en douce sa montre. Il était un peu plus de minuit et demi. *Parfait*, se dit-il. *Laura et les autres sont maintenant à coup sûr dans la chambre du trésor !*

Ni Quintus Schwartz ni Rebecca Taxus n'avaient subodoré quoi que ce soit. Ils ne semblaient pas se douter le moins du monde que Mary et lui avaient accepté l'invitation dans le seul but de faire diversion. Laura et ses amis pouvaient ainsi rechercher en toute quiétude la Coupe dans les caves du château.

Percy réprima un sourire et donna un coup de genou sous la table à Mary assise à côté de lui. Il lui fit un clin d'œil et éleva discrètement le pouce.

Un sourire s'esquissa sur les lèvres de la jeune femme. Elle se réjouissait d'avoir réussi à détourner l'attention des Puissances des Ténèbres.

La soirée s'était mieux déroulée que Percy et Mary ne se l'étaient imaginé. Le professeur Quintus Schwartz s'était révélé être un hôte d'une extrême courtoisie. Il avait su mener rondement la conversation avec ses invités grâce à sa bonne humeur communicative. Rebecca Taxus s'était présentée sous son meilleur jour. Cette collègue s'était finalement avérée être une interlocutrice remarquablement intelligente. Elle avait de multiples centres d'intérêts, de telle sorte que Percy et Mary ne comprenaient absolument pas qu'elle pût avoir une attitude aussi rébarbative et aussi raide envers l'ensemble des professeurs et des élèves.

Miss Mary avait évidemment cherché à lire dans les pensées de Rebecca Taxus et de son hôte, mais elle n'y avait rien découvert de suspect. Si Mary n'avait pas eu la certitude que le professeur et son acolyte appartenaient aux Puissances des Ténèbres, et étaient donc leurs plus mortels ennemis, la soirée aurait pu déboucher sur des relations cordiales, voire amicales. Mais, compte tenu de la situation, cette perspective était naturellement inconcevable.

Le dîner en lui-même fut délicieux. Percy n'aurait su dire la dernière fois qu'il avait aussi bien mangé. Il ne crut pas une seconde Quintus Schwartz quand celui-ci avoua avoir confectionné lui-même ce repas exquis. Car le menu était digne d'un quatre-étoiles. Quintus s'était refusé à divulguer ses recettes. Il avait prétendu en souriant qu'il s'agissait d'une spécialité du chef, mais impossible de lui tirer les vers du nez ! Percy n'avait pas cherché à le pousser dans ses retranchements, préférant savourer l'excellent vin qui surpassait d'ailleurs en qualité tous les mets. Percy, dont le verre était vide, sourit aimablement au remplaçant du directeur :

– Serait-ce abuser que de vous demander encore un peu de ce cru délicieux ? Vous nous servez là une excellente bouteille !

– Mais bien sûr ! répondit Quintus Schwartz en saisissant la bouteille.

Il remplit le verre de Percy et interrogea du regard Miss Mary.

– Voulez-vous encore un peu de vin ?

Mary Morgain s'apprêtait à décliner l'offre, mais Percy l'en dissuada d'un coup d'œil. Elle comprit immédiatement : s'ils parvenaient à prolonger la soirée d'une demi-heure, Laura et ses amis n'en seraient que d'autant plus tranquilles. Elle tendit donc son verre au directeur.

– Très volontiers. Comment résister à ces vins de France !

Lorsque tous eurent à nouveau leurs verres remplis, Quintus éleva le sien et regarda ses invités d'un air presque solennel.

– Chers amis, dit-il sans que l'on puisse distinguer la moindre fausseté dans le ton de sa voix, levons nos verres et trinquons à cette bonne soirée ! À cette soirée si réussie, si vous permettez que je m'en félicite en tant qu'hôte des lieux.

L'espace d'un instant, Percy crut déceler dans ce toast porté une once d'ironie, mais il devait se tromper. Il leva son verre comme les autres et trinqua avec eux. Puis il but une grosse gorgée. Le bourgogne flatta ses papilles. Il avait à peine reposé son verre qu'il se sentit mal. Il fut pris de vertiges et sa vue se brouilla.

Miss Mary semblait également incommodée. Son front se couvrit de sueur et son visage blêmit. Elle ouvrit la bouche pour faciliter sa respiration.

C'est alors que Percy remarqua le sourire triomphal de Quintus Schwartz et de Rebecca Taxus. Il comprit immédiatement qu'ils étaient tombés dans un piège.

Terrorisée, Laura avait les yeux rivés sur les dépouilles mortelles de trois personnes, des hommes d'après ce qu'elle pouvait en conclure d'après leurs tenues, car les corps étaient déjà largement décomposés. Il y avait bien longtemps déjà que les malheureux avaient été les victimes de ce traquenard.

Les visages de Lucas et de Kaja apparurent sur le bord de la fosse. Le garçon éclaira le puits avec sa lampe. Lorsque Kaja comprit la situation dramatique dans laquelle Laura se trouvait, elle plaqua les mains sur son visage.

– Aidez-moi ! les implora Laura. S'il vous plaît, aidez-moi !

– Tiens-moi ! ordonna Lucas à Kaja.

Il posa sa lampe et s'allongea par terre. La petite rousse l'attrapa par la ceinture. Il se pencha autant qu'il le pouvait et tendit le bras à sa sœur :

– Laura, attrape ma main !

Laura se sentit subitement faiblir. Ses doigts la faisaient atrocement souffrir. L'arête tranchante de la pierre à laquelle elle était suspendue lui cisaillait la peau.

– Je ne peux pas, dit-elle d'une voix étranglée par l'effort.

– Mais si, tu peux ! lui cria Lucas. Donne-moi ta main !

Laura essaya de détacher sa main droite pour attraper celle

de son frère. Mais au moment où elle l'élevait, son autre main glissa de quelques centimètres. Tout son poids était suspendu à ses quelques doigts. Les piques de fer au fond du puits se dressaient dangereusement vers elle. Et sous l'effet de la peur, les pointes lui paraissaient devenir de plus en plus longues et de plus en plus acérées.

– Ta main, Laura ! hurla Lucas. Tends-moi la main ! Essaye au moins, nom d'un chien !

Laura suffoquait. Grimaçant de peur, elle rassembla les quelques forces lui restant encore et parvint enfin à tendre sa main droite à son frère dont les doigts se rapprochaient centimètre par centimètre. Il ne manquait plus que quelques millimètres pour que Lucas puisse les saisir. Dans un dernier effort désespéré, elle tendit le bras le plus haut possible. À ce moment-là, sa main gauche lâcha prise, et elle perdit l'équilibre.

– Non ! hurla Lucas, saisi d'effroi en se penchant plus avant pour rattraper la main de sa sœur.

Et, miracle, il réussit au dernier moment à la saisir au vol avant qu'elle ne chute au fond du puits. Lucas fut entraîné brusquement en avant. Kaja eut beau le retenir fermement, elle ne put l'empêcher de glisser inexorablement dans le vide. Désespérée, la fillette s'arcboutait pour résister à la terrible force qui l'attirait vers le bas. Ils étaient beaucoup trop lourds pour que Kaja puisse résister. Ses pieds glissaient sur le rebord du puits couvert de sable, et Lucas la tirait peu à peu. Elle ne voyait déjà plus que ses jambes. Kaja comprit soudain le dilemme cruel devant lequel elle se trouvait : si elle ne lâchait pas la main de Lucas, elle serait entraînée avec ses deux amis dans la fosse où ils iraient s'empaler tous les trois sur les piques. Mais si elle lâchait leurs mains, elle abandonnait Lucas et Laura à leur sort.

Kaja glissait progressivement vers l'abîme, emportée par le poids de ses deux amis qui lui semblaient toujours plus lourds. Plus il l'attirait vers le bas, et plus elle avait peur, et plus elle prenait conscience de l'issue fatale qui les attendait. Elle ne s'en sortirait pas. Laura et Lucas allaient l'emmener avec eux dans la mort.

C'est la fin, se dit-elle dans un grand moment de lucidité. *C'est la fin !*

Elle ferma les yeux. Mais au moment où ses paupières s'abaissaient, elle entendit un bruit près d'elle. Elle rouvrit les yeux et aperçut une silhouette cyclopéenne penchée au-dessus d'elle. Portak ! Le géant attrapa de ses puissantes mains Lucas par le fond du pantalon et le hissa avec sa sœur à l'extérieur du puits avec autant de facilité que s'il se fût agi de poupées.

Portak ne parut même pas essoufflé en déposant Laura et Lucas à côté de Kaja. Il regarda les enfants d'un air réprobateur :

— Mais à quoi donc jouez-vous pour faire de telles âneries ?

Le soulagement s'inscrivait sur le visage des trois amis. Ils respirèrent profondément, échangèrent des regards penauds tout en recouvrant leurs esprits. Tandis que Lucas époussetait la poussière de ses vêtements, Laura regardait le géant d'un air reconnaissant.

— Merci, Portak, murmura-t-elle doucement. Tu nous as sauvés la vie.

Le colosse, fâché, grimaça et se tourna pour ramasser une longue poutre au milieu des éboulis. Il coinça la pièce de bois sous son bras comme un simple rouleau de papier, s'avança vers la fosse, la déposa en travers et s'assura à une ou deux reprises de sa stabilité.

— Je crains de ne pouvoir marcher dessus ; la poutre risquerait de se casser sous mon poids, expliqua-t-il en libérant le passage.

Laura, embarrassée, s'éclaircit la voix. Elle savait qu'elle lui devait la vie. Sans lui, à l'heure actuelle, ils seraient morts tous les trois. Portak lui lança un regard courroucé.

— Maintenant, allez-y, partez, et cherchez la Coupe ! grommela-t-il.

— Oui, oui, on y va, s'empressa de le rassurer Laura.

Avant de poser le pied sur la poutre, elle se retourna une dernière fois vers son sauveur pour le remercier.

Le géant éleva la main, comme pour lui dire qu'elle ne lui devait rien, et partit en sens inverse.

Quelques instants plus tard, Laura, Kaja et Lucas se retrouvaient face à un mur de pierre qui barrait hermétiquement le passage. Les trois amis, profondément déçus, se regardèrent.

– Oh, non, non ! soupira Laura. Ce n'est pas vrai !

Lucas secoua la tête, incrédule.

– Normalement, d'après le plan, l'entrée devrait se trouver là.

Laura sortit le plan de sa poche, le déplia et dirigea sa torche sur le dessin. Lucas avait raison : selon le schéma, l'entrée de la chambre secrète se situait exactement à cet endroit ; or il n'y avait qu'un mur de pierre.

Impossible ! Elle frappa toutes les pierres de la paroi pour vérifier qu'il ne se trouvait pas derrière un vide ou une ouverture secrète. En vain. La chambre du trésor ne devait pas se situer là.

Laura fut la première à comprendre :

– Ils nous ont roulés dans la farine, dit-elle, l'oreille basse. Percy et le professeur Morgenstern se sont eux aussi laissé abuser.

– Tu crois ? demanda Kaja, dépitée.

– Hélas, oui ! répondit Laura. Ce plan n'est rien d'autre qu'une ruse raffinée pour attirer les naïfs dans le piège. Et elle fonctionne à merveille comme nous avons pu en faire l'expérience nous-mêmes. Percy et Aurélius peuvent s'estimer heureux, car leurs conclusions erronées leur ont évité de tomber dans la trappe.

– Ça paraît logico ! renchérit Lucas. La question est maintenant de savoir ce que nous allons faire, fit-il en regardant Laura d'un air intrigué.

– Je n'en ai aucune idée, avoua-t-elle. Pas la moindre…

– Après tout, qui sait, il se peut que cette chambre du trésor n'ait jamais existé, suggéra Kaja.

Laura secoua la tête.

– Je ne le pense pas, Kaja. Si elle n'avait jamais existé, les Puissances des Ténèbres n'auraient pu y cacher la Coupe. Or c'est bien ce que j'ai lu dans les pensées de Quintus Schwartz.

— Laura a raison, approuva Lucas. J'ai examiné une multitude de vieilles gravures. Il en ressort indubitablement qu'il y a bien eu une chambre aménagée dans les fondations du château.

— C'est une évidence, ajouta Laura. Il n'y a pas le moindre doute à avoir. Seulement voilà, le problème est que nous ignorons totalement son emplacement.

— S'ajoute à cela, remarqua Lucas après avoir jeté un œil sur sa montre, qu'il est plus d'une heure passée. Nous devrions déjà être de retour. Percy et Mary doivent s'inquiéter.

Percy Valiant et Mary Morgain ne s'inquiétaient pas, car ils avaient de gros soucis, des soucis d'un ordre tout à fait différent !

Les trois compères étaient complètement fourbus et déprimés au moment où ils se séparèrent dans le hall d'entrée sous la grande toile. Même Laura, d'un naturel ordinairement plutôt optimiste, avait perdu tout espoir. Elle s'efforçait néanmoins de n'en rien laisser paraître.

— Je vais me renseigner dès demain matin auprès de Mary et de Percy, dit-elle avec un sourire feint. Il se peut qu'ils aient une autre idée.

— C'est assez peu vraisemblable ! répliqua Lucas d'une voix neutre. Ils t'en auraient déjà parlé !

Lucas a raison, se dit Laura. *S'ils avaient eu une meilleure idée, ils auraient déjà trouvé eux-mêmes la Coupe et n'auraient pas sollicité mon aide.*

Elle tapota néanmoins l'épaule de son frère pour l'encourager.

— On ne sait jamais ! Il arrive que l'on trouve in extremis la solution miracle, à l'instant où plus personne ne s'y attend.

— Oui, effectivement, grommela le garçon. Mais ça n'arrive que dans les contes de fées. Bon, allez, dormez bien, toutes les deux !

— Merci, Lucas, répondit Kaja en réprimant tant bien que mal un bâillement. Bonne nuit !

Laura hocha la tête en direction de son frère. Au moment de partir pour regagner l'aile des filles, elle entendit des sanglots. Surprise, elle s'arrêta dans son élan. Était-ce à nouveau Silva ?

Lorsque Laura leva les yeux vers le tableau, elle constata que ses suppositions étaient fondées. De grosses larmes roulaient sur les joues de la femme.

— Mais, Silva, tu ne pleures quand même pas à nouveau à cause de moi ? lui demanda Laura, bouleversée.

— À qui parles-tu, Laura ? demanda Kaja, étonnée.

Lucas, intrigué, revint sur ses pas et s'approcha de sa sœur. Il repoussa ses lunettes qui avaient glissé sur son nez et observa Laura avec un air préoccupé.

La jeune fille avait l'intention de mettre au courant ses amis des mystérieux évènements lorsque Silva tourna la tête vers elle et lui parla :

— Oui, Laura, c'est à cause de toi que je verse des larmes. Tu n'as toujours pas compris. Combien de fois déjà t'a-t-on expliqué que la vérité se cache souvent sous l'apparence des choses. Mais tu n'as pas encore su tirer les conclusions de ces conseils !

La dame en blanc au visage blême secoua la tête en poussant un long sanglot déchirant.

— Ah, Laura, je crains qu'il n'y ait plus d'espoir !

Silva, les yeux emplis de larmes, regardait la jeune fille. Une grosse larme s'échappa de son œil et tomba sur la joue de Laura. Puis Silva tourna la tête pour se figer dans sa position initiale. Ses pleurs se tarirent, ses joues séchèrent miraculeusement. La toile était redevenue ce qu'elle avait toujours été. La dame en blanc, muette et stoïque, fixait un point à l'horizon, et le loup noir gisait à ses pieds.

Laura observait la toile, bouche bée. Elle passa le bout de son index sur sa joue humide.

— Qu'est-ce qui t'arrive, Laura ? lui demanda Lucas.

Sa sœur ne lui répondit pas. Elle avait un air absent, comme si elle ne percevait rien de ce qui se passait autour d'elle. Ses lèvres s'agitaient comme sous l'effet de l'hypnose. Elle finit par articuler quelques bribes de mots incompréhensibles.

— La plupart du temps, la vérité est cachée sous des apparences trompeuses… des apparences trompeuses… des apparences… des apparences…

Laura s'interrompit. Un éclair illumina brusquement son visage.

— Mais oui, j'ai compris ! Exactement ! C'est exactement ça ! s'écria-t-elle.

Lucas et Kaja se regardèrent sans comprendre.

— Allez, aidez-moi à décrocher le tableau ! leur ordonna Laura.

— Pardon ? s'écrièrent spontanément Lucas et Laura d'une seule voix.

— Je vous demande de m'aider à décrocher le tableau !

— Qu'est-ce que c'est encore que cette idée farfelue ? protesta Kaja. Je n'en peux plus.

Avant d'agir, Lucas exigea qu'elle lui donne des explications.

Laura parut agacée durant un court laps de temps, mais sa curiosité fébrile l'emporta sur sa mauvaise humeur.

— Arrêtez de poser des questions, ajouta-t-elle, impatiente, et agissez !

Laura prit deux chaises qu'elle plaça en dessous du tableau. Elle se jucha sur l'une et se tourna vers son frère :

— Lucas, qu'est-ce que tu attends ? S'il te plaît !

Lucas n'appréciait guère le ton autoritaire employé par sa sœur, mais il sentait intuitivement qu'elle était sur la bonne piste. Tant pis ! Il n'avait pas l'intention de se laisser commander ainsi.

Kaja grimaça, grimpa sur l'autre chaise, saisit le cadre et aida Laura à décrocher la toile du mur. Elle était assez lourde.

— Fais attenti…, dit Laura qui n'eut pas le temps de terminer sa phrase.

Le tableau leur échappa et tomba.

— Mais faites donc attention ! s'écria Lucas qui accourut.

Il eut tout juste le réflexe de tendre les mains en avant pour rattraper au dernier moment la toile, évitant ainsi qu'elle ne se fracasse sur les dalles.

— Oups ! fit Kaja, avec une mine embarrassée. *Sorry*.

Laura ne répondit pas ; elle regardait la toile, ébahie. Que serait-il advenu de la dame en blanc et du loup noir si la toile avait été endommagée ?

L'inquiétude, qui s'était emparée d'elle, dissipa d'un seul coup l'idée qui lui avait traversé l'esprit. Une fois le tableau posé contre le mur, Laura se campa devant la paroi dénudée pour observer attentivement l'appareillage des pierres. La place qu'avait occupée le tableau se distinguait clairement du reste par la couleur de la pierre. À première vue, elle ne remarqua rien de particulier, mais en y regardant d'un peu plus près, elle découvrit quelque chose :

– Là ! s'écria-t-elle en ponctuant son exclamation d'un geste victorieux.

– Quoi donc ? demanda Lucas.

– Ici, regarde bien ! fit Laura en désignant la pierre qui se trouvait en temps normal pile au milieu du tableau.

Lucas la remarqua à son tour et avisa le sceau des Templiers qui y était gravé. Bien que mesurant à peine deux centimètres de diamètre, il était quand même bien visible.

Laura s'empressa d'installer une chaise en dessous de cette pierre, elle grimpa dessus et, suivant son intuition, pressa fortement son pouce sur le sceau. L'instant d'après, un grondement se fit entendre, semblable à celui qui s'était produit dans la tombe. Le bruit se rapprochait et s'amplifiait.

On aurait dit le bruit d'une boule de bowling roulant lentement vers eux.

Lorsque le bruit parut tout proche, le mur commença à vaciller, comme si quelqu'un exerçait une pression sur lui par-derrière ; il s'entrouvrit légèrement, dégageant la vue sur un étroit couloir plongé dans l'obscurité.

Laura, comprenant immédiatement de quoi il retournait, poussa un cri de joie : ils venaient de découvrir le passage secret conduisant au trésor de Reimar von Ravenstein !

Elle se tourna vers ses amis, arborant un visage détendu, et les invita à la suivre :

– Allez, on y va !

Quelques secondes plus tard, ils avaient disparu dans le couloir.

Le parc de Ravenstein était désert. De gros nuages dans le ciel dissimulaient la lune. On n'entendait que le hurlement du vent dont les assauts faisaient ployer les branches des arbres et agitaient les buissons. Soudain, le rideau de nuages se déchira, et la lune se fraya un chemin vers la terre. On put alors observer dans le parc une étrange silhouette, une ombre rampant sur le chemin de gravillons. Une ombre ayant une forme humaine.

L'étrange silhouette progressait sans bruit sur le chemin qui reliait le parc à l'entrée du château. Elle avait l'allure d'un homme de belle taille, même s'il ne s'agissait apparemment pas d'un être humain, mais plutôt d'une ombre venant de quitter son maître.

Avant qu'elle ne sorte du parc, elle s'immobilisa et regarda autour d'elle. Puis elle traversa à la hâte la cour du château, se précipita, courbée, vers l'escalier du perron dont elle gravit en silence les marches.

Une fois arrivée devant le porche d'entrée, elle se redressa, attendit un instant et observa la grande porte. Elle était, semble-t-il, presque étonnée de la trouver fermée. Puis elle promena un regard autour d'elle – en tout cas est-ce l'impression que donnait son profil se détachant sur la porte. Après un court instant, elle parut avoir découvert ce qu'elle cherchait. Elle s'écarta de la porte et commença à gravir le mur attenant. Elle se hissa le long de la paroi couverte de lierre avec une aisance et une discrétion remarquables.

Le fantôme se dirigea vers une lucarne ouverte au deuxième étage. Quelques secondes plus tard, il avait atteint son but. Il se glissa alors à travers l'étroite ouverture pour disparaître à l'intérieur du bâtiment.

Portak, qui avait repris sa place et son rôle de colonne, détourna les yeux. Il avait observé l'étrange phénomène. L'étonnement et la perplexité transparaissaient sur son visage.

L'ombre longeait maintenant les murs du hall d'entrée. Voyant le tableau posé contre le mur, elle s'arrêta. Puis elle découvrit l'ouverture du passage secret conduisant au trésor. Elle se précipita dans le couloir. On aurait dit qu'elle allait y disparaître, mais elle se ravisa. Elle rebroussa chemin et se cacha sous l'escalier conduisant à l'étage supérieur où se trouvait le dortoir des filles. Elle se confondait presque complètement avec l'obscurité. Il aurait fallu avoir des yeux de chouette pour pouvoir distinguer dans la nuit cette créature surnaturelle postée là aux aguets.

Laura, Kaja et Lucas parvinrent sans encombres jusqu'à la chambre du trésor. Ils promenèrent leur lampe torche sur les murs et constatèrent qu'elle avait à peu près la même superficie que la salle funéraire, de même qu'elle était tapissée de niches creusées dans la pierre.

Elle ne contenait cependant aucun des trésors que Reimar von Ravenstein avait, selon la légende, rapportés des croisades. Toutes les niches étaient vides, si bien que Lucas ne parvint pas longtemps à taire sa déception.

— Ça alors, si c'est ce qu'on appelle un trésor !

Laura était, elle aussi, visiblement déçue.

— Il semblerait bien que d'autres ne se soient pas laissé duper par le faux plan. Les pillards étaient plus rusés que l'architecte de Reimar n'avait pu l'imaginer.

— Et s'il n'y avait jamais eu de trésor ? intervint Kaja. Ce serait une possibilité, non ?

— Une possibilité, en effet, mais pas nécessairement logique, fit Lucas. On sait avec certitude que Reimar von Ravenstein a fait construire cette chambre à son retour de la deuxième croisade. Il aurait été complètement absurde de sa part de vouloir mettre en sécurité un trésor qu'il n'aurait pas possédé.

À l'instant même, Laura poussa un grand cri de surprise.

— Mais si ! s'exclama-t-elle, en proie à une vive excitation.

Interloqués, Lucas et Kaja observèrent Laura, figée au milieu de la chambre, qui observait, fascinée, un coin du mur.

— Regardez un peu cela ! s'écria-t-elle, admirative.

Kaja et Lucas dirigèrent leurs regards dans la direction que leur indiquait la lampe de Laura et découvrirent la Coupe. Une grande Coupe. Elle ressemblait en tous points à la réplique qu'ils avaient vue dans la salle funéraire. Posée là, dans une petite niche, elle étincelait de mille feux à la lueur de leurs torches, comme si elle avait été exposée au soleil à son zénith. Les émeraudes et les rubis incrustés scintillaient à l'envi.

– La Coupe de la Lumière… soupira Laura sur un ton plein de déférence. Nous l'avons enfin retrouvée, enfin !

Les trois amis se sautèrent au cou. Débordant de joie, ils se mirent à danser et à rire. Ils étaient vraiment soulagés.

Un sentiment de bonheur encore jamais éprouvé envahit Laura. Elle avait tantôt chaud, tantôt froid. Les idées tournoyaient dans sa tête. Elle venait de trouver la Coupe de la Lumière qui contenait l'Eau de la Vie ! Elle venait d'accomplir le premier pas dans la réalisation de la mission qui lui avait été confiée. Grâce à cet élixir, le Gardien de la Lumière recouvrerait la santé. Tout allait s'arranger désormais. Le professeur Morgenstern vivrait.

Il lui restait encore à découvrir la Porte Magique, et la victoire du Néant Éternel serait, une nouvelle fois, écartée.

La Coupe était beaucoup plus lourde que Laura ne l'avait imaginé. La jeune fille gravissait dans l'obscurité l'escalier menant à sa chambre, avec la lourde coupe dans les mains, et ses bras tremblaient. Craignant d'être prise sur le fait, elle n'avait pas osé allumer la lumière dans le hall de l'entrée. Les trois amis avaient effacé toute trace de leur équipée nocturne : ils avaient refermé la porte secrète et remis à sa place le tableau.

Laura gravissait les marches aussi discrètement que possible en gardant les yeux sur la coupe. Le couvercle, juste posé dessus, chancelait à chacun de ses pas. L'Eau de la Vie clapotait à l'intérieur. Laura n'avait pas osé ôter le couvercle pour jeter un coup d'œil sur son contenu. Elle aurait eu l'impression de commettre un sacrilège et, de surcroît, elle craignait que le précieux liquide ne s'en échappe.

Kaja marchait aux côtés de Laura en regardant elle aussi attentivement la Coupe.

Elles étaient tellement concentrées qu'elles ne remarquèrent pas l'ombre qui les suivait, qui n'emprunta pas l'escalier, mais se hissa en silence le long du mur. Soudain, Laura s'arrêta, inclina la tête et tendit l'oreille.

– Qu'y a-t-il ? demanda Kaja, angoissée, à son amie.

– J'ai cru entendre un bruit.

– Un bruit ? Quelle sorte de bruit ?

– Je ne sais pas… Il se peut que je me sois trompée.

Les fillettes repartirent. Une fois arrivées au troisième étage, elles s'engagèrent dans le long couloir menant à leur chambre.

– Attention au seuil ! lui lança Kaja d'une toute petite voix enrouée.

– Je sais, souffla Laura en levant les pieds sans quitter des yeux la Coupe.

Ce soir, les armures imposantes dans les niches sombres ne l'impressionnaient pas. Kaja, en revanche, était toujours terrorisée par ces terrifiantes silhouettes.

Les jeunes filles avaient accompli la moitié du trajet lorsqu'elles entendirent résonner des pas. Surprises, elles se figèrent sur place et se regardèrent.

– Qu'est-ce que c'est ? chuchota Kaja, apeurée alors que le bruit ne cessait de se rapprocher.

Laura, déconcertée, haussa les épaules.

Le bruit des pas s'amplifiait. Le sol sous leurs pieds vibrait. À cet instant, une silhouette sombre surgit au bout du couloir : le Chevalier Cruel avançait vers elles.

CHAPITRE 25

Le Chevalier Cruel attaque

ncroyable !

Kaja se figea d'effroi en apercevant le chevalier qui marchait droit sur elle. Sa puissante épée, Tranche-Crâne, se balançait à son côté. Reimar von Ravenstein ne lâchait pas Laura des yeux, comme s'il avait voulu la transpercer du regard. Il n'accordait pas la moindre attention à Kaja.

Laura était pétrifiée. L'homme de pierre à la mine sinistre partit d'un rire malveillant. Il porta la main au pommeau de son épée qu'il sortit de son fourreau.

Kaja saisit la main de Laura :

– Sauvons-nous !

Laura s'apprêtait à prendre la fuite lorsqu'elle aperçut une ombre. La créature sans corps se trouvait derrière elle, exactement comme si elle avait l'intention de renforcer ses arrières. C'est alors qu'elle sentit en elle renaître la confiance. Elle comprit qu'elle ne devait pas s'enfuir et qu'elle ne devait pas abandonner la Coupe.

Laura secoua la tête lentement en regardant fixement le Chevalier Cruel qui s'approchait d'elle inexorablement.

– Kaja, cela ne servirait à rien, dit-elle. Avec la Coupe, nous serions trop lentes. Nous risquerions de renverser l'Eau de la Vie !

– Mais… balbutia Kaja. Il va nous tuer !

Laura ne répondit pas, car l'ombre mystérieuse qui semblait vouloir la protéger fit un mouvement brusque. La fugitive apparition glissa vers l'armure qui se trouvait dans la niche toute proche. Laura comprit aussitôt ses intentions.

Le Chevalier Cruel n'était plus qu'à quelques pas de Laura quand elle s'empressa de déposer la Coupe dans les mains de Kaja :

– Fais attention ! lui dit Laura en faisant un bond sur le côté pour dégainer l'épée suspendue à la ceinture de l'armure. Elle la sortit rapidement du fourreau et la brandit sur son assaillant.

Le chevalier riposta en abattant sur elle la lame aux tranchants émoussés et rongés par la rouille de Tranche-Crâne. Des étincelles jaillirent lorsque les deux épées s'entrechoquèrent. Laura ressentit une douleur subite au bras ; elle crut un instant son poignet cassé. Tranche-Crâne fondit de nouveau sur elle, mais Laura réussit une nouvelle fois à parer l'assaut. Elle aurait volontiers été plus offensive, mais elle en était incapable : l'épée était beaucoup trop lourde pour elle, nettement plus pesante que son fleuret. Elle devait la manier à deux mains et rassembler toutes ses forces pour réussir à l'élever et ainsi éviter les coups du chevalier.

Reimar von Ravenstein frappait comme un forcené. Ses yeux de pierre fixaient Laura impitoyablement tandis qu'il balayait l'air de son épée. La jeune fille, condamnée à la défensive, reculait pas à pas.

L'ombre ne s'éloignait pas de Laura, mais n'intervenait pas pour autant. Avait-elle vraiment les moyens de s'immiscer dans ce duel ?

Le Chevalier Cruel sembla avoir détecté la présence de l'ombre. Il abattit son épée rageusement sur elle. Ses coups avaient beau trancher le mystérieux fantôme, ils ne lui portaient manifestement pas atteinte, si bien que le chevalier finit par s'en désintéresser pour se concentrer exclusivement sur Laura.

Elle s'épuisait, ne parvenait presque plus, sauf au prix d'efforts désespérés, à soulever l'arme pour parer les coups de son adversaire. Tranche-Crâne vibrionnait autour d'elle, manquant à chaque fois de peu son but. Laura se retrouva bientôt acculée, le dos contre la balustrade de la cage d'escalier. Elle ne pouvait plus reculer.

Elle était coincée.

Un sourire glacial glissa sur le visage de son assaillant, prêt à lui assener brusquement un dernier coup d'une violence inouïe. Laura crut qu'elle allait s'évanouir tant la douleur dans son bras et dans son poignet était vive. Elle sentit qu'on lui arrachait son épée des mains. Elle la vit tournoyer dans le vide, puis l'entendit tomber au pied de la cage d'escalier où elle se fracassa.

Le Chevalier Cruel ne cédait pas. Il observait, inflexible, la jeune fille tremblant devant lui et désormais livrée à lui, sans défense. Ses yeux étincelaient. Un sourire s'esquissa sur ses lèvres. Il éleva Tranche-Crâne pour lui asséner le coup de grâce.

Pétrifiée d'effroi, Laura gardait les yeux rivés sur l'arme tranchante suspendue au-dessus de sa tête comme la hache du bourreau.

Le chevalier entrouvrit les lèvres. Un cri terrifiant sortit de sa gorge de pierre. Un hurlement semblable à ceux que l'on entend dans les films d'horreur résonna dans la cage d'escalier au moment où Reimar fit un pas vers Laura et abattit son arme sur elle.

Laura semblait avoir attendu ce moment. Elle s'esquiva à l'instant précis où le coup était parti, et Tranche-Crâne s'abattit dans le vide – Reimar von Ravenstein, dans son élan, bascula par-dessus la balustrade et tomba en poussant un cri épouvantable.

Le chevalier fit un énorme vacarme en se fracassant sur les dalles du rez-de-chaussée. Laura ferma les yeux et plaqua les mains sur ses oreilles tant le bruit était insupportable.

Lorsqu'elle retira ses mains, le silence était déjà presque revenu. Elle entendit encore quelques éclats ricocher sur le sol, puis plus rien.

Laura reprit son souffle avant d'ouvrir les yeux, se redressa et, osant enfin jeter un coup d'œil dans la cage d'escalier se pencha par-dessus la balustrade.

Le Chevalier Cruel gisait en mille morceaux, éparpillés

sur les dalles au pied des marches. Il n'en restait plus rien. Son torse, ses bras et ses jambes avaient littéralement explosé, sa tête protégée sous son heaume était fendue en deux, et son épée était brisée.

Incrédule, Laura regardait le champ de ruines. Elle détourna les yeux et s'aperçut alors qu'elle tremblait comme une feuille. Elle avait les jambes en coton. Son front dégoulinait de sueur qui coulait sur ses paupières. Son poignet l'élançait affreusement. Soudain, l'ombre lui revint à l'esprit. Elle la chercha tout autour d'elle sans la trouver. Elle avait disparu.

Kaja se dirigeait vers son amie d'un pas hésitant. Son visage couvert de taches de rousseur était exsangue. La frayeur causée par l'effroyable combat auquel elle avait assisté sans pouvoir intervenir se lisait encore dans ses yeux. Elle avait, semble-t-il, même oublié qu'elle tenait serrée contre elle la Coupe de la Lumière. Elle regarda son amie avec un sourire embarrassé.

– Ça va ? lui demanda-t-elle tout bas.

– Je crois que oui, répondit Laura en fronçant les sourcils. C'est curieux, poursuivit-elle, songeuse. Comment ce chevalier a-t-il pu savoir que nous détenions la Coupe ?

– Comment ça ?

– Réfléchis un peu, ce n'est pas un hasard si ce type est apparu aujourd'hui. Nous devrions être depuis longtemps dans notre lit et profondément endormis si nous n'avions pas cherché la Coupe.

– Ça parait logico comme dirait Lucas, approuva Kaja. Même si tout est illogique et invraisemblable. Comment une statue de pierre peut-elle prendre vie tout d'un coup ? Enfin, maintenant que j'ai vu Portak, plus rien ne peut m'étonner !

– C'est sûr ! renchérit Laura en souriant. Mais cela ne répond pas à ma question. Comment le Chevalier Cruel a-t-il pu être au courant de notre équipée ?

Perplexe, Kaja gonfla ses joues.

– Je n'en ai aucune idée, ce n'était peut-être qu'un hasard. Et si on allait se coucher maintenant, je suis crevée.

Elle allait partir, mais Laura la retint.

– Je crois que ce n'est pas une bonne idée, dit-elle en lui prenant la Coupe. Tu peux y aller, je vais te rejoindre !

Kaja la regarda d'un air surpris. Elle ne comprenait pas ce que Laura avait derrière la tête. Mais elle était trop fatiguée pour creuser la question. Elle se détourna en bâillant et partit en direction de sa chambre.

Laura se précipita dans l'escalier.

**

Alarik ! Alarik !
Aliénor appela son frère qui franchissait à cheval le porche de la Forteresse du Graal en compagnie de Silvan. Elle traversa la cour en courant pour aller à sa rencontre.

Swippi s'était déjà depuis longtemps libéré de ses mains et voletait vers son maître en poussant des petits cris de joie. Il se jeta dans ses bras. Les retrouvailles furent exubérantes. Alarik embrassa son ami, le serra contre son cœur tandis que Swippi pépiait, gloussait et couinait en léchant les mains et les joues d'Alarik.

Silvan et Alarik descendirent de leur monture et marchèrent en tenant leurs chevaux par les rênes. Aliénor avait rejoint les cavaliers. La jeune fille se jeta dans les bras de son frère :

– Je suis tellement heureuse que tu sois de retour, lui chuchota-t-elle à l'oreille avant de se détacher de lui. Ça a dû être épouvantable ?

Alarik sourit modestement :

– Ce n'est pas grave !

Mais il était dans un affreux état. Le grand jeune homme portait des vêtements beaucoup trop amples pour lui. Un bandage maculé de sang entourait son front, ses joues étaient couvertes d'égratignures et ses yeux dans son visage creusé paraissaient fatigués. Il titubait légèrement, semblant avoir des difficultés à tenir sur ses jambes.

Aliénor passa son bras sous celui de son frère pour le soutenir, mais Alarik refusa son aide :

– Merci, mais je peux me débrouiller tout seul.

– Comme tu veux.

Aliénor eut l'air déçu, mais la joie de voir son frère de retour sain et sauf l'emporta. Souriante, elle se tourna vers le coureur des bois avec un regard reconnaissant :

– Silvan, je ne sais pas comment je te revaudrai cela.

– N'en parlons plus !

L'homme lui fit un grand sourire. Ses yeux marron brillaient au milieu de son visage tanné par les intempéries.

– Je n'allais tout de même pas abandonner Alarik dans son combat avec la harpie. Je voulais être de la fête ! dit-il en éclatant de rire.

Puis, se tournant vers le jeune homme :

– Alarik, donne-moi ton cheval, je m'en occupe.

Alarik lui tendit les rênes, et Silvan s'éloigna avec les deux montures.

– Alors maintenant, raconte-moi ! Que t'est-il arrivé ? s'enquit Aliénor au moment même où le chevalier Paravain s'approchait d'eux.

Comme tout écuyer qui se respecte, Alarik s'apprêtait à s'incliner devant lui, mais le chevalier le retint :

– C'est bien, je me réjouis de te revoir, Alarik. Tu as fait preuve de courage, mais aussi de grande témérité !

Alarik inclina la tête sans dire un mot.

– Je sais que tu as voulu faire pour le mieux, poursuivit Paravain sur un ton grave. Mais même au cœur du danger, il faut réfléchir à ce que l'on fait. Celui qui se hâte trop reste souvent en chemin, et les bonnes intentions ne riment pas toujours avec les bonnes actions ! Tiens-toi-le pour dit !

Puis le chevalier se radoucit et regarda Alarik avec un sourire bienveillant. Il lui donna une tape sur l'épaule.

– Je saurai apprécier ton courage à sa juste valeur.

L'écuyer releva les yeux et, reconnaissant, sourit à son chevalier.

– Et maintenant, va vite te reposer ! lui lança Paravain avec une sévérité toute feinte. Il te faut recouvrer tes forces. Ta sœur va te préparer du thé !

Il prit congé, salua Aliénor aimablement et s'en fut. Le chevalier se trouvait déjà à bonne distance quand l'écuyer le rappela :

– Pardon... Messire !

Le Chevalier Blanc, surpris, se retourna :

– Oui ?

– Puis-je vous accompagner demain jusqu'à la Porte ? Vous comptez bien vous y rendre, n'est-ce pas !

Le chevalier parut être étonné par cette question ; il resta songeur. Alarik l'implora du regard.

– Je vous en prie, Seigneur !

Paravain réfléchit encore un instant avant d'acquiescer d'un hochement de tête.

– Tu mérites bien une récompense.

– Merci, Messire !

L'écuyer rayonnait de joie.

– Mais seulement à la condition que tu sois en état de tenir sur tes jambes ! précisa Paravain avant de s'éloigner définitivement.

Aliénor regardait son frère en dodelinant de la tête :

– Tu es incorrigible, Alarik. Tu es beaucoup trop faible pour l'instant !

Mais, voyant la joie qui illuminait le visage du jeune homme, elle comprit immédiatement que toute objection serait vaine.

– Rejoins ta chambre. Je vais te préparer une boisson revigorante qui te redonnera des forces !

***

Laura descendit au rez-de-chaussée. Elle lança un regard timide sur la dépouille de Reimar von Ravenstein qui gisait au pied de l'escalier et serra instinctivement la Coupe contre elle. Elle craignait que le chevalier, même mort, puisse s'en emparer. L'homme de pierre avait explosé en tant de morceaux qu'il paraissait impossible de reconnaître lequel d'entre eux appartenait à tel membre ou à tel autre. Laura retrouva malgré tout la main droite du chevalier. Il lui manquait l'annulaire et l'index qu'elle aperçut à deux mètres de là.

Laura ravala sa salive. Du plus loin qu'elle s'en souvînt, le chevalier de pierre lui avait toujours inspiré les plus vives craintes : elle avait toujours trouvé son monument menaçant. Peut-être parce qu'inconsciemment, elle avait toujours su qu'il était du côté des Puissances des Ténèbres.

Néanmoins, elle était bouleversée par sa terrible fin, et elle ne pouvait s'empêcher d'éprouver de la pitié pour le chevalier en morceaux. Elle s'empressa de détourner les yeux, fit un grand détour pour éviter de marcher sur ses restes et se dirigea vers l'aile des garçons.

Laura s'était à peine engagée dans l'escalier menant au dortoir des garçons que déjà l'index brisé du chevalier tressaillait. Il se plia en deux et glissa en avant comme s'il lui restait encore un peu de vie. L'annulaire bougea lui aussi. Il tremblota presque imperceptiblement, puis la première phalange se replia très lentement, l'ongle noir gratta le sol. Les doigts cassés s'animèrent. Poussés par des forces invisibles, ils se mirent à ramper comme de gros vers en direction de ce qui restait de la main droite. Ils donnaient l'impression de vouloir aller se recoller à elle.

Lucas ouvrit la porte. L'œil ensommeillé, il s'étonna de trouver sa sœur avec la Coupe dans les mains.

– Qu'est-ce qui se passe ?

Laura le poussa, entra dans la chambre et referma la porte derrière elle.

– Bon, maintenant, tu vas me dire ce que tu fais là ? lui redemanda le garçon en colère. Pourquoi n'as-tu pas laissé la Coupe dans votre chambre ?

Laura ne put éviter de raconter à son frère l'attaque du Chevalier Cruel. Il n'en croyait pas ses oreilles.

– C'est incroyable ! s'exclama-t-il, presque sans voix. Cela signifierait que les soldats des Ténèbres sont informés de nos actions.

– C'est exactement ce que j'en ai conclu, répondit Laura d'un ton grave. Mais par qui ? Cela reste un mystère pour moi. Quoi qu'il en soit, nous ne nous en sommes pas trop mal sortis.

Lucas la regarda en fronçant les sourcils.

– Comment cela ?

– C'est simple : le directeur adjoint a invité Percy et Mary pour mieux endormir notre méfiance. Quintus Schwartz et son acolyte Rebecca Taxus leur ont fait croire qu'ils ne soupçonnaient rien – d'ailleurs, c'est bien pour cela que Mary et Percy ne nous ont pas envoyé de message pour nous prévenir du danger.

– Tu as raison. Tandis qu'ils donnaient tranquillement ce dîner et qu'ils jouaient les hôtes aimables, ils attendaient que nous périssions, empalés sur les piques au fond de la fosse...

– Exactement ! Et pour parfaire leur exécution, ils ont vraisemblablement envoyé à nos trousses le Chevalier Cruel. Au cas où nous ne serions pas tombés dans le piège, contrairement à leur attente, et au cas où nous aurions trouvé la Coupe. Mais ils ne s'attendaient certainement pas à cette issue.

À l'idée que les soldats des Ténèbres aient pu concevoir un plan d'une telle fourberie, Laura entra dans une colère noire. Son pouls s'accéléra et son visage s'assombrit.

– Ces gens sont encore plus dangereux que je ne l'avais imaginé, conclut Lucas, songeur.

– C'est maintenant que tu t'en aperçois ? répliqua sa sœur.

La colère la rendait sarcastique, alors qu'elle ne l'était pas habituellement.

– Je pense qu'il serait plus intelligent de cacher la Coupe dans ta chambre. Quand ils trouveront demain matin Reimar von Ravenstein, ils se mettront à la recherche de la Coupe, et ils commenceront bien entendu par fouiller ma chambre.

– Logico... mais ensuite ils s'occuperont de la mienne !

Laura regarda son frère avec consternation.

– Une fois de plus, tu as raison, reconnut-elle. Il faut que nous trouvions une autre cachette !

– Pas nécessairement !

Lucas secoua la tête en riant.

– Mais, tu viens toi-même de dire...

Lucas interrompit sa sœur.

– Attends un peu !

Il se leva et s'approcha de son armoire qu'il ouvrit. Il retira une partie de ses vêtements qu'il déposa sur son lit.

Laura observait Lucas sans comprendre.

– Tu fais quoi exactement ?

– Ça te dépasse, espèce de QI-de-moineau !

Lucas s'agenouilla à l'intérieur de l'armoire et passa sa main à plat sur le fond, manifestement à la recherche de quelque chose qu'il trouva quelques secondes plus tard. Il appuya sur un bouton dissimulé dans une planche. Laura entendit un petit « clic », et le fond de l'armoire se détacha. Lucas le sortit de son emplacement et le déposa sur le côté. Laura comprit alors que l'armoire possédait un double fond abritant un compartiment secret.

Lucas se tourna vers l'armoire, la regarda avec un rire triomphal et, désignant le compartiment, lança :

– Ça devrait suffire ?

– C'est super !

Prenant la Coupe de la Lumière, elle la déposa sans difficulté dans le compartiment secret. On aurait presque dit que la cachette avait été spécialement conçue pour la recevoir.

Une fois la planche remise à sa place et le linge de Lucas rangé par-dessus, plus rien ne pouvait laisser soupçonner la présence d'un objet de grande valeur.

Lucas ferma la porte de son armoire avec sa clé qu'il glissa sous son oreiller.

– Je la prendrai avec moi dans la journée jusqu'à ce que tu reviennes chercher la Coupe, lui promit-il.

– Merci, Lucas ! Je ne savais pas qu'il y avait une cachette dans cette armoire.

– Vraiment ? fit-il avec une pointe d'ironie dans la voix. Tu sais, c'est pour cette raison qu'on appelle cela un compartiment *secret*…

– Ça va, espèce de crétin ! lui lança Laura, furieuse, qui s'en voulait à elle-même d'avoir laissé échapper une remarque aussi irréfléchie. Bon, je vais me coucher. Fais attention à la Coupe, s'il te plaît. Demain soir, dès qu'il fera nuit, nous partirons à la recherche de la Porte Magique.

— Seulement demain soir ? Et pourquoi pas immédiatement après les cours ?

— D'abord parce que nous avons un contrôle de physique à réviser, et puis parce que…

Laura s'interrompit pour ménager son effet, afin que Lucas comprenne bien qu'elle avait l'intention de le battre sur le terrain où il excellait.

— … et puis parce que, donc, la nuit nous passerons plus inaperçus dans le parc. Mais ça ne viendrait même pas à l'esprit d'un méga-QI comme toi !

Laura regarda avec un air triomphal Lucas qui fit une grimace exaspérée.

— Bonne nuit, Lucas. Dors bien !

Sur ce, elle quitta la chambre.

***

Alarik grimaça, posa le gobelet et regarda d'un air dépité Aliénor, assise sur le bord de son lit.

– Qu'est-ce que c'est que cette mixture ?

La jeune fille parut vexée.

– C'est une décoction de chardons. Il n'y a pas mieux pour lutter contre la fatigue ; le traitement est garanti. Mais si tu n'en veux pas…

Elle tendit la main pour reprendre le breuvage qu'Alarik voulut néanmoins garder.

– Non, non, c'est parfait. Je vais le boire. C'est juste qu'il est affreusement amer, amer comme du chicotin.

– Je sais, je voulais ajouter une cuillérée de sucre, mais…

Un sourire condescendant s'esquissa sur les lèvres de la jeune fille.

– … je me suis dit ensuite que le sucre, c'était pour les filles et non pour les vaillants héros !

Alarik était trop fatigué pour faire des commentaires. Il but prudemment la boisson qu'Aliénor lui avait préparée. Elle était non seulement amère, mais aussi affreusement chaude. Il devait faire attention pour ne pas se brûler. Aliénor observait son frère en réfléchissant.

– Crois-tu toujours que la fille qui vit sur l'Étoile des Hommes, cette Laura, trouvera la Coupe à temps ?

– J'en suis réduit à l'espoir ! Elle est notre dernière chance. Quoique...

Alarik s'interrompit, son visage s'assombrissant. Aliénor le regarda, surprise.

– Qu'est-ce qui t'arrive ? dis-moi !

Le jeune homme releva les yeux. Son regard était empreint de la plus grande gravité.

– Je n'ai jamais cessé d'espérer en la Lumière et de lui faire confiance, mais depuis que j'ai vu cette horrible harpie, je ne suis plus certain que la Coupe puisse encore nous sauver.

– Pardon ? s'exclama Aliénor en bondissant du lit et en regardant son frère avec incrédulité. Mais c'est impossible : l'Eau de la Vie guérira Elysion, tu le sais bien pourtant !

– Évidemment, Aliénor, évidemment que je le sais. Mais les Puissances des Ténèbres nous devancent toujours. La harpie ne pouvait pas connaître mes projets, et pourtant elle m'a découvert ! Si tu avais vu ses yeux ! Ils étaient si méchants et si certains de sa victoire. S'il s'agissait vraiment de Syrine, comme Paravain le croit, alors elle semble parfaitement convaincue que rien ni personne ne pourra empêcher la victoire des Ténèbres.

– Comment expliques-tu cela ?

Alarik haussa les épaules, désemparé.

– Je n'en ai aucune idée, Aliénor. Il se peut que Borboron et ses conjurés aient un dernier tour dans leur sac qu'aucun de nous n'ait encore soupçonné.

***

Ce n'est que lorsque Laura eut rejoint l'aile des filles qu'elle remarqua à quel point elle était fatiguée. Rien d'étonnant à cela, car la nuit était déjà bien avancée et les événements l'avaient exténuée.

En traversant le hall d'entrée, elle bâilla comme une lionne après la chasse. Elle était déjà, en pensée, depuis un bon moment dans son lit.

Dormir, juste dormir, lui serinait une petite voix dans sa tête. Elle entendit trois heures sonner à l'horloge de la tour.

Lorsque Laura posa le pied sur la première marche de l'escalier, elle aperçut vaguement des reflets sur la grande toile. Elle avait déjà gravi cinq marches quand son attention fut à nouveau attirée par le tableau. Il y avait encore quelque chose d'étrange. Elle s'immobilisa, se retourna et regarda attentivement.

Silva était là, et le loup à ses pieds, à leur place habituelle. Mais la dame en blanc regardait dans une autre direction. Elle n'avait pas le regard fixé sur un point vague dans le lointain, ses yeux étaient rivés sur les dalles du hall.

Lorsque Laura suivit son regard, elle remarqua ce qu'elle aurait dû voir depuis longtemps, ce qu'elle n'avait pas vu à cause de sa fatigue. Le sol au pied de l'escalier était propre comme un sou neuf. Il n'y avait plus aucune trace du chevalier en mille morceaux. Rien, pas le moindre petit éclat de pierre. Les bouts de Reimar von Ravenstein avaient totalement disparu, comme s'ils avaient été absorbés dans le sol.

– Oh, non !

Laura tressaillit d'effroi. Comment était-ce possible ? Quelqu'un aurait-il déjà évacué les gravats ? Cela paraissait assez peu vraisemblable. Il ne restait donc plus qu'une seule solution plausible : Reimar von Ravenstein avait, d'une façon ou d'une autre, repris sa forme initiale et quitté de lui-même le lieu de sa mort présumée !

Laura pensa immédiatement à Kaja : si le Chevalier Cruel avait recouvré la vie, alors, il avait dû se rendre immédiatement dans leur chambre. Kaja devait être en danger. En danger de mort.

Laura courut aussi vite qu'elle le put. Elle grimpa l'escalier quatre à quatre. Lorsqu'elle s'engagea dans le couloir menant à leur chambre, elle aperçut un rai de lumière sous leur porte.

Mauvais signe ! Kaja était si fatiguée qu'elle aurait dû se coucher, éteindre et sombrer dans le sommeil.

Peut-être l'avait-elle attendue, curieuse de savoir si elle avait trouvé un lieu sûr pour la Coupe de la Lumière ? À moins que le Chevalier Cruel ne se soit emparé d'elle, qu'il l'ait traînée hors de sa chambre en oubliant d'éteindre la lumière ? À cette idée, elle accéléra l'allure.

– Kaja ! s'écria-t-elle en fonçant dans le couloir. Kaja !

Laura ouvrit la porte, se précipita dans la chambre et se figea sur place en découvrant le lit vide. Rebecca Taxus se tenait au milieu de la pièce. Elle regardait Laura avec un sourire fielleux.

– Bonsoir, Laura Leander, lui lança la femme des Ténèbres. Je suis ravie de te voir enfin ! Je t'attendais avec impatience.

Stupéfaite, Laura regardait l'enseignante. Elle entendit une voix étranglée, des bribes de mots. Laura tourna la tête et découvrit son amie debout près de l'armoire. Le directeur adjoint la retenait prisonnière dans ses bras. Il avait plaqué une de ses mains sur sa bouche. La fillette rousse se débattait de toutes ses forces.

Laura pivota sur elle-même avec l'intention de prendre la fuite par la porte ouverte. À cet instant-là, la porte se referma d'elle-même, la clé grinça dans la serrure. Laura comprit alors que toute tentative de fuite serait vaine.

CHAPITRE 26

Les rats

Le grincement de la porte arracha Paravain à son sommeil. Le chevalier se redressa vivement et regarda d'un air hagard autour de lui. Il s'aperçut alors qu'il était assis sur une chaise près de la grande table dans la salle du trône. La fatigue avait eu raison de ses soucis. Il s'était d'abord assoupi avant de sombrer dans un sommeil agité en attendant que Morwena vienne l'informer de l'état de son maître.

La guérisseuse sortit de la chambre et regarda Paravain d'un air impénétrable. Puis elle se dirigea vers la croisée et scruta l'obscurité en silence. Paravain était désespéré. Il se leva à la hâte, rejoignit Morwena près de la fenêtre et, inquiet, contempla avec elle la plaine dans la nuit. Ils restèrent là, l'un près de l'autre, sans mot dire jusqu'à ce que le chevalier, n'en pouvant plus, rompît ce pesant silence.

– Comment va-t-il ?

Morwena poussa un soupir à peine audible.

– Il a glissé dans un sommeil qui ressemble à celui de la mort et il ne répond plus quand on lui parle. Mes remèdes et mes herbes ne lui font plus aucun effet.

Résigné, le chevalier hocha la tête.

– Plus qu'une journée ! Il ne nous reste plus qu'un seul jour et une seule nuit ! Rien ne permet de penser que nous puissions trouver la Coupe de la Lumière dans ce laps de temps.

Son regard cherchait celui de la jeune femme.

– Morwena, tu sais ce que cela signifie ?

– Oui, Elysion va mourir, et nous périrons engloutis dans le Néant.

Paravain se tut. On n'entendait que le crépitement du feu dans la cheminée. Le Chevalier Blanc et la guérisseuse se tenaient côte à côte à la fenêtre, regardant la haute plaine que les deux lunes éclairaient. Elles étaient ternes comme si un voile sombre les avaient enveloppées.

D'épaisses brumes noires noyaient le paysage jusqu'à l'horizon, masquaient les tourbières à l'est, les Monts du Dragon au sud et la Forêt des Murmures à l'ouest, où régnait désormais le Néant des Ténèbres. Dans peu de temps, les Brumes Noires et l'Obscurité Éternelle atteindraient les murailles de Hellunyat et submergeraient la Forteresse du Graal.

***

Laura se tourna lentement vers Quintus Schwartz pour l'observer. Celui-ci gardait les yeux rivés sur la porte. Puis son visage crispé se détendit et s'illumina d'un sourire quand il avisa le regard courroucé de Laura. Il relâcha subitement son étreinte et repoussa brutalement Kaja. La jeune fille perdit l'équilibre et tituba vers Laura qui la rattrapa d'une main ferme, évitant ainsi qu'elle ne tombe. Les yeux pleins de larmes, Kaja regarda son amie.

– Je suis désolée, dit-elle d'une voix étranglée de sanglots. Ils m'ont prise au dépourvu, je n'ai pas eu le temps de te prévenir.

– Ce n'est pas grave ! la rassura Laura en la prenant dans ses bras. N'aie pas peur, Kaja, tout va bien se passer.

Laura lui caressa le dos en s'efforçant d'afficher un sourire rassurant. Puis elle se tourna vers les soldats des Ténèbres et les défia hardiment du regard.

– Que voulez-vous ?

Le professeur Schwartz, qui attendait les bras croisés, adossé à l'armoire, s'avança vers Laura. Il la dévisagea de son regard froid et impénétrable tout en passant la main pensivement sur son menton proéminent.

– Tu n'en as vraiment aucune idée ? lui demanda-t-il en épiant sa réaction.

– Bien sûr que si ! rétorqua Laura d'un air provocateur. Vous voulez la Coupe – que pourriez-vous bien rechercher en dehors de cela ? Et vous voulez aussi achever la besogne que le Chevalier Cruel n'a pas été à même d'effectuer.

Le professeur arbora un sourire fielleux et échangea un regard amusé avec la professeur de mathématiques dont les cheveux rouge carmin brillaient à la lumière de la lampe.

– Rebecca, tu comprends ce qu'elle veut dire ? lui demanda-t-il d'un air moqueur.

Pinky Taxus fit quelques pas en direction de son collègue. Elle secoua la tête. Ses yeux étincelaient de fureur.

– Absolument pas, Quintus. Cette greluche tient des propos ineptes !

Le professeur Schwartz se retourna vers Laura et souleva les bras avec un air faussement navré.

– Je ne suis pas le seul, Laura. De quoi parles-tu ? Nous ne comprenons rien à ce que tu nous racontes. Comme je te l'ai déjà expliqué ce matin, j'ignore tout de cette mystérieuse Coupe dont tu ne cesses de nous rebattre les oreilles. Et le seul chevalier que je connaisse se trouve dehors dans le parc. Il est en granit autant que je sache.

– Allez-vous enfin arrêter votre comédie ! s'emporta Laura qui peinait à garder son sang-froid. Je suis parfaitement au courant de vos manigances. Si vous êtes ici, c'est à cause de la Coupe !

– Laura, je suis désolé, mais tu fais erreur. Si nous sommes ici, c'est que le devoir nous y a appelés.

Qu'est-ce que c'est encore que cette histoire ? se demanda Laura.

– Nous n'allons pas tolérer sans rien faire que vous passiez vos nuits à courir dehors, poursuivit le directeur. De plus, vos escapades nocturnes ont des répercussions sur vos résultats.

– Nous nous sommes vraiment fait du souci. Vous avez passé plus de la moitié de la nuit à l'extérieur, renchérit Rebecca Taxus d'une voix railleuse. Nous avons craint qu'il ne vous soit arrivé quelque chose.

– Ce n'est pas le cas, heureusement pour vous, comme nous avons pu le constater ! reprit Quintus Schwartz. Il reste néanmoins un petit problème à régler : vous n'êtes pas sans savoir, j'imagine, que vous avez enfreint le règlement de l'école ? Et ce n'est pas la première fois que cela vous arrive ! Nous le savons, entre autres, par Albin Ellerking.

Laura et Kaja échangèrent des regards entendus. Elles savaient qu'ayant commis une faute, elles avaient mérité une punition. Mais quelle punition ?

Et le directeur adjoint poursuivit comme s'il avait deviné leurs pensées :

– Vous connaissez la sanction prévue par le règlement de l'école en de tels cas, n'est-ce pas, Kaja ?

Kaja regardait par terre sans dire un mot. Puis le directeur s'adressa à Laura.

– Et toi, Laura, que t'arrive-t-il ? Tu ne dis rien ! Tu es certainement au courant pourtant…

Laura n'avait pas répondu, car elle ne connaissait pas la réponse. Le professeur se tourna vers sa collègue en poussant un soupir théâtral :

– Pourrais-tu, s'il te plaît, rafraîchir la mémoire de ces dames ? lui demanda-t-il d'un air consterné.

Le visage de Rebecca Taxus s'éclaircit d'un sourire malveillant.

– Avec grand plaisir ! En cas de non-respects répétés du règlement de l'école, il est prévu à ma connaissance… que l'élève soit gardé en retenue !

Laura fronça les sourcils.

– En retenue ? s'étonna-t-elle.

Les retenues n'avaient-elles pas été supprimées depuis fort longtemps ? Elle s'attendait plutôt à un devoir écrit, ou à pire.

Quintus Schwartz eut un sourire sournois. Laura comprit à cet instant-là qu'elles ne s'en tireraient pas aussi facilement.

– Parfaitement, Rebecca… En retenue, répéta le professeur tout en regardant Laura dans les yeux. Il va nous falloir garder ces petites demoiselles en retenue. Cependant…

Ses yeux subitement injectés de sang flamboyèrent. Ses poumons sifflèrent.

– Je propose un renforcement de la sanction, et donc une retenue d'au moins vingt-quatre heures !

Laura poussa un cri de désespoir. Elle regarda, déconcertée, le directeur qui sortit de sa poche sans s'émouvoir son spray contre les crises d'asthme et se vaporisa le fond de la gorge. Ses yeux reprirent une teinte naturelle et ses pupilles noires fixèrent froidement les deux élèves.

Laura savait qu'il était décidé à mettre à exécution son projet, même si la sanction n'était assurément pas prévue dans le règlement de l'école. En fin de compte, il obtenait par ce moyen exactement ce qu'il voulait : il condamnait Laura à l'oisiveté durant toute la journée du lendemain. Le solstice d'hiver aurait lieu sans que la possibilité lui soit donnée de chercher la Porte Magique afin de rapporter la Coupe à Aventerra. À moins qu'elle ne parvienne à échapper aux soldats des Ténèbres. Mais, pour cela, il faudrait qu'un miracle se produise.

Lorsque la grille du cachot se referma derrière les deux jeunes filles, Laura avait perdu la dernière once d'espoir qu'il lui restait encore. Elle n'avait aucune idée de l'endroit où pouvait se situer précisément cette prison aux murs aveugles, mais elle savait que personne ne viendrait les sortir de cette sinistre oubliette. Quintus Schwartz leur avait bandé les yeux avant de les faire descendre dans le cachot. Laura n'avait absolument rien pu voir, elle avait quand même essayé de repérer le parcours, mais elle avait bien vite perdu tout sens de l'orientation. La seule chose dont elle était certaine, c'est qu'elles devaient se trouver dans les caves voûtées du château. Elles avaient descendu plusieurs escaliers et longé d'interminables couloirs jusqu'au moment où Quintus Schwartz avait ôté leurs foulards et les avait poussées dans la cellule.

Le cachot humide et froid, éclairé par deux torches, devait mesurer environ une trentaine de mètres carrés. L'ameublement se réduisait à deux grabats en bois sur lesquels étaient posées deux grosses couvertures en laine rêche. Les murs en pierre étaient si épais que personne ne pouvait entendre les appels au secours lancés par les détenus. Les gros barreaux de la grille séparant le cachot du couloir paraissaient solides. Il était fort probable que même Portak, en dépit de sa force herculéenne, soit incapable de les tordre. Quant à la porte du couloir que le professeur Quintus venait de refermer derrière lui, elle rendait l'éventualité d'une fuite encore plus improbable.

Le directeur retira la grosse clé de la serrure et regarda les jeunes filles avec une satisfaction visible.

— Je regrette profondément que vous soyez contraintes de passer la journée du solstice dans un lieu aussi peu hospitalier, dit-il avec une ironie à peine dissimulée. Mais vous ne nous avez guère laissé le choix !

Laura se campa derrière les barreaux et lança au directeur des regards furibonds.

— Ne vous réjouissez pas trop tôt ! lui lança-t-elle. Miss Mary et Percy ne vont pas manquer de remarquer notre absence. Ils vont se mettre rapidement à notre recherche. Je vous assure qu'ils ne tarderont pas à nous sortir de là !

Son interlocuteur eut un sourire narquois. Il se tourna vers Rebecca qui se tenait près de lui.

— Qu'en penses-tu Rebecca ? lui demanda-t-il en ricanant. Devons-nous leur laisser un espoir, ou bien dois-je leur dire tout de suite la vérité ?

— Je pense que nous ferions mieux de leur dire la vérité, susurra Pinky Taxus. Comme ça, elles sauront à quoi s'en tenir.

Rebecca Taxus se tourna vers les fillettes en arborant un sourire hypocrite.

— Je suis désolée, Laura, je crains que tu ne te trompes grossièrement. Nous avons dû emmener vos amis, voilà quelques heures, à l'hôpital où les médecins ont diagnostiqué une intoxication alimentaire !

La professeur hocha la tête en poussant un soupir théâtral.

— J'ai bien peur qu'ils n'aient mangé quelque chose d'avarié !

— Mangé quelque chose d'avarié ? s'étonna Laura. Ils ont dîné avec vous...

Venant de deviner la cause de leur intoxication, Laura s'interrompit. Elle s'emporta et les traita de sales et ignobles personnages.

— Vous les avez empoisonnés, vous ne les aviez conviés que pour mener à bien votre projet.

L'enseignante ne répondit pas, confirmant par ce silence les soupçons de Laura. Rebecca Taxus fit une hideuse grimace. L'espace d'un instant, Laura eut l'impression de voir des douzaines de serpents se dresser sur sa tête à la place de ses cheveux.

La jeune fille frissonna. Transie de froid, elle fourra les mains dans ses poches et recouvra subitement espoir en sentant son portable entre ses doigts. Tout n'était pas perdu, elle allait pouvoir appeler à l'aide.

Jubilant en son for intérieur, elle sourit sans s'en rendre compte. Quintus Schwartz s'en aperçut.

— Laura ! s'exclama-t-il d'une voix autoritaire.

Il la regarda sévèrement. Rebecca Taxus s'était penchée vers lui pour lui susurrer quelque chose à l'oreille.

— Oui ? demanda Laura.

Quintus Schwartz plissa les yeux.

— Montre-moi ce que tu as dans ta poche.

— Euh… euh, je n'ai rien.

— Elle ment ! s'emporta la professeur de mathématiques. Je vais la fouiller.

Quintus se tourna vers Laura.

— Ce ne sera pas nécessaire. Laura, tu serais bien aimable de sortir les mains de tes poches ?

Laura savait qu'il serait inutile de résister. Si elle n'obéissait pas, il la contraindrait de force. Elle obtempéra.

Quintus Schwartz regarda d'un air absent la veste de Laura qui sentit son portable bouger dans le fond de sa poche. Elle le vit sortir, s'élever et passer à travers les barreaux de la grille pour aller vers le directeur qui le saisit au vol et le fit disparaître dans la poche de son manteau.

Quelle espèce d'ordure ! Quel sale type !

— Sur ce, je vous souhaite une bonne nuit ! leur lança Quintus Schwartz d'un air moqueur. Et ne craignez rien ! Demain matin, nous vous apporterons le petit-déjeuner. Vous ne manquerez de rien !

Il suspendit la clé à un crochet sur le mur d'en face et s'approcha de Rebecca Taxus.

— Nous devrions nous aussi dormir quelques heures. Demain, nous devons être en pleine forme. Je suis convaincu que ce solstice va nous réserver des surprises qui resteront à jamais gravées dans nos mémoires !

Quintus Schwartz et Rebecca Taxus partirent d'un retentissant éclat de rire. Puis les deux personnages disparurent dans la pénombre du couloir éclairé par les lueurs vacillantes des torches. Leurs rires résonnèrent encore longtemps aux oreilles de la jeune fille. Laura se laissa tomber sur le grabat. Elle tremblait et ne put retenir longtemps ses larmes. Tous ces moments de frayeur et de fatigue intense qu'elle venait d'endurer n'auraient-ils servi à rien ? Elle avait trouvé la Coupe, mais ne pouvait l'apporter à Aventerra. C'était injuste ! Le Mal finirait-il par triompher ?

Laura songea à son père. *Si papa pouvait m'aider ! J'ai tout essayé, et maintenant, je suis condamnée à renoncer.*

Renoncer ?

Celui qui renonce a perdu d'avance. C'est ce que papa disait toujours.

Laura renifla. Elle se calma, puis décida de faire le tour de cette cellule sombre.

— Tu crois qu'il y a des souris, ici ? lui demanda Kaja avec un air embarrassé.

Kaja n'avait encore jamais vu Laura pleurer ainsi.

— Je n'en sais rien, répondit Laura en sanglotant.

C'était probable, en effet, mais elle préférait éviter le sujet. Sinon, Kaja ne fermerait pas l'œil de la nuit. Son amie paraissait aussi découragée et aussi épuisée qu'elle.

— Qu'est-ce qu'on fait maintenant ?

— On dort, répondit Laura, exténuée, mais moins agitée qu'auparavant. C'est la seule chose que nous puissions faire pour l'instant. Je suis tellement crevée que je n'arrive même plus à réfléchir. Demain matin, quand nous nous serons bien reposées, nous verrons comment faire pour sortir d'ici.

— Crois-tu vraiment que nous ayons des chances d'y arriver ?

— Bien sûr, répliqua Laura en bâillant. Tant qu'il y a de l'espoir !

Elle s'allongea sur le grabat et s'enroula dans la couverture. Kaja fit de même.

Par chance, les deux jeunes filles avaient toujours leurs grosses vestes qu'elles avaient enfilées quelques heures auparavant quand elles s'étaient lancées à la recherche du trésor de Reimar, si bien qu'elles ne souffrirent pas trop du froid vif qui régnait dans la geôle. Quelques secondes plus tard, toutes les deux dormaient profondément et ronflaient paisiblement quand des petits bruits de pas martelant les dalles de pierre se firent entendre.

✳✳✳

En ce jour du solstice, le soleil se levait sur la plus ancienne des planètes. Le chevalier Paravain se tenait sur la plus haute tour de la Forteresse du Graal, observant les alentours. Quelle que soit la direction dans laquelle il regardait, il ne reconnaissait plus Aventerra. Le pays était noyé jusqu'à l'horizon dans d'épaisses brumes noires d'où ressortaient par endroits les murailles crénelées de Hellunyat.

Un silence de mort planait sur le Monde des Mythes. Le vent ne soufflait pas, les oiseaux ne chantaient plus. On aurait dit que le Néant Éternel s'était déjà emparé d'Aventerra.

Le jeune chevalier soupira. *C'est la fin*, pensa-t-il. Il savait néanmoins qu'ils avaient encore un jour et une nuit devant eux pour déjouer le destin tragique qui les attendait. Depuis que son ombre était revenue et lui avait relaté son excursion sur l'Étoile des Hommes, il savait qu'ils n'avaient pour ainsi dire plus aucune chance d'être sauvés. Pourquoi alors se bercer d'illusions puisque tout portait à croire que leur combat était perdu ?

Le plus horrible dans cette situation, c'était qu'ils n'avaient pas affaire à un ennemi concret qu'ils auraient pu affronter et vaincre. Le Néant était invincible parce qu'il se nourrissait des forces déclinantes d'Elysion. Plus le Gardien de la Lumière perdait de son énergie vitale et plus le Néant gagnait en force. Paravain et les Chevaliers Blancs étaient pieds et poings liés, condamnés à attendre sans rien faire jusqu'à ce que le Néant Éternel les ait tous engloutis.

Soudain, le chevalier entendit un bruit. Il tourna la tête et découvrit Flèche-Ailée qui approchait dans la lumière de l'aube. Le messager de la Lumière, sentinelle de la Porte Magique, arrivait avec ses grandes ailes déployées. Il se posa sur un des créneaux en poussant un long cri plaintif et regarda Paravain de ses yeux perçants.

Le jeune chevalier comprit immédiatement le message que l'aigle venait de lui transmettre. Le temps était venu pour lui et les Chevaliers Blancs de prendre la route qui traversait la Vallée du Temps par-delà les Montagnes de Jupiter. Car là-bas au pays de Flèche-Ailée, la Porte Magique, qui permettait d'accéder d'Aventerra à l'Étoile des Hommes, s'esquissait déjà dans les premières lueurs du soleil. Comme à chaque solstice, depuis le commencement des Temps, la Porte s'ouvrirait à la tombée du jour pour laisser passer la Coupe de la Lumière. Tandis que de sombres nuages s'étendaient déjà sur Aventerra, la Forteresse du Graal et la Vallée du Temps jouissaient encore de la clarté que dispensait la Lumière. Mais, dès le lendemain, lorsque le soleil se lèverait dans le ciel, elles disparaîtraient dans l'obscurité. Bien que Paravain n'eût plus d'espoir, il répondrait à l'appel de la Porte et attendrait sur le seuil en compagnie de ses Chevaliers Blancs celui qui apporterait la Coupe, jusqu'au moment où la Porte se refermerait. Mais, il en était certain, personne ne viendrait lui remettre la Coupe de la Lumière.

Le chevalier sentait le froid mordant qui se dégageait des brumes et qui ne tarderait pas à gagner toute la planète puis l'ensemble de l'univers, condamnant toute vie. Soudain, il entendit des pas dans l'escalier de la tour. Paravain reconnut la démarche de Morwena qui venait le voir.

La jeune femme s'avança dans la lumière du matin. Elle s'immobilisa et regarda le soleil qui pointait à l'est.

Le chevalier l'observa en silence. *Qu'elle est belle*, se dit-il.

Merveilleusement belle, et si forte. Beaucoup plus forte que je ne le suis.

Effectivement : pas une seule fois, durant les jours derniers, la jeune femme ne s'était plainte de l'inexorable destin qui les guettait. Paravain avait presque eu l'impression que l'imminence de ce tournant tragique ne l'affectait pas le moins du monde.

Morwena porta la main à ses yeux pour les protéger de la lumière qui l'éblouissait et observa en silence le soleil qui amorçait sa course à l'horizon.

– Regarde bien, Morwena, lui dit le chevalier. Si aucun miracle ne se produit dans les heures qui viennent, ce sera le dernier lever de soleil auquel tu auras assisté.

Morwena ne répondit pas tout de suite. Elle fit quelques pas vers Flèche-Ailée et caressa doucement les plumes sur le dessus de la tête de l'oiseau. Lui souriant affectueusement, elle le remercia discrètement d'avoir sauvé Alarik. Puis elle se tourna vers Paravain. Son visage était grave et solennel.

– Aurais-tu oublié ce que l'on nous a enseigné depuis le commencement des Temps ? Celui qui renonce a déjà perdu. Aussi longtemps que la lumière brillera, il est permis d'espérer.

***

Lorsque Laura s'éveilla en sursaut, elle ne savait plus où elle se trouvait. Déconcertée, elle regarda autour d'elle dans la pénombre de la cellule. Quand elle aperçut la grosse grille, tout lui revint à la mémoire.

Elle jeta un coup d'œil sur sa montre : il était déjà presque midi !

– Oh ! Nom d'un chien ! Nous avons dormi toute la matinée. Nous n'avons rien fait !

Laura se redressa à la hâte, repoussa la couverture et se leva. Puis elle alla réveiller Kaja. La jeune fille ouvrit les yeux et regarda Laura à travers ses paupières engluées de sommeil.

– Qu'est-ce qui se passe ?

– Lève-toi ! Le petit-déjeuner est servi !

Elle lui montra la petite table en bois installée près de la grille. Quelqu'un devait l'avoir apportée pendant qu'elles dormaient. Elles y trouvèrent une cruche d'eau et deux assiettes avec du pain, du saucisson et du fromage.

– Qui a apporté ça ? s'étonna Kaja en se levant.

– Je n'en ai aucune idée. C'était déjà là quand j'ai ouvert les yeux.

Kaja s'étira et bâilla bruyamment. Puis elle se traîna jusqu'à la table, prit une tranche de pain sur laquelle elle déposa un gros morceau de saucisson. Elle allait en prendre une bouchée lorsque Laura fit un bond vers elle pour retenir son bras.

– Je préfère que tu n'en manges pas !

Kaja la regarda, surprise.

– Pourquoi ?

– As-tu déjà oublié ce qui est arrivé à Percy et Mary ? Ils ont été transportés à l'hôpital pour intoxication alimentaire après avoir dîné chez Quintus Schwartz.

– Oui, et alors ? répondit Kaja. Quel rapport cela a-t-il avec nous ?

– Mais réfléchis un peu : Quintus et Rebecca ont pratiquement avoué qu'ils les avaient eux-mêmes empoisonnés. Qui nous dit qu'ils n'ont pas introduit une quelconque substance toxique dans notre petit-déjeuner ?

– Tu as raison, fit Kaja en soupirant. Dommage ! J'ai une faim de loup, tu n'as pas idée. J'ai l'impression de ne rien avoir mangé depuis une semaine.

– Tu crois que je ne suis pas dans le même état ? Mais il vaut mieux que nous soyons prudentes.

– Tu as raison, maugréa Kaja.

Déçue, elle retourna s'allonger sur le grabat et interrogea Laura du regard.

– Et alors ? Tu as une idée de la façon dont on va sortir d'ici ?

– Aucune !

Laura s'assit près de son amie, cala sa tête entre ses mains et regarda droit d'un air morose. Même si elle ne voulait pas l'avouer à Kaja, elle était profondément résignée. Elle avait l'impression qu'une petite voix ne cessait de lui seriner à l'oreille que la situation était sans espoir.

Les jeunes filles restèrent assises là, en silence, scrutant l'obscurité, perdues dans leurs pensées. On n'entendait que le crépitement des torches et le chuintement des flammes. Pas un bruit ne leur parvenait de l'extérieur.

Kaja ne pouvait plus supporter ce silence pesant. Elle sentait le découragement qui s'emparait de Laura et la paralysait peu à peu. Kaja toussota, donna un coup de coude à Laura et l'encouragea d'un sourire.

— Ne t'en fais pas, Lucas ne tardera pas à s'apercevoir que nous avons disparu. Il va se lancer à notre recherche.

Laura hocha la tête.

— Peut-être, mais pas avant le coucher du soleil. Je lui ai dit que nous avions l'intention de passer notre après-midi à revoir le contrôle de physique et que nous ne partirions à la recherche de la Porte Magique qu'une fois la nuit tombée !

— Oh, non ! soupira Kaja, déçue, en donnant des coups de pied contre le grabat.

Le lit vacilla légèrement. Kaja continua un moment avant de sombrer dans ses pensées, lorsque subitement une idée lui traversa l'esprit.

— Dis-moi, Laura, tu m'as bien dit que tu possédais des dons particulier, tu te souviens, qui te permettent de lire dans les pensées d'autrui, tu m'as bien parlé de voyage astral et de télékinésie.

— Tu peux oublier cela ! Je n'ai pas eu assez de temps pour apprendre à utiliser ces facultés à bon escient. La seule chose que je puisse faire à peu près correctement, c'est lire dans les pensées. Mais cela ne nous servirait à rien dans notre situation. Quant au voyage astral, il faut que j'aie Percy sous la main, et en ce qui concerne la télékinésie…

Elle s'interrompit et fit un geste résigné avant de poursuivre :

— Je n'ai eu qu'un seul véritable cours avec le professeur Morgenstern et je ne connais même pas les principes fondamentaux.

– Dommage ! Sinon, tu aurais pu peut-être attraper la clé, dit-elle, la mine déçue, en désignant la grille à travers laquelle elles apercevaient la clé du cachot suspendue au crochet. Laura secoua la tête à nouveau.

– Impossible ! Quintus Schwartz ne l'aurait pas accrochée là s'il avait pensé que je pouvais l'attraper.

Kaja voulut l'encourager lorsqu'elle aperçut un rat. Terrorisée à la vue de la bête, elle fit un bond et grimpa instinctivement sur le grabat en pointant son doigt sur un coin du cachot.

– Là, là ! s'écria-t-elle. Non ! Oh, non !

***

Bonne chance, Alarik !

Aliénor prit son frère dans ses bras et le serra fortement contre elle.

– Fais attention à toi !

– Ne crains rien ! Aussi longtemps qu'Elysion vivra, les Forces des Ténèbres ne pourront rien contre nous. Elles ne seront pas en mesure de nous interdire l'accès à la Vallée du Temps. Paravain pourrait nous y conduire les yeux fermés.

Le garçon désigna les écuries en face de lui où les treize chevaliers et leur chef se préparaient à partir.

Aliénor allait lui répondre lorsqu'elle remarqua un mouvement sous la cape de son frère. L'étoffe faisait une bosse.

– Que caches-tu là ? lui demanda-t-elle, d'un air étonné.

Alarik rougit.

– À ton avis ?

– Tu emmènes Swippi avec toi jusqu'à la Porte ?

Le garçon ne répondit pas, mais à l'expression de son visage, elle comprit qu'elle ne s'était pas trompée.

– Paravain va être furieux s'il découvre Swippi.

– Je sais, mais... je... euh...

La voix de Paravain, qui résonnait dans la cour, le sortit d'embarras.

– Alarik ! que fais-tu donc, Alarik ? Il est grand temps de partir !

– J'arrive ! répondit l'écuyer avant de se tourner vers sa sœur qu'il serra une dernière fois dans ses bras. Porte-toi bien, Aliénor, lui chuchota-t-il à l'oreille.

Il semblait ne pas avoir envie de la quitter, mais finit par se détacher de la jeune fille et courut vers son cheval qui attendait devant les stalles. Il sauta en selle et s'empressa de rejoindre les Chevaliers Blancs qui se rassemblaient devant la porte de Hellunyat. Avant de quitter la Forteresse du Graal, Alarik se tourna encore une fois vers sa sœur pour lui faire un signe. Aliénor savait qu'Alarik avait quelque chose en tête. C'est pour cela qu'il emmenait Swippi et qu'il l'avait embrassée comme jamais il ne l'avait fait auparavant.

Aliénor regarda tristement son frère s'éloigner jusqu'au moment où il disparut.

✶✶✶

Laura avait vu le rat. Un gros rat sorti d'un trou dans le sol qu'elle n'avait pas remarqué auparavant. La grosse bête courait sur ses petites pattes. Son poil épais et soyeux luisait à la lueur des torches. Mais il n'était pas seul ; un deuxième rat le suivait, puis un troisième, puis un quatrième.

Ils approchaient avec prudence. Leur chef se dressa sur ses pattes de derrière et huma l'air. Ses yeux brillèrent en apercevant la jeune fille terrifiée qui l'observait.

– Laura ! hurla à travers le cachot Kaja, manifestement au bord de l'évanouissement. S'il te plaît, fais quelque chose.

Laura chercha fébrilement tout autour d'elle quelque chose qui puisse lui permettre d'écarter les bêtes ou de les mettre en fuite. En vain. Mais soudain elle eut une idée. Elle s'empara de sa couverture, la roula, la brandit en l'air puis la fit tournoyer comme un gigantesque lance-pierre et frappa les rats. Ils esquivèrent les coups adroitement et s'éloignèrent, mais pour mieux s'approcher l'instant d'après. Les animaux agiles semblaient savoir qu'ils n'avaient rien à craindre de la couverture. Pire encore, il semblait même que les attaques de Laura les faisaient redoubler de colère. Le chef de la troupe poussa un couinement strident qui résonna comme une terrible menace. Puis il se dressa sur ses pattes, poussa un feulement rauque et découvrit ses dents.

Laura recula et lâcha la couverture. C'était absurde d'exciter encore les rats, d'autant que les bêtes sortaient du trou l'une après l'autre. On aurait dit qu'alertés par le cri de leur chef, les autres arrivaient à la rescousse. Il devait bien y en avoir une douzaine maintenant dans le cachot. Les fillettes n'osaient même pas imaginer ce qui se passerait s'ils les attaquaient.

Il faut que je tente de faire diversion, se dit Laura.

Elle alla prendre sur la table près de la grille quelques tranches de saucisson qu'elle lança dans leur direction. Les rats se jetèrent dessus, enfoncèrent avidement leurs dents pointues dans ces délicieuses rondelles qu'ils déchiquetèrent. Ils défendaient leurs prises à coups de morsures rageuses contre leurs compères prêts à tout pour s'en emparer. Laura assistait horrifiée au combat fratricide des animaux qui engloutirent en très peu de temps toutes les tranches.

La fillette prit alors le pain, le fromage et les restes de saucisson, et leur lança le tout. Ils auraient au moins de quoi s'occuper pendant quelque temps.

– Nous devons sortir d'ici, Laura ! cria Kaja. Je meurs de peur !

Laura chercha des yeux la clé accrochée dans le couloir. À cet instant, elle comprit que c'était leur seule chance de sortir de la prison. Il fallait qu'elle réussisse à l'attraper.

Laura alla se coller contre la grille et regarda attentivement la clé. Puis, elle essaya de se rappeler les conseils d'Aurélius Morgenstern : « Concentre toutes tes pensées et toute ton énergie sur l'objet que tu souhaites faire bouger, concentre-toi sur ton objectif, lui avait dit le professeur, et tu réussiras. »

Laura ferma les yeux et se concentra. Puis elle dirigea son regard sur la clé et lui ordonna de bouger. Elle l'imagina se détachant du crochet, tombant par terre et avançant vers elle – seulement voilà, cela ne marchait pas. Rien ne se produisait. La grande clé restait suspendue au crochet, inerte. Le couinement des rats, qui se battaient encore pour leur pitance, lui fit soudain l'effet de rires railleurs.

C'était stupide de ma part de croire que je pourrais y arriver, se dit Laura. Mais elle entendit dans sa tête résonner les paroles de son père : « Qui ne tente rien n'a rien ! »

Laura respira profondément avant de se lancer dans une deuxième tentative. Fermant les yeux, elle essaya de se concentrer. Elle n'entendait plus le tapage des rats, parvenant même à les oublier complètement et à fixer toute son attention sur la clé. Elle ouvrit les yeux et regarda l'objet de sa convoitise entre ses paupières entrouvertes. L'environnement à proximité devint flou et échappa à sa perception. Le petit bout de fer tressaillit à peine, tremblota, commença de se balancer, puis le mouvement prit de l'ampleur jusqu'au moment où la clé se décrocha et tomba. Laura jubilait en son for intérieur. Elle brandit un poing victorieux sans même s'en apercevoir. Elle s'accroupit et tendit la main à travers les barreaux, mais la clé, tombée au pied du mur d'en face, était encore trop loin.

Alors Laura se releva et se concentra à nouveau en s'efforçant de lui dicter sa volonté. Cette fois, cela fut beaucoup plus facile. La clé bougea lentement sur les dalles et rampa vers la jeune fille. Il ne restait plus qu'une dizaine de centimètres pour qu'elle soit à portée de la main de Laura.

Encore cinq centimètres.

Quatre.

Trois.

Laura perçut à nouveau les bruits que faisaient les rats. Leurs couinements frénétiques pénétraient dans son inconscient comme autant de lames de couteaux. Elle se retourna vers les bêtes au pelage gris. Elle eut tout juste le temps de les voir disparaître dans le trou.

Étrange, se dit la fillette. Pourquoi s'enfuient-ils ainsi ?

Laura pivota sur elle-même et comprit : comme surgi de nulle part, un énorme pied en pierre s'abattit sur la clé et la plaqua au sol ! Saisie d'effroi, Laura leva les yeux et croisa le regard glacial du Chevalier Cruel.

CHAPITRE 27

La salle des tortures

Lucas s'inquiétait pour de bon. Il n'avait pas croisé Laura et Kaja de la journée. C'était étonnant, même si elles avaient l'intention de réviser sérieusement le contrôle de physique. Mais, plus surprenant encore, elles n'étaient pas apparues à la cantine et il avait commencé à se poser des questions. C'était anormal, surtout de la part de Kaja qui n'aurait pas manqué un seul repas pour rien au monde ! Les deux filles devaient avoir vraiment pris leur travail à cœur pour avoir renoncé à déjeuner. *Compte tenu de leurs notes désastreuses, c'est sûrement une bonne chose,* pensa Lucas, même s'il était impatient de se lancer à la recherche de la Porte Magique. S'interdisant néanmoins d'aller les déranger, il avait passé l'après-midi sur son ordinateur.

Désormais, il était grand temps qu'elles se manifestent. Le soleil était couché depuis longtemps. Il faisait même nuit, et elles n'avaient toujours pas donné signe de vie. Lucas allait et venait dans sa chambre en regardant la porte, attendant en vain qu'on frappe.

Ce n'est vraiment pas normal ! pensa le garçon.

Il prit son portable, composa le numéro de Laura, tomba sur la messagerie de sa sœur qui semblait être injoignable. Elle avait sans doute éteint son portable. Il n'arriva pas non plus à joindre Kaja. Étrange… Extrêmement étrange…

Lucas comprenait qu'elles n'aient pas envie d'être distraites. Mais il était surpris qu'elles aient toutes les deux coupé leur téléphone. Il finit donc par se décider à aller aux nouvelles.

Laura sursauta et s'écarta de la grille en poussant un cri. Elle recula jusqu'au grabat où Kaja était restée et saisit la main de son amie.

Kaja venait de remarquer le chevalier. Elle sauta du lit et se blottit contre Laura. Les deux fillettes terrorisées regardaient le Chevalier Cruel qui ne les quittait pas des yeux et qui suivait chacun de leurs mouvements. À leur plus grande stupéfaction, ses lèvres de pierre s'entrouvrirent :

– Je vais vous montrer ce qu'on faisait de mon temps aux pucelles désobéissantes ! dit-il d'une voix rocailleuse.

Il prit la grille dans ses mains, l'arracha d'un seul coup de ses gonds et la jeta sur le côté avec une facilité déconcertante. Puis il avança d'un pas résolu vers les deux fillettes.

– Non ! Oh, non ! gémit Laura.

Laura et Kaja reculèrent simultanément jusqu'au fond de la cellule. Acculées et pétrifiées d'effroi, elles attendaient le sort qu'il leur réservait.

Le Chevalier Cruel leur faisait maintenant face. Il prit une fillette dans chaque main, les souleva comme des poupées de chiffon et les sortit de la cellule. Leurs cris résonnaient, puis ce furent des supplices, mais rien ne parvint à amadouer son cœur de pierre. Inflexible, il les serrait dans sa poigne de pierre et les emportait.

Lucas frappa à la porte de leur chambre. Personne ne répondit.

– Laura ? s'écria Lucas qui s'impatientait.

Il appela une deuxième fois.

– Laura, il fait déjà nuit. Que faites-vous, bon sang ?

Ne recevant toujours pas de réponse, il enfonça la poignée sans hésiter. La porte s'ouvrit. Lucas entra et se figea sur place. La chambre était sens dessus dessous comme si une tornade était passée par là. Les portes des armoires et les tiroirs des bureaux étaient ouverts, et le contenu avait été déversé sur le plancher. Même les matelas étaient par terre. Celui qui avait fouillé la chambre n'avait pas été avare de ses mouvements.

Lucas découvrit le portable de Kaja au milieu des affaires par terre. Il se baissa pour le ramasser. Au moment où il le glissait dans sa poche, une odeur connue lui chatouilla le nez. Il dilata ses narines, huma et flaira l'air ambiant. Cela lui rappelait un peu le musc. Lucas était certain qu'il s'agissait du parfum démodé de Rebecca Taxus. Elle ne devait pas avoir quitté la chambre depuis bien longtemps pour qu'il y flotte encore quelques effluves. De toute manière, elle seule pouvait avoir mis à sac la chambre, avec l'aide probable de Quintus Schwartz. Heureusement que ces deux-là n'avaient pas trouvé ce qu'ils étaient venus chercher !

Mais où diable pouvaient bien être Laura et Kaja ?

De deux choses l'une, conclut Lucas : *soit elles se sont laissées surprendre par les soldats des Ténèbres, soit elles ont perçu à temps l'imminence du danger et se sont réfugiées chez Percy Valiant ou chez Miss Mary, les seuls en qui elles puissent avoir confiance.* En dehors de lui évidemment, mais elles n'avaient sans doute pas voulu mettre en danger la Coupe. Il fallait donc qu'il aille voir Percy au plus vite.

Lucas quitta la chambre et referma la porte derrière lui. Lorsqu'il se retourna, il se trouva subitement nez à nez avec Attila Morduk. Le concierge, surgi de nulle part, le regardait d'un air sombre :

– Dis-moi, mon garçon, que fais-tu là ? s'enquit-il d'une voix menaçante.

Lucas dévisagea l'ours mal léché. *Ça tombe vraiment mal que celui-là rapplique à cet instant précis !* se dit Lucas, agacé. *Laura et Kaja ont certainement besoin d'aide et ce, de toute urgence. Or je vais devoir m'expliquer avec ce fouineur. Peut-être ferais-je mieux de lui dire que les deux filles ont disparu ?*

Indécis, Lucas regardait Attila Morduk. Il tergiversait. Pouvait-il faire confiance au concierge ? Il n'avait jamais entendu un seul élève parler en mal d'Attila, ni en bien du reste. La plupart d'entre eux le craignaient, ce qui se concevait parfaitement vu la mine sombre qu'il affichait en arpentant le château. Pouvait-il le mettre au courant d'une affaire de si grande importance ?

Laura eut un instant l'impression que le monde marchait à l'envers. Elle remarqua vite que c'était elle qui avait la tête en bas. Elle était suspendue par les pieds à une corde qui courait dans une poulie accrochée au plafond de la salle des tortures. Laura avait dû s'évanouir quelques instants au moment où le Chevalier Cruel lui avait attaché les pieds à la corde et l'avait hissée en hauteur. Elle ne pouvait expliquer autrement cette perte du sens de l'orientation.

Le sang lui montait à la tête, battait et cognait dans ses veines. La pression aux tempes devenait insupportable. Elle s'efforçait de ne pas céder à la panique. Cela n'aurait rien arrangé, mais plutôt aggravé la situation et même assurément mis en péril sa vie, et celle de Kaja.

La jeune fille tourna la tête pour se faire une idée de la salle voûtée dans laquelle elle était suspendue. Elle ne distinguait quasiment rien à travers le rideau de larmes coulant dans ses yeux. Elle aperçut, malgré tout, à proximité, un énorme candélabre de fer forgé dans lequel brûlaient des chandelles. Il était lui aussi suspendu au plafond par une corde qui passait dans une poulie. L'autre extrémité de la corde était accrochée à un anneau dans le mur. On pouvait ainsi modifier la hauteur de la suspension qui dispensait une lumière fantomatique dans la salle. Laura ne comprenait pas bien l'utilité du système.

La salle des tortures devait se situer dans les caves du château, au même niveau que le cachot dans lequel Quintus Schwartz et sa fidèle et dévouée amie les avaient enfermées. Car, pour arriver jusqu'ici, le Chevalier Cruel n'avait pas emprunté d'escalier, et les couloirs qu'ils avaient longés n'avaient pas paru monter ou descendre. Elles se trouvaient donc encore sous terre, ce qui signifiait que personne ne pouvait entendre leurs éventuels appels au secours ni même leurs cris de douleur lorsque le

Chevalier Cruel officierait. Car c'est bien ce qu'il semblait avoir en tête…

Le chevalier venait d'attacher Kaja sur la roue qui se trouvait au milieu de la salle. La malheureuse gémissait pitoyablement. Était-ce de peur ou déjà de douleur ? Laura n'aurait su le dire. Mais elle optait plutôt pour la peur, car le chevalier semblait poursuivre quelques préparatifs.

– Non, non, pas ça, je vous en prie ! implora la jeune fille tandis qu'il lui passait d'une main experte des bracelets de fer d'abord autour des chevilles. Kaja n'était manifestement pas sa première victime. Elle se défendait de toutes ses forces, se tortillait sur la roue. Mais rien n'y faisait. Le Chevalier Cruel la maintenait d'une poigne de pierre. Il lui passa ensuite les bracelets aux poignets reliés à la roue par des chaînes.

– Arrêtez ! Arrêtez ça ! hurla Kaja.

Le chevalier s'approcha d'elle, posa sa main sur sa bouche pour étouffer ses cris en lui lançant des regards menaçants.

– Encore un mot, et je t'occis !

Terrorisée, Kaja ouvrit de grands yeux dans lesquels transparaissait la peur de mourir. Lorsque Reimar libéra sa bouche, elle blêmit.

– Où se trouve la Coupe ? tonna-t-il de sa voix caverneuse.

Kaja sentit son sang se glacer dans ses veines ; elle agita sa tête fébrilement de droite à gauche.

– Je… je n'en sais rien.

Le chevalier la regarda sans broncher. Son visage de pierre ne trahissait pas la moindre émotion. Il se détourna pour aller actionner la roue. Il tira alors un grand coup sur la chaîne qui se tendit. Kaja ressentit une vive douleur dans les bras. Au prochain mouvement de la roue, ses bras seraient davantage étirés, écartelés. Kaja se figurait déjà l'immense douleur qu'elle allait subir.

– Non, non, je vous en prie ! l'implora-t-elle.

Mais son bourreau ne se laissa pas attendrir. Il actionna de nouveau la roue. Le corps de Kaja s'étira davantage, de sorte qu'il s'éleva au-dessus du banc. Il était maintenant presque suspendu à l'horizontale.

— Où est la Coupe ? aboya le chevalier, d'une voix plus forte et plus menaçante.

— Je n'en sais absolument rien ! gémit Kaja. Vraiment rien.

Sur le visage de Kaja se lisait l'horrible douleur qu'elle ressentait. Des torrents de larmes dévalaient sur ses joues. Au comble du désespoir, elle tourna la tête vers Laura qu'elle supplia :

— Dis-lui, toi ! Dis-lui, je t'en prie !

Laura réfléchit fébrilement. Le Chevalier Cruel n'hésiterait pas à torturer Kaja jusqu'à ce que mort s'ensuive. Mais en admettant qu'elle lui dévoile l'endroit où était caché la Coupe, de toute manière, elles ne ressortiraient pas vivantes d'ici. Cela ne servirait donc à rien, ne sauverait pas Kaja, ni elle non plus du reste.

Mais alors, que devait-elle faire ?

Laura tourna la tête vers le chevalier qui se tenait, songeur, près de la roue et la regardait. La rouquine n'aurait-elle vraiment aucune idée de l'endroit où était la Coupe ? paraissait-il se demander. À moins qu'elle ne cherche simplement à gagner du temps ?

Laura sut soudain ce qu'elle devait faire. Elle s'en voulut de ne pas y avoir pensé plus tôt. Reimar von Ravenstein était debout sous le candélabre. Si elle parvenait à détacher la corde qui le retenait en hauteur, la lourde suspension tomberait sur lui et l'assommerait, l'empêchant ainsi momentanément d'agir.

Il serait provisoirement hors d'état de nuire… du moins fallait-il l'espérer.

Laura ferma les yeux et se concentra. Elle ne disposait plus de beaucoup de temps.

— Vas-tu enfin me dire où se cache cette Coupe ? Ton amie n'a pas envie de mourir écartelée !

On aurait dit la voix d'un monstre des cavernes. Pour illustrer et renforcer ses propos, il tendit la main vers la roue qu'il fit tourner d'un cran.

Kaja poussa un hurlement de douleur que Laura essaya de ne pas entendre. Elle ignora aussi les injonctions furieuses du chevalier. Elle concentrait toute son énergie et ses pensées sur la corde et le nœud qui retenaient le candélabre.

Décroche-toi, décroche-toi et tombe !

Plus rien ne comptait pour Laura, si ce n'est le nœud. Elle n'entendit ni les gémissements piteux de Kaja ni la colère grandissante du chevalier qui venait de donner à la roue un nouveau tour. Le corps de Kaja était étiré à l'horizontale, tendu, prêt à se déchirer, parcouru de tremblements incontrôlables. Le chevalier porta la main encore une fois à la roue.

Laura ne percevait rien de ce qui se déroulait autour d'elle. Toutes ses pensées allaient au nœud. *Défais-toi, défais-toi, et libère-toi de ta charge !*

Laura commençait à croire que ses efforts seraient vains lorsque le nœud céda enfin. Il se défit un peu, puis complètement et, l'instant d'après, le candélabre tomba lourdement. La corde fila en sifflant contre la poulie. Surpris, le chevalier leva les yeux. Apercevant la masse qui tombait droit sur lui, il fit un écart pour l'éviter, mais c'était déjà trop tard. Le quintal de fer venait de frapper sa tête. Reimar von Ravenstein s'effondra, se fracassa par terre comme foudroyé, écrasé par la masse.

Kaja hurlait comme une folle. Sous l'effet de la douleur, elle n'avait pas compris ce qui venait de se produire.

– Du calme, Kaja, du calme ! lui lança Laura sur un ton qui se voulait rassurant. Calme-toi, tout va s'arranger !

Sur ce, Laura imprima à sa tête et à tout son corps un mouvement de balancier de plus en plus ample jusqu'au moment où elle réussit à saisir de ses deux mains la corde à laquelle elle était suspendue. Elle se hissa habilement tout en haut. Quelques secondes plus tard, elle avait détaché le nœud qui entravait ses chevilles. Ce n'était désormais plus qu'un jeu d'enfant pour elle que de libérer son amie de l'horrible supplice de la roue.

Kaja lui sauta au cou :

– Merci, Laura, tu viens de me sauver la vie.

Laura baissa les yeux. Bien qu'elle l'ait effectivement sortie d'affaire, elle avait mauvaise conscience :

– C'est la moindre des choses, dit-elle en la serrant dans ses bras. Tout est de ma faute. Si seulement je ne t'avais pas entraînée dans cette périlleuse aventure…

Kaja se détacha des bras de son amie :

– Ne dis pas de bêtises ! lui fit-elle le visage encore ruisselant de larmes.

Quelques secondes après, elle avait retrouvé un air vindicatif. Elle frotta ses poignets cisaillés et massa ses os endoloris.

– C'est à ça que servent les amis. En cas de besoin, on sait qu'on peut compter sur eux. De plus…

Kaja s'interrompit en entendant un gémissement sourd derrière elle. Les jeunes filles regardèrent le candélabre qui recouvrait presque totalement le chevalier dont on ne voyait plus ni les pieds et ni les mains. La couronne portant les bougeoirs était complètement tordue. La plus grande partie des chandelles, sorties de le leur logement, s'étaient cassées en tombant. Quelques-unes brûlaient encore par terre tandis que d'autres se consumaient sur le corps du chevalier. Des petits ruisseaux de cire chaude s'écoulaient sur le granit. Autant que les deux amies aient pu le voir, le Chevalier Cruel avait perdu l'annulaire et l'index de la main droite qui gisaient quelques centimètres plus loin.

Une légère plainte se fit entendre. Reimar von Ravenstein était en train de revenir à lui. Ses deux doigts cassés tressaillirent légèrement, se replièrent et rampèrent lentement, comme attirés par une force surnaturelle vers la main.

Pétrifiée d'effroi, Kaja regardait les doigts se mouvoir. Laura était tout aussi paralysée. Son sang se figea dans ses veines, et elle sentit quasiment ses cheveux se dresser sur sa tête au moment où les doigts du chevalier reprirent leur place initiale. Reimar serra alors le poing comme pour s'assurer de son bon fonctionnement. Les doigts obéissaient comme s'ils n'avaient jamais été coupés. Le chevalier se redressa en poussant un soupir de satisfaction.

À ce moment-là, les fillettes recouvrèrent enfin leurs esprits.

– Allez, viens ! dit Laura à son amie encore incapable de bouger. Filons d'ici !

Laura saisit son bras et l'entraîna derrière elle. Par chance, Reimar von Ravenstein avait laissé ouverte la porte de la salle des tortures. Laura et Kaja n'eurent donc aucun mal à sortir du cabinet des horreurs.

Les deux filles arrivèrent dans un long souterrain voûté, étroit et faiblement éclairé par des torches accrochées aux murs. Elles longèrent le couloir en courant, avisant au passage une quantité importante d'armes anciennes alignées le long des murs : des épées rutilantes, de solides lances et des hallebardes étincelantes. Il y avait même des fléaux d'armes aux pointes contondantes. Ce lieu avait certainement été la salle d'armes.

– Tu as une idée de la façon dont on va sortir d'ici ? demanda Kaja, hors d'haleine.

Elle n'en pouvait déjà plus. Laura constata qu'elle avait ralenti son allure.

– Non, pas la moindre, répondit-elle. Mais nous n'avons qu'à continuer, nous finirons bien par arriver quelque part !

Elles venaient d'atteindre le bout d'un couloir qui bifurquait sur la droite quasiment à angle droit. Lorsqu'elles tournèrent au coin, elles tombèrent sur un autre couloir qu'elles eurent l'impression d'avoir déjà vu. Celui qui s'étendait sous leurs yeux était identique à celui qu'elles venaient d'emprunter. Il était long, étroit, éclairé par des torches, avec des armes posées contre les murs. Il formait à environ quarante mètres plus loin un nouveau coude, mais ne présentait aucune ouverture latérale.

Voilà qui est étrange, se dit Laura. *J'ai l'impression d'être revenue à la case départ, comme si j'avais fait du sur-place.*

Elle chassa immédiatement cette idée inquiétante et entraîna Kaja à sa suite.

Les forces de son amie déclinaient à nouveau. Elle ralentissait. Laura comprit qu'elle ne pourrait pas tenir ce rythme beaucoup plus longtemps. Si elles ne trouvaient pas rapidement une issue, le Chevalier Cruel les rattraperait.

– Continue, Kaja !

Laura encouragea son amie qui s'essoufflait. Elle la tirait derrière elle de toutes ses forces.

Elles venaient d'atteindre le bout du couloir, mais à l'instant où elles tournèrent, elles découvrirent le même spectacle. Un couloir identique aux deux premiers.

Kaja s'arrêta. À bout de forces et de souffle, elle se plia en deux, calant les mains sur ses hanches.

– C'est impossible ! Il doit bien y avoir une sortie quelque part !

Laura, elle aussi, était essoufflée. Elle regarda son amie avec un air pensif.

– Moi non plus, je n'y comprends rien. Nous sommes pourtant bien arrivées dans la salle des tortures par un chemin ou un autre ! Si nous sommes entrées, c'est que nous pouvons ressortir !

– Ça paraît logique, répliqua Kaja d'un air néanmoins dubitatif. Je ne serais pourtant pas surprise que ce couloir ne débouche à nouveau sur rien. Ces derniers temps, nous avons assisté à des choses si étranges, si illogiques que plus rien ne peut m'étonner !

Interloquée, Laura regarda son amie. Puis elle acquiesça : Kaja avait raison, évidemment. Si effectivement, depuis la nuit des temps, on admettait l'existence d'un monde parallèle, alors on pouvait tout à fait concevoir que l'univers soit en fait régi par des lois qu'elles n'avaient pas envisagées jusqu'à présent. Le monde caché derrière l'apparence des choses ne pouvait être appréhendé avec la logique humaine. L'existence de couloirs sans issue n'était donc pas inconcevable. Cette idée terrifia Laura qui se tourna vers son amie :

– Kaja, nous devons continuer. Il faut que nous sortions d'ici à tout prix. Je ne sais pas encore comment, mais nous allons y arriver. Si nous restons coincées là, je ne suis guère optimiste pour la suite.

Laura tendit la main à son amie, et elles repartirent en courant. Kaja, qui avait repris haleine, courait plus vite. Laura reprenait espoir. Peut-être leur fuite connaîtrait-elle une heureuse issue.

Lorsqu'elles arrivèrent au bout du couloir, Laura s'aperçut de son erreur. Leur course s'arrêtait là. On les attendait. Une gigantesque silhouette leur barrait le passage.

CHAPITRE 28

Le mystère
de la fleur

orsqu'Attila Morduk aperçut les deux jeunes filles, son visage s'obscurcit. Laura se figea rien qu'en voyant sa mine malveillante.

Évidemment ! songea Laura. *J'aurais dû m'en douter ! Morduk est du côté des Forces des Ténèbres.*

Il ne leur restait plus qu'une seule possibilité pour lui échapper : rebrousser chemin ! Mais Attila fit un bond sur le côté et saisit un fléau d'arme sur le mur avec une rapidité que Laura n'aurait pas soupçonnée chez lui. Il éleva d'un geste leste l'arme fatale avant de la lancer dans la direction des deux amies !

Laura eut à peine le temps de réagir :

– Baisse-toi ! lança-t-elle à Kaja qu'elle plaqua au sol. En tombant, Laura sentit le souffle d'air produit par l'horrible arme qui passa juste au-dessus de sa tête.

Un bruit sourd retentit, suivi d'un cri étranglé de douleur. Puis elles entendirent un bruit fracassant de chute, comme s'il venait de se produire une avalanche de pierres. Puis ce fut à nouveau le silence.

Surprise, Laura se releva et jeta un coup d'œil derrière elle. Le concierge n'avait pas bougé, mais il regardait le fond du couloir. Le soulagement se lisait sur son visage. Laura tourna la tête – elle comprit sa méprise : Attila Morduk venait de leur sauver la vie.

À quelques mètres d'elle, Reimar von Ravenstein gisait sur le sol, avec son épée Tranche-Crâne à la main. Le fléau était allé se ficher dans son front. Il l'avait atteint à l'instant même où il allait abattre son épée sur les fillettes.

Nous n'avions même pas remarqué qu'il nous talonnait de si près, songea-t-elle en sentant subitement ses jambes se dérober sous elle.

De là où elle se trouvait, elle n'arrivait pas à voir si le Chevalier Cruel était mort ou simplement blessé. Après tout ce qu'il leur avait fait subir, Laura se dit que vraisemblablement rien ni personne ne pouvait avoir raison de lui. Elle n'eut cependant pas le temps de réfléchir. Morduk venait déjà à leur rencontre.

— Maintenant, vous allez vous dépêcher ! leur dit-il sur un ton autoritaire et impatient.

Il se pencha vers elles et leur tendit la main. La lueur d'une torche se reflétait sur son crâne chauve qui brillait comme un sou neuf. Laura saisit sa main, se releva, puis aida Kaja. Tandis qu'elle époussetait la poussière de ses vêtements, elle regardait le chauve en écarquillant de grands yeux.

— Tu es l'un des nôtres ? lui demanda Laura, stupéfaite.

Attila fronça ses gros sourcils broussailleux et afficha une mine affligée.

— Tu avais imaginé le contraire peut-être ? grommela-t-il.

— C'était donc toi qui me suivais à la trace tous ces jours-ci ?

— Évidemment, il fallait bien que quelqu'un veille sur toi afin qu'il ne t'arrive rien de grave !

Laura gonfla ses joues.

— Qu'il ne m'arrive rien de grave ? répéta-t-elle en calant rageusement ses poings sur ses hanches. Rien de grave, dis-tu ? Comme qualifierais-tu ce qui nous est arrivé cette nuit ?

— Turlututu ! Vous venez, ou vous avez l'intention de vous incruster ici ?

Sur ce, le concierge fit volte-face et s'éloigna en se dandinant lourdement sur ses courtes jambes. Laura et Kaja échangèrent un bref regard étonné avant de lui emboîter le pas.

La démarche pataude d'Attila était trompeuse. Il était bien

plus vif qu'on aurait pu le croire. Les deux fillettes peinaient d'ailleurs à le suivre.

Elles avaient à peine passé l'angle qu'Attila Morduk s'arrêta pour appuyer sur une pierre qui saillait légèrement sur le mur. Une porte dérobée s'ouvrit sur un escalier en colimaçon.

– Il aboutit dans la cour du château, dit-il en prenant rapidement une torche qu'il tendit à Laura. Dépêchez-vous ! Le temps presse !

Laura s'engagea dans l'obscurité de la cage d'escalier. Les volées de marches semblaient se dérouler à l'infini et se perdre dans la nuit. Laura poussa devant elle Kaja qui écarquillait de grands yeux apeurés.

– Viens, lui dit-elle en posant le pied sur la première marche afin d'entamer l'ascension.

Kaja la suivit. Après avoir gravi quelques degrés, Laura se retourna vers le concierge :

– Merci ! Merci beaucoup !

Le visage d'Attila se rembrunit.

– Dépêchez-vous ! Plus vite !

À l'instant même retentissaient déjà des bruits de pas lourds dans le couloir. Une silhouette de granit se profilait à la lueur des torches : Reimar von Ravenstein.

Attila s'empara à la hâte d'une hallebarde en leur criant rageusement :

– Disparaissez !

Laura et Kaja se lancèrent dans une course éperdue. Elles entendirent la porte en bas qui se refermait, puis ce fut le silence. Seul le bruit de leurs pas résonnait dans la cage d'escalier qui n'en finissait plus de se dérouler.

Lorsqu'elles furent enfin arrivées tout en haut, Laura eut l'impression d'avoir gravi plus de mille marches. La torche vacilla et s'éteignit. Elle eut tout juste le temps de distinguer la petite porte en fer qui donnait sur la cour.

Lorsque les jeunes filles sortirent, l'air glacé leur cingla le visage. Il gelait et le sol était dur comme la pierre. La pleine lune dans le ciel limpide projetait un éclat argenté sur les toitures du château.

Laura se figea instinctivement. La nuit était étrangement claire, transparente, presque lumineuse. Mais elle se trompait peut-être. Après toutes ces heures passées dans l'obscurité des caves, toute lumière lui apparaissait vraisemblablement plus vive qu'elle ne l'était en réalité. Néanmoins, cette nuit, la lune brillait d'une lumière singulière. On aurait dit qu'il allait neiger, c'était même une certitude. Kaja s'impatientait. Sa voix arracha Laura à ses réflexions.

– Qu'est-ce que tu attends ? Il faut qu'on se dépêche.

Et comment donc !

Lucas éprouva un grand soulagement en voyant les deux filles entrer dans sa chambre.

– Vous avez eu de la veine ! dit-il, soulagé. Attila a donc fini par vous trouver.

– Attila ? C'est donc toi qui l'as averti ?

Lucas acquiesça. Tout en ouvrant la porte de son armoire pour ouvrir le compartiment secret, il raconta aux filles sa rencontre avec Attila, dont il s'était d'abord méfié. Sa méfiance s'était accrue lorsque le concierge lui avait expressément déconseillé d'informer leur belle-mère de la disparition de Laura et de Kaja. Attila avait prétendu que cela ne servirait à rien et il lui avait promis d'effectuer lui-même les recherches. S'il y avait bien quelqu'un capable de les trouver, c'était lui. Personne ne connaissait mieux que lui le château, puisqu'il en était le gardien depuis plus d'un siècle déjà !

Étonnée, Laura interrompit son frère.

– Un instant, Lucas : il a vraiment dit « depuis plus d'un siècle » ?

– Oui.

– Mais alors, cela signifierait qu'Attila Morduk a plus de cent ans ? ! s'exclama Kaja.

– Au moins, répondit Lucas. C'est assez invraisemblable. Il a dû se tromper dans la précipitation.

Lucas retira le fond de l'armoire et sortit la Coupe de la Lumière qui brillait de mille feux à la lumière du plafonnier. Lucas la tendit à sa sœur :

– Allez, dit-il, impatient, il faut nous mettre à la recherche de la Porte Magique. Tu as découvert son emplacement ?

Laura hocha la tête.

– Non, répondit-elle en prenant avec précaution le précieux objet. Il se peut que Percy ou Miss Mary en sachent plus.

– J'en doute. Lorsque je suis allé les voir il y a une heure, je ne les ai trouvés ni l'un ni l'autre.

– Ils doivent être encore à l'hôpital, constata Laura.

– Qu'est-ce qu'on fait alors, maintenant ?

– Nous allons voir le professeur Morgenstern, décréta Laura. Nous trouverons peut-être chez lui quelque indice sur la Porte Magique.

Elle était arrivée sur le pas de la porte lorsqu'elle avisa sur le bureau de son frère un vase contenant deux grosses fleurs rouges avec de longs pistils jaunes. Des orchidées, une variété nommée *Alamania punicea miraculosa*.

– Je croyais que tu n'avais rapporté qu'une seule fleur de l'île du Lac aux Sorcières ?

– Effectivement, répondit Lucas.

– D'où vient alors cette deuxième fleur ?

– Je l'ai trouvée dans la tombe, avant-hier.

– Curieux, comment a-t-elle pu arriver là ?

Lucas grimaça d'impatience.

– Je n'en ai aucune idée. Mais il me semble qu'il y a plus urgent pour l'instant que de nous poser des questions de ce genre. Qu'est-ce qu'on attend ?

– C'est bon, maugréa Laura en se tournant vers la porte. Allons-y.

Ce fut néanmoins Lucas qui retarda le départ. Il plaqua subitement la main sur son front, en murmurant :

– Zut, j'avais oublié ça !

Il se précipita vers son bureau, ouvrit un tiroir et prit le portable de Kaja.

– Je l'ai trouvé hier dans votre chambre, expliqua-t-il à Kaja en lui tendant son téléphone. J'ai pensé qu'il valait mieux que je le prenne avant que quelqu'un d'autre ne s'en empare. Quant au tien, Laura, je ne sais pas où il est.

– Tu ne pouvais pas le trouver, le professeur Schwartz me l'a confisqué cette nuit. Bon, j'espère qu'on peut partir maintenant.

Avant de sortir, Laura recommanda à Kaja et à son frère d'être prudents.

– Personne ne doit nous voir avec la Coupe, compris ? Même les profs ; ils nous poseraient des questions idiotes. Quant aux soldats des Ténèbres, s'ils nous découvrent, nous sommes perdus !

Laura sortit la première. Elle portait la Coupe. Elle ne cessait de regarder autour d'elle pour s'assurer que personne ne les suivait. Ils se faufilèrent discrètement à travers les couloirs de l'internat et sortirent sans être vus par une porte située à l'arrière du château. Une silhouette inconnue venait à leur rencontre. Un homme manifestement.

Ils se cachèrent dans l'ombre du mur et retinrent leur souffle tandis que l'inconnu approchait. Il ne s'agissait heureusement que de Sniffemoissa, le professeur d'histoire, perdu dans ses pensées, qui se dirigeait vers l'internat et ne les remarqua même pas. Par prudence, ils attendirent encore quelques secondes qu'il soit rentré dans le bâtiment avant de poursuivre leur expédition.

Ils atteignirent enfin le parc. Les arbres et les buissons leur permettraient de se cacher le cas échéant. De surcroît, le risque de rencontrer quelqu'un à l'improviste sur ce chemin était bien moins important que dans les parages immédiats du château. Lorsqu'ils arrivèrent sur l'esplanade, ils constatèrent que la statue n'était plus sur son socle. Laura poussa un soupir de soulagement. Ils avaient déjà effectué la partie la plus dangereuse du trajet.

Les amis s'engagèrent sur un sentier qui serpentait jusqu'à la maison du professeur Morgenstern. Des ombres noires et ailées rôdaient dans le ciel nocturne. Laura leva les yeux et crut reconnaître le couple de chevêches qui nichait dans le vieux chêne derrière le gymnase. Les cris lugubres qu'elle entendit peu après confirmèrent ses suppositions. Puis une nuée de chauve-souris s'envola soudain de la tour est et passa sans un bruit au-dessus de leurs têtes. On aurait presque pu croire que les mammifères volants voulaient escorter les enfants dans leur mission.

À l'instant où Laura baissait les yeux en souriant, elle se

figea d'effroi. Une silhouette sombre lui faisait face et lui barrait le passage : Albin Ellerking. Groll était juché sur son épaule.

– On ne passe pas ! grogna Groll.

***

Borboron fixait avec une inquiétude grandissante le Cristal-Devin à travers lequel il assistait à la progression des Chevaliers Blancs. Ceux-ci s'étaient frayé un passage à travers les brumes noires et ils étaient sur le point d'atteindre la Vallée du Temps au-delà des Montagnes de Jupiter. Flèche-Ailée, le messager de la Lumière, planait au-dessus de la troupe à l'affût de l'ennemi.

Syrine jeta un coup d'œil dans la boule de cristal et partit d'un éclat de rire fielleux :

– Regarde, regarde, mais regarde-moi ce garçon ! marmonna-t-elle en pointant un de ses doigts crochus sur Alarik qui chevauchait en queue du cortège. Il semble s'être remis de ses frayeurs en peu de temps.

Le Prince Noir observait avec perplexité les images qui se succédaient dans le cristal.

– Tu es sûre que leurs projets vont échouer ?

Syrine soutint le regard du Prince Noir avec audace.

– Tout à fait sûre, Borboron. Laisse ces bouffons aller jusqu'à la Porte. Ils y attendront en vain !

Elle décrocha rapidement la chaîne avec l'amulette suspendue à son cou.

– Dois-je vous expliquer encore une fois les pouvoirs que confère la Roue du Temps ? dit-elle en tendant le bijou à Borboron.

Les yeux de Syrine furent traversés d'un éclair hystérique, et son visage livide grimaça de triomphe.

– La Roue m'avertira si la Coupe finit par tomber entre les mains de nos ennemis.

Elle agita l'amulette en or sous le nez du Prince Noir.

– Regardez, Borboron, observez-la bien : la Roue du Temps se tait, elle est sereine, n'émet aucun éclat. Cela signifie que la

Coupe est encore en notre possession, même si ces bouffons pensent le contraire ! Cette fois, nous vaincrons, Borboron ! Personne ne pourra nous en empêcher.

Elle éclata d'un rire sarcastique et remit le bijou autour de son cou. Mais le Prince Noir restait songeur. Il doutait encore, semblait-il, de ses propos.

***

Laura était pétrifiée d'effroi. Elle ne s'attendait pas à tomber sur Albin et son chat. Lucas et Kaja étaient eux aussi figés sur place.

Le jardinier tendit la main à Laura tandis que Groll entrouvrait sa gueule difforme :

— Par ici, la Coupe ! miaula-t-il.

Laura serra la Coupe contre elle et défia du regard le jardinier.

— Jamais ! déclara-t-elle.

— Je vais te l'arracher par la force, cracha Groll. Regarde !

Albin Ellerking brandit une main vers le ciel. Surprise, Laura leva les yeux et découvrit un gigantesque nuage noir de milliers de corbeaux qui tournoyaient silencieusement au-dessus d'eux.

Kaja poussa des petits cris d'angoisse. Lucas laissa échapper des gémissements étouffés.

— Ils ont reçu du renfort comme tu peux le constater, et ils n'attendent que mon signal ! dit le jardinier par l'intermédiaire de la voix menaçante du chat.

Laura déglutit. La nuée d'oiseaux dans le ciel argenté offrait un spectacle inquiétant. Si les volatiles attaquaient, elle ne donnait pas cher de leurs vies. Mais Laura était décidée à ne pas céder aux intimidations. Tenant fermement la Coupe, elle regarda Ellerking sans sourciller.

— Non, jamais ! dit-elle d'un air résolu. Vous ne l'aurez jamais !

Une étincelle de fureur éclaira les yeux du jardinier. Le chat aux aguets fit une terrifiante grimace et feula comme un dragon enragé.

Ses yeux diaboliques s'embrasèrent. Il bondit avec une surprenante élasticité de l'épaule de son maître sur le visage de Laura.

L'attaque avait été si subite que Laura n'eut pas le temps de réagir. Ce n'est qu'au tout dernier moment qu'elle se jeta sur le côté. Elle évita de peu les griffes acérées, mais perdit l'équilibre et vacilla. Pour éviter la chute, elle fit de grands moulinets avec ses bras, et la Coupe lui échappa, tomba par terre et se renversa. Le couvercle roula et l'Eau de la Vie se répandit sur le sol.

Kaja et Lucas poussèrent des cris d'effroi, mais Laura eut la présence d'esprit de réagir aussitôt. Elle se pencha à toute vitesse et redressa la Coupe. L'incident n'avait duré que quelques secondes qui avaient néanmoins suffi pour que l'élixir répandu forme une petite flaque sur la terre gelée. Groll fondit sur la mare et plongea son museau dans le liquide. Albin Ellerking observa avec un sourire satisfait son chat qui lapait à grand bruit le breuvage aux vertus thérapeutiques.

Groll s'interrompit subitement et poussa un cri si déchirant que Laura s'en émut. Le vilain gros matou fut saisi de convulsions. Il s'éloigna de la mare, s'approcha péniblement de son maître en poussant des miaulements bouleversants.

Les yeux écarquillés de peur, Albin Ellerking fixait son chat, sans bouger, sans comprendre ce qui arrivait à son animal favori. Le spectacle devait être insoutenable, car le jardinier ferma les yeux. C'est alors que Laura, détournant les yeux vers l'animal, découvrit l'état de Groll : il était en train de pourrir vivant. On aurait dit qu'un acide puissamment corrosif le rongeait de l'intérieur, trouait son pelage roux. Les chairs pourrissaient et répandaient déjà une odeur pestilentielle.

Albin Ellerking hurla de douleur. C'était la première fois que les enfants entendaient sa voix. Elle était grêle et aiguë comme celle d'un vieux gnome.

– Non ! Non ! hurla de désarroi le jardinier.

Il se jeta sur son chat, le prit dans ses bras et s'enfuit dans la nuit. La gigantesque nuée de corbeaux le suivit dans le ciel quand, subitement, elle fit demi-tour et disparut sans laisser de traces.

Laura semblait être sous le choc. Ce n'était pas seulement

le triste sort réservé au chat qui l'avait bouleversée. Elle avait subitement compris que Quintus Schwartz les avait bel et bien menés par le bout du nez.

— Que j'ai pu être bête ! murmura-t-elle, incrédule, en hochant la tête. Maintenant, je comprends pourquoi il m'a laissée lire dans ses pensées !

Lucas et Kaja échangèrent des regards perplexes.

— Mais que veux-tu dire, Laura ? finit par demander Lucas.

— Quintus Schwartz m'a roulée dans la farine. Il avait tout de suite compris que j'étais venue chez lui dans l'intention de démasquer ses plans. Alors il a simulé, il a fait semblant de penser que la Coupe était dans la chambre du trésor. Il savait pourtant que nous ne la trouverions pas, mais que nous trouverions la…

Laura s'interrompit et fixa la Coupe avec une peur grandissante.

— La quoi ? demanda Kaja dont la voix s'étrangla d'impatience.

— La copie de la Coupe contenant ce poison mortel ! acheva Laura d'une voix à peine audible.

Puis, dans un geste de révolte, elle lança au loin la fausse Coupe.

Le récipient atterrit dans les buissons où il répandit son contenu sur les feuilles et les branches. Les enfants entendirent un sifflement, virent peu après une fumée s'élever et, atterrés, observèrent le buisson qui se rabougrissait et qui finit par se consumer complètement.

— Oh, non ! s'exclama Kaja en frissonnant. Mais où se trouve alors la véritable Coupe ?

Laura leva les yeux au ciel.

— Dans la crypte, évidemment !

— Logico ! renchérit Lucas.

— Oui, bien sûr ! surenchérit Kaja aussitôt, avec un visage songeur. Mais la Porte Magique, alors, où est-elle ?

— Mais, Kaja, c'est pas vrai ! Ne te fais pas plus bête que tu ne l'es !

La lenteur d'esprit de Kaja commençait à énerver sérieusement Laura.

– Tu as déjà oublié que nous allions chez le professeur dans l'espoir d'y obtenir des informations à ce sujet ?

– Mais non, évidemment que non, s'empressa d'ajouter la petite rouquine.

Avant même que Lucas dise quoi que ce soit, Laura lui signifia de laisser tomber. Le moment était mal choisi pour régler ses comptes.

– Bon, on y va ! ordonna Laura en s'apprêtant à partir.

Mais elle s'arrêta immédiatement après.

– Un instant, dit-elle en regardant son frère. Où as-tu trouvé exactement cette fleur dans la tombe ?

– Dans la niche où se trouvait la Coupe. Celle dont nous avons d'abord pensé qu'elle était une copie. La tige de la fleur s'était entortillée dans un des motifs d'orfèvrerie.

– Dans un des motifs, tu dis ?

– Exacto.

Laura fronça les sourcils.

– Savez-vous ce que cela signifie ?

– Je vois à peu près où tu veux en venir, répondit Lucas en remontant ses lunettes qui avaient glissé sur le bout de son nez.

– Ça me paraît une évidence, non ? Il n'y a qu'un seul endroit où une *Alamania punicea miraculosa* puisse pousser, c'est l'île du Lac aux Sorcières, expliqua Laura. Alors si sa tige s'est prise dans un des motifs figurant sur la Coupe, ça veut dire logiquement que…

– … que la Coupe a dû séjourner à un moment ou un autre sur l'île ! intervint Lucas.

– Parfaitement ! Reste à savoir pourquoi la Coupe s'est trouvée sur cette île. Or, comme nous le savons, les soldats des Ténèbres l'ont déposée dans la tombe le jour du dernier solstice d'hiver. On peut donc en conclure logiquement qu'elle devait être auparavant sur l'île !

Kaja la regarda d'un air intrigué, puis elle haussa les épaules.

– Comment pourrais-je le savoir ?

– Ça me paraît pourtant simple ! répliqua Laura, le sourire aux lèvres. Parce que la Porte Magique doit se trouver sur le Lac aux Sorcières !

— C'est bien ce que je pensais ! renchérit Kaja comme si c'était une évidence pour elle.

Laura et Lucas se passèrent de commentaires. Ils filèrent à toutes jambes vers le Bois du Bourreau. Kaja les suivit aussi vite qu'elle le put. L'idée de devoir traverser, seule et de nuit, cette terrifiante forêt lui donnait des ailes, si bien qu'elle rattrapa ses amis en un rien de temps.

Kaja s'était fait inutilement du souci. La forêt maudite impressionna cette fois moins les trois enfants que lors de leur dernière équipée. Ils n'avaient, du reste, pas le temps de guetter les bruits inhabituels ou même d'imaginer des dangers derrière chaque ombre.

Ils eurent un seul moment de frayeur à l'instant où ils arrivèrent devant la vieille tombe. Ils s'attendaient à être accueillis par les croassements perçants des corbeaux. Mais les hautes frondaisons étaient immobiles. Lorsque Laura observa plus attentivement les cimes des arbres, elle ne vit aucune boule de gui. Pourtant, la dernière fois, il y en avait une multitude. *Les corbeaux doivent être en train de prendre soin de leur maître et seigneur,* pensa Laura. *Albin Ellerking est au chevet de Groll qu'il tente de ramener à la vie à grand renfort de magie noire.* Les amis n'eurent donc aucune difficulté à atteindre l'entrée de la galerie menant à la crypte.

— Nous devons assurer nos arrières, leur dit Laura. Lucas, tu restes ici et tu veilles à ce que personne ne nous surprenne.

La perspective d'attendre à cet endroit ne plaisait apparemment pas à Lucas, même si la précaution lui semblait judicieuse. Il obtempéra, mais à contrecœur.

— O.K., grommela-t-il. Mais dépêchez-vous. Il faut encore aller jusqu'à l'île avant que le soleil se lève !

Laura se retint de répondre. Elle disparut avec Kaja dans l'obscurité de la galerie.

CHAPITRE 29

Le piège mortel

es brumes noires se dispersèrent, dévoilant un paysage grandiose. Bien que la nuit fût tombée depuis longtemps, la colonne de lumière, qui se dressait au cœur de la Vallée du Temps et s'élevait à l'infini dans le firmament, projetait sur l'ensemble du cirque une lumière surnaturelle.

Alarik était bouche bée d'admiration et d'étonnement. Contrairement aux autres, c'était la première fois qu'il voyait la Porte Magique. Le spectacle le ravissait. Paravain fit descendre ses chevaliers de leurs montures :

– Attendez-moi ici et montez bien la garde ! leur ordonnat-il.

Puis, il se dirigea vers la Porte Magique. Tandis que les chevaliers s'affairaient, Alarik se précipitait pour rejoindre son seigneur.

– Messire, messire, s'il vous plaît, emmenez-moi avec vous, supplia-t-il.

– Non, Alarik, il n'en est pas question. Ta place est parmi les chevaliers. Retourne vers eux et attends mon retour !

Sans davantage s'occuper du jeune homme, il poursuivit son chemin. Il s'arrêta à la Porte et attendit. Bien que s'étant depuis un bon moment déjà résigné, il avait néanmoins décidé d'attendre là jusqu'à la dernière minute.

***

Laura et Kaja étaient parvenues devant l'entrée de la sépulture. La porte dérobée, qu'elles avaient eu tant de mal à trouver lors de leur première visite, était ouverte. Albin Ellerking avait dû oublier de la refermer lorsqu'il s'était lancé à leur poursuite. Elles entrèrent et se postèrent devant la niche dans le mur. Elles observèrent en silence la Coupe de la Lumière qui étincelait à la lueur de leurs torches, comme si elle avait été éclairée par la lumière du jour.

Laura était partagée entre l'admiration et l'excitation. Voilà plus de deux semaines qu'elle recherchait cette précieuse Coupe. Tout le reste ne comptait plus. Or, maintenant qu'elle l'avait sous les yeux, elle hésitait à la prendre, car le doute s'insinuait étrangement dans son esprit. Comment se faisait-il qu'elles aient pu arriver jusqu'ici sans encombre ? Une petite voix l'avertit : *C'est trop simple ! Il y a quelque chose qui cloche !*

Déconcertée, Kaja regarda Laura :

— Mais qu'attends-tu encore ? Nous n'avons pas que ça à faire !

Laura se mordillait les lèvres. Elle réfléchissait. Kaja avait peut-être raison.

Balayant ses inquiétudes, elle s'approcha tout près de la niche, tendit les bras et souleva la Coupe du socle sur lequel elle reposait.

— Elle est merveilleuse ! murmura-t-elle, admirative.

— Oui, elle est merveilleuse, reprit Kaja, tout aussi séduite.

***

Diantre ! cracha Syrin, horrifiée, en bondissant de son tabouret.

L'amulette suspendue à son cou avait frémi et, à présent, elle brillait. Borboron regarda avec incrédulité la mutante au visage blême troué par deux yeux injectés de sang.

– Maudit sois-tu ! lança-t-il à la femme totalement désemparée. Tu vas me le payer !

Il se jeta sur Syrine comme une brute déchaînée et porta

les mains à son cou. À l'instant même, l'amulette cessa de bouger et de briller.

Soulagée, Syrine partit d'un immense éclat de rire. Mais le Prince Noir la regardait toujours d'un air courroucé.

– Par Belzebuth, que signifie tout cela ?

– Rien qui ne doive vous inquiéter, Borboron, répondit la mutante qui avait retrouvé son calme. Ils ont la Coupe, certes ! Mais elle ne leur sera plus d'aucune utilité. Elle ne leur servira à rien. À rien, à rien, à rien !

***

Laura et Kaja étaient toujours subjuguées par la Coupe lorsqu'elles sentirent soudain le sol trembler sous leurs pieds. Puis elles entendirent un roulement et un vrombissement. Le bruit s'amplifia, pareil à celui du tonnerre qui approche. Les deux jeunes filles furent prises de panique. Qu'est-ce que c'était ?

Tout d'un coup, Kaja comprit : en déplaçant la coupe, elles avaient dû déclencher un mécanisme qui entraînait la fermeture de la porte !

– Filons d'ici ! hurla-t-elle. Filons !

Elle fit volte-face, se précipita vers la sortie, mais il était déjà trop tard.

La porte venait de se refermer en faisant un bruit assourdissant et, au même instant, des éclats de pierres se mettaient à tomber du plafond sur leurs têtes.

Elles se réfugièrent derrière le sarcophage. Mais les pierres continuaient de pleuvoir de tous côtés. Kaja en reçut une sur le front. Puis l'avalanche cessa.

Laura poussa un cri, se précipita vers son amie et s'agenouilla près d'elle. Kaja avait perdu connaissance, du sang coulait de son front. Laura saisit son poignet et prit son pouls. Kaja était vivante.

– Kaja, reviens à toi, je t'en prie, Kaja !

Mais Kaja ne réagissait pas. Laura la prit par les épaules et la secoua violemment. En vain : Kaja était toujours inconsciente.

Laura prit un mouchoir dans sa poche pour tamponner la plaie. Elle entendit subitement un bruit, pareil au clapotis de l'eau. Elle se redressa, regardant autour d'elle. Et là, elle eut le souffle coupé. Partout, aux endroits où les pierres avaient éclaté, de l'eau coulait maintenant, des filets d'eau par centaines, par milliers qui se transformèrent rapidement en de véritables cascades.

Elle comprit l'origine du bruit qu'elle avait entendu la dernière fois derrière les murs de la salle funéraire. La tombe était manifestement reliée par un système quelconque de canalisations souterraines au Lac des Sorcières. Le sol de la salle était à présent couvert d'eau. Le niveau ne cessait de monter.

Si nous ne parvenons pas à sortir d'ici, nous allons périr noyées comme les quatre chevaliers qui ont porté en terre Reimar von Ravenstein !

Mais Laura était paralysée, regardant l'eau qui montait inexorablement. Des images refoulées depuis longtemps revinrent à sa mémoire, des images de l'accident de voiture dans lequel sa mère avait péri. Cette dernière avait été prise au piège dans l'habitacle. L'eau était montée, montée, montée, et puis... Laura sentait la panique l'envahir. Elle était incapable d'avoir la moindre idée lucide. Incapable de bouger. Les yeux écarquillés, elle attendait là, apathique, en regardant fixement l'eau. Ses lèvres s'agitèrent : *Non, non, non !* Elle tremblait de tout son corps. *Non, non, non !* Elle se sentait oppressée.

Et l'eau montait, montait.

Ce fut Kaja qui arracha Laura à sa torpeur. Elle était revenue à elle, et sa blessure avait cessé de saigner. Se redressant péniblement, elle balbutia quelques mots à peine compréhensibles :

– Laura... mon... mon portable !

Kaja dut répéter, mais Laura finit enfin par réagir. Sortant de son état d'hébétude, elle avisa le visage ensanglanté de son amie :

– Qu'as-tu dit ?

– Mon... portable, répéta encore la rouquine. Lucas...

– Quoi... Lucas ?

– Appelle-le !

Laura finit par recouvrer totalement ses esprits. Elle s'empressa de fouiller les poches de Kaja où elle trouva le téléphone. Elle composa le numéro de son frère, mais s'arrêta subitement.

— Zut ! fit-elle, déçue. Il n'y a pas de réseau ! Les murs sont trop épais.

Au bord des larmes, elle lança le téléphone qui atterrit dans l'eau.

— Do… mmage, soupira Kaja avant de perdre conscience une nouvelle fois.

Laura tenta de la faire revenir à elle. Elle lui flanqua quelques gifles violentes, se pencha sur elle, lui hurla aux oreilles :

— Par pitié, Kaja, par pitié, reviens à toi !

Kaja entrouvrit les yeux et, encore engourdie, s'appuya laborieusement contre le sarcophage sans accorder le moindre regard ni à son amie ni à l'eau.

C'est la fin ! La fin, se dit Laura, lorsqu'une idée subite lui traversa l'esprit. *Mais non ! C'est plutôt une aubaine ! Encore faut-il que mon plan marche !*

Laura se concentra et se tourna vers la porte. Puis elle ferma les yeux.

Lucas était assis tranquillement sur un tronc d'arbre. Il jouait avec sa balle de tennis : Plopp… plopp… plopp.

Que peuvent bien fabriquer les filles ?

S'il se souvenait bien, pour atteindre la chambre funéraire, somme toute pas si éloignée, il ne fallait guère plus d'un quart d'heure. Sa mémoire lui jouait peut-être des tours après tout.

Perdu dans ses pensées, Lucas lançait sa balle, la rattrapait, et ainsi de suite… Lorsque, soudain, il n'en crut pas ses yeux. Troublé, il secoua la tête.

La balle, qu'il venait de lancer, n'était pas retombée dans sa main. Elle s'était arrêtée dans sa course et demeurait immobile, suspendue en l'air.

— C'est impossible ! Ce n'est pas logique. Cela contredit toutes les lois de l'attraction terrestre !

Pourtant la balle se trouvait bel et bien arrêtée à un mètre du sol ! Déconcerté, Lucas retira ses lunettes et se frotta les yeux.

Puis il tendit prudemment le bras droit pour attraper la balle. Pile à cet instant, elle tomba par terre. Ce n'est qu'à ce moment qu'il fit le lien avec sa sœur.

Elle venait de lui envoyer un signe ! Laura avait besoin d'aide ! Il remit ses lunettes, se leva d'un bond et s'engouffra dans la tombe.

Lucas était à présent devant la porte en marbre masquant la chambre funéraire. Surpris, il regarda autour de lui. Qui avait bien pu la fermer ? Il était assez peu vraisemblable que ce soit Laura et Kaja. D'un autre côté, personne n'avait pénétré dans la crypte durant tout le temps où il avait monté la garde à l'entrée. Il ne croyait pas non plus qu'elle ait pu se refermer toute seule. Alors, que s'était-il passé ?

Il avait beau réfléchir, il ne trouvait aucune explication. Il n'avait qu'une idée en tête : essayer au plus vite d'ouvrir cette porte. Ce n'était visiblement pas possible de l'intérieur, sinon les deux filles seraient déjà ressorties depuis longtemps.

Lucas chercha le sceau des Templiers sur le mur. Il retrouva la pierre dans laquelle il était gravé, posa son pouce dessus et appuya de toutes ses forces. Il venait de procéder exactement comme Laura l'avait fait la dernière fois, mais la porte ne voulait pas bouger. Il fit une nouvelle tentative qui se solda par un nouvel échec. Le mécanisme d'ouverture ne fonctionnait plus. Était-il bloqué ? Ou bien avait-il été mis hors d'état de fonctionner ? Peu importe ! Lucas sentait que les filles étaient en grand danger.

Il s'approcha du mur, donna de forts coups de poing et appela sa sœur à tue-tête :

– Laura ? Lauraaaaaa !!! Tu m'entends, Laura ?

L'eau dans la chambre funéraire avait atteint un bon mètre de haut. Laura était à genoux sur le sarcophage de Reimar von Ravenstein. Tant bien que mal, elle avait hissé Kaja, revenue à elle, sur le cercueil. Elle-même s'était ensuite mise à genoux dessus et avait posé la Coupe de la Lumière à leurs côtés. Désormais, elles étaient à l'abri des eaux, du moins pour un bon moment. Dans l'intervalle, Lucas serait peut-être venu les délivrer, en admettant qu'il ait reçu et compris le signe qu'elle lui avait envoyé. Ses connaissances en matière de télékinésie avaient-elles suffi ?

Kaja gisait comme un poids mort dans les bras de Laura. Elle pesait des tonnes. C'est du moins l'impression qu'avait Laura. « Allez, aide-moi », lui avait demandé Laura en la sortant de l'eau. « Sinon je n'y arriverai pas. – Oui, oui », avait murmuré Kaja, qui n'avait même pas remarqué qu'elle était assise dans l'eau gelée. Les encouragements de Laura n'avaient pas été vains. La jeune fille potelée s'était agrippée au sarcophage et, rassemblant ses dernières forces, s'était hissée sur ses pieds. Puis, avec l'aide de Laura, elle était parvenue à grimper sur le couvercle où elle s'était effondrée d'épuisement tandis que Laura reprenait son souffle.

Les eaux sombres montaient.

Laura regardait anxieusement la porte.

N'aurait-elle pas entendu du bruit par-derrière ? Elle inclina la tête, tendit l'oreille et, effectivement, en se concentrant bien, elle remarqua qu'on frappait violemment contre la pierre. La voix de Lucas lui parvenait de très loin :

– Laura ? Lauraaaaa !!!

– Lucas ! Il faut que tu ouvres la porte, Lucas, dépêche-toi !

Lucas se pencha et colla son oreille contre la paroi. Il venait de comprendre ce que Laura lui avait dit. Se redressant, il secoua la tête, désemparé.

Bien sûr, je joue les béliers et j'enfonce la porte ! Enfoncer la porte… Comment Laura imagine-t-elle l'affaire ? Comment pourrais-je y arriver ?

Il regarda derrière lui dans le couloir sombre sans pouvoir découvrir quoi que ce soit qui puisse lui servir d'outil. Et en admettant même qu'il ait trouvé quelque chose, une pince-monseigneur ou un pied-de-biche, il lui aurait fallu faire preuve d'une force herculéenne pour ouvrir une brèche dans cette muraille. Personne ne serait suffisamment fort pour y parvenir.

Soudain, Lucas sut à qui il pouvait demander de l'aide. Il partit en courant.

L'eau continuait de monter inexorablement. Elle arrivait maintenant à la hauteur du couvercle du sarcophage. Ce n'était plus qu'une question de minutes pour qu'elle le recouvre entièrement. Laura s'était mise debout, et sa tête touchait presque le plafond de la salle funéraire. Elle tenait dans ses mains la Coupe de la Lumière.

Kaja était debout, elle aussi. Elle se cramponnait à Laura en regardant, effarée, l'eau autour d'elles :

— Nous… nous allons nous noyer, balbutia-t-elle d'une voix gémissante, nous allons nous noyer.

— Mais non, la rassura Laura. Lucas va nous sortir de là, fais-moi confiance !

Le visage ensanglanté de Laura était cependant déformé par la peur.

— Mais comment le pourrait-il ? Personne ne peut briser cette porte ! Et, en tout cas, pas en si peu de temps ! Tu vois bien la vitesse à laquelle l'eau progresse !

Les nerfs de Kaja étaient en train de lâcher, Laura s'en aperçut. Il fallait qu'elle la rassure ; Kaja ne devait pas céder à la panique. Laura caressa doucement les boucles rousses de son amie :

— Fais-moi confiance, Kaja, nous allons sortir de là. J'en suis certaine !

Laura s'efforça de sourire, mais elle ne croyait pas vraiment à ce qu'elle disait.

Lucas courut plus vite que jamais. Pourtant, il eut l'impression de mettre une éternité à traverser le Bois du Bourreau, puis le parc du château. Il finit par arriver à l'internat.

La pleine lune brillait toujours dans le ciel. Elle avait déjà parcouru une bonne partie de sa course. Le château, baigné dans cette lumière argentée, se découpait dans la nuit.

Lucas se précipita vers le perron, gravit les marches et s'agenouilla devant le socle de l'atlante. Laura avait bien dit que le géant s'éveillait entre minuit et le lever du jour si l'on dessinait sur le soubassement trois cercles avec le plat de la main. C'est ce que fit Lucas avant de prendre un peu de recul pour observer attentivement la statue.

Elle n'avait pas l'air de vouloir se manifester. Soudain, Lucas entendit un grincement puis un frottement. La colonne monumentale commença à rapetisser ! Mais elle prenait son temps, beaucoup trop de temps !

— Portak, dépêche-toi ! s'impatienta Lucas. C'est une question de vie ou de mort !

Portak mesurait bien encore trois mètres. Son visage de pierre s'éclaira d'un aimable sourire.

— Excusez-moi, maître, je suis en pierre, je ne peux faire plus vite, expliqua-t-il à Lucas d'une voix douce.

Il finit par atteindre la taille souhaitée et suivit Lucas.

C'était la fin ! L'eau lui arrivait maintenant à la taille. *Soit nous allons mourir de froid, soit nous allons nous noyer !* L'eau était tellement gelée que Laura ne sentait déjà plus ses pieds. Elle grelottait. Ses doigts étaient affreusement engourdis. Elle pouvait à peine encore tenir la Coupe correctement. Elle la serrait contre sa poitrine afin qu'elle ne tombe pas.

Kaja frissonnait encore plus que Laura. Elle était livide, et ses lèvres étaient bleues :

— Tu ne vas pas me faire croire que Lucas va venir nous sortir d'ici ? s'enquit-elle d'une voix tremblotante.

Laura regardait les eaux bouillonner. Elles avaient presque totalement rempli la salle funéraire. Entre la surface de l'eau et le plafond, il devait y avoir à présent tout juste cinquante centimètres. Dans très peu de temps, il ne resterait plus aucun espace vide. *Kaja a raison*, se dit-elle. *Il n'y a plus d'espoir.*

— Je t'en prie, Kaja, dit-elle à son amie en essayant de ravaler ses larmes, s'il te plaît, calme-toi, nous n'allons quand même pas, dans les dernières minutes qu'il nous reste à…

Laura s'interrompit, incrédule. Elle jeta un coup d'œil vers la porte.

— Qu'est-ce qui se passe ? Qu'est-ce qui te prend tout d'un coup ?

Laura posa son index en croix sur ses lèvres :

— Chut !

Elle ne s'était pas trompée. On venait de taper du poing contre la porte. Kaja l'entendit aussi.

Portak était posté devant la porte de marbre, avec une poutre de bois dans les mains en guise de bélier. Il frappait de toutes ses forces. Les murs tremblaient sous les coups répétés.

Lucas éclairait le géant avec sa torche et l'encourageait :

– Oui, c'est bien, Portak, c'est parfait ! Continue ! Tu vas y arriver !

Mais Portak s'arrêta. Il posa la poutre, se tourna vers Lucas et lui lança un regard réprobateur.

– Taisez-vous, maître, si vous voulez que j'enfonce cette porte, laissez-moi travailler tranquillement !

Le colosse, d'ordinaire si gentil, paraissait inquiet. La porte ne voulait pas céder, et les efforts qu'il déployait semblaient l'épuiser. Portak cracha dans ses mains, reprit la poutre et frappa avec une violence inouïe le mur de marbre. Il réussit à ébranler un moellon. Des morceaux de mortier tombèrent des joints. Il frappa à nouveau et parvint à desceller la pierre. L'atlante y allait maintenant à cœur joie. On aurait dit qu'il actionnait un pilon mécanique. Il concentrait ses efforts sur la partie basse de la porte qui avait déjà commencé à céder. Des morceaux de marbre volaient sous les assauts renouvelés.

Laura jubilait. Elle voyait la porte trembler à chaque coup porté par le géant.

– Oui ! cria-t-elle encore une fois en se tournant vers Kaja.

L'eau était arrivée à la hauteur de leur cou, mais l'espoir se lisait sur leur visage. D'autant que la première pierre venait de se détacher, libérant un passage par lequel l'eau s'engouffra immédiatement. Une deuxième tomba, puis une troisième.

– Je te l'avais bien dit !

Laura regarda son amie d'un air triomphant.

– Ils viennent nous chercher, ils viennent nous chercher !

– J'ai toujours su qu'ils y arriveraient ! décréta Kaja, radieuse.

Portak s'activait comme une machine, abattant les pierres les unes après les autres. Et bientôt ce fut toute la porte qui s'effondra. Elle explosa littéralement sous la pression de l'eau accumulée dans la salle funéraire qui jaillit tel un geyser dans l'étroit couloir.

Lucas prit le jet d'eau de plein fouet dans les jambes. Le flot l'entraîna aussitôt. Il cherchait désespérément à s'accrocher à quelque chose, mais ses mains ne trouvaient aucune prise. Il perdit l'équilibre dans les tourbillons qui déferlaient et l'emportaient. À bout de souffle, il voulut inspirer de l'air, mais ne réussit qu'à avaler de l'eau de travers. Ses poumons se remplirent de liquide. Il haleta, cracha, toussa. Il allait se noyer lorsqu'il sentit subitement la terre ferme sous ses pieds. Il glissa encore quelques mètres sur les fesses avant de s'immobiliser. Il venait de passer un sale quart d'heure. Le courant avait progressivement diminué. Lucas se releva prudemment.

Complètement trempé, il s'ébroua comme un chien mouillé et regarda autour de lui sans apercevoir la porte de la salle funéraire Le courant avait dû l'entraîner sur une cinquantaine de mètres.

Mais où sont passées les filles ? Au moment où il se posait la question, il entendit des pas dans l'eau, puis il vit apparaître quelques secondes plus tard Laura trempée jusqu'aux os. La Coupe de la Lumière brillait dans ses mains ; Portak et Kaja la suivaient.

Lucas s'empressa d'aller vers sa sœur qu'il regarda d'un air soulagé :

– Tout va bien ?

Elle sourit, déposa la Coupe et serra son frère dans ses bras.

– Merci, chuchota-t-elle. Merci.

Mais lorsque ses yeux tombèrent sur la montre de Lucas, elle fut atterrée.

– Mon Dieu, le soleil ne va pas tarder à se lever !

Elle partit à toute vitesse et, sans attendre ses amis, courut droit vers la sortie.

Laura sortit de la crypte et promena des regards inquiets autour d'elle. Effectivement, le ciel commençait à s'éclaircir à l'est. Le soleil allait se lever, mais il n'était pas encore trop tard. Comment allait-elle s'y prendre pour se rendre jusqu'à l'île du Lac aux Sorcières en si peu de temps ? Il lui fallait déjà au moins un quart d'heure pour rejoindre les rives et, ensuite, il lui faudrait encore ramer jusqu'à l'île.

Elle allait s'élancer lorsqu'elle crut entendre des bruits de sabots. Elle se retourna et découvrit un cavalier sur un grand cheval blanc qui arrivait au galop à travers le sous-bois. Il se dirigeait droit sur elle. Percy Valiant sur Salamar. Et il tenait Tempête par la bride.

Percy s'arrêta devant Laura.

– Laura, à cheval ! Dépêche-toi !

Laura lui tendit la Coupe, sauta en selle et reprit la Coupe en interrogeant Percy du regard :

– Je croyais que vous étiez à l'hôpital, Mary et toi ?

Percy secoua la tête :

– Ce serait trop long à t'expliquer ! Nous n'avons pas de temps à perdre. Il nous faut à tout prix conjurer le destin funeste qui nous guette !

Sur ce, il fit pivoter son cheval, l'éperonna et partit au grand galop. Laura tendit légèrement les rênes et claqua de la langue. Tempête comprit immédiatement. Il partit à fond de train derrière Salamar.

Ils traversèrent le Bois du Bourreau. Les sabots des chevaux martelaient le sol gelé. Les arbres défilaient sous leurs yeux comme des ombres fugitives. Laura avait dans une main les rênes, et dans l'autre la Coupe. Elle faisait attention à la tenir à la verticale afin de ne pas renverser le précieux liquide. Ravie de tenir en selle en dépit du rythme infernal de cette cavalcade, elle savait gré à son père de lui avoir fait apprendre à monter à cheval dés son plus jeune âge.

La forêt s'éclaircissait. Laura et Percy atteignirent bientôt la lisière. Le parc de Ravenstein s'étendait maintenant sous leurs yeux. Ils continuèrent à galoper quand, soudain, Laura avisa quatre cavaliers. Trois cavaliers vêtus de noir, et un autre de gris qui chevauchait à leurs côtés sur un cheval gris. Ils foncèrent en direction d'un bosquet derrière lequel ils s'arrêtèrent, avec l'intention, semblait-il, de leur barrer l'accès au lac.

– Percy ! cria Laura en désignant les cavaliers.

– Ces misérables chiens ! pesta le professeur en apercevant les Chevaliers Noirs.

Il éperonna sa monture.

– Plus vite, Laura ! Ils ne doivent en aucun cas nous arrêter.

Tempête comprit aussitôt. Laura modifia légèrement son assiette, et l'étalon accéléra immédiatement son allure. Ils traversèrent le parc. Les cavaliers étaient maintenant si proches que Laura pouvait distinguer nettement Quintus Schwartz, Rebecca Taxus et Albin Ellerking. Le cheval gris était monté par le Chevalier Cruel, Reimar von Ravenstein en personne.

Laura n'eut pas le temps de s'étonner, car Percy lui hurla :

– File, Laura ! Contourne le château et continue toute seule ! Il faut que tu rejoignes la Porte Magique, et vite !

Laura obtempéra. Tandis que Percy se dirigeait sur les cavaliers, Laura prit la direction opposée. Elle eut juste le temps d'apercevoir au loin quatre autres cavaliers arrivant du château : Miss Mary, Attila, et les jumeaux Dietrich. Ils venaient en renfort pour seconder Percy face aux Chevaliers Noirs.

Puis un bosquet les déroba à sa vue. Cette fois, Laura se retrouvait bel et bien toute seule.

CHAPITRE 30

La Porte Magique

orsque Laura atteignit les rives du lac, le ciel était déjà extrêmement clair à l'horizon. L'île était couverte par une cloche de brume qui semblait éclairée au centre par une source lumineuse.

Laura approcha de l'embarcadère avec Tempête. Elle allait attacher son cheval à la balustrade afin d'embarquer dans le canot quand elle vit qu'il était à moitié rempli d'eau. La coque avait été éventrée en plusieurs endroits : du sabotage savamment organisé afin qu'elle ne puisse pas gagner l'île.

Qu'est-ce que je fais maintenant ? Comment vais-je aller sur l'île ? se demanda-t-elle.

Tempête grattait nerveusement le sol ; il poussa un hennissement sonore, tourna la croupe, s'éloigna un peu de la rive, regarda le lac et hennit une nouvelle fois. Laura comprit subitement ce que le cheval essayait de lui suggérer. Tempête voulait l'emporter sur son dos jusqu'à l'île.

Mais comment pourrait-il y arriver ? Il y avait au moins deux cents mètres à franchir.

Un souvenir lui revint alors brusquement en mémoire. Elle revit son père devant elle, debout près de son lit, la veille de son anniversaire. Les paroles qu'il avait prononcées étaient restées gravées dans sa mémoire : « Laura, ta réussite ne dépend que de toi seule, de ta propre volonté et de la confiance que tu as en toi ! »

Elle comprit alors son erreur. Elle avait oublié que le monde qui se cache derrière les apparences est régi par d'autres lois que celles des hommes. Elle avait oublié qu'elle appartenait elle-même aux sentinelles de la Lumière et qu'étant née sous le signe du Treize, elle disposait de dons que l'on ne pouvait mesurer à l'aune des critères humains. Et, surtout, elle avait oublié d'avoir confiance en la Lumière.

Laura reprit espoir. Elle rassembla ses forces et prit une profonde inspiration. Puis elle desserra ses doigts sur les rênes et claqua de la langue. L'étalon prit son élan, accéléra à l'abord du lac. Laura n'entendait que le bruit de ses sabots résonner à ses oreilles. L'air plaquait ses cheveux et sifflait par la vitesse. Le cheval galopait à si vive allure que Laura ne distinguait même plus le paysage défilant sous ses yeux.

Avant qu'il n'aborde la rive, Laura ferma les yeux. Elle sentit Tempête prendre son appel et décoller du sol. À l'instant même, elle découvrit la Lumière. Laura s'éleva dans une colonne nébuleuse et tourbillonnante de lumière aveuglante ; elle avait l'impression d'être dans l'œil d'un cyclone. Tout, autour d'elle, n'était que luminescence et incandescence. Faisant corps avec la Lumière, elle avait perdu toute perception du temps et de l'espace. Dans cet état d'apesanteur, elle planait avec légèreté dans l'infini.

Quelque temps après, Laura n'aurait su dire combien exacte-ment, elle sentit un à-coup. Tempête venait de se poser sur l'île. Elle ouvrit les yeux : son cheval avait atterri à proximité de la rive, dans une clairière entourée d'épais buissons. Sa monture, toujours dans une forme éblouissante, soufflait à travers ses naseaux.

Laura inspecta les lieux et découvrit la percée qui s'était ouverte dans les buissons. Les branches et les troncs hérissés d'épines s'étaient couchés, ménageant un étroit sentier qui menait directement au cœur de l'île. Là-bas, au milieu de l'îlot, se dressait une colonne étincelante de lumière qui s'élevait dans l'infini. Elle aperçut au centre un chevalier en habit blanc qui paraissait l'attendre. Le chevalier lui fit signe d'approcher au plus vite.

Laura sauta de sa selle et se précipita avec la Coupe vers la colonne de lumière. Au moment où son pied avait touché le sol, le soleil était apparu à l'horizon. La nuit du solstice d'hiver venait de s'achever. Au premier rayon de soleil, la colonne de lumière se mit à décliner et la chape de brume luminescente au-dessus de l'île se dissipa. Les buissons reprirent leur position initiale, si bien que le sentier disparut sous les broussailles enchevêtrées, aussi inextricables qu'elles l'avaient toujours été.

Laura se figea. Les larmes lui montèrent aux yeux, roulèrent et tombèrent sur la Coupe. Elle s'en voulait.

Elle était arrivée trop tard.

Elle avait échoué. Tout était fini.

***

Paravain recula d'effroi en voyant la Porte Magique se dissoudre dans le Néant. Elle étincela encore une dernière fois comme si elle s'efforçait de tromper le destin, puis elle disparut complètement.

Paravain était comme pétrifié sur place. On aurait dit que toute vie l'avait déserté. Il ne ressentait plus que la fatigue. Une effroyable, épouvantable fatigue.

Il se détourna avec une infinie lenteur et se dirigea sans entrain vers les Chevaliers Blancs qui l'attendaient au bord de la vallée.

Le visage impénétrable, les chevaliers regardèrent leur seigneur. Tous se taisaient. Paravain comprenait leur attitude.

Il savait qu'il aurait dû leur adresser un mot de réconfort. Mais comment aurait-il pu soutenir ses hommes dans cette situation insoutenable ? L'impensable venait de se produire : Aventerra allait disparaître.

Paravain se remit en selle et donna le signe du départ sans prononcer un seul mot. Il éperonna sa monture et se dirigea vers Hellunyat. Il voulait être auprès d'Elysion et de Morwena quand la fin viendrait.

Les Chevaliers Blancs le suivirent. Dans leur tristesse, aucun d'entre eux ne remarqua qu'Alarik avait disparu.

Laura restait là comme paralysée. Elle regardait la Coupe entre ses mains sans comprendre pourquoi elle était arrivée trop tard. Comment croire que tout était fini ?

La Porte Magique venait pourtant bien de se refermer, et la Coupe de la Lumière n'était pas près de pouvoir rentrer à Aventerra. Comment l'Eau de la Vie pourrait-elle dispenser ses vertus salvatrices ?

Laura leva les yeux vers les premiers feux de l'aurore qui s'élevaient lentement au-dessus de l'horizon. Mais, curieusement, bien qu'aucun nuage ne plombât le ciel, le soleil ne perçait que timidement ; comme si ses rayons ne parvenaient pas à traverser un voile invisible. Le Néant Éternel, qui détruit toute vie, serait-il déjà en train d'œuvrer et d'étendre son empire ? Le Gardien de la Lumière avait-il succombé à ses blessures ? Le professeur Morgenstern allait-il mourir lui aussi ?

Laura était accablée. Elle n'avait plus qu'une seule envie : s'allonger par terre et attendre la suite des événements, lorsqu'une idée lui traversa l'esprit comme une étoile filante dans la nuit.

Évidemment ! Ça devrait marcher ! Il faut en tout cas que j'essaye !

Elle monta en selle et chuchota fébrilement des mots à l'oreille de son cheval : « Fonce, Tempête, galope ! »

Le cheval redressa les oreilles, souffla à travers ses naseaux, poussa un hennissement et partit au triple galop. Des cailloux et des pierres soulevés par ses sabots jaillissaient derrière lui.

***

Les chandelles se consumaient doucement dans la chambre d'Elysion, étendu sur sa couche. Son teint avait perdu tout éclat.

Morwena, assise sur un tabouret à son chevet, tenait sa main. Le pouls du Gardien de la Lumière était faible et, bien que sa poitrine se soulevât et s'affaissât encore régulièrement, il ne tarderait pas, la guérisseuse le savait, à passer de vie à trépas.

Derrière les grandes fenêtres, les épaisses brumes noires montaient et formaient un rideau impénétrable. La nuit s'achevait ; le jour avait déjà dû se lever. Mais Hellunyat restait plongé dans l'obscurité. Un courant d'air glacial filtrait à travers les montants de la fenêtre et couvrait les murs de givre.

Morwena ne sentait pas le froid qui avait envahi la pièce et ne tarderait pas à les plonger dans le sommeil éternel. Elle pensait à la mort en nourrissant toutefois un dernier espoir : elle espérait encore que Paravain rapporterait à son retour la Coupe de la Lumière.

Des bruits de pas lui parvinrent de la salle du trône. On s'approchait, le cœur de Morwena s'emballa. Elle se leva et, tendue, regarda la porte.

Paravain entra dans la pièce. Morwena chercha des yeux la Coupe. En vain. Il hocha la tête sans dire un mot et éleva ses mains vides avant de les laisser retomber mollement.

La guérisseuse, sentant ses forces l'abandonner, se laissa choir sur le tabouret et plaqua ses mains sur son visage. Puis elle fut prise de tremblements et éclata en sanglots.

Morwena pleurait la fin des Temps.

***

Aurélius Morgenstern gisait sur son lit de mort. Il respirait doucement. Mary Morgain se pencha sur lui, tamponna avec un linge humide ses lèvres desséchées et épongea la sueur qui coulait sur son front. Le mourant ne sembla pas s'en apercevoir.

Absorbé dans ses pensées, Percy Valiant se tenait au bout du lit. Les lueurs blafardes de l'aurore filtraient derrière lui à travers la fenêtre et plongeaient la pièce dans une lumière crépusculaire. Percy avait la mine défaite et l'air exténué. Il avait gardé des séquelles de son altercation avec les Chevaliers Noirs : il avait un pansement sur le front et une estafilade sur la joue gauche. Il sursauta lorsque Mary lui adressa la parole :

— Pourvu qu'elle ait réussi !

— Qui pourrait nous le dire ? Il ne nous reste plus qu'à espérer ! Mais le sort en est déjà jeté.

Mary Morgain se détourna. Elle allait et venait dans la chambre tandis que Percy demeurait au bout du lit. Ils ne parlaient pas. Du reste, il n'y avait rien à dire. On n'entendait que la respiration du professeur et les pas étouffés de Mary sur le tapis.

À ce moment-là, ils entendirent des bruits de sabots devant de la maison, puis le hennissement d'un cheval, qui déchira le silence de ce matin gris.

Mary fit volte-face et regarda Percy :

— C'est Laura ! s'écria-t-elle en retenant son souffle.

Ses joues s'empourprèrent. Impatiente, elle se précipita pour ouvrir la porte.

Laura se trouvait juste derrière, avec la Coupe dans les mains. Miss Mary blêmit, chancela, faillit tomber, mais se rattrapa de justesse au chambranle.

Percy était lui aussi livide :

— Malheur à nous, c'est la fin, murmura-t-il tout bas.

Laura ne leur prêta pas attention. D'un pas résolu, elle se dirigea vers le lit du professeur. Elle posa la Coupe sur la table de nuit, se pencha au-dessus du mourant en murmurant :

— Il vit donc toujours ?

— Oui, toujours, répondit Mary d'une voix cassée avant de lancer un regard déconcerté à Percy. Que veux-tu faire maintenant, Laura ?

— Le sort du Gardien de la Lumière dépend de celui du professeur Morgenstern, n'est-ce pas ?

Les deux enseignants échangèrent à nouveau des regards étonnés :

— Que veux-tu dire ? demanda Percy, perplexe.

— C'est très simple. Si les destins de ces deux hommes sont liés si intimement, alors ce qui vaut pour l'un doit valoir pour l'autre. Si le professeur Morgenstern est tombé malade parce que le Gardien de la Lumière a été blessé par l'épée Pestilence, alors l'inverse peut aussi se produire : si nous parvenons à guérir

424

le professeur Morgenstern, le Gardien de la Lumière retrouvera lui aussi la vie.

Le visage de Miss Mary se marbra de taches rouges.

– L'idée ne me paraît pas absurde, mais tout bonnement présomptueuse ! déclara-t-elle sur un ton fâché.

Percy fronça les sourcils, regarda pensivement devant lui et se contenta de hausser les épaules :

– Je n'en sais rien, mais tu devrais peut-être simplement essayer ?

Laura ôta le couvercle reposant sur la Coupe et plongea le coin d'un linge propre dans l'Eau de la Vie. Puis elle se pencha sur le mourant, tint le linge au-dessus de ses lèvres et laissa tomber quelques gouttes du précieux élixir sur ses lèvres.

Miss Mary Morgain et Percy Valiant s'approchèrent pour observer le visage du professeur par-dessus l'épaule de Laura.

Mais rien ne se produisit. Les secondes s'égrenaient lentement et se perdaient dans l'infini du temps. Aurélius Morgenstern était toujours dans le même état, sans vie, exsangue. Il s'était déjà retiré du monde. On avait l'impression que sa respiration plus faible allait s'éteindre. Il ne poussait même plus de grands râles.

Laura l'observait avec inquiétude, l'implorant du regard. Mais son état ne s'améliorait pas ; elle s'était fait des illusions. Son hypothèse se révélait fausse. Le cœur d'Aurélius Morgenstern allait s'arrêter.

Laura avait les genoux en coton ; ses forces l'abandonnaient. Elle s'assit sur le bord du lit et regarda tristement Miss Mary et Percy qui ne disaient rien.

– Pardonnez-moi, murmura la jeune fille, pardonnez-moi !

Laura baissa les yeux, morte de honte. Elle déglutit, mais ne put retenir plus longtemps les sanglots qui l'étranglaient. Les larmes roulèrent sur ses joues les unes après les autres.

Miss Mary et Percy Valiant se taisaient toujours. Bouleversés, ils regardaient Laura, en larmes.

Soudain, Laura entendit un bruit derrière elle : un petit bâillement. Elle se redressa, surprise, et se tourna vers le professeur. Au même moment, Aurélius Morgenstern ouvrait les yeux.

Il bâilla, encore à moitié endormi, s'étira et se frotta les yeux. Puis il sourit chaleureusement à Laura.

– Laura, bonjour !

Puis il salua les deux professeurs tellement stupéfaits qu'ils ne répondirent pas.

***

En ouvrant les yeux, le Gardien de la Lumière découvrit les visages déconcertés de Morwena et de Paravain. Le jeune chevalier, surpris par l'éveil inattendu de son seigneur, eut un mouvement subit de recul.

– Mais alors... mais alors, elle a vraiment réussi ? balbutia-t-il, incrédule.

Elysion le regarda d'un air sévère :

– Parce que tu n'avais pas confiance en elle ?

Le chevalier se tut ; son visage honteux était suffisamment éloquent. Le Gardien de la Lumière se tourna vers la guérisseuse et lui adressa un grand sourire. Elysion n'avait pas besoin de lire dans ses pensées pour savoir qu'elle n'avait pas douté un seul instant de la Force de la Lumière.

– Elle a réussi, évidemment, dit-il en s'adressant à Paravain, parce qu'elle y croyait ! Elle a cru en la Force de la Lumière et en elle-même.

Un grand rayon de soleil illumina la chambre. Les oppressantes Ténèbres battaient en retraite. Elysion se redressa sans montrer le moindre signe de fatigue, comme si le poison inoculé par Pestilence n'avait jamais fait de ravages dans son corps. Son teint avait retrouvé des couleurs, et de ses yeux irradiaient la force et la joie de vivre. Le Gardien de la Lumière repoussa la couverture et se leva de sa couche.

Le Chevalier Blanc voulut le soutenir, mais Elysion refusa son aide. D'un pas alerte et assuré, il se dirigea tout seul vers la croisée. Rien n'aurait pu laisser deviner que les Ténèbres Éternelles avaient failli l'anéantir et qu'il avait été ramené in extremis à la Lumière grâce à l'Eau de la Vie.

Elysion ouvrit la croisée. Un délicieux courant d'air frais pénétrant dans la pièce dissipa l'odeur fétide de la mort. Le vieil homme tendit le visage vers le soleil, ferma les yeux et huma les senteurs épicées qui montaient de la Forêt des Murmures. Une fois rassasié, il ouvrit de nouveau les yeux et embrassa du regard les remparts d'Hellunyat ainsi que les environs de la forteresse.

Le plateau de Calderan baignait dans une lumière dorée. À l'horizon, on apercevait encore les brumes noires qui se dissipaient lentement.

Elysion poussa un soupir. C'était terminé ; la Lumière avait repoussé les assauts des Ténèbres. La vie avait réussi à vaincre une fois de plus le Néant Éternel.

Il se détourna et regarda Paravain et Morwena. Son visage sévère, marqué par les ans, avait presque l'âge de la plus ancienne des planètes.

– Vous connaissez l'héritage dont nous sommes les dépositaires depuis le commencement des temps : aussi longtemps qu'il y aura des hommes qui croiront dans le Bien et qui se battront pour son édification, le Mal ne pourra vaincre de manière définitive. Tant que la Lumière brillera, les Ténèbres ne triompheront pas. Néanmoins, l'obscurité cherchera toujours à étendre son empire. Nous devrons toujours être sur nos gardes.

Morwena et Paravain s'approchèrent de leur seigneur pour regarder avec lui le jour se lever sur Aventerra. Leurs yeux parcoururent l'horizon, les Marais du Soufre à l'est, les Monts du Dragon au sud, et la Forêt des Murmures à l'ouest. Bien que ce fût déjà le matin, une des deux lunes brillait encore dans le ciel d'Aventerra.

On voyait l'étoile du berger. Le temps de l'Apocalypse n'était pas encore venu.

***

Le château de Ravenstein brillait dans la lumière. La matinée était claire et ensoleillée, mais, de l'est arrivaient de gros nuages sombres. Un vent violent soufflait sur la grande tour, balayait les cheveux et les vêtements de ceux qui s'étaient rassemblés sur la terrasse panoramique en dépit du froid hivernal.

Le professeur Aurélius Morgenstern, les joues roses, se tenait debout entre Mary Morgain et Percy Valiant. Laura, Lucas et Kaja étaient alignés en rang face à eux. Ils n'entendaient pas les cris de joie des élèves qui jouaient dans le parc. Laura, le bonnet enfoncé jusqu'aux oreilles, regardait les professeurs d'un air interrogateur :

— Alors, nous avons remporté une victoire définitive ?

Aurélius Morgenstern secoua ses cheveux blancs :

— Oh non, Laura, répondit-il avec un sourire plein de bien-veillance, pas encore, et il te reste beaucoup à faire. Ta mission principale va être, à partir d'aujourd'hui, d'assurer la protection de la Coupe de la Lumière face aux attaques des soldats des Ténèbres.

— Ils vont tout mettre en œuvre pour la récupérer ! la prévint Miss Mary. Car lorsqu'ils la détiennent, elle leur confère à eux aussi certaines forces particulières.

— Et vous n'ignorez pas, comme nous, que nous ne pourrons rapporter la Coupe à Aventerra que dans trois lunes, lors d'Os-tara, au moment de l'équinoxe de printemps, expliqua Percy. C'est long, trois lunes. Ils ne manqueront pas de faire quelques tentatives d'ici là. Ils forgeront des plans démoniaques et ne reculeront devant aucune bassesse pour arriver à leurs fins.

Laura déglutit. *Ce n'est pas une mince affaire qui m'attend !* songea-t-elle.

— En outre, ajouta le professeur posément, ce sera à toi personnellement de rapporter la Coupe dans la Forteresse du Graal à Aventerra.

Laura grimaça et éleva les bras :

— Et pourquoi moi, précisément toujours moi ?

— Tu es née sous le signe du Treize, s'impatienta Aurélius Morgenstern, tu es donc désignée pour porter la Coupe. Tu es la seule parmi nous en mesure de franchir la Porte Magique…

— … mais auparavant, tu dois apprendre à utiliser les dons que tu as reçus ! intervint sèchement Miss Mary.

Laura fronça les sourcils. *Reste à savoir si j'y arriverai !*

Percy Valiant vint à la rescousse :

— Je suis certain que tu prendras ta mission à cœur. Car, en définitive, c'est aussi le moyen pour toi de délivrer ton père et de le ramener parmi nous.

Retrouver son père : Laura n'avait pas de souhait plus ardent. Elle était prête à tout pour cela. Et pourtant, elle n'était qu'une toute jeune fille !

Laura regarda les sentinelles d'un air sceptique en secouant la tête.

— Mais comment puis-je y arriver ? demanda-t-elle sans assurance.

Aurélius Morgenstern, voyant ses yeux inquiets, chercha à la rassurer :

— Cette mission peut te paraître écrasante, dit-il d'une voix douce, mais tu as dû penser la même chose lorsque tu as appris que tu devais retrouver la Coupe de la Lumière, n'est-ce pas ?

Laura réfléchit un instant, puis elle acquiesça d'un hochement de tête.

— Tu vois bien ! dit le professeur en riant. Si tu as confiance dans la Force de la Lumière et si tu ne doutes jamais de toi, alors, Laura, tu accompliras ta mission. Et de plus…

Il s'interrompit, chercha les regards de Miss Mary et de Percy. Tous deux lui donnèrent leur accord en souriant. Et avant même que le professeur poursuive, la fillette savait ce qu'il allait dire :

— … et de plus, nous serons là pour t'aider, ne l'oublie pas !

— Et nous aussi, évidemment ! s'exclamèrent Kaja et Lucas, qui ne put s'empêcher de lui envoyer une petite pique au passage :

— Sans nous, tu n'as pas la moindre chance, QI-de-moineau !

— Bon, puisqu'il en est ainsi ! fit Laura en feignant de se résigner. Alors, c'est parfait !

Elle éleva les bras pour bien leur montrer qu'elle se soumettait à son destin.

Le visage radieux, elle éclata de rire. Ses amis partirent eux aussi d'un grand éclat joyeux. Les adultes se joignirent à eux.

On entendit leurs rires de loin. Le vent les emporta au-delà des murailles du château, les porta aux oreilles du Chevalier Cruel, dans le parc.

Puis, il se mit à neiger, enfin !

De gros flocons tombaient sur les amis. Le tourbillon de flocons s'épaissit. Lucas et Kaja ouvrirent leurs mains et regardèrent les cristaux fondre dans la chaleur de leurs paumes.

Laura ne put s'empêcher, pour la première fois depuis longtemps, de repenser à Noël. Il ne restait plus que deux jours jusqu'au 24 décembre, et elle n'avait pas trouvé un seul cadeau, ni fait le moindre préparatif. Mais elle était certaine que ce serait une belle fête. Tout allait s'arranger désormais, vraiment tout.